U0069736

台灣新文學史論叢刊 6

台獨派的台灣文學論批判

趙遐秋　曾慶瑞

合　著

人間出版社

目　錄

寫在本書台灣版出版之前

編輯部

從2000年開始，人間出版社比較集中精力於出版有關台灣文學的論述、史料和史論方面的書，其目的在對於台灣文學論述自2000年以來逐漸成為主流政治的霸權論述的重要成份，並透過高教領域獨佔，為「政治正確」服務的教學和傳播的當前情況，做平衡、匡正的工作。截至目前，我們已經出版了「台灣新文學史論叢刊」共四冊，分別是第1卷由呂正惠、趙遐秋兩教授合編、呂正惠教授、趙遐秋教授、曾慶瑞教授、樊洛平教授、斯欽研究員和曾健民先生合著的《台灣新文學思潮史綱》；第2卷呂正惠教授著《殖民地的傷痕》；第3卷是由許南村主編、呂正惠教授、杜繼平博士、曾健民和陳映真諸先生合著的《反對言偽而辯》，和目前已出版的第四卷是何標先生編《張我軍全集》，第五卷由古繼堂教授主編，古繼堂、樊洛平、彭燕彬、王敏等諸教授合著，繁體字增訂台灣版《簡明台灣文學史》，以及本書即由曾慶瑞、趙遐秋二教授合著，台灣增訂繁體字版《台獨派的台灣文學史論批判》等。

1980年代前後，大陸上隨著文革結束，展開「改革開放」體制後，解放後禁錮多時的台灣文學研究突然「百家爭鳴、百花齊放」。有關台灣文學史、台灣文學理論批評史、台灣小說發展史、新詩發展史的研究著述……如雨後春筍似地出版，遍地開花，其中更不乏煌煌巨著。

現在看來，這些蓬勃的研究著述成果，雖然存在著因政治、地理的分斷而來的資料上無法避免的限制，卻震驚了在台灣的分離主義學者。於是對於大陸台灣文學研究有這些批評：說這些著作是大陸對台「統戰」工具；說這些著作以共產主義歷史唯物主義的「教條」，強加於人，是政治教條，不是學術研究。最近，有人說大陸學者「企圖以強勢的中國論述收編台灣的歷史經驗。這種政治基調，正是日後中國學者纂改、誤讀、曲解台灣文學史的最高指令。」

2002 年 11 月，台獨派台灣文學研究教學重鎮成功大學台灣文學系主催下，開了一個「台灣文學史書寫國際學術研討會」。其中，台獨立場堅定，但待人總還謙和的林瑞明教授在他題為《兩種台灣文學史：台灣 vs 中國》的論文中，對於本社在台出版繁體字版《台灣新文學思潮史綱》有這峻刻的評論：

> 學術資料的交流當然無可厚非。但若是資料的交流……是為了鞏固集團論述霸權，而請對岸有心人士出手，鬥爭異已，這行徑就未免失之無骨，其心可誅了。

對於一貫貌若温文、謙和的林瑞明教授，這是他對於我們出版了一本由「中國人」編寫台灣文學思潮史的書，忍無可忍的、嚴厲的漫罵和人身攻擊了。

但回看台灣新文學的歷史，儘管台灣新文學的發軔、成長，以至於成熟的歷程，多半發生在舊的和新的帝國主義下祖國兩岸被迫分斷的時代，外表看來似是「在台灣『獨立』（獨自之意）發生」，但是台灣新文學始終和祖國新文學保持著千絲萬縷不曾間斷的人的（作家、文藝理論家）、思想理論的、創作方法、創作範式上等種種複雜又密切的聯繫，至今不斷。

早在20年代初，中國五四新文學運動展開後不久，受其強烈影響，台灣也展開了新舊語文和新舊文學的鬥爭。而台灣的文學革命，透過留學大陸和日本的知識份子，直接從大陸輸入、幾乎全套搬用了陳獨秀、胡適之關於語文革新、文學敘述革新的理論，主導了台灣文學漢語文白鬥爭的內容和方向。特別在文學創作的敘述（narrative）上，直接引進和推介大陸新文學大作家的小說和新詩作品，如魯迅〈阿Q正傳〉、〈狂人日記〉、〈故鄉〉；郭沫若的〈牧羊哀話〉；冰心的〈超人〉和徐志摩的〈自剖〉。中國新小說和新文學，先經過了幾十年探索和實驗，大量迻譯吸收域外西洋小說才成型。台灣的現代漢語白話小說和詩，卻因能直接以中國新文學初期的傑作為範式（paradigm），省略了漫長的由文到白的實驗，直接產生了像賴和那樣第一代偉大的台灣新小說家。

到了1930年代初，台灣左翼文壇和當時中國無產階級文學運動圈一樣，也產生了和大衆文學問題相連繫的大衆語問題的論爭。這個論爭是兩岸左翼文壇內為了推動無產者大衆的文化和文學的關於語文策略的爭論。有一派人認為白話打倒了封建士大夫的語文即文言文，但在新時代中，市民階級的白話文對各地底層直接生產勞動者而言，是「新的文言」，他們日常使用的是各地不同的方言土白。為了發展廣大民衆的文化與文學，應該設法提倡大衆語，推到極至，就是方言土白了。在大陸，這一派的代表可舉出魯迅和瞿秋白，在台灣則有黃石輝、郭秋生等人。另有一派以中國方言繁多，不少地方的方言（如閩方言和粵方言）標音表記困難，主張在白話文基礎上，深入工農生活，向工農大衆學習「淺顯、易懂、新鮮」的語言。在殖民地台灣，為了在異族壓迫下力保漢語文，解決日本公學校教育下，台灣學童漢語失落、日語不通的「文盲」（見賴和、郭秋生論旨）化危機，力主反對讀音不一，表記紊亂，又無公認共識的語文範本（如文藝作品），而反對「台灣話文」的建設，力主普及漢語白話，既保持漢文化和語文主體，又解決日帝公學校體制下「文盲」化的危機，代表人物有賴明弘、廖毓文和林克夫等人。

而注意到大陸大衆語文學運動而深不以為然的賴明弘，據曾健民兄提供的資料，在 1934 年 11 月間寫信給當時客居日本的郭沫若，簡要介紹了組成「台灣文藝聯盟」時期台灣文學的概況之餘，表示他自己不能苟同當時大陸任白戈等人提倡的「非科學的、盲目的」大衆語建設論，並向郭沫若請教他對此問題的看法。郭沫若的回信表示賴明弘批判「大衆語文」運動的看法是「極正確的」，而「目前的中國正是『黃鐘毀棄、瓦釜雷鳴』的時代，讓他們去無事忙好了。縱橫中國的大衆和他們是没有關係的……」（《台灣文藝》2 卷 2 期，1935 年 2 月 1 日）。這説明台灣 30 年代話文論爭與同時代中國左翼文壇在問題意識上的聯繫。

此外，30 年代中國「左聯」東京分部的大陸詩人和評論家雷石榆和台灣文壇、文藝界張深切、吳坤煌、王白淵的私人和集體的往來，並共有文藝活動，也是台灣文學史上周知的史實。

至於光復後，緊接 1947 年 2 月慘變後的 11 月展開、為時一年多的「關於重建台灣新文學」的、在《新生報．《橋》副刊》上的論議，在台的省內外作家、評論家以有熱情、有理論思想縱深的論議，共商重建光復後台灣新文學的歷史，就無需在此辭費了。

70 年代現代主義詩批判和鄉土文學論戰，受到同時期海外港台留美知識份子保釣運動左翼的影響，是十分明顯的。他們在北美各大學東亞研究機構尋找新中國崛起的歷史，也尋找 30 年代大陸左翼文學的作品和文論，從而改變了文論的範型，開始學習歷史唯物地看文學的諸問題，因此在鄉土文學爭論中抗拮官方反共文論時，表現出素樸的文學社會學和歷史唯物主義為方法論的文論。當時尚未向台獨轉向的王拓，就大段抄用了香港保釣左派雜誌《抖擻》上的文章，論述穿西裝的日本資本如何替代穿軍裝的舊殖民者登陸台灣；西方的個人／集體、民主／專制二元對立的思想大舉入侵台灣，卻使反帝民族主義思想在台灣被「割斷」，終使台灣文學盲目模仿和抄襲西方文學……文獻俱在，可以覆按。

因此，自日據以迄今日，在民族因強權干預而分裂的兩岸，台灣文學和大陸文學一直都存在著緊密的個人的、思想文論上的連繫，成為台灣新文學史上一個絕不能忽視的傳統。1987年後，兩岸恢復有限度的交流，而大陸學界對台灣文學的研究和相關著述的繁榮達到了空前盛景，是極為自然的結果。本書繁體字版的在台刊行，放在這個歷史傳統上看，根本就不存在林瑞明教授所說的兩岸文學「跟一個中國一點關係也沒有」的問題，更沒有「統派隔岸借力」的問題。

這本書顧名思議，是針對台獨派幾個有關台灣新文學主要的「原教義化」的論說的批判。因此，自然容易讓人戴上「中共官方和中共學界對台灣本土文學的打壓」這樣一頂政治帽子。說來好笑，事實卻恰恰相反。

先說書名。原書稿書名本來是《文學台獨批判》。在大陸出版前曾廣徵大陸台灣文學研究學界關於本書內容各方面的批評意見，結果阻力竟而意外的大，意見無非主張要溫良恭讓；對葉石濤批過頭了；行文口氣讓人想起文革批鬥文章……頂著這些壓力，連書名也不能不改為大陸版的現有書名《文學台獨面面觀》。「鬥爭」、「革命」這些用詞看來在大陸都不好用了。台灣版的書名《台獨派的台灣文學論批判》是我社自定，無非坦盪磊落，名實相符，不掩藏自己的旗幟。

還有能使島上台獨派一樂的新鮮事。據最近南京某高校老師來信，《華文文學》2002 年第四期發了一篇文章，為葉石濤鳴不平，說他老人家不是台獨派。大陸「學者」不知，葉氏日文版《台灣文學史》的譯者澤井律之在翻譯本「解說」上都說，葉氏有關台灣文學性質論，長期說「台灣文學是中國文學的一支流」，甚至也是「中國抗戰文學的一部份」，說台灣文學是「在台灣的中國文學」，是「在台灣的中國人所創造的文學」。但這些說詞在單行本全被葉石濤刪除。澤井說這是葉石濤跟著 80 年代中期後台灣政治「自主化論」成為主流的腳步而改變說詞的。

同來信上說，同一期的同雜誌還刊了某「權威」學者文章，力讚台灣師大教授許俊雅在日據台灣文學研究上「功勳卓著」！而許教授的台灣文學研究之台獨傾向，在台灣是眾所周知的。更妙的是，同雜誌今年第 2 期《台灣文學研究》專欄上有文章吹捧西川滿，主張這位當年皇民文學的奴隸總管西川的作品應納入台灣文學！這簡直是大陸學者有關西川滿評價與台灣反民族分離派隔海唱和了。新世紀的奇觀，曷過於此！

然而我們卻不好意思跟著郭沫若說，今天大陸某些台灣文學研究界的言論是「黃鐘毀棄，瓦釜雷鳴」，讓大陸學界去「無事忙好了」。平心靜氣想，大陸知識份子對島內「文學台獨」的認識需要有一個過程，但也不能不責備他們用功不足，研究怠惰。其次，這原本首先就是島內在地覺悟了的台灣文學同人自己的鬥爭任務。大陸讓那些右翼的、糊塗的學者和刊物「自由」發言，也是「好事」，但我們也希望對「台獨文學」有正確認識的，有覺悟的大陸學者也有自由發言的餘地。而正是當前這渾迷的形勢，加速了我們出版入手已久的這本書稿的出版。而台獨派準備丟到我們頭上的「為中共統戰」、「為中共收編、矮化台灣文學」、向大陸「隔岸借力」的帽子，我們一頂也戴不上！

最後，我們感謝作者曾慶瑞教授和趙遐秋教授優秀辛苦的勞動。我們也感謝大陸九州出版社概允授權我社在台灣出版繁體字修訂版。

我們也特別感謝台灣清華大學中文系教授呂正惠、和台灣民間研究者曾健民醫師概允將他們的重要論文，即呂正惠〈陳芳明「再殖民論」質疑（節錄）〉和〈30年代「台灣話文」運動評議（節錄）〉，以及曾健民〈台灣「皇民文學」的總清算〉及〈台灣殖民歷史的「瘡疤」——怎樣看葉石濤最近在日本的發言〉等四篇大論，作為本書的「附錄」壓卷，使這本書增加了在地鬥爭的思想和學術的重量。

2003 年 7 月 10 日

序

陳映真

從我個人的體會，以 1979 年底高雄市「美麗島事件」的勃發、鎮壓、公開審判和判決的全事件過程為分水嶺，台灣的政治思潮和文藝思潮發生了鮮明深刻的變化。我眼看著原本毫無民族分離主義思想，甚至原本抱有自然自在的中華民族主義思想感情的一部份台灣文學界朋友，和全社會、全知識界的思想氛圍，以「美麗島事件」為界，逐漸從反國民黨的義憤，向著反民族和分裂主義轉向。其中，一直到 1978 年鄉土文學論爭時猶在國民黨鎮壓鄉土文學的法西斯高壓下，挺身出來主張台灣新文學的中國屬性的某些作家、詩人和評論家，也紛紛改宗轉向，令人瞠目。

關於台灣一部份文學界人士從磅礴昂揚的中華民族反帝愛國思想傳統向著反共、反華、靠攏外國帝國主義轉變而終至奔向民族分裂主義的問題，目前似乎還缺少科學性的、體系性的分析。1942 年到 1950 年，美國帝國主義為了它的國家利益和冷戰佈置，迭次計畫要把台灣變造成一個與中國分離的、親美、反共的傀儡。這個陰謀，早為台灣革命家謝雪紅和她的「台盟」同志們、李友邦將軍和著名作家楊逵所洞悉，迭次公開予以揭露和強烈批判。1950 年韓戰爆發，美帝國主義悍然從大艦隊分斷海峽，干涉中國內政，企圖使台灣分裂固定化。1950年開始，台灣經濟在美國軍經援助和美資推動下，發展了和中國民族經濟失去聯繫的、台灣獨自的「國民經濟」，達成了對美依附及獨裁政治下的資本主義發展。在思想意識形態上，從1950年至今，國民黨推動極端化的反共宣傳，把大陸中國和大陸中國同胞徹底妖魔化。在另一方面，美國冷戰意識形態即美國的政治、經濟、文化、文藝和其他學術思想，藉著美援體系和留學機制全面統治台灣。

從1946年開始到1949年，全中國大陸反內戰、反獨裁、要求和平建國的民主運動向台灣浸漫。台灣學生、市民、作家熱情參與了這個全國性民主運動。1947 年元月抗議美軍在華暴行運動、二二八事變、1947年下半年開始的關於建設台灣新文學的議論、1949年四六事件和楊逵的《和平宣言》事件，都必須擺在同時期全中國的民主運動背景下，才能有科學性的理解。然而，不幸的是，這在台灣的中國民主運動，於1950—1954年國民黨發動的慘絕的「白色恐怖」中被連根鏟除。在美國全面支配下，50年代以《自由中國》運動為起點的、由撤退台灣的大陸右派民主人士，和台灣資產階級聯手發動的反蔣民主鬥爭，先天就帶有「反共、反蔣、親美」的侷限性。這個右傾的台灣戰後民主主義發展到了80年代之所以和同樣反蔣、反共（連帶反中國）、親美的台灣民族裂主義合流，毋寧是自然的歸趨。

在政治上還不能公開叫喊「台灣獨立」的 80 年代初，「台獨」派挑選了台灣文學領域的論壇，有戰略、有方針、有佈署地鋪開了民族分離主義的台灣文學論述。今日回顧，依然怵目驚心。但對於此一反民族傾向的批判和針鋒相對的鬥爭，檢討起來，有這困難：「美麗島事件」後，「台灣」運動和以《夏潮》為中心的左派統一派，都同受國民黨法西斯嚴重的虎視。在那條件下，左派在道德上、在政治上無法開展對民族分離派的批判。面對自80年代初鋪天蓋地的「文學台獨」運動，首先覺得其台灣史、文藝批評的，乃至哲學社會科學的水平粗疏，要一一批駁，費時、費力而無意義，終而產生輕敵，不加理睬的態度。此外，到外國學文學理論回來的學者，又一般地對台灣史、台灣新文學沒有充足把握，對「文學台獨」問題没有興趣，而縱之任之。久而久之，這些學術和知識水平粗劣的「文學台獨」論終於取得了支配地位。2000 年後在「台獨」派攫取了政權和高教領導後，「文學台獨」論勢將藉著其獨佔台灣文學系、所的廣設，變本加厲，成為「台獨」派在台灣文化戰線上的有力推手，為害嚴重，形成我們民族史上堅持民族解放和團結統一的力量，與反動、反民族的民族分離主義逆流在意識形態領域中一場嚴峻的鬥爭。

現在，大陸學者趙遐秋先生和曾慶瑞先生，第一次比較系統地概括和整理了從 1970 年代末，歷經整個 80 年代以迄於今日的「文學台獨」諸論，釐清其源流、分析其派別，掌握其頭面人物，分別就文學分離主義和民族分離運動的關係、「文學台獨」論的政治、社會和歷史根源，提出了分析和說明。兩位先生並針對中國文學的台灣文學「本土論」和「主體論」，就歪曲和沖淡中國新文學對台灣新文學的歷史影響，就美化台灣皇民文學逆流，以及將在台灣的閩南語當做獨立的民族語處理台灣新文學的語言問題，和全面為文學分離主義炮製「台獨」觀點的台灣新文學史等問題，提出了深入、尖銳的剖析與批判。歷史已經說明，反對「文學台獨」的鬥爭，是我們民族自鴉片戰爭以來，爭取民族解放與團結和國家獨立與統一的偉大鬥爭中未竟之業。從這個高度來看待，這本《台獨派的台灣新文學論批判》（大陸版原名《「文學台獨」面面觀》）就極有助於廓清「文學台獨」的脈絡和真相，有助於認識今日台灣文學研究領域中反「文學台獨」鬥爭的具體形勢，也有助於統一認識和思想，以便在複雜情況下面對「文學台獨」謬論時，有充分的思想和知識準備。因此，本書的出版，是及時的，有現實意義的貢獻。

不論是 20 年代台灣新文學的發軔，30 年代關於大衆文學的大衆語的建設，或 40 年代後期關於建設戰後台灣新文學及推動左翼文論的事業中，大陸和台灣的知識份子總是親愛精誠，熱情洋溢地為推動和發展台灣新文學而團結奮鬥。繼承這個寶貴的民族文學史的傳統，兩位先生的合著，在台灣出版的《台獨派的台灣新文學論批判》，更彰顯了它在我民族文學史以及在政治和思想文化史上的重大而深刻的意義。

是敬以為序。

歷史與現實的呼喚
——序《「文學台獨」面面觀》

金堅範

中華民族是一個整體。兩岸同胞都是中國人，大陸和台灣都是中國的領土，我們共同的家園。遺憾的是，由於國民黨集團部份軍政人員 1949 年退據台灣，造成了台灣海峽兩岸的分離。中華民族走上了一條艱難曲折的祖國統一之路，金甌有缺不是民族的光榮。但有不爭的事實是，在 1949 年後的近 40 年間，台灣當局雖不承認中華人民共和國政府代表全中國的合法地位，卻仍然堅持世界上只有一個中國和台灣是中國一部份的立場，反對製造「兩個中國」和「台灣獨立」。歷史的車輪到了 80 年代末 90 年代初，情況開始變了。列寧締造的蘇聯分崩離析，東歐一些國家多米諾骨牌般紛紛易幟，西方反華聲浪甚囂塵上，妄圖一口把巍巍中華給吞掉。李登輝利用亂世，蓄意背棄一個中國原則，頻頻大放厥詞，處心積慮地製造分裂。民進黨更是推波助瀾，「台獨」思潮大行其道，日益囂張。

社會意識是社會存在的反映。社會思潮是由一定的歷史條件和社會存在決定的，傳達著一定時代的現實生活中的人們的精神意向和社會心理。社會思潮的形式是多種多樣的，文藝作為社會思潮中最敏感的觸角，同社會思潮中的政治思潮存在著深刻的聯繫。難怪，台灣文壇成為分裂主義政治思潮的重災區之一。其間「統」、「獨」之爭日趨明朗和激烈。

近10年來，台灣當局和分裂主義勢力不遺餘力地在島內甚至海外大搞「文化台獨」，鼓吹「去中國化」的「台灣文化」，認為「台灣文化」是一種「多元文化」，是集合了台灣原住民文化、日本統治期的「東亞文化」、中國固有文化以及歐美等地的西方文化於一體的「新的、現代文化」。換言之，中華文化只是台灣多元文化的重要組成部份，「台灣文化」不是中華文化。

這種挖空心思人為的反歷史地炮製的「台灣文化」，比政治「台獨」具有更大的欺騙性，圖謀攔腰斬斷中華各族兒女共同創造的五千年燦爛文化這一維繫兩岸全體中國人的精神紐帶，搞亂台灣社會的思想。文化是化人的，所以，這是十分險惡的又是最為徹底的「台獨」行為。一位台灣作家憂心忡忡地對我說：他們的方針是脫離中國，具體辦法是抓教育，從歷史、地理、語文著手，脫離中國。將來台灣人的意識中沒有中國了，中國成了外國了。人都變了，怎麼辦？

加強祖國大陸與台灣文學界之間的聯繫，為統一大業盡一點綿薄之力，是中國作家協會不可推卸的歷史責任。為了批駁「台獨」在文學上的表現，同時為了聲援台灣文學界的主張統一的朋友們，《文藝報》作為中國作協的機關報從2000年11月到2001年2月間，先後發表了趙遐秋、曾慶瑞署名「童伊」撰寫的〈台獨謬論可以休矣〉、〈台灣文化把「語言」當稻草，荒謬！〉、〈從台灣的人間派對「皇民文學」和理論的批判看台獨謬論的漢奸嘴臉〉、〈看外國勢力與文壇台獨勢力狼狽與為奸〉等四篇長文。這些文章在大陸文學界引起了熱烈的反響。一些朋友見到我時紛紛予以讚許，認為《文藝報》上的文章內容翔實，讀了《文藝報》才弄清「文學台獨」究竟是怎麼回事。這是我始料所不及的。此外，一些中央新聞單位的記者，因要採訪台灣文學的朋友而同我們有些工作上的接觸。交談中我們吃驚地發現，他們對「文學台獨」或是一片茫然或是知之甚少。這些使我萌生一個念頭：應該有一本全面論述「文學台獨」的書，讓世人了解「文學台獨」和兩岸批判「文學台獨」的真實情況，給歷史和現實一個交待和回答。

當我將自己的想法向趙遐秋、曾慶瑞教授談起時，他倆也有同樣的想法。可見，這是有良知有社會責任感的中華同胞的共同願望，可以說這本書的出版是歷史與現實的召喚，所以大家才能「心有靈犀一點通」。

解決台灣問題，實現祖國完全統一，是包括台灣同胞在內的全國人民的崇高願意，是中華民族極其重要的歷史使命。新的世紀已經來臨。有著五千年燦爛文化的中國人，肯定會用自己的智慧和膽略去解決自己的問題。

前 言

台灣是中國神聖領土不可分割的一部份。

台灣島上的住民，不論漢族還是山地少數民族，都是中華民族大家庭中的一員。台灣的文化，是源遠流長的中華文化的不可分割的一部份，是中華文化的地域性的一種表現形態。台灣文學是中國文學不可分割的一個組成部份，是中國文學的地域性分支，或地域性的一環。台灣島上的新文學，和大陸的新文學、香港的新文學、澳門的新文學一起共同組成了中國新文學的大家庭，中國新文學的完整的地緣版圖和文本實體。

誕生於20世紀20年代初期的台灣新文學，其直接的源頭固然是當時的台灣現實生活，而催生的影響，則來自於大陸的五四文學革命。從那以後，歷經光復之前的日據時期，光復後的國民黨統治時期，直到世紀末民進黨上台，台灣新文學的發展，始終都在中國新文學發展的大格局之中進行，始終都是中國新文學發展的一個組成部份，一個方面，誰也無法割斷它和整個中國新文學的血親的聯繫。直到現在為止，台灣新文學與整個中國新文學，無論在文學的文化蘊含上，還是在文學的思想觀念，創作方法，形象內容，語言形式，文學載體，以致文體形態上，或者它所體現的民族心理模式、情感方式上，還有讀者閱讀行為類型上，以及文學自身發展的動因、情景、方式、規律上，都是同一、統一而斷難加以分割的。

然而，隨著政治上的「台獨」活動日益猖獗，惡性發展，台灣島上的「台獨」勢力在精神文化的各個領域、各個方面，其中包括文學領域的創作和史論研究、教育、出版各個方面，大肆進行分裂活動，炮製「文學台獨」，以圖從文學版圖、文化版圖的分裂走向地理版圖、政治版圖的分裂，為其政治上的「台獨」張目。

這一類的「文學台獨」活動，雖然只是一股「台獨」勢力的鼓噪和倒行逆施，成不了什麼大氣候，我們卻也不能掉以輕心，而要提高警惕，高度重視，認真對待，予以清理和批判。

事實上，二十多年來，在「文學台獨」滋生和發展的過程裡，台灣文學界的愛國力量、進步人士，堅決維護民族和國家統一的「統派」思想家和文學戰士們，已經堅持不懈地對「文學台獨」展開了毫不妥協的鬥爭。鬥爭中，他們直截地揭露了「文學台獨」言行的分離主義真實面目和反動本質，揭露了「文學台獨」與外國反華勢力相勾結的背景，深刻地批判了「文學台獨」反民族、反歷史、反文化、反文學的劣根性，批判了「文學台獨」的危害性。這場鬥爭，其尖銳、激烈、複雜和震撼人心的程度，為世界各民族文學史乃至文化史、民族史所罕見，其傑出的貢獻和偉大意義亦為世界各民族文學史乃至文化史、民族史所絕無僅有。可歌，可泣！

值得注意的是，發生在台灣島上的這場批判「文學台獨」的鬥爭，已經引起了大陸思想文化界和文學界的極大關注。大陸的思想家、文學家、教育家、廣大文化和文學工作者，和有關媒體，積極呼應台灣朋友的愛國行動，紛紛投入了這場鬥爭。

為了更好地開展這場鬥爭，徹底粉碎「文學台獨」、「文化台獨」以致整個「台獨」的陰謀，維護海峽兩岸文學、文化的統一，維護國家領土和主權的完整，民族和國家的統一，我們撰寫了這本《「文學台獨」面面觀》。

我們希望這本小書能有助於朋友們瞭解「文學台獨」的真面目，瞭解批判「文學台獨」鬥爭的真實情況，有助於朋友們的台灣文學研究、教學、出版及宣傳工作。

一　「文學台獨」是文學領域裡的「兩國論」

什麼是「文學台獨」？

一言以蔽之，「文學台獨」是文學領域裡的「兩國論」。

「文學台獨」指的是，在台灣，有一些人鼓吹，台灣新文學是獨立於中國文學之外的一種文學，或者說是不同於中國文學也不屬於中國文學的一種「獨立」的文學，是與中國文學已經「分離」，已經「斷裂」的「獨立」的文學。其核心的觀念，其關鍵詞，其要害，是「獨立」。

目前，「文學台獨」論者有兩種說法。一種說法是，文學的「獨立」已經早於政治的「獨立」而實現。另一種說法是，文學的「獨立」要通過政治的「獨立」去實現，有賴於政治的先行「獨立」才能「獨立」。不管是哪一種說法，「文學台獨」的鼓吹者都已表明，他們鼓吹的「文學台獨」正是整個「台獨」的一個組成部份。他們在中國文學和台灣文學之間製造分裂的文學版圖，是重合和疊化在「台獨」的所謂的文化版圖、民族版圖、地理版圖和政治版圖之上的。而那文化版圖，正是分裂中華文化和台灣文化的；民族版圖，正是分裂中華民族和在台灣的漢族及山地民族住民的；地理版圖，正是分裂祖國大陸和台灣島嶼領土完整的；政治版圖，正是分裂中國國家主權，反對「一個中國」，妄圖使台灣省脫離中國而「獨立」成一個「國家」的。

所以說，「文學台獨」是「台獨」在文學領域裡的表現，是「台獨」的一個方面軍。鼓吹「文學台獨」，就是使「台獨」文化化、文學化。它是使「台獨」泛化到社會精神文化的各個領域、各個方面的險惡陰謀的一個組成部份，是在政治「台獨」一時無法得逞而先行炮製「文化台獨」的險惡陰謀的一個組成部份，是台灣「台獨」勢力一時還不敢公開「明獨」，而要先行炮製「暗獨」的一個險惡的步驟。因此，鼓吹「文學台獨」就是利用文學為政治「台獨」尋找根據，製造輿論，就是為政治「台獨」張目，為政治「台獨」作準備。

我們知道，「台獨」即主張「台灣獨立」的思潮與活動，是在 1945 年第二次世界大戰結束，台灣重歸於中國版圖之後開始的。「台獨」活動是台灣社會的毒瘤，「文學台獨」則是這個毒瘤上的惡性細胞。

「台獨」思潮與活動的畸形滋生和惡性發展，有它複雜的歷史、社會、政治原因，也是美國、日本反華勢力支援和串通共犯的產物。「文學台獨」的思潮與活動，就在整個「台獨」思潮與活動滋生和發展的土壤上發展起來，跟隨著整個「台獨」思潮與活動的滋生和發展而日益猖獗起來。只不過、蔣介石、蔣經國父子統治時期，台灣當局採取打擊「台獨」活動的措施，「台獨」勢力在島內難以生存，不得不滋生於海外，先在日本，後以美國為大本營，大肆進行活動。當時，台灣文學界，極少數具有分離主義傾向和「台獨」思想的人，還不敢在島內公開鼓吹「文學台獨」。到了 70 年代後期，台灣島內「反蔣民主」運動興起，「台獨」份子披著「爭民主、爭人權」的外衣大肆活動，「文學台獨」勢力終於登台表演。

1977 年，葉石濤的〈台灣鄉土文學史導論〉一文，最早敲響了「文學台獨」出台的鑼鼓。這以後，如同陳映真所說「歷史給予台灣形形色色的民族分離主義以將近二十年的發展時間。」其間，經過葉石濤及其追隨者彭瑞金、張良澤、陳芳明等人，把「文學台獨」的思潮與活動，推向了極致，以至於公然叫嚷「台灣和中國是兩個不同的國家」，「台灣文學是獨立自主的文學」，「中國文學與日本、英、美、歐洲文學一樣，是屬於外國文學的」（葉石濤：《台灣文學入門》。春暉出版社，1997 年 6 月初版，第 9 頁、第 8 頁）；公然叫嚷二戰之後是「外來的中國」

對台灣實行「再殖民統治」，最後使得台灣徹底與中國「分離」，台灣文學最後與中國文學徹底「分離」（見陳芳明著〈台灣新文學史，第一章台灣新文學史的建構與分期〉，載《聯合文學》1998 年 8 月第 178 期。）；還公然叫嚷「『中國』就是台灣走向獨立、自主最難擺脫、也最難克服的障礙」，「『中國』因此變成台灣各種本土化運動所要對抗的『中國文化帝國主義』、『中國霸權』，成為台灣、台灣文學追求自主、獨立歷程中揮之不去的夢魘」（游勝冠：《台灣文學本土論的興起與發展》。前衛出版社，1996 年 7 月初版，第 442 頁、第 441 頁。）。

「文學台獨」的炮製者和鼓吹者，癡人説夢般拋出的思想和言論，主要之點是：

第一、台灣新文學誕生之初，就是一種多源頭、多語言、多元化的文學。其中，中國新文學的影響遠不如日本等外國文學影響大，甚至於，張我軍受大陸五四文學革命影響而提出的台灣「白話文學的建設」，是一條「行不通的路」。這是要從源頭上割斷台灣新文學和大陸新文學的血緣關係。

第二、台灣新文學的歷史發展，就是文學中的「鄉土意識」向著「本土意識」、「台灣意識」、「台灣文學主體論」的發展。其間，30 年代初的台灣鄉土文學和台灣話文的論爭、40 年代的《新生報》《橋》副刊上有關「台灣文學屬性」的討論、70 年代鄉土文學的論爭，還有吳濁流、楊逵、鍾理和等作家的思想和作品，所有重要的文學現象，全都被篡改了歷史，扭曲變形了面貌，歪曲了本質。這是要從流變過程上割斷台灣新文學和大陸新文學的血緣關係。

第三、與這種「源」、「流」的分裂割斷相呼應，還和日本反動學者一起，美化「皇民文學」，為「皇民文學」招魂。

第四、為「獨立」的「台灣文學」尋找「獨立」於祖國統一的漢語言文化之外的語言文字書寫工具，又肆意抹殺歷史、歪曲事實，反科學、反文化地將台灣島上普遍使用的漢語閩南次方言（「閩南次方言」是漢語閩方言的一支。「方言」、「次方言」都是語言科學中劃分「方言」的術語。）和客家方言説成是獨立的「台語」，鼓吹「台語」書面化，鼓吹另造「台語文字」，以便創作「台語文學」。

第五、為了使「文學台獨」得到文學史論著作的學理支撐，又特別鼓吹用分離主義的文學史觀和方法，構建和寫作以「台灣意識」對抗「中國意識」的「台灣文學史」。

這樣的言論是不能不加以批判的。這樣的分離主義活動是不能不加以揭露的。

這樣的思潮與活動，已經造成了嚴重的危害和後果。

比如，它遮蔽了歷史，誤導青年一代對台灣新文學的源流、本質及其具體史實的認知和認同；

又比如，它在文學教育、文學研究體制上誘導一批「獨立」於中文系、所之外的，與中文系所分裂為「兩國」文學系、所的台灣文學系和台灣文學研究所。台灣當局最近全力推動獨立於中國文學之外的台灣文學系、所的設立，由主張「文學台獨」的教師全面支配台灣文學的教研領域；

再比如，它導致了台灣當局禁用大陸通用了十幾年並得到國際公認為標準化漢語拼寫的中文拼音方案，進一步為「創造」「台語」文字、炮製「台語文學」做了準備；

還比如，它由美化「皇民文學」而美化了日本殖民者在台的殖民統治，美化了日本帝國主義發動的侵華戰爭；

更為嚴重的是，它用這種喧嘩的雜語和鼓吹「台獨」的文章，毒化民族感情和社會普遍心理，從心智上摧殘統一的民族文化；

……

這都促使我們要大力開展對「文學台獨」的批判。

開展這樣的批判，是要——

展示「文學台獨」滋生的土壤；

揭示「文學台獨」的發展情況；

批判「文學台獨」的主要言論和分裂活動。

在這種批判裡，為行文的方便，我們將「文學台獨」的上述五個方面的思想和言論中的一、二兩個方面，重組為兩個大的話題予以展開，即：

批判之一，就「文學台獨」從理論上用「本土化」、「自主性」、「主體論」來對抗台灣新文學的「中國文學」屬性而展開；

批判之二，就「文學台獨」從史實上用歪曲歷史的伎倆來為「台獨」尋找歷史根據而展開。

至於「文學台獨」言論批判之三、之四、之五，則依原列三、四、五三個方面，分別就「皇民文學」問題、「語言」問題、「文學史構建」問題加以展開。

這二十幾年，在台灣文壇的統、獨大論戰中，台灣「統派」思想家和文學戰士批判「文學台獨」的鬥爭情況，值得我們重視；他們寶貴的鬥爭經驗，值得我們借鑒；他們在鬥爭中表現出來的愛國激情和堅決維護祖國統一的意志和決心，值得我們敬佩！

台灣「統派」思想家和文學戰士批判「文學台獨」的鬥爭，曾經遭到島上少數「台獨」份子的仇視和反撲，甚至恐嚇和辱罵。我們現在大力開展批判「文學台獨」的鬥爭，也會遭到這些「台獨」份子的攻擊和謾罵。比如陳芳明，1999 年 8 月就在他的《台灣新文學史》的第一章《台灣新文學史的建構與分期》（載《聯合文學》1998 年 8 月第 178 期。）裡說，他的台灣新文學史的構建與編寫工作還面對著另一種挑戰。他板著一副「外國人」的面孔，要著一口與中國人為敵的腔調說：「挑戰的主要來源之一，便是中華人民共和國學者在最近十餘年來已出版了數冊有關台灣文學史的專書」。使他倍感恐懼的是，這些著作，「認為台灣文學是中國文學不可分割的一環，把台灣文學視為一種固定不變的存在，甚至認為台灣作家永遠都在期待並憧憬『祖國』。」陳芳明誣衊這種見解「只是北京霸權論述的餘緒」，「中國學者的台灣文學史書寫，其實是一種變相的新殖民主義！」顯然，他這是在猖狂地向全中國人民，也向中國文學史學科、向全中國的文學史論研究工作者提出挑戰！在台灣、香港、澳門，在其他海外國家和地區，當然還有在大陸的，愛國、維護國家統一也尊重台灣文學發展史實的所有的文學史論研究工作者，都將迎接陳芳明的這一挑戰。

可以斷言的是，陳芳明們，還有他的前輩葉石濤們，如不改弦更張，他們的「文學台獨」言論必將成為「台獨」勢力的殉葬品而歸於死滅！台灣是中國領土不可分割的一部份，台灣文學是中國文學的一環，國家的統一，文學的大一統發展，是誰也逆轉不了的歷史大勢，這是不以任何「台獨」意志為轉移的。

面對祖國必將完成統一的大勢，歷史要給「文學台獨」勢力的一聲棒喝是：文學領域裡的「台獨」謬論可以休矣！

二　「文學台獨」滋生的社會土壤

「文學台獨」既然是政治上的分離主義在文學領域裡的反映，那麼政治領域裡的分離主義，就必定是「文學台獨」賴以生存、發展的條件了。

大家知道，第二次世界大戰結束，日本戰敗，台灣光復，回歸祖國，對於1942年美國駐外人員策動，要把台灣從中國分離出去，讓台灣獨立的種種陰謀來說，應該劃上句號了。然而，樹欲静而風不止。外國反華勢力和台灣本島的新老分離主義份子，並不就此罷休。

這可以從三個方面來看。

首先，美、日反華勢力分裂中國的賊心不死。

美國有關「台獨」的主張，起自太平洋戰爭爆發後遠東戰略小組的提議。美國國防部軍事情報總部台灣問題專家柯喬治所著《被出賣的台灣》一書說到，「台獨」，是在1942年初誕生在他的腦袋中的。他說，他的這一「創見」，是從美國人的利益出發的。他寫道：「到底我們能不能確實保證台灣不會於將來再度成為美國西太平洋利益的威脅？」「歷史上早就指出台灣在西太平洋邊緣的軍事戰略重要性了，台灣資源和工業發展遠勝於中國大陸諸行省，如此重要，不容我們輕易將台灣交給中國人控制。」因此，為了保障美國在台灣的利益，柯喬治主張讓台灣「自治獨立」，或由美國託管再舉行公民投票「自決」。考慮到當時的國際形勢，美國國務院沒有接受柯喬治的提議。美國國防部的遠東戰略小組也在1942年春建議麥克阿瑟，從日本手中奪取台灣後，由美國軍隊暫時接管台灣，戰後再進行「台灣民族自決」或成立「台灣共和國」，並著手培訓一批「接管」台灣的行政人員。

此後，1945年1月14日，日本投降前夕，美國代理國務卿羅威特向總統杜魯門呈送的備忘錄中說到：「如果中國共產黨企圖違背台灣人民之意願，以武力犯台，或者台灣人民本身起事反對中國統治，聯合國將可以台灣局勢已對和平造成威脅，或以台灣實質地位問題為根據，有正當理由採取干預行動。印尼情勢可作參考，聯合國的干預可透過澳洲或菲律賓政府出面要求為之，然後徐圖安排公民投票以決定台灣人民之意願。」羅威特還說：「國務院充分認識到，如果台灣要免於淪陷入共黨控制，或許美國必須採取軍事行動。……它或許仍有可能鼓勵中國人成立一個非共的地方政府，自己促成台灣免於淪陷入共黨控制。同時，美國亦應準備，一旦上述措施均告失敗，必要時即以武力干預。美方之軍事干預……宜以國際上可受支援之原則，即台灣人民自決之原則，進行干預。這就牽涉到鼓勵台灣自主運動。如果島上中國政府明顯地已無力阻止台灣陷共，則台灣自主運動即可全面發動。」羅威特說的「台灣自主運動」，就是「台獨」運動。只是，羅威特備忘錄提出不久，第二次大戰結束，「台獨」之議，又一次作罷。

1947 年 3 月初，當台灣爆發「2・28 事件」後，美國駐台北總領事館向華盛頓建議，以目前台灣在法律上還是日本的一部份為由，用聯合國名義進行直接干預，同時向中國保證，待有一個「負責的中國政府」後再歸還中國。這是「台灣地位未定論」和「聯合國託管方案」的先聲，表明美國對台政策發生變化。

隨後，1948 年 11 月 24 日，中國國內解放戰爭迅猛發展，蔣家王朝就要覆亡之際，美國有關官員開始主張調整美國對台政策。美國參謀長聯席會議主席海軍上將李梅又提出了《台灣的戰略重要性》的備忘錄。備忘錄說：「參謀長聯席會議已就台灣及其鄰近島嶼一旦落入可能受克里姆林宮指揮之共黨政府手中，對美國之安全有何戰略影響一節，提出評估。參謀長聯席會議認為，情勢若發展至此，對美國安全之戰略影響，將極其不利。」

備忘錄還認為：「從戰略觀點看，屆時還更加強了台灣對美國的潛在價值，可供為戰時基地，能用以發動部隊、戰略空軍作戰，以及控制鄰近航路。台灣還有一項戰略重要性，即是她是供應日本糧食及其他物資之主要來源。」基於這種評估，美國軍方重提了美國政府應該推動「台獨」的議題。

再往後，1949 年月 15 日，美國國務院遠東司司長巴特沃思在一封絶密信中說：「我們國務院所有的人都強烈感到我們應該用政治的和經濟的手段阻止中國共產黨政權取得對(台灣)島的控制。」1 月 19 日，美國國家安全會議在一份報告中表明了美國推動「台獨」的立場。報告在比較了不同的對台方案之後，認定，「美國的利益只有在台灣不受對蘇友好政府控制之下，始可達成」。報告認為：「美國應有準備，如果符合美國國家利益，即應利用台灣自主運動。」8 月，美國根據中國國內形勢的發展作出決定：「我們應該運用影響，阻止大陸的中國人進一步流向台灣，美國還應謹慎地與有希望的台灣當地的領袖保持聯繫，以便將來有一天在符合美國利益時利用台灣自治運動。」「扶植台灣自主份子，俾使其發動台灣獨立時，可含美國之利益。」

當時的「國民政府」駐美大使顧維均，也在日記裡記錄並分析了美國的對台政策，認為「美國也可將台灣作為防禦共產主義的碉堡，由聯合國監督，舉行公民投票，以測驗台灣人是否願意獨立！」

雖然美國政府推動台獨的政策没有敢於公開實施，但是，1951 年的舊金山《對日和約》，1952 年台北的《中日和約》，還有 1954 年的《中美協防條約》，又都炮製了一個「台灣地位未定」的謬論。事實證明，美國反華勢力一直阻撓中國解決台灣問題。直至 1979 年 1 月中美建交後，美國對台灣問題的政策的本質也並未改變，仍然扶植「台獨」，阻撓中國完全統一。

正是在這樣的背景下，日後，「台獨」勢力以美國為基地，在海外發展組織，大肆從事分裂中國的活動，一直得到了美國政府的庇護。

就日本而言，從歷史看，日本帝國勢力正是「台獨」的始作俑者。1951 年，「台獨」份子就在日本建立了組織。到 60 年代中期，日本成了海外「台獨」勢力的大本營。在衆多的「台獨」組織中，以廖文毅為首的「台灣共和國臨時政府」最具有代表性。直到 1972 年中日建交之後，「台獨」活動的重心才由日本轉到了美國。

而由台灣本島的人提出「獨立」主張，並將分裂活動付諸實行，卻是從一小撮日據時期的日本「皇民」開始的。他們的動機是害怕日本投降後自己喪失特權，甚至在國民政府接收以後還可能當作漢奸判決，所以鋌而走險。當然，他們的分裂活動，得到了日本右翼勢力的鼓勵、支援和呼應、配合，只是沒有成為氣候。

其次，在台灣島內，完全依附於美、日反華勢力的大資產階級，是亦步亦趨於外國勢力的。同樣，中產階級出於自身的經濟利益，相當一部份人士也是分離主義的社會基礎。

二戰以後，台灣的資本主義經濟是適應美國、日本等發達資本主義國家的需求而發展起來的。美國、日本以貿易、投資設廠、援助貨款等方式獨佔台灣的市場、原料與勞力，致使台灣成為美國、日本資本的一個加工出口的部門。所以，台灣經濟最大的特點，是依賴於美、日資本主義體系。出於這種經濟利益，台灣中產階級中的相當一部份人士以及他們在政治、思想、文化、教育、科技領域裡的相當數量的代表人物，在政治上接受並鼓吹美、日反華勢力所製造的分離主義，是不足為奇的。

1949 年，新中國成立了。這是對資本主義世界體系一個沈重的打擊。當時，美國以「台灣地位未定論」為藉口，使其第七艦隊對中國主權的干涉合理化。台灣與祖國大陸之間，成了所謂

「自由與奴役」、「自由與共產」的鴻溝。幾十年來，相當數量的中產階級人士就按美國反華勢力的思維方式去看待、處理台灣與祖國的關係，他們自然也就成為美、日反華勢力製造的分離主義在島內的代言人。

除了上述兩個方面，我們還要看到第三個方面，那就是國民黨統治的惡果。而這種惡果，又是推波助瀾，有利於分離主義的發展的。

其一、國民黨遷台以後，蔣氏父子掌權時，固然堅持一個理念——「台灣是中國的一部份」，但是，他們又實行了一條反共、仇共的政治路線。幾十年來其煽動性的極端的反共宣傳，導致一部份台灣人民產生了一種恐共、反共的思想情緒。隨著時間的推移，他們中就有相當數量的人與祖國大陸產生了隔閡，自覺或不自覺地有了分離的情緒。這正是美、日反華勢力製造出的分離主義所要利用的一種社會心理和社會情緒。

其二、1945 年 10 月台灣回歸祖國後，由於當時的國民黨政府接收大員貪污腐敗，軍警橫行，加上其倒行逆施的腐朽統治所導致的糧食恐慌，物價飛漲，失業嚴重，民不聊生，終於引起了台灣人民的強烈不滿。1947 年 2 月 28 日，台灣爆發了反對國民黨政權，要求民主自治的運動，國民黨當局以「企圖顛覆政府，奪取政權，背叛國家」的罪名，進行了血腥的殘酷鎮壓，計有數千人被殺、被捕，失蹤、逃亡者不計其數，這都引發了台灣人民反抗國民黨強權統治的鬥爭，進而要求當家做主，主宰自己的命運。隨後從 1950 年開始，國民黨又力圖在戒嚴體制上鞏固與強化專制統治，進一步激化了這種矛盾和鬥爭。島內的分離主義勢力就利用了這種反抗的情緒和合理的要求，不斷地挑起所謂的省籍矛盾，混淆是非，模糊人們的認識，似乎國民黨就是中國，導致了反國民黨就是要反中國的嚴重惡果。

其三、到了李登輝獨掌國民黨大權以後，國民黨政權迅速

「本土化」。李登輝先是標榜實行西方民主制度，打著民主、自由的旗號，在幕後以一個政權的力量與資源縱容、偏袒「台獨」的所作所為，後來，又乾脆公然走到了前台露出了他「台獨」的真面目，直到叫囂「兩國論」，並進而支援、幫助民進黨陳水扁上台執政。李登輝推行的是兩個國家的分裂政策。

這，就是二戰後台灣光復、回歸祖國，妄圖分離台灣的陰謀應該劃上句號而又沒有劃上句號的複雜的政治社會原因。

下面，我們看看，台灣解嚴前後，這樣的土壤上是怎樣滋生出了「台獨」思潮與運動的。

這要從解嚴前後的台灣政局說起。

1979年6月29日，桃園縣長許信良，經監察院以擅離職守、參加非法遊行、簽署誣衊政府文件提出彈劾，公懲會決予休職二年處分。台灣政壇，山雨欲來風滿樓了。

果然，1979年12月10日，以《美麗島》雜誌為名，串連全島黨外反對運動的人士，集合兩萬餘人，在高雄市舉行「世界人權紀念日」演講遊行活動。國民黨政府派出鎮暴軍警鎮壓，200餘人受傷，事後又進行大規模的搜捕，包括在任立法委員黃信介和作家王拓、楊青矗在內，共有160餘人被捕。2月20日，「美麗島事件」偵察完畢，黃信介、施明德等8人被提起公訴，周平德等37人移送司法機關。3月18日，「美麗島」涉嫌叛亂7名被告於警總軍法處公開審理。31日，涉案32人被提起公訴。4月29日，又有高俊明等10人被提起公訴。到6月，加上藏匿施明德案，紛紛審結，一部份涉案人員被判刑。

這中間，1980年2月底，被捕省議員林義雄的母親、女兒，白天被殺死在家中，引發「林宅血案」。7月，又有留美學人陳文成伏屍台大校園的命案。

這以後，1984年又有情治單位派遣黑社會幫派殺手渡海赴美殺死江南的事件發生。

也就是在 1984 年的 5 月 20 日，蔣經國連任第七任總統，李登輝爬上了副總統的寶座。

蔣經國於 1972 年出任行政院長，面對內外各種危機，為了應變求存，開始在政治上作出一些調整，推出了一系列「革新保台」、「在台生根」的措施。1975 年 4 月 5 日蔣介石辭世之時，蔣經國接班主政以後，又開始採取「革新保台」方針，這期間，台灣取得了較高速度的經濟發展。從 1964 年到 1973 年的 10 年，平均年增長率高達 11.1%，被稱為「起飛的年代」。1974 年以來，雖然受到資本主義世界石油危機和貿易保護主義等因素影響而減慢到 10%以下，也還是呈現不穩定性增長狀態。到 1986 年，又上升為 10.8%。1965 年，其「人均國民生產總值」只有 216 美元，到 1980 年即突破 2000 美元大關，1981 年又增加到 2563 美元，1986 年更超過 3000 美元。這樣的經濟成長，意味著依附型的資本主義工商經濟在台灣地區有了較大的發展，具有相當社會力量的中產階級已經形成。1979 年元旦，中美兩國正式建立外交關係，美國斷絶與台灣的正式外交關係，台灣在國際上日益孤立，投資意願日益低落，影響了人心安定，波及了政治局勢，引發了社會動蕩。經濟改革也面臨重重困難。從政治上説，蔣經國的「革新保台」方針也面臨著日益強大的人民民主運動和分離主義反對派的挑戰，面臨著「法統」危機、繼承危機、開放黨禁、報禁以及解除「戒嚴法」等政治難題，也面臨著大陸提出的「一國兩制」、和平統一祖國的一系列政策挑戰，而不得不做出若干開明的、進步性的改革措施。比如，逐步實現領導權力結構的過渡和轉型，由蔣氏「家天下」體制向「非蔣化」過渡，向年輕化轉型，由個人獨裁向集體領導轉型，由大陸人主政向「台灣化」過渡，等等。李登輝就是在這種情況下上台的。

在此期間，社會動蕩不安，十分引人注目。比如，1985 年 2 月 12 日，十信人頭弊案引發金融危機，經濟犯罪集團搶劫銀行、運鈔車，殺警奪槍，強盜集團，綁匪殺人集團，亡命飆車、大家樂、股票、地下投資公司、房地產投機引發的賭博風氣。又比如，消費者運動帶來消費意識的覺醒，核三廠大火觸發的反核運動，工廠廢氣廢水觸發的環保運動，鹿港反杜邦，林園民眾圍堵廢水處理廠，宜蘭人拒絕六輕，後勁人反五輕，知識份子發動森林救援，雛妓救援，等等。這一系列的由自然環境、生存權利引發的自救運動、人權運動，以至於工人自救運動、農民自救運動……不停頓地衝擊當局的戒嚴體制，加以國民黨外的政治團體、黨派活動強渡關山，越來越大的壓力，終於導致了國民黨台灣當局在 1987 年 7 月 15 日宣佈解嚴，終止了長達 40 年的戒嚴體制。接著，黨禁、報禁也被解除。

其實，「解嚴」之前，這種衝擊已經顯示了分離主義的傾向了。早在 1975 年，黃信介、康寧祥、張俊宏、姚嘉文、黃華等「本土知識份子」出身的在野政治人物創辦了《台灣政論》雜誌。作為在野政治力量的集合，已經觸及了「台灣」被中國「壓抑」的問題。1977 年的「中壢事件」，就顯示了對抗中國立場的趨勢。那份《美麗島》雜誌，也就是在 1977 年以後黨外本土化「民主」運動興起之後由黃信介、許信良等創辦的黨外雜誌之一。進入 80 年代以後，反對勢力進一步發展。在黨外運動中，有些人主張統一，有些人主張「台獨」。「台獨」份子披著「爭民主」的外衣，打著「民主」的旗號，進行分裂祖國的活動，形勢複雜起來。「美麗島事件」後，1980 年底補行的中央民代選舉，「美麗島事件」受刑人家屬高票當選。1981 年底省市公職人民選舉之後，1982 年 5 月，黨外主流領袖康寧祥與黃煌雄、張德銘、尤清，在中美上海二號公報即將公佈之前，到美國、日本訪問，表達台灣人對台灣前途的看法，提出了一個分離主義傾向十分明顯的主張，即「美中關係的正常化，不能犧牲台灣一千八百萬人民的利益，有關台灣未來的前途，必須由島上的全體住民自決。」雖然康寧祥四人行招來了部份黨外人士尤其是新生代的懷疑，被認為是充當國民黨的說客而引起了黨外批康的風潮，甚至由今日之民進黨主席當年的市議員謝長廷出面主張台灣的民主運動必須與島外的「台獨」運動劃清界線，而導致了黨外的「體制內改革」和「改革體制」之間的路線之爭。然而，「改革體制」路線直承海外「台獨」運動香火，側重「台灣主體性」，主張推翻國民黨現行體制，建立獨立的「台灣共和國」；「體制內改革」路線突出「民主化」在現行國民黨統治下的可行性，主張打著民主化大旗進入體制，改變體制，使之逐步台灣化，也還是主張和中國分離，實質上還是一丘之貉。果然，1983 年 12 月增額立委選舉中，黨外後援會提出了「住民自決」的共同政見，兩條路線達成妥協。而這「住民自決」，本來就是以台灣「獨立」意識為基礎的。

這種分離主義的活動，不久便發展為「台獨」政黨的建黨組黨活動了。比如，1984 年初，「台灣獨立聯盟」美國本部，任主席長達十年的張燦鍙，改任「世界台獨聯盟」主席之後，美國本部主席由陳南天繼任。很快，4 月 17 日，在紐約，「台灣獨立聯盟」的副主席洪哲勝領著 20 個人，公開聯名發表聲明，脫離「台灣獨立聯盟」，又發表聲明，由他做召集人，出籠了一個「台灣革命黨」的「建黨委員會」，籌建「台灣革命黨」，聲稱這個黨的宗旨是「推動台灣人民獨立建國」。隨後，洪哲勝在接受《台灣與世界》雜誌特約記者邱慶文專訪時，竟然公開叫囂「中華人民共和國相當於列強」，「台灣革命是一場民族解放運動」。1985 年元旦，這個「台灣革命黨」宣告成立。除洪哲勝擔任總書記，時任洛杉磯刊行的《美麗島周刊》社長的許信良做了第一副總書記。1986 年 5 月 1 日，「美麗島事件」後流亡美國 7 年的許信良在美國紐約宣佈，他成立了由一百多位建黨委員組成的「台灣民主黨建黨委員會」，將在 8 月以前在海外成立「台灣民主黨」，並在年底前遷回台灣，以突破國民黨的黨禁。不料，局勢由此而急遽發展。這一年的9月28日，代表黨外行使提名權的黨外選舉後援會在台北圓山飯店舉行推薦大會，由立法委員費希平、監察委員尤清動議討論了建黨的問題，包括費希平、尤清及謝長廷、張俊雄等人在內的建黨工組小組當場發動建黨發起人簽署工作，獲得 135 人簽署，並在當天下午決定組織「民主進步黨」，還宣佈正式成立。跟著，許信良在美國決定，取消「台灣民主黨建黨委員會」，取消「台灣民主黨」的建黨工作，並宣稱將其改為「民主進步黨海外支部」。許信良等人，也將「遷黨回台」改為「回台入黨」。到此，在1927年的「台灣民衆黨」和隨後的共產黨之後，台灣史上又一次出現了政黨組織。國民黨當局戒嚴體制下的黨禁就這樣被突破，分離主義的「台獨」勢力就這樣以政黨的形式登上了台灣的政治舞台。

我們知道，從80年代開始，台灣島上興起了全面反中國的、分離主義的文化、政治思潮與活動。這真是一個令人不堪回首的歷史過程。人們可以十分清楚地看到，在這樣一個動盪的政治局勢裡，從意識形態、文化思想來説，這種分離主義的思潮與活動，是從「台灣結」與「中國結」、從「台灣意識」與「中國意識」的，也就是「獨立」與「統一」的爭論開始的。這場統、獨爭論的觸發點，是1983年的兩件事情。其中的一件就是，外省人的第二代，以創作《龍的傳人》一曲成名的校園民歌手侯德建，赴大陸以圓回歸祖國之夢。由此，而引爆了統、獨意識的公開論戰。

1983年6月11日出版的《前進周刊》第11期報導了侯德建赴北京進修的消息，還發表了楊祖珺的文章〈巨龍、巨龍、你瞎了眼〉。文章中，楊祖珺説侯德建是「愛國的孩子」，「『龍的傳人』只是侯德建在學生時代，輾轉反側深思不解的中國，『龍的傳人』是他揣測、希望、耽憂的中國」。楊祖珺還説，中國雖然是從書本上、宣傳上得來的，但畢竟是在深深的困擾著台灣年輕知識份子的問題。一個星期以後，6 月 18 日，《前進周刊》第 12 期上又有兩篇相關的文章刊出。其中，陳映真的〈向著更寬廣的歷史視野〉一文，面對《龍的傳人》這首歌廣為流傳的熱烈而又動人的情景，首先深情地傾訴了他心中緣於「中國情結」而迸發的愛國激情。陳映真寫道：「這首歌整體地唱出了深遠、複雜的文化和歷史上一切有關中國的概念和情感。這種概念和情感，是經過幾千年的發展，成為一整個民族全體的記憶和情結，深深地滲透到中國人的血液中，從而遠遠地超越了在悠遠的歷史中只不過一朝一代的任何過去的和現在的政治權力。」針對少數分離主義者有關「空想漢族主義」的荒唐指責，有關「台灣社會的矛盾，是『中國人』民族對『台灣人』民族的殖民壓迫和剝削」的謬論，陳映真明確地指出：「組織在資本主義台灣社會的所謂『中國人』與『台灣人』之間的關係，絕不是所謂『中國人＝支配民族＝支配階級』對『台灣人＝被支配民族＝被壓迫・剝削階級』的關係」。陳映真呼籲，無論是批判什麼樣的台灣分離主義，人們都會「心存哀矜的傷痛」，「而如果把這一份哀矜與傷痛，向著更寬闊的歷史視野擴大，歷代政治權力自然在巨視中變得微小，從而，一個經數千年的年代，經過億萬中國人民所建造的、文化的、歷史的中國向我們顯現。民族主義，是這樣的中國和中國人的自覺意識；是爭取這樣的中國和中國人之向上、進步、發展、團結與和平；是努力使這樣的中國和中國人對世界與他民族的和平、發展和進步做出應有的貢獻的這種認識。」

陳映真的〈向著更寬廣的歷史視野〉一文發表後，6 月 25 日，《前進周刊》第 13 期發表了 3 篇文章，對他進行攻擊。這三篇文章是：蔡義敏的〈試論陳映真的「中國結」——「父祖之國」如何奔流於新生的血液中？〉，陳元的〈「中國結」與「台灣結」〉，梁景峰的〈我的中國是台灣〉。這 3 篇文章，集中攻擊了陳映真的「中國結」，主張「台灣、台灣人意識」。蔡義敏攻擊陳映真在民族主義問題上採用了壓抑台灣、彰顯中國的雙重標準，還攻擊陳映真一直把「台灣、台灣人意識」和他所殷切熱愛的「文化、歷史的中國」敵對起來。蔡義敏說：「一個文化的、歷史的毒物是不一定要和一個特定時空中展現出來的實存的意識和理念和事物相對，以致於一定要被視為勢不兩立的。」這蔡義敏所謂有的「特定時代中展現出來的實存的意識和理念」，就是分離主義的「台灣意識」。陳元的文章主要是呼籲，「不要在台灣走上民主化之前，……黨外自己發生意識形態上的，或者戰略路線上的分裂。」梁景峰則稱，陳映真的「中國意識」認同彼岸的中國，表現出這種「中國意識」的「無根性」。梁景峰呼籲認同「腳下的中國」——台灣。他說：「只有認同生存所在的人才可能是民族主義者。」

7 月 2 日，《前進周刊》第 14 期，又發表了陳映真的〈為了民族的團結與和平〉一文。從蔡義敏等人的攻擊，陳映真認為，少數人，即「左翼台灣分離主義」者，把當前台灣地區內部的省籍矛盾歪曲成了「中國人」民族與「台灣人」民族的矛盾，對此，「實在應該有一個自由的環境進行公開而深入的討論」，但是，在目前，還「完全没有討論這個問題的主觀和客觀的條件」，他「只是『婉謝』參加論戰了」。不過，針對分離主義者攻擊愛國的「中國結」是「漢族沙文主義」、「愛國沙文主義」、「中國民族主義」，陳映真還是反擊了那些分離主義者。陳映真指出，「希望台灣的政治有真實的民主和自由，社會有正義，是絕大多數在台灣的本省人、大陸人共同一致的願望」。鑒於分離主義者無視這一事實，歪曲這一事實，激於民族義憤的陳映真發出了這樣的質問：「為什麼凡是要台灣更自由、更民主、更有社會正義的人，就非說自己不是中國人不可呢？……為什麼……我們以中國人為榮，以中國的山川為美，以中國的瓜分為悲忿，一定是可恥、可笑呢？……為什麼現實生活中相互友愛、相互幫助的青年中，要硬生生地分成『中國人』和『台灣人』？為什麼在長期婚姻關係中建立起來的岳父母、媳婦女婿、姐夫妹夫、嫂嫂弟媳、侄兒侄女、阿公阿嬤、外公外婆……這些親屬情感中，非要有『中國人』、『台灣人』加以分割呢？為什麼凡是自然地以自己為中國人，並以此為榮的人，黨外民主運動都不能容納？」針對分離主義者破壞民族團結的言行，陳映真寫道：「讓我們平靜地想一起。想了之後，如果認為一切在台灣的正直的、追求民主、自由和社會公平的人之間，不應該、不能夠分成對立的『中國人』和『台灣人』，那麼讓我們在內心深處堅定地說『不！』，並且讓我們在『國民黨』和『台灣民族派』者之外，堅定地、自動地藉著坦誠的溝通、討論，藉著同胞手足之情，發展有意識的民族團結與和平的運動。」「讓一切追求民主、自由與進步的本省人和大陸人有更大的愛心、更大的智慧，互相擁抱，堅決反對來自國民黨和左的、右的台灣分離論者破壞人民的民族團結。」陳映真還指出，這種「於歷史中僅為一時的台灣分離主義，其實是中國近代史上黑暗的政治和國際帝國主義所生下來的異胎」。這真是一種遠見卓識，真知灼見。

其實，這種分離主義的危險，陳映真早在1977年6月，在他發表在《台灣文藝》革新二期上的〈「鄉土文學」的盲點〉一文裡就指出來了。那是在鄉土文學論戰方興未艾之時，他讀到了葉石濤的〈台灣鄉土文學史導論〉一文之後，針對葉石濤當時極其曖昧的從中國分離出來的對立於「中國意識」的「台灣立場」、「台灣意識」、「台灣的文化民族主義」等等謬論，指出來：「這是用心良苦的，分離主義的議論」。只是，從那時到1983年，思想文化界還沒有就這個問題展開論爭。現在，陳映真還是好心地呼籲，以民族團結大義為重，通過坦誠的溝通與討論來解決這種分離主義的問題。

不過，論爭一經展開，很快就激化起來。

1983年7月，《生根》雜誌刊出陳樹鴻的〈台灣意識——黨外民主運動的基石〉一文，極力維護了陳映真所深刻揭露和批判過的標舉分離主義的「台灣意識」。陳樹鴻認為，日本在台灣進行「資本主義化的建設」，如統一度量衡制與幣制、完成南北縱貫公路等，「促進了全島性企業的發展……有了整體化的社會生活和經濟生活，就必然地產生了全島性休戚與共的『台灣意識』了。」至於70年代以後「台灣意識」的強化，是由於台灣形成了「政治經濟的共同體」。陳樹鴻以為，他這樣論述，使「台灣意識」有了政治經濟學的基礎。卻不知，他論述歷史，忽略了中華民族的民族意識與反殖民主義鬥爭對於「全島性休戚與共」所起的重要作用；論述現實，又有意遮蔽了這「共同體」內部的一系列錯綜複雜的尖銳矛盾。陳樹鴻的文章還有一點值得注意，那就是，他把「中國意識」等同於不民主，從而主張，為了民主，必須排除「中國意識」。

這個論點，倒是說破了新分離主義者的一種策略。他們是有意把自己的分離主義的「台獨」活動和反對國民黨統治下的「不民主」劃上等號的。到往後的90年代，我們常常可以看到「台獨」派在重複地使用這一論證。不過，這其實不是他們這些黨外新生代的發明。早在50—60年代，台灣一些西化派自由主義者反中國文化時，也是在民主不民主問題上做文章的。

這時，洪今生、江迅、林正杰等人繼續發表了批判台灣意識論的文章。8月底陳映真應聶華苓主持的美國愛荷華大學國際寫作計劃邀請，到美國作短期訪問。9月28日，在愛荷華市詩人呂嘉行家，和正在美國加州柏克萊大學作訪問學者的旅日華人教授戴國煇作了一次對談。呂嘉行和評論家譚嘉、《台灣與世界》雜誌發行人葉芸芸列席。對談的話題，就是台灣島上剛剛發生的「台灣人意識」、「台灣民族」與「中國人意識」、「中華民族」或者說「台灣結」與「中國結」的問題。葉芸芸後來將對談整理成文，先後發表在美國紐約出版的《台灣與世界》1984 年 2 月號、3 月號和在島內出版的《夏潮論壇》1984 年 3 月號上。對談中，陳、戴二人的共識是，「台灣結」是「恐共」、反共的表現，實質是「以台籍中產階級為核心」的分離主義的「台獨」勢力對大陸的抗拒，其背後的暗流「乃是國際政治關係的動蕩不安」；「台灣獨立的理念」是「60 年代中興起的台灣資產階級」的理念，「這實在是階級的問題，而不是什麼『民族』的問題」。對談還批駁了陳樹鴻的「共同體」謬論。

陳映真和戴國煇的對談，帶有 1983 年最初的論戰的小結的意味。到 1984 年，轉載於《夏潮論壇》和《台灣年代》之後，論爭趨於白熱化了。《夏潮論壇》在 1984 年 3 月的 12 期上編發了〈台灣的大體解剖〉專輯，專輯中，除了前述陳、戴對談的記錄稿，還發表了戴國煇的〈研究台灣歷史經驗談〉，吳德山的〈走出「台灣意識」的陰影：宋冬陽台灣意識文學論的批判〉，還有趙定一的〈追求「台灣一千八百萬人」論〉。這些文章或譴責「台獨」意識為「恐共」，或視「台灣意識」為「陰影」，尖銳地批評了分離主義。

這裡說到的宋冬陽，就是陳芳明。陳芳明的長文〈現階段台灣文學本土化的問題〉，發表在 1984 年 1 月的《台灣文藝》86 期上。陳芳明從台灣文學切入，回顧了 80 年代以來台灣思想界、文學界有關台灣意識的論戰，對陳映真等人的主張進行了攻擊。《夏潮論壇》上的〈台灣的大體解剖〉專輯，就是由陳芳明的文章引發的，也是針對陳芳明的長文的。

與《夏潮論壇》針鋒相對，同月月底，《台灣年代》1 卷 6 期推出了〈台灣人不要「中國意識」〉專輯，除社論〈台灣人不要「中國意識」〉外，還有 5 篇文章是：鄭明哲的〈台獨運動真的是資產階級運動嗎？〉，黃連德的〈洗掉中國熱昏症「科學」

妝吧〉，林濁水的〈《夏潮論壇》反「台灣人意識」論的崩解〉，高伊哥的〈台灣歷史意識問題〉，秦綺的〈神話與歷史、現在與未來〉。4月，《80年代》1卷6期上，又有羅思遠的〈故土呼喚已漸遙遠——論「台灣意識」與「中國意識」的爭辯〉一文，加入了《台灣年代》對於《夏潮論壇》的攻擊。這些文章，除了繼續鼓吹「台灣意識」、排除「中國意識」以製造分離，還有一點值得注意的是，這些持有分離主義思想的黨外新生代，都藉口日本在台灣的現代化開發而對日本在台灣的殖民統治感恩。於是，把「崇日」包容到分離主義的思想體系裡來，成了一個新的動向。

其實，這種美化日本殖民統治的「崇日意識」，早在1979年張良澤的〈戰前在台灣的日本文學——以西川滿為例〉一文裡就表現出來了。那一年11月，張良澤在日本東京參加「第三回國際日本文學研究集會」，發表了這篇文章。張良澤對西川滿文學作品與文學評論中的「台灣意識」充分肯定，而表現了他的「去中國中心」化的立場。1983年，張良澤又發表了〈西川滿先生著作書誌〉。對於張良澤美化日本殖民統治藉以反「中國意識」的言論，陳映真寫了〈西川滿與台灣文學〉一文，在1984年3月的《文季》1卷6期上發表，予以嚴正的批駁。針對陳映真的批駁，張良澤將〈戰前在台灣的日本文學——以西川滿為例〉一文譯成中文，並附致王曉波的一封信為序，發表在1984年9月的《文季》1卷8期上。作為一種潮流，除了張良澤，還有那個高伊哥，也寫了〈後藤新平——台灣現代化的奠基者〉一文，發表在1983年5月10日的《生根》8期上，也以反「中國意識」的「台灣意識」為標準，美化了這位日本總督對台灣現代化的貢獻。

除了拿日本殖民統治做文章，論戰中，還有一個謝里法，在1983年7月的《台灣文藝》82期上發表了〈斷層下的老藤——我所找到的江文也〉一文，利用台灣音樂家江文也在大陸被當時的極「左」路線迫害的事件，來反對中國意識，鼓吹分離。對此，陳映真也寫了〈從江文也的遭遇談起〉一文，發表在1983年7月的《夏潮論壇》1卷6期上，予以反駁。

回過頭來，我們還要提到，針對分離主義者藉口「維護1800萬台灣人的幸福」的謊言，陳映真還寫了〈追究「台灣一千八百萬人」論〉一文，發表在1984年3月的《夏潮論壇》12期上。

需要說明的是，就在這場「台灣結」與「中國結」、「台灣意識」與「中國意識」激烈論爭的時候，在美國出版的《美麗島周報》等分離主義勢力雜誌，先後發表了〈注視島內一場『台灣意識』的論戰〉及〈台灣向前走〉、〈島內外統派餘孽蝟集《夏潮論壇》/戴國煇陳映真熱情擁抱在一起〉、〈「統一左派」對上「台灣左派」〉，在鼓吹「獨立建國」的濫調中，對《夏潮》及陳映真等人進行政治誣陷。陳映真寫了〈嚴守抗議者的操守——從海外若干非國民黨刊物聯手對《夏潮》進行政治誣陷說起〉一文，發表在1984年4月的《夏潮論壇》13期上，對《美麗島周報》的「法西斯的、造謠、誣陷的本來面目」無情地予以揭露，並重申，《夏潮》的立場正是「中國民族主義」，「對於中國歷史、文化和人民抱著極深的認同和感情」，「願意跳出唯台灣論的島氣，學習從全中國、全亞洲和世界的構圖中去凝視中國(連帶地是台灣)的出路。」

這場爭論延續到「解嚴」之後，激烈程度減退。「台獨」勢力的新分離主義，又進入了一個新的階段。

這又和台灣政局變化有關。

1988年1月13日，蔣經國去世，李登輝開始執掌黨政大權，台灣進入「李登輝時代」。1990年5月，李登輝宣佈開始憲政改革，對舊「法統」進行改造。此後，從1990年到1997年，台灣當局進行了四次修憲，包括終止動員戡亂時期、廢除臨時條款；總統由台灣地區人民直接選舉產生；凍結台灣省長、省議會選舉，虛化台灣省政府功能等等。台灣的政治格局、國民黨內部的權力結構以及台灣當局對大陸政策和對外政策都發生了重大的變化。其中，最為突出的是國民黨政權迅速「本土化」，標榜實行西方民主制度，謀求「兩個中國」的政策日益明朗化，分裂祖國的勢力愈益煽動仇視大陸的情緒，「台獨」活動更形猖狂。

民主進步黨即「民進黨」，成立之初，本來還是各種反國民黨勢力的複雜組合，但領導權基本上被「台獨」份子把持，「台獨」思潮在該黨內嚴重泛濫，民進黨「一大」通過的黨綱，即主張台灣前途由台灣全體居民決定。以後，該黨又陸續通過一些決議，宣稱「台灣人民有主張台灣獨立的自由」、「台灣國際主權獨立」等等。1988 年以後，在台灣當局的姑息與縱容下，海外公開的「台獨」組織加強向島內滲透，在美國的最大的「台獨」組織「台獨聯盟」遷回台灣，以後集體加入了民進黨 。1991 年 10 月，民進黨召開「五大」，公然在黨綱裡寫下了：「建立主權獨立自主的台灣共和國暨制定新憲法，應交由台灣人以公民投票方式選擇決定」。1992 年 5 月，立法院修改刑法，廢除「刑法第 100 條」和「國安法」，使鼓吹和從事非暴力的「台獨」活動合法化。從此，台灣當局實際上已經不再禁止「台獨」活動。各種「台獨」組織進行了名目繁多的分裂活動，比如，制定「台灣共和國憲法草案」、「新國旗」、「新國歌」，推行所謂「公民投票運動」，積極爭取西方反華勢力的支援，鼓吹以台灣名義加入聯合國，等等。1994 年 3 月，民進黨籍立委還在立法院的專門委員會一讀通過了「公投法草案」。與此同時，一些「台獨」份子通過選舉，有的進入了國民大會、立法院和省、市、縣議會，有的掌握了一些縣市政權。比如，1994 年底的省市長選舉中，民進黨獲得了台北市長的席位。1997 年底的縣市長選舉中，民進黨獲得空前的勝利，得票率第一次超過國民黨，拿到了 23 個縣市長席位中的 12 個。1999 年，李登輝拋出「兩國論」的「台獨」言論。

到 2000 年的總統選舉，民進黨陳水扁、呂秀蓮竟當選正、副總統，結束了國民黨當政的時代。陳水扁、呂秀蓮一上台，便公開拋棄了「一個中國」的原則。

在這樣的政治格局裡，從意識形態來説，作為「台獨」的文化標籤，「台獨意識」逐步被「台灣主體性」所取代了。

本來，早在 1962 年，史明以日文撰成《台灣四百年史》，就已經把「台灣人意識」和「中國人意識」對立起來了。1964 年，獨派的王育德也在日本出版了《台灣：苦悶的歷史》，在史明所炮製的「台灣民族論」架構下，把台灣史描繪成「台灣民族」受到外族壓抑的歷史。這種「台灣民族」論，是用「民族性」來定義台灣的特殊性。宋澤萊在《民進報》46、47、48 期上發表〈躍升中的「台灣民族論」〉也依台灣在血統、語言、文字、生活習慣上的共性，將生活在島上的群體定位為「台灣民族」。相對於此，謝長廷在 1987 年 5 月的《台灣新文化》8 期上發表〈新的台灣意識和新的台灣文化〉一文，認為，「相對於中國大陸的『台灣住民』意識」，已經形成「彼此命運一體，息息相關的共同體意識」。他把這種住民意識叫做「新的台灣意識或『台灣島命運共同體的意識』」。1988 年 4 月 24 日，李喬在《自由時報》上發表〈台灣文化的淵源〉一文，提出來用「台灣人」來稱呼台灣的住民，以避免強調族性而激化社會內部的族群對立。1989 年 7 月 26 日、27 日，李喬在《首都早報》上發表〈台灣運動的文化困局與轉機〉一文，繼續闡釋了這種觀點。不管台灣民族論、台灣人論對台灣性的定位及對「中國」定義有什麼不同，卻都是為了構築「台獨」的理論基礎而提出的。不滿於立論的侷限性，進入 90 年代之後，「文化台獨」開始反省台灣內部多族群如何統合的問題。立足於這種反省，張炎憲在〈台灣史研究的新精神〉一文裡，提出了「多元族群」的觀點，認為台灣內部的福佬人、客家人、外省人、原住民都是台灣歷史的主體，他們的活動都是台灣歷史的一部份，各族群在台灣的歷史活動中的主體地位都應該得到確認。而這種「台灣的主體性」，只有在去除了「漢人的中心意識」之後，才能獲得。這一史觀，成了90年代台灣主體論的主要歷史觀。

1991年，陳芳明的〈朝向台灣史觀的建立〉一文，在台灣史領域建構了「台灣主體性」的概念，並在台灣文學中同時建構了「台灣主體性」的概念。1992年，陳芳明在四七社議論集《改造與重建》一書的序言〈注視世紀的地平線——四七社與台灣歷史意識〉一文中，又以「相對於整個中國」的「命運共同體」的台灣為主體，他是要用多元主體論來消弭社會內部的對立，凝聚台灣「獨立」建國的能量。

90年代，這種新分離主義的思潮，在文學領域裡得到了惡性的膨脹，形成了一股反民族、反中國的文藝「台獨」思潮。這股文藝領域裡的「台獨」思潮，從80年代延伸而來，到90年代變本加厲，又理所當然地激化了台灣新文化思潮領域裡的統、獨大論戰。

三　「文學台獨」惡性發展的歷史

「文學台獨」的發生和發展大致有兩個階段，即：從「鄉土」向「本土」轉移，進而拋出了台灣文學「主體論」；從台灣文學「主體論」進而鼓吹獨立於中國文學之外的「台灣文學論」、文學「兩國論」。

先談第一階段。70 年代到 1987 年解除戒嚴，從「鄉土」向「本土」轉移，進而拋出了台灣文學「主體論」。

在台灣，「鄉土文學」這個詞語已沿用多年。如果從連雅堂於 1929 年編著《台灣語典》時，談「鄉土文學」算起，已經 70 多年了。

直到 1965 年 11 月，葉石濤在《文星》97 期上發表了〈台灣的鄉土文學〉一文，才率先在台灣提出了從理論上重新釐定「鄉土文學」的概念的問題。只是當時的台灣文壇正洶湧的著現代主義的浪潮，葉石濤的聲音過於微弱了。1977 年 5 月 1 日，台灣文壇鄉土文學論戰已在激烈展開，葉石濤在《夏潮》14 期上發表了〈台灣鄉土文學史導論〉一文，再一次對「鄉土文學」作了新的闡釋。葉石濤把 1967 年從福建來到台灣的郁永和的《裨海紀遊》到吳濁流的小說之間的台灣重要作家作品都包羅進去，把近、現代的至少是 1945 年前的台灣地區的中國文學，全都看作是「鄉土文學」了。要是從文學的地域文化特徵或者地域文化風格來立論，那倒也罷了，問題是，葉石濤從「鄉土」衍生出了一個「台灣立場」的問題。日本割據台灣以後，這個「台灣立場」，有了政治學的意義。葉石濤說，台灣從陷日前的半封建社會進入日治時代的資本社會之後，在資本主義社會形成過程之中，近代都市興起，這些近代都市中的文化，與過去的、封建的台灣的傳統沒有關係，從而也就與農村的、封建的台灣之源頭——中國，脫離了關係。一種近代的、城市的、市民階級文化，相應於日本帝國對台灣之資本主義改造過程；相應於這個過程中新近興起的市民階級而產生。於是，一種新的意識——「台灣人意識」產生了。進一步，葉石濤將這「台灣人意識」推演到所謂的「台灣的文化民族主義」，說什麼，台灣人雖然在民族學上是漢民族，但由於上述的原因，發展了和中國分離的、台灣自己的「文化的民族主義」。只要翻閱一下史明的《台灣四百年史》就知道，這些論點完全是抄自史明的概念。

葉石濤的〈台灣鄉土文學史導論〉遭到了陳映真的批判。陳映真在 1977 年 6 月《台灣文藝》革新 2 期上發表了〈「鄉土文學」的盲點〉一文，一針見血地指出：「這是用心良苦的，分離主義的議論。」陳映真還指出，日據時代的台灣，仍然是農村經濟而不是城市經濟在整個經濟中起著重大作用。而農村，正好是「中國意識」最頑強的根據地。即使是城市，中小資本家階級所參與領導的抗日運動，也都「無不以中國人意識為民族解放的基礎」，所以，「從中國的全局去看，這『台灣意識』的基礎，正是堅毅磅礡的『中國意識』了」。由此，陳映真斷言：「所謂『台灣鄉土文學史』，其實是『在台灣的中國文學史』。」

也許是憂慮於葉石濤炮製的這種文學分離主義的惡性傳播，陳映真接著又在 1977 年 7 月 1 日出版的《仙人掌雜誌》5 期上發表的〈文學來自社會反映社會〉一文裡強調「台灣新文學在表現整個中國追求國家獨立、民族自由的精神歷程中，不可否認地是整個中國近代新文學的一部份。」這一年的 10 月，他又在《中華雜誌》171 期上發表的〈建立民族文學的風格〉一文裡強調，「30 年來在台灣成長起來的中國文學」的作家們，「使用了具有中國風格的文字形式、美好的中國語言，表現了世居在台灣的中國同胞的具體的社會生活，以及在這生活中的歡笑和悲苦；勝利和挫折……。這些作家也以不同的程度，掙脫外國的墮落的文學對他們的影響，揚棄了從外國文學支借過來感情和思想，用自己民族的語言和形式，生動活潑地描寫了台灣——這中國神聖的土地，和這塊土地上的民衆。正是他們的文學，……在台灣的中國新文學上，高高地舉起了中國的、民族主義的、自立自強的鮮明旗幟！」陳映真還熱忱地呼籲，「一切海內外中國人，因為我們在對於台灣的中國新文學共同的感受、共同的喜愛、共同的關切的基礎上，堅強地團結起來」！再往後，在1978年8月的《仙人掌雜誌》2卷6號上發表的〈在民族文學的旗幟下團結起來〉一文裡，1980年6月的《中華雜誌》203期上發表的〈中國文學的一條廣大出路〉一文裡，陳映真又反覆地展開了這樣的論述。然而，這種善良的願望已經阻擋不住文學領域裡新分離主義的逆流了。

緊跟葉石濤的是彭瑞金。1980年12月，他在《台灣文藝》70期上發表〈80年代的台灣寫實小說〉一文，從70年代以來寫實小說的發展趨向「工具化」、「現實化」提出了批評，展示了他的傳統本土論者的文學本位立場。其實，彭瑞金這篇文章是替葉石濤來回應陳映真對於〈台灣鄉土文學史導論〉的批判的。彭瑞金在文章裡攻擊了陳映真的民族文學論，有意肯定了50、60年代作家的本土創作，實際上是在延續70年代的陳映真、葉石濤的論爭。這場論爭還引發了陳映真和葉石濤的一次直接交鋒。

那是1981年1月，詹宏志在《書評書目》93期上發表了〈兩種文學心靈——評兩篇聯合報小說得獎作品〉一文。文章裡，詹宏志把台灣放在中國視野裡考察和評價，認為台灣文學是中國文學的「旁支」，或者，如同小說家東年所說的，是相對於「中國的中心」的「邊疆文學」。文學「旁支」和「邊疆文學」之說，或許過於簡單，容易引發誤會，但是，詹宏志的中國立場卻是不容置疑的，這實際上又是陳映真的中國立場的延伸。這一年10月，第二屆「巫永福評論獎」評審會召開，陳映真和葉石濤都是評審人，詹宏志、彭瑞金都是候選人。會上，葉石濤支援彭瑞金，陳映真力舉詹宏志，爭辯激烈，雙方相持不下，評審會因此延期，最後不得不另選其他作品頒獎。由此，「中國結」與「台灣結」的對立和論爭又趨於激化。

詹宏志的文章發表後，招來了分離主義者的攻擊。先是高天生在 5 月的《台灣文藝》72 期上發表了〈歷史悲運的頑抗〉一文，強調台灣文學的獨特性。接著，《台灣文藝》雜誌社邀請詹宏志與本土作家巫永福、鍾肇政、趙天儀、李魁賢等人對談，話題是「台灣文學的方向」。這個座談會的記錄，發表在這一年 7 月的《台灣文藝》73 期上。同一期的《台灣文藝》還刊出了應邀參加但沒有出席的李喬(壹闡提)的書面意見稿——〈我看「台灣文藝」〉，還有宋澤萊對於詹宏志的回應文章〈文學十日談〉。9 日，《台灣文藝》74 期還刊出了彭瑞金的〈刀子與模子〉一文。

座談會上，詹宏志補充說明了自己的觀點。他說，他並不否認台灣文學的成就及其特殊性，他要肯定和強調的是，如果在政治上台灣要成為中國的一部份的時候，在文學上，台灣文學勢必要成為中國文學的一部份。當然，詹宏志還是堅持說，站在中國來看台灣文學，台灣勢必成為邊疆文學。

會上會下，反對者對詹宏志的文章發難，還是表現在用所謂的「台灣結」來對抗「中國結」。

比如高天生。他就反對將台灣文學「當作中國文學的亞流」，強調要面對台灣文學的「獨特的歷史性格、文學特色等，將之視為一獨立的文學史對象來加以處理，就如我們獨立處理台灣史一樣」。高天生還指責詹宏志將台灣文學「置放於整個中國文學中去定位」，「是一種迷失歷史方向後的錯亂」，是在「動輒用大漢族沙文主義來誹謗文學前輩」。

又比如宋澤萊在他攻擊詹宏志的〈文學十日談〉一文裡，以台灣為中心，提出了台灣文學的三個傳統，然後歸納出台灣文學自足的價值，其勢洶洶地質問：「台灣文學有她的獨特經驗，……有那一個人膽敢宣稱台灣文學是一種『支脈的』、『附屬品的』文學呢？」他稱台灣人為「弱小民族」，而不是「中華民族」；他又把台灣文學放在第三世界文學的位置，與中國文學是對等的位置，從而排斥了中國文學對台灣文學的任何作用。

再比如李喬。針對詹宏志的主張，他強調了兩岸的分離阻隔。他說：「雖然『中國文學』被原鄉人攜帶來台，但是整個文學原野被斬斷了，文學泉源被阻塞了」。

再就是彭瑞金。他攻擊詹宏志，是說詹宏志預設了「中國統一」的政治立場。彭瑞金說，文學的「價值與政權的變化壓根扯不上關係，台灣文學自有從文學出發的價值評定，和中國統一與否不發生影響」。他是從文學和政治分離而論的手法，排除了中國文學對台灣文學發生的作用。

直到 1984 年 1 月，陳芳明在《台灣文學》82 期上，發表了〈現階段台灣文學本土化的問題〉一文，對詹宏志的主張還進行了攻擊。他認為，詹宏志不是「從它本身固有的歷史背景和本身立足的現實環境出發」，而是「站在台灣島嶼以外的土地上來觀察台灣文學」。陳芳明說：「詹宏志的彷徨與無助，再次暴露了『以中國為中心』的矛盾與缺漏。」陳芳明攻擊這「以中國為中心的情結，只不過是知識份子自我纏繞的一個情結，在一般台灣人心中並不存在。」「在他們的觀念裡，並非是『以中國為中心』的，他們的中心其實是他們立足的土地。」

這一次的較量裡，從陳芳明、彭瑞金等人的言論來看，已經顯示了台灣文學「本土化」、「自主性」的一種濃厚的「去中國中心化」的色彩。

這時候，隨著台灣政局的變化，思想界、文化界有關「台灣意識」的論爭十分激烈，台灣文學「本土化」、「自主性」的濁浪也有了進一步的洶湧。那是以《文學界》創刊為起點的。

葉石濤在 1982 年 1 月中，和鄭炯明、曾貴海、陳坤侖、施明元等人一起在高雄創辦了《文學界》雜誌。葉石濤說，他和《文學界》的願望就是「整合本土的、傳統的、外來的文學潮流，建立有自主性的台灣文學」。在《文學界》創刊號上的〈編後記〉裡，葉石濤標舉了「自主化」的口號。他說：「這三十多年來的台灣文學的確產生了許多值得紀念的作品，然而我們仍然覺得台灣文學離開『自主化』的道路頗有一段距離。我們希望台灣作家的作品能夠有力地反映台灣這一塊美麗的土地的真實形象，而不是執著於過去的亡靈以忘恩負義的心態來輕視孕育你、供給你乳汁與蜜的土地與人民。那些站在空洞的神話架構上來號令叱吒的文學，只是損害勤樸人民心靈的毒素，它是一種可怕的公害。」在〈台灣小說的遠景〉（葉石濤：《文學回憶錄》。1983 年 4 月，台北遠景出版社版。）一文裡，葉石濤終於正式打出了「自主性(originality)」的旗號。

葉石濤和《文學界》的這一表態，他的「自主性」的主張，立即得到了海內外「台獨」勢力的誇獎。

比如，1982 年 4 月的《文學界》2 集上，彭瑞金發表了〈台灣文學應以本土化為首要課題〉，呼應了葉石濤的「自主化」、「自主性」的主張，鼓吹台灣文學要認同台灣，以台灣為中心的「自主化」為發展方向。文中，他對「台灣文學」下了一個定義說：「只要在作品裡真誠地反映在台灣這個地域上人民生活的歷史與現實，是根植於這塊土地的作品，我們便可以稱之為台灣文學。」初看起來，這個界定似是而非，然而，彭瑞金強調的是「認同台灣這塊土地」的意識，是針對陳映真等人的「中國文學論」而發的，他突出的是台灣與中國已經不是一體，所以，文章裡，他還攻擊了「生於斯，長於斯，在意識上並不認同於這塊土地」的「中國文學之一環論」者，把他們的文學排斥在「台灣文學」之外。彭瑞金的「台灣認同意識」還是葉石濤〈台灣鄉土文學史導論〉中的「台灣立場」、「台灣意識」的延伸。彭瑞金的發展則是在於他去掉了「台灣鄉土文學」中的「鄉土」，只留「台灣」，正是「去中國中心化」的結果。由「本土化」出發，彭瑞金把「自主化」更加引向文學「台獨」了。

又比如，1983 年 4 月 13 日陳芳明就在美國洛杉磯寫了一篇〈擁抱台灣的心靈——《文學界》和《台灣文藝》出版的意義〉，發表在 4 月 16 日出版的《美麗島》周報上。陳芳明按捺不住他的萬分激動，欣喜若狂地歡呼，經歷了 1977 年鄉土文學論戰和 1979 年高雄事件之後，「中國精神」已「後繼無人」，台灣本土文學終於與「本土政治結合起來」，邁入了「新的里程」。對於《文學界》上葉石濤所發表的那一段聲明，陳芳明說，那是在「肯定台灣文學的本土性、自主性」，這種強調，「在文學史上是極為重要的發展」。由此，陳芳明還異想天開地預言：「台灣民族文學的孕育誕生乃是必然的。」就是在這篇文章裡，陳芳明還公開宣揚了他的「文學台獨」主張：「把台灣文學視為中國文學的一部份，是錯誤的。」

順便說一句，陳芳明在為葉石濤和他的《文學界》叫好的時候，還提到了另一個雜誌《台灣文藝》。《台灣文藝》是在 1964 年 4 月由吳濁流獨資出版的，維持到 53 期時，1976 年 10 月，吳濁流不幸去世，改由鍾肇政、鍾延豪父子接辦，但一直經費不足，最後依靠遠景出版社扶助。1983 年 1 月 15 日，《台灣文藝》80 期開始，由醫師陳永興接辦，李喬主編。這以後，從 100 期到 1987 年 1 月 104 期由李敏勇負責，105 期到 120 期由台灣筆會接辦，主編有楊青矗、黃勁連等人。陳芳明稱《台灣文藝》80 期是重新出發。他提到《台灣文藝》在重新出發時發表的一篇「宣言」——〈擁抱台灣的心靈，拓展文藝的血脈〉。那「宣言」說：「《台灣文藝》是台灣歷史上具有特殊意義的一本文藝雜誌，從創辦以來，它就一直代表著台灣同胞的心聲，紮根在台灣寶島的土地上，反映出台灣社會實際的面貌。」出版後，編者又強調要「站在民間的立場，傳達出本土的、自主的、自尊的斯土斯民心聲。」陳芳明也十分看重《台灣文藝》的這一表態，吹捧它所肯定的「台灣文學的本土性、自主性」，「必然鑄造作家的意識和思考模式」。

從陳芳明的文章開始，台灣島內外的新分離主義者，「台獨」勢力，已經尊奉葉石濤為提出台灣文學「本土化」、「自主性」第一人了。

開始，葉石濤在他的《文學回憶錄》裡，儘管還有「中國文學」的外衣，還喋喋不休而又信誓旦旦地説，「台灣文學是居住在台灣島上的中國人建立的文學」，「在台灣的中國文學，以其歷史性的淵源而言，毫無疑義的，是整個中國文學的一環，也可以説是一支流，……台灣文學始終是中國人的文學，它並沒有因時代社會的蛻變，或暫時性的分離而放棄了民族性，也沒有否定了根本性中國民族文化的傳統。」説到台灣新文學的發生，還白字黑字地寫著：「台灣的新文學運動深受第一次世界大戰弱小民族的自決的思想解放和中國大陸五四文學革命的影響。」講到「來自祖國大陸的承傳」，還振振有詞地表演説：「所有台灣作家都因台灣文學是構成中國文學的一個重要環境而覺得驕傲與自負。我們在台灣文學裡看到的是中國文學不滅的延續。」至於他在 1977 年講到的「鄉土」，他也喬裝打扮一番，改口説：「這些鄉土色彩基本上乃屬於中國的。」然而，葉石濤的偽裝，也掩飾不了他的心機。在回憶他和西川滿、《文藝台灣》的關係時，在〈府城之星，舊城之月〉、〈《文藝台灣》及其周圍〉、〈日據時期文壇瑣憶〉等篇章裡，宣泄了他對後來的人們批判「皇民文學」的不滿，為他自己日後大翻「皇民文學」之案埋下了伏筆。

隨後，就是 1987 年 2 月《文學界》雜誌社出版的《台灣文學史綱》（1985 年完稿的《台灣文學史大綱》，分別在當年 11 月和次年2月、8月的《文學界》、12、13、15集上先行發表）。1987年成册出書時改名《台灣文學史綱》了。1996年7月7日，葉石濤在高雄左營老家為他的《台灣文學入門》一書寫〈序〉時說，他「從青年時代就有一個夢想，那就是完成一部台灣文學史，來記錄台灣這塊土地幾百年來的台灣人的文學活動，以證明台灣人這弱小民族不屈不撓的追求自由和民主的精神如何地凝聚而結晶在文學上。」於是，他寫了《台灣文學史綱》。只不過，葉石濤寫的時候，有難言之隱。這「難言之隱」，在1996年的這篇〈序〉裡，葉石濤說是：「《台灣文學史綱》寫成於戒嚴時代，顧慮惡劣的政治環境，不得不謹慎下筆，因此，台灣文學史上曾經產生的強烈的自主意願以及左翼作家的思想動向就無法闡釋清楚。……各種的不利因素導致《台灣文學史綱》只聊備一格。」

其實，即使是礙於台灣國民黨當局的戒嚴體制而不能放肆地宣揚自己的強烈的分離主義和「台獨」主張，不得不言不由衷地講了許多「中國意識」的假話，葉石濤還是在《台灣文學史綱》一書裡頑固地表現了自己。1985年12月，他在《台灣文學史綱》初版本的〈序〉裡就說：「台灣歷經荷蘭、西班牙、日本的侵略和統治，它一向是『漢番雜居』的移民社會，因此，發展了異於大陸社會的生活模式和民情。特別是日本統治時代的五十年時間和光復後的四十年時間，在跟大陸完全隔離的狀態下吸收了歐美文學和日本文學精華，逐漸有了較鮮明的自主性格。」葉石濤還說：「我發願寫台灣文學史的主要輪廓(outline)，其目的在於闡明台灣文學在歷史的流動中如何地發展了它強烈的自主意願，且鑄造了它獨異的台灣性格。」果然，葉石濤還是在這部《台灣文學史綱》裡喋喋不休地闡明了他所謂的台灣新文學的「鮮明的自主性性格」和「強烈的自主意願」。

比如，說到30年代初有關「台灣話文」和「鄉土文學」的論爭，葉石濤偏偏要說，在論爭中除了受大陸白話文運動的影響之外，「台灣本身逐漸產生和建立自主性文學的意念」；在甲午戰敗割讓台灣後30餘年社會發展的背景下，「台灣新文學必須走上自主性的道路，」這是「正確而不可避免的途徑」；作品，則「有效於表現強烈的本土性性格」。至於那些「新一代的日文作家」，葉石濤也判定他們「本土性性格愈來愈加強」。

說到二戰之後，光復了的台灣，在 1947 年《新生報》的《橋》副刊上展開的「台灣文學」向何處去的討論，葉石濤又曲成己見，硬說省籍作家楊逵、林曙光、瀨南人等「希望台灣文學紮根於台灣的特殊性，建立自主性的文學」。由此，葉石濤還借題發揮說，圍繞這「自主性」問題而存在的省外作家與省籍作家中的見解的對立，「猶如甩不掉的包袱，在台灣文學發展的歷史性每一個階段裡猶如不死鳥(phoenix)再次出現，爭論不休。在70年代的鄉土文學論爭裡，歷史又重演，到了80年代更有深度的激化。」葉石濤還說，台灣文學「在三百多年來的跟異民族抗爭的血跡斑斑的歷史裡養成的堅強本土性格」，乃是「無可否認的事實」。

說到 60 年代的台灣文學，葉石濤指出，在《台灣文藝》和《笠》這「兩種本土性很強的刊物裡」，人們可以看到，「由於台灣民衆與大陸隔絕幾達八十多年的時間，台灣實際也發展了具有地方性特色的文學傾向；因此，主張台灣文學應有自主性，建立自己的文學，發展自己文學特性的主張也廣為流行」。對於1966年由尉天驄、陳映真、黃春明、王禎和、施淑青、七等生等作家創辦的《文學季刊》上發表的黃春明的〈莎喲娜拉・再見〉，王禎和的〈小林來台北〉和王拓的〈廟〉和〈炸〉等作品，葉石濤則心懷不軌、言詞狡詐地進行攻擊。在葉石濤看來，黃春明他們的《文學季刊》和小說作品，有意要「邁向新的『在台灣的中國文學』路程」，可是，「這些新一代的作家不太認識台灣本土意識濃厚的日據時代新文學運動的傳統」，卻偏偏要去「著重思考」什麼「整個中國的命運」，豈不怪哉？與此同時，鍾肇政雖然同屬於這「新一代的」的作家，葉石濤則對他讚譽有加，說是鍾肇政的作品「令他折服」，為什麼？葉石濤說，是因為鍾肇政的文學世界表現出來「建立台灣文學的使命感」。

隨後，寫到第六章70年代的台灣文學時，葉石濤興奮得忘乎所以了，好像戒嚴時代的「謹慎下筆」也顧不了許多了。他以為，「鄉土文學」的發展，70年代已經「變成名正言順的台灣文學，」而且「構成台灣文學主流」了。而這種「鄉土文學」，葉石濤暗藏禍心地說：「它注重地域性(regionalism)色彩的表現勝於國際性性格」。

葉石濤在這裡說的「國際性性格」這五個字，是耐人尋味的。

原來，70年代的「鄉土文學」論爭中，和「台灣意識」相對立的陳映真、王曉波、張忠棟等人，一再堅持的是「大中國」的意識，言之鑿鑿的，無非是「在台灣的中國文學」，論「鄉土」也該認定台灣和大陸一樣都是「中華民族的鄉土」，在「中國文學之大傳統」裡，台灣鄉土文學的「個性」也是統一在中國近代文學之中，成為它光輝的、不可切割的一環，等等，除了「中國」，陳映真等人論台灣鄉土文學沒有涉及任何一個別的什麼國家。現在，葉石濤偏偏要說什麼「國際性性格」，人們不禁要問，這個「國際性」，究竟指的哪個國家？究竟是哪個國家對台灣而言變成了「國際性」的關係？而且，就構成「國際性」關係而言，「台灣」不也成了一個「國家」？於是，我們看到，葉石濤的「台獨」尾巴就這樣露出來了！這一點，葉石濤是抵賴不了的。他在1977年的〈台灣鄉土文學史導論〉一文裡，曾經指出，台灣由於它的地理的、歷史的條件，在精神生活上，有台灣的特點，同時也有中國的一般性格。8年後，他這「國際性性格」分明就是「中國的性格」的同義語。後面我們還要說到，再過 10 年，到 1995 年，他就直言不諱地把中國說是「外國」了。看起來，葉石濤是漫不經心地在大段的行文中寫進了「國際性性格」這五個字，他其實是在用心險惡地埋下「文學台獨」言論的一顆定時炸彈！

基於這種忘乎所以的興奮和對於戒嚴時代要「謹慎下筆」的戒備心理的鬆懈，葉石濤在〈台灣鄉土文學史導論〉頑強地表現自己心中的分離主義的「台獨」的情結，而宣稱，「很明顯的，所謂台灣鄉土文學應該是台灣人（居住在台灣的漢民族及原住居民）所寫的文學」；「台灣的鄉土文學應該是以『台灣為中心』寫出來的作品；換言之，它應該是站在台灣的立場上來透視整個世界的作品。」在描述 70 年的作家作品的情景時，葉石濤又編造了一個神話說，「70 年代的文學作品」，是「努力去統合台灣在三百多年的歷史中帶來的不同文化價值系統」，而這「三百多年被殖民的歷史」，「每一階段」都使台灣獲得了「異族的文化形態」。葉石濤還吹捧了《這一代》雜誌，稱讚它「強烈地主張本土為重的意識」。

《台灣文學史綱》最後說到了 80 年代最初幾年的情景。隨著台灣政局日漸發生變化，人們可以看到，葉石濤終於按捺不住內心的激動和興奮，認為 80 年代的台灣文學是「邁向更自由、寬容、多文化的途徑」的文學。葉石濤說，「在政治體制上」，80 年代的「大陸」，對於台灣，已經不是「日據時代的『祖國』」了。葉石濤指名攻擊陳映真等人說，70 年代鄉土文學的論爭中「有人……指出鄉土文學有分離主義的傾向」，那是「杞人憂天」。葉石濤說，「事實上，台灣新文學從日據時代以來，一直在大陸的隔絕下，孤立地發展了六十多年，有許多實質的問題是無法以流派、主義的名稱去解決的。」「進入 80 年代的初期，台灣作家終於成功地為台灣文學正名」。究竟是哪「許多實質的問題」？還有，「成功地為台灣文學正名」又是什麼意思？「正名」以後的「台灣文學」該是一種什麼樣的文學呢？葉石濤沒有明說。也許，葉石濤還是不得不考慮他身處戒嚴時代，所以還是要有所收斂。然而，要不了多久，時局再變化，肆無忌憚的葉石濤就會說明白了。

即使如此，歷史仍然表明，還在「解嚴」前夕，在台灣文學界，兩種文學思潮鬥爭已經是壁壘分明了。那就是，以陳映真為代表的「中國文學之一環論」和以葉石濤為代表的「台灣文學本土論」或「台灣文學主體性、主體論」的嚴重對立。後者的立場，是反中國的。

再看第二個階段，1987年解除戒嚴以後，從台灣文學「主體論」，進而鼓吹獨立於中國文學之外的「台灣文學論」、文學「兩國」論。

人們可以看到，「解嚴」之前，與政治本土化運動一步一步地衝破國民黨的政治禁忌的同時，在「台灣獨立」的政治主張主宰下，文學「獨立」的種種謬論，已經一一被提了出來。到了1987年7月15日「解嚴」之後，這種種的謬論又有了惡性的發展。其中，80年代末到90年代，這種惡性的發展則又隨著政治上「台獨」勢力的猖獗而到了登峰造極的地步。

就在「解嚴」前夕，1987年7月7日，所謂新生代的文壇「台獨」勢力在美國有一次聚會。當時，北美洲的台灣文學研究會邀請鄭炯明、李敏勇訪美。同時，彭瑞金也獲得台灣基金會的補助，赴美收集戰後初期台灣文學的資料。旅美的陳芳明、張良澤、林衡哲和他們相遇於加州海岸的美州夏令會。陳芳明說，這一次聚首，讓他感到「多少喜悅悲愁齊湧胸頭」。7月28日，陳芳明在聖荷西自己住家，與彭瑞金對談了文學史的撰寫事宜。對談的記錄，整理後，以〈台灣文學的局限與延長〉為題，發表在當年10月26日到11月2日的《台灣時報》和11月的台灣《文學界》24 期以及 11—12 月的美國《台灣公論報》上。就同一話題。1988 年 1 月 8 日，陳芳明又寫了一篇〈是撰寫台灣文學史的時候了〉一文，隨後發表在 2 月 13—14 日的台灣《自立早報》上。5 月 7 日，《民進報》革新版第 9 期又發表了陳芳明的〈在中國的台灣文學與在台灣的中國文學〉一文。在這之前，1987 年 11 月，陳芳明還在《台灣文化》第 15 期上發表了〈心靈的提昇與再造——鄉土文學論戰與中壢事件十周年〉一文。這之後，1988 年 5 月 14 日，陳芳明還在《民進報》上發表了〈文化上的稱霸與反霸——旁觀楊青矗與張賢亮的筆戰〉一文。凡此種種，都顯得陳芳明想要在葉石濤之後為「文學台獨」執牛耳了。

就在上述的幾篇文章裡，藉著談論文學史的編寫問題，陳芳明除了繼續鼓吹「台灣没有產生過中國文學」，攻擊「台灣文學是中國文學的一部份」的統派主張，就是不遺餘力地在文學領域裡販賣政治上的「台獨」謬論，再以政治上的「台獨」謬論為依據，回過頭來兜售台灣文學與中國大陸文學分離和「獨立」的謬論。比如，陳芳明說，「台灣是移民社會，中國移民到了台灣以後，無不是以全新的台灣人心態在開墾、生活的，他們的經濟、生活方式逐漸因地域、環境的條件與中國隔離而形成他們的特色，他們從有移民的念頭，到如何在這塊地方活下去，我相信没有一樣是受到北京政府的指導、保護吧！」陳芳明又說，「基本上台灣一直是殖民地社會，殖民地社會的語言必然受到統治者的語言壓迫，以官方的命令要殖民地人民放棄自己的母語，而使用統治者的語言。……在台灣，語言在日據時代便發生過緊張關係……國民政府遷台之後，也同樣造成了語言的政治緊張氣氛。」這表明，陳芳明已經把台灣看作是一個移民社會、殖民地社會，早年的大陸移民台灣的中國人被認定為外國異民族的移民，國民黨政府在 40 年代末的敗走台灣被認為是外國殖民統治者的佔領了。陳芳明一再宣稱的是，「政治運動者與文學運動者，對島嶼命運的思考，果然都得到相同的答案與相同的結論」。他把「文學中的本土意識」與「政治裡的草根精神」看做是「追求島嶼命運過程中的雙璧」。陳芳明是在用自己一時還不敢公開標舉的「兩國」論提醒文學界的新分離主義者和「台獨」勢力，要拿起政治上的「台獨」武器了。

其實，陳芳明一時還不敢公開標舉卻分明具有的「兩國」論的「台獨」主張，早在 1984 年就拋頭露面了。那一年 1 月，陳芳明署名宋冬陽在《台灣文藝》86 期上發表的那篇〈現階段台灣文學本土化的問題〉裡就公開說過：「客觀的歷史告訴我們，一九一九年，林呈祿、蔡培火、王敏川、蔡式穀、鄭松筠、吳三連在日本東京籌組『啟發會』時，就提出『台灣是台灣人的台灣』之主張。日後的政治團體，如一九二七年的『台灣民黨』，便揭示『期望實現台灣人全體之政治的經濟的社會的解放』之主張；同年的『台灣民衆黨』也高舉『本黨以確立民本政治建設合理的經濟組織及改革社會制度之缺陷』之旗幟。這些右翼組織，全然是以追求台灣人的自治為終極目標。至於左翼團體如台灣共產黨者，則進一步主張『台灣獨立』。」

到了 1989 年 11 月，陳芳明就明確提出「文學台獨」要首先走向政治「台獨」的主張了。當時，台灣前衛出版社印出了一本吳錦發寫的書《做一個新台灣人》。書中，有一篇吳錦發對陳芳明的採訪記錄〈故人遲遲歸——訪旅美作家陳芳明〉。陳芳明對吳錦發說到，他自己在「二·二八」事件之後，又接觸到台灣立場強烈的《台灣政論》，還「受到台灣民主運動的衝擊」，覺悟到了一個道理，就是：「不能只在文學上努力，只有文學，絕對解決不了台灣的問題。」陳芳明說：「我關心台灣，不能只滿足於關心文學歷史，還得關心政治事物，可是關心政治事物，又不能不瞭解歷史文化……我得到一個結論：『台灣知識份子不能不關心政治！』因為政治才是解決台灣問題最直接的途徑。」

首先呼應陳芳明的就是彭瑞金。他在美國加州聖荷西陳芳明家中和陳芳明對話時，也贊成把台灣看作是外國移民的「移民社會」和殖民社會，贊成說「台灣語文充滿移民和被殖民的痕跡」。不久，彭瑞金開始撰寫《台灣新文學運動 40 年》。這本書，於 1991 年 3 月由自立晚報社文化出版部出版，1992 年印了第二次，1997 年 8 月又由春暉出版印行新版。敘述這 40 年的台灣新文學運動，彭瑞金的歸宿就是上述陳芳明早在 1984 年就借歷史說出來的「台灣獨立」。彭瑞金在這本書的新版〈自序〉裡說得明白：「台灣無論作為一個民族或是作為一個國家，絶對不能沒有自己的主體文化，並且還應該優先被建構起來。76 年前，台灣新文學發軔伊始，台灣先哲便著文呼籲，台灣人要想成為世界上偉大之民族，首先一定要有自己的文學。」〈自序〉裡，彭瑞金提到了 1922 年來到台灣的日本人賀川豐彥對文化協會成員說的一句話，即，「趕快建立屬於台灣的文化吧！有了自己的文化，便不愁民族不能自決，民族不能獨立」。彭瑞金說，這段史料，對於他的文學思考，「點亮了一盞明燈」。〈自序〉裡，彭瑞金還提到，要「促使台灣的大學設立台灣文學系」。

彭瑞金在這篇〈自序〉裡還說到了「台灣民族文學」的問題。這個以「台灣民族」概念建立的「台灣民族文學」，也是解嚴後新分離主義者、「台獨」勢力叫嚷得很厲害的一種論調。比如，1988 年 5 月 3、4 日的《台灣時報》上，林央敏發表〈台灣新民族文學的誕生〉一文；7 月 9 日～11 日的《台灣時報》上，他又發表了〈台灣新民族文學補遺——台灣文學答客問〉一文。宋澤萊則在 1988 年 5 月 15 日由前衛出版社出版的他的論文集《台灣人的自我追尋》一書裡，刊出了〈「台灣民族」三講〉和〈躍升中的「台灣民族論」〉兩篇文章。他們提出「台灣民族文學」，就是為了和「中國文學」劃清界限，「最後的目標就是建立一個優良的新民族文化」。而這種「新民族文化」、「新民族文學」，又是「與台灣島的命運完全切合」的。所以，「台灣民族文學論」就是為了「獨立建國」的政治目標而提出的。

彭瑞金在這篇〈自序〉裡提到的「設立台灣文學系」就是要將大學裡原有的中文系視同外國文學系。這是新分離主義者、「台獨」勢力從「鄉土」、「本土」最後走向「獨立的台灣文學論」的一個信號。

當然，彭瑞金拋出為「獨立的台灣文學」的謬論，也是早就有人在那裡叫嚷了。比如，那個參加了 1987 年美洲夏令會的林衡哲，早在 1985 年 10 月的《台灣文藝》100 期上，就發表〈台灣文藝百期感言〉一文宣稱，20 世紀 30 年代以後，「台灣作家業已建立了自己獨特的新文學傳統」，「終於與中國的文學傳統分道揚鑣，而自成獨立自主的文學傳統。有一位名小說家返台接受訪問時說：『台灣雖然在政治上還未獨立，但是在文學上早就獨立了。』我深深地同意他的看法。」1988 年 11 月，《笠》詩刊搞了一個「論台灣新詩的獨特性」的座談會，趙天儀在發言中也說，「台灣文學與中國文學，是平行共存的」，誰也不從屬於誰，即使台灣文學曾經深受漢文化的影響，也不妨礙台灣文學成為獨立的文學。同一個座談會上，白荻還從「獨立國家」的立場說：「日、韓二國詩人都確認在語言文化的歷史上受中國強力的影響，甚至承認了『漢』文化的根和『中國趣味』的傳統，但都不承認是中國文化的支流」，因為，還有超越語言等更為重要的東西存在，即「人的性格和想法、自然風土、生存環境的不同」，這些因素都使得台灣文學成為不同於中國文學的「獨立文學」。1989 年 7 月，自立報系文化出版部出版的陳芳明的論文集《鞭傷之島》裡，有一篇文章叫〈迎接一個本土化運動〉，也把明代鄭成功政權、清朝政府一直到眼下的國民黨政府等同於荷蘭、日本的殖民統治，強調台灣人民反抗這些外來的強權統治，從而論證台灣之獨立。到 1991 年 1 月，《笠》詩社印出的《詩與台灣現實》集中，陳千武作的〈序〉——〈我們被迫地反覆思考〉則說，從日據以後，台灣可以說一直獨立於中國之外，直到戒嚴解除，「台灣人民才激發滿心的牢騷，繽紛花開。主張台灣獨立或獨立台灣的聲音也喊高了。」陳千武鼓吹的是：「其實，台灣早已獨立在日本和中國統治之外，為什麼不認為是獨立國呢？不管它的名稱是台灣或中華民國。一個中華民國一個中華人民共和國的存在是事實。一個中國和一個台灣的存在也是事實。」1992 年 9 月，彭瑞金自己在《文學台灣》4 期上發表「當前台灣文學的本土化理想，已經先期於台灣人的民族解放或政治的獨立建國達成。」彭瑞金還認為，台灣文學應該自我期許，去創作「國家文學位格」的文學。

這一段時間裡，葉石濤在幹什麼呢？1992 年 9 月和彭瑞金的〈當前台灣文學的本土化與多元化〉一起，在《文學台灣》4 期上，葉石濤拋出了一篇〈台灣文學本土化是必然途徑〉。1993 年 11 月，他又在《台灣研究通訊》創刊號上拋出了〈開拓多種風貌的台灣文學〉一文。表面上看來，葉石濤在這兩篇文章裡不太主張讓政治來干擾台灣文學的正常發展，他只注重於「本土化」的問題，甚至鼓吹「台灣文學的本土化應該是台灣統派和獨派皆能肯定的道路」。然而，他還是頑固地把中國文化誣衊為「具有沙文主義色彩的『大漢文化』」、「外來強權文化」、「異質文化」，攻擊二戰後當時的中國政府用「威權統治的方式去壓迫台灣人接受不同於台灣本土文化的異質文化」。葉石濤看到所謂「新生代」者陳芳明等人已經拉著彭瑞金等人赤膊上陣，以為韜晦時間就要過去，就要撕下假面了，充分亮相了。

應該說，即使懷有這樣的心態，葉石濤也畢竟顯得老道，在 1985 年的《没有土地・哪有文學》、1990 年的《走向台灣文學》兩本書之後，他還是先在《台灣文學的悲情》一書裡放出了一個試探氣球，這本書是 1990 年 1 月由高雄派色文化出版社出版的。

這本書，基本上帶有「回憶錄」的性質，另有少量的評論文字。書中，葉石濤在感慨他五十年投入台灣文學「得到的只是『悲情』兩字」的時候，特別花力氣作了「皇民文學」的翻案文章，此外，就是試探性地鼓吹分離主義、鼓吹「台獨」了。比如，他也說，「台灣自古以來是個『移民社會』，是『漢番雜居』的多種多語言的社會」，「台灣是台灣人的土地」，在「幾達一個世紀的漫長歲月裡」，「台灣文化」「鑄造了自立而獨特的文化價值系統」等等。

到1995年春，在高雄《台灣新聞報》的《西子灣》副刊上的「台灣文學百問」專欄裡一周一篇地發表隨筆，葉石濤終於也赤膊上陣了。葉石濤認為，「台灣文學本土化的主張已獲取大多數台灣人的認同，政治壓力減輕」，他可以放肆地鼓吹政治「台獨」和「文學台獨」了。請看這時候的葉石濤的言論——

「台灣人屬於漢民族卻不是中國人，有日本國籍卻不是大和民族，……『台灣是台灣人的台灣』」（〈戰前台灣新文學的自主意識〉。《台灣新聞報・西子灣》，1995年8月5日。）。

「台灣人既不是日本人也不是中國人，台灣是一個多種族的國家。」（〈新舊文學論爭與張我軍〉。《台灣新聞報・西子灣》，1995年9月2日。）

「台灣本來是多種族的國家。」（〈八〇年代的母語文學〉，《台灣新聞報・西子灣》，1996年8月18日。）

「台灣和中國是兩個不同的國家，制度不同、生活觀念不同、歷史境遇和文化內容迥然相異。」（〈戰後台灣文學的自主意識〉。《台灣新聞報・西子灣》，1995年8月12日。）

「台灣是主權獨立的國家。」（葉石濤：《台灣文學入門、附錄③—台灣文學作品應該進入教科書裡》。春暉出版社，1997年6月初版，第219頁。）

「陳映真等新民族派作家是……民族主義者，他們是中國民族主義者，並不認同台灣為弱小新興民族的國家。」（〈台灣文學史上的鄉土文學論爭(下)〉。《台灣新聞報・西子灣》，1995年10月28日。）

「只有外省族群所用的普通話一枝獨秀，是優秀的語言，正如日治時代的日語是優勢語言一樣。這當然是外來統治民族強壓的語言政策所導致的結果。」（〈八〇年代的母語文學〉。《台灣新聞報・西子灣》，1996年8月18日。）

「不論是戰前或戰後，不能以台灣文學的創作語文來界定台灣文學是屬於中國或日本文學；這好比是以英文創作的美國、加拿大、澳洲、紐西蘭等國的文學不是英國文學的亞流一樣的道理。同樣的，新加坡的華文文學也就是新加坡文學，而不是中國文學。」（〈戰後台灣文學的自主意識〉。《台灣新聞報・西子灣》，1995年8月12日。）

「台灣文學現時仍用中國的白話文(華文)創作。然而隨著台灣歷史的改變，有一天，台灣文學的創作語文一定會以各種族的母語為主才對，這取決於台灣人自主的確立與否。」（同上註。）

「台灣新文學是獨立自主的文學。」（〈戰前台灣新文學的自主意識〉。《台灣新聞報・西子灣》，1995年8月5日。）。

「中國文學與日本、英、美、歐洲文學一樣，是屬於外國文學的」。「這就是90年代的現在，何以許多知識份子極力要求在大學、研究所裡設立台灣文學系的原由。台灣文學既是中華民國亦即台灣的文學，當然大學裡的中文系應該是屬於外國文學，享有日本文學系、美國文學系一樣的地位才是。」（〈戰後台灣文學的自主意識〉。《台灣新聞・西子灣》，1995年8月12日。）

「無論在歷史上和事實上，台灣的文學，從來都不是隸屬於外國的文學。縱令它曾經用日文或中文來創作，但語文只是表現工具，台灣文學的傳統本質都未曾改變過。」（同上註）

「中國新文學對它的影響微不足道，戰前的新文學來自日本文學的刺激很大。……戰後的台灣文學幾乎没有受到任何中國文學的影響，如八〇年代以降的後現代主義等文學運動跟中國扯不上任何關係。……中國文學對台灣人而言，是和日本文學或歐美文學一樣的外國文學。」（同上註）

……

葉石濤終於用這樣一些分裂祖國、分裂祖國文學的言論和行動撕下了多年騙人的假面具。

葉石濤在1993年交由皇冠出版的散文集《不完美的旅程》裡說：「從一九六五年的四十一歲到現在的六十八歲，我的所有心血都投入於建立自主獨立的台灣文學運動中。」葉石濤因此而獲得了台灣新分離主義的這股「台獨」的歷史逆流的青睞。1989年鹽份地帶文藝營賞給他一個「台灣新文學特別推崇獎」的「文學貢獻獎」時，吹捧他是「台灣文學早春的播種者」，「在台灣文學史上，立下新的里程碑」。1994年、1998年、1999年還接二連三地為葉石濤舉辦了文學研討會，對他進行犒賞。其中，1998年在淡水工商管理學院召開的會議，就是由設在張良澤任系主任的那個台灣島上第一個台灣文學系召開的，會標上就標明，葉石濤文學是「福爾摩沙的瑰寶」。1999年的會議是「葉石濤文學國際學術研討會」，由高雄市立中正文化中心管理處倡議主辦，「文學台灣基金會」承辦，已經有了台灣當局的官方色彩。會上，彭瑞金吹捧葉石濤「領先站在戰後台灣文學的起跑線上」，以他的創作提供了「最重要的運動向前的精神動力」。陳芳明則吹捧說，「為台灣文學創造歷史並書寫歷史的葉石濤，正日益顯露他重要而深刻的文化意義。」還有一位叫做葉紫瓊的，則在會上吹捧「葉石濤的文學旅程，也像是一顆文學巨木」，「是激越昂揚，不吐不快的文學旗手」，葉石濤「確立台灣主體意識」、重建「台灣精神史」，「對他個人和台灣文學史都意義不凡」。

會上，更有一個主張日本人和台灣人實行「各種族群『融合』」的日本學者星名宏修，硬是吹捧葉石濤是什麼「『台灣文學』理論的指導者」。後來，6月間，春暉出版社印出會議的論文集時，書名用的又是《點亮台灣文學的火炬》。彭瑞金為論文集寫的〈代序〉，也吹捧「葉石濤文學好比一座豐富的礦藏」。葉石濤「已然是台灣文學建構的一塊不能或缺的礎石」。

葉石濤垂垂老矣！然而，彭瑞金在這本論文集的〈代序〉裡還殷切地寄望於葉石濤說，「他的文學還在湧上另一個高峰」。彭瑞金還寄希望於後來者，「把葉石濤文學裡尚未被發現的文學智慧開發出來，貢獻給台灣文學界」。

這「後來者」，最賣氣力的還是陳芳明。陳芳明在加緊炮製他的《台灣新文學史》的同時，在 90 年代末期，又挑起了文壇統、獨兩派的激烈論戰。先是在 1999 年 8 月，陳芳明在《聯合文學》178 期上拋出了《台灣新文學史》的第一章〈台灣新文學史的建構與分期〉，來勢洶洶，大肆放言「台獨」謬論。陳映真在 2000 年 7 月的《聯合文學》189 期上發表〈以意識形態代替科學知識的災難〉一文加以批駁。隨後，8 月，《聯合文學》190 期上，陳芳明反撲，拋出了〈馬克思主義有那麼嚴重嗎？〉一文。對此，9月的《聯合文學》191 期上，陳映真再度出擊，回敬了一篇〈關於台灣「社會性質」的進一步討論〉。跟著，10月，《聯合文學》192 期上，陳芳明急中跳牆，再拋出一篇〈當台灣文學戴上馬克思主義面具〉，對陳映真施以恐嚇和辱罵，以作反撲。12 月，《聯合文學》194 期上，陳映真再批判，發表了〈陳芳明歷史三階段論和台灣新文學史論可以體矣！〉後來，陳映真又在 2001 年《人間思想與創作叢刊》上發表《駁陳芳明論殖民主義的雙重作用》，結束爭論。

還是樹欲靜而風不止。《聯合文學》上的二陳統、獨論戰雖然告一段落了，然而，世紀之交，新世紀即將到來之際，這樣的論爭還會進行下去，而且，情勢還會更趨尖銳激烈，更形錯綜複雜。

其中，有一個現象就很值得注意——更年輕的一代人中間，有人深受葉石濤、彭瑞金、陳芳明等人毒害，其代表性的論著就是一位博士生的博士論文〈台灣文學本土論的興起與發展〉，其基礎是他 1991 年在東吳大學的中國文學碩士論文。

1996 年前衛出版社出版這本博士論文著作時，作者在〈後記〉裡雖然表示了他的「台獨」立場，表示了他對中國這個「外來文化」的「強權」的莫名的憎惡，並且表示了他毫不含糊地斥統派立場為「反歷史、反現實、反實證的唯心論」的急切態度，但是，誠如他本人所言，他畢竟經過了「六年中文系所中國文化的洗禮」。他應該明白，不可割斷的中華民族的血脈聯繫，不可逆轉的中國國家必定統一的歷史潮流，都證明，他自己已經陷入了「反歷史、反現實、反實證」的唯心論的泥坑。還證明，他，還有和他同樣誤入「台獨」歧途的年輕的文學史和文學評論工作者，為「台獨」勢力殉葬是極其可悲的。他們應該聽到，台灣社會、台灣文學的發展，已經向他們發出了喊聲：「救救孩子！」

四　用本土化自主性主體論對抗中國文學屬性

——「文學台獨」言論批判之一

1997 年，台灣鄉土文學論戰 20 周年。10 月 19 日，人間出版社與夏潮聯合會在台北主辦了一場學術研討會。會上，陳映真發表了長篇論文〈向內戰・冷戰意識形態挑戰——70 年代台灣文學論爭在台灣文藝思潮史上劃時代的意義〉。陳映真說到，經過 1979 年高雄美麗島事件後，台灣戰後的資產階級民主化運動走向了民族分裂的途程。陳映真說：

> 政治上的統獨爭議，反映到台灣文學、文化的領域，就表現為八〇年代台灣文學分離論，即所謂「本土文學」論、和中國文學對立的「台灣文學」論，而有長足的發展。從八〇年代中後開始，葉石濤、王拓、陳芳明、巫永福、宋澤萊、李魁賢和不少原台灣文學的中國性質論者，在沒有做任何負責的轉向表白條件下，轉換了自己的思想和政治方向，從他們原來的原則立場，全面倒退。

回顧這一變化的情景，陳映真還在文章裡寫道：

> 1987 年，在沒有革命、政變，沒有對歷史和社會的構造性變革條件下，台灣資產階級由上而下地接續和接受了 1950 以降舊國民黨的權力。隨著時日，台灣朝野資產階級共同繼承了國民黨屍骸所遺留下來的遺腹兒——反共、親美親日、反中國、兩岸分斷的固定化的政治和政策。
>
> 七〇年代達到高潮的、反內戰・反冷戰意識形態的突

> 破，不旋踵到八〇年代遭逢了全面性的挫折和轉折。這是中國指向的反帝民族解放的本土論創造了它的異己物——反中國的本土論——而異化，抑或內戰・冷戰意識形態（肯定）與反內戰・反冷戰意識形態（否定）的對立鬥爭過程中，由於一些不利的條件（左翼傳統的潰絕，進步理論・思想積累的弱質，等等），使否定的否定中挫，無法使否定超克肯定，完成新的肯定（否定的否定）的建設——這雖是有待深化探討的課題，但小論的作者以為，台灣左翼傳統的弱質，和戰後台灣左翼在知識、理論——從而在實踐上的貧困和極端艱難的處境，是造成八〇年代以降反動和大倒退的主要原因。
>
> 七〇年代台灣文學論爭，在彈指間竟過去二十年。環顧今日台灣，……相對於七〇年代強烈的中國指向，八〇年代興起全面反中國、分離主義的文化・政治和文學論述，台灣民族主義代替了中國民族主義。反帝反殖民論被對中國憎惡和歧視所取代。民眾和階級理論，被不講階級分析的「台灣人」國民意識所取代。
>
> 歷史給予台灣形形色色的民族分離主義將近二十年的發展時間。但看來七〇年代論爭所欲解決的問題，卻不但沒有得到解決，反而迎來了全面反動、全面倒退和全面保守的局面。

這是不堪回首之餘作出的痛心疾首的總結。科學，精闢，深刻，有力，充滿了理性的思辨，而又洋溢著戰鬥的激情。

就是憑著這種理性的思辨和戰鬥的激情，陳映真，作為台灣思想界、文學界統派的領軍人物，從 40 歲到 60 歲，一路戰鬥著走來，與文學界的形形色色的民族分離主義毫不妥協地鬥爭了 20 年，一個回合又一個回合，在台灣新文學思潮史上留下了他光輝的足跡。陳映真和他的戰友們批判「文學台獨」謬論的歷史，就是台灣文學思潮史上統獨論戰的歷史。

這裡，我們先看他們堅持台灣文學的中國屬性，堅決批判本土化、自主性的「台獨」謬論。

第一、論述台灣文學的中國屬性。

台灣，作為中國的一個省，它的文學，在自然景觀和人文景觀上，是具有其獨特的屬性的，正如江蘇、浙江、湖南、湖北等全國其他省的文學一樣，都具有這種地方的特性。當然，台灣更有它特殊的方面，被西班牙、荷蘭佔領過，被日本帝國主義佔領50年，1945年回歸祖國以後，又被國民黨統治了50年，與大陸長期隔絕，所以，台灣文學的特殊性，和全國其他各省的文學相比，自有它複雜的一面。儘管如此，我們同樣看到，台灣文學的中國屬性，並沒有因為這種特殊性而發生質的變化，變化成獨立於中國文學之外的台灣文學了。然而，「文學台獨」勢力片面地誇大台灣文學的特殊性，以至於誇大到了無以復加的地步，甚至於製造出所謂的台灣文學「本土化」、「自主性」以及台灣文學的「主體論」等等謬論。事實上，就文學屬性的精神層面的思想內涵來看，台灣文學和其他各省的文學一樣，都共同具有中國的屬性。

就此而言，在1982年8月《大地》10期以〈論強權、人民和輕重〉為題的訪談稿中，在回答「台灣文學有沒有它獨到的文學特點」這個問題時，陳映真說：

> 我想是沒有的。我對於懷著台灣意識的（正直的）人們，抱著尊敬和同情的態度。我自己就是台灣人，但不同意那想法。例如，他們強調中國文學與台灣文學的不同。台灣（文學）和中國（文學）並不像英國（文學）和愛爾蘭（文學）那樣存在著醒目的不同，愛爾蘭有他的異族傳

統，歷史發展也迥異於英國。英、愛的文化，各自獨立發展了幾百年。這種情況，和我們就絕對不一樣。

與此同時，針對葉石濤、彭瑞金、鄭炯明等人在《文學界》上公開標舉「台灣文學」的「自主化」、「自主性」，在4月出刊的《益世雜誌》19期上，陳映真發表〈消費文化・第三世界・文學〉一文，批評葉石濤等人說：

我總以為，與其強調台灣文學對大陸中國文學的「自主性」，實在不若從台灣文學、中國文學與第三世界文學的同一性中，主張台灣文學——連帶整個第三世界文學——對西歐和東洋富裕國家的自主性，在理論發展上，更來得正確些。

接著，1983年1月的《文季》1卷5期上，陳映真又發表了〈中國文學與第三世界文學之比較〉一文。8月的《文季》2卷3期上，還發表了〈大衆消費社會和當前台灣文學的諸問題〉一文。前者，是在胡秋原主持下作的一次演講。演講中，陳映真將台灣和其他第三世界國家作了社會發展、經濟情況的比較，得出一個結論是，「台灣和其他第三世界國家，共同處於被先進國家在資金、技術、市場和文化上的支配地位」，因而，「台灣文學和其他第三世界文學一樣」，「是做為反抗帝國主義、殖民主義的文化啟蒙運動之一環節而產生」的。說到「台灣文學相對於中國文學的『獨特的特性』論」，陳映真指出：

在歷史發展和國際分工中，台灣文學的「特性」，和第三世界文學的諸特性比較之下，就無獨特可言了。在反帝、反封建、民族主義這些性格上，台灣文學不可辯駁地是中國現代文學的一個組織部份。

陳映真還指出，那些引起標舉「台灣文學」的「自主性」的「分離主義」，和「企圖中國永久分裂的野心家有複雜而細緻的關係，而台灣文學的分離運動，其實是這個島內外現實條件在文學思潮上的一個反映而已。」在後一篇文章裡，陳映真則辨析了「台灣文學」這四個字的複雜內容，指出新分離主義者、「台獨」勢力所說的相對於「中國文學」的「台灣文學」，就是主張台灣文學的「自主性」的。陳映真的批判矛頭，仍然指向了葉石濤等人的謬論。

陳映真的主張，後來被他們認定為詹宏志「邊疆文學論」之後的「第三世界文學論」，也遭到了新分離主義者、「台獨」勢的圍攻。陳映真以他的善良和對人的理解及寬容，沒有一一反擊。但是，他的原則立場卻不含糊。在接受有關媒體和人士的採訪時，還是要一一表明態度的。

比如，1983 年 8 月，他在美國愛荷華大學的國際寫作計劃期間，就先後接受過李瀛、蘇維濟、韋名等人的採訪，反覆談到他對台灣文學的看法。其中，韋名的採訪，曾以〈陳映真的自白——文學思想及政治觀〉為題，發表在 1984 年 1 月的香港《七十年代》月刊上。當採訪者問到「台灣鄉土文學是不是『台灣民族意識』的文學」時，陳映真明確地回答說，台灣「鄉土文學是台灣的中國文學繼承了過去中國民族主義的、現實主義的、干涉生活的傳統」。陳映真說：

> ……什麼文學才算是「台灣民族意識」的文學呢？他必須塑造這樣一個人物：在生活的鬥爭中，他逐漸地覺悟到，原來過去的漢人意識是「空想」的，原來他是一個經歷四百年社會變化後形態的「台灣人」，而這「台灣人」

在歷史上負有創造一個獨立民族和國家的使命。只有當這樣的人物和主題出現在過去或現在的台灣鄉土文學中，「台灣民族意識」的文學才算誕生。

但是縱觀幾十年來台灣近、現代文學史，這種文學根本不曾存在時。一直到今天也是如此。

1987 年 5 月 22 日《華僑日報》發表了香港作家彥火訪問陳映真的記錄稿〈陳映真的自剖和反省〉。這是 1983 年 11 月 11 日陳映真離開愛荷華前夕，在下榻的五月花公寓，彥火對陳映真的一次深入訪談記錄。訪談中，陳映真批判了當時台灣文學的「暗潮」。當彥火說到「台灣本地的文學，應該成為中國文學的組成部份」時，陳映真說：

我也是這樣想的。台灣文學，如果從寫作方式、語言、歷史、主題來講，都是中國近代和現代文學的組成部份，這是毫無異議的。」

當彥火問到他「對目下台灣某些人強調的台灣意識文學有什麼看法」時，陳映真就此展開了他的批判：

台灣文學的發展方向有一個暗潮，是分裂主義的運動和思潮，從北美感染到台灣。有一本文藝雜誌，是黨外一個戰鬥的雜誌，水平很低，他們把鄉土文學拉到台灣人意識的文學，我不同意。我覺得樂觀的原因是分裂派的理論說台灣的矛盾，是中國人對台灣人的專政，這不是事實，因為台灣社會裡是階級矛盾，同階級裡面的外省人和本省人好得不得了，不是民族問題。他這個主張和現實不對頭，因而他這種主張的文學也不可能是好的，因為很簡單，文學是反映現實嘛，……

說到所謂的「台灣意識文學」，陳映真還特別分辨說，「從世界的角度看起來，」台灣的鄉土派「是反西化的一種文學」，「不是像現代派所講，是台灣意識反對中國意識的文學。不是，在第三世界都有這個共同普遍的問題。

1987 年，恰逢鄉土文學論戰 10 周年。《海峽》編輯部派人特別訪問了當年論戰的主將陳映真。訪問記錄以〈「鄉土文學」論戰 10 周年的回顧〉為題，發表在《海峽》1987 年 6 月號上。訪談中，陳映真再一次宣佈了他的主張，像黃春明的〈莎喲娜拉·再見〉、〈我愛瑪莉〉，王禎和的〈小林來台北〉以及他自己的〈賀大哥〉等作品：

它們都有一個共同點：都有一個中國在裡面，都以中國為方向，為思考內容。

第二、分析「自主性」、「主體論」、「台灣意識文學」等謬論出籠的社會原因。

《海峽》編輯部的訪問中，陳映真談到的另一個重要話題就是眼前的「台灣文學」的問題。陳映真分析說，1979 年「美麗島事件」後——

有些台灣作家是以外省人壓迫本省人解釋這個政治事件，而不是用更高層次的政治經濟學知識去瞭解；所以心中就產生了悲憤。於是提出「台灣文學」的概念，探討「台灣人」是什麼？「台灣文學」是什麼？「台灣」是什麼？這種身份認同的問題在台灣引起了廣泛的注意。

陳映真說，像這樣把「台灣/台灣人」當做問題來討論，其實在 50 年代就已發其端了，陳映真簡要地描述和闡釋那一段歷史是：

> 五十年代大概是台灣的地主階級與過去親日資本家在整個國民黨政治結構上爭取到發言權，再加上國際勢力要使台灣徹底親美反共，才產生所謂的「台灣分離主義」。這個「台灣分離主義」運動的一個重要綱領就是台灣/台灣人的問題。把台灣從中國分離出來，必需要有一些理由，於是有人從國際法這個層面提出，也有人從民族的觀點提出，更有的從台灣的歷史來探討，這些都是為了要取得台灣人為什麼要獨立於中國之外的論證。可是，我們的理解是當時在全世界範圍內分成彼此矛盾的兩種政治經濟結構，形成對立的兩個陣營。而「台獨」企圖利用兩大陣營之間的結構矛盾來奪取國民黨的政權，從而為這個反共陣營服務。可是一方面由於國民黨取代了「台獨」的功能，另一方面由於這種理論沒有現實基礎——因為台灣內部矛盾，根本上是社會矛盾，而不是什麼民族矛盾——因此，它就沒有辦法取得廣泛的認同。

陳映真還分析說：

> 從另一角度看，從五十到七十年代，海外的台灣籍人士所積極進行的「台灣獨立」運動，並沒有全面影響台灣當時的知識界。我在綠島時一直都有「台灣獨立」運動的案件被偵破，但主要還是侷限於政治運動。然而，美麗島事件以後就不同了。

這「不同」，陳映真指出，就是文學界的捲入。文學界的新分離主義提出了種種「台獨」主張。對此，陳映真明確地表示，他持批判態度。陳映真說：

> 最近提出一種相對中國文學的台灣文學論，這個概念不同於日據時代那種相對於日本文學的台灣文學。他們提出台灣人的概念時，是針對於中國人這一概念的。這個理論是將國民黨當局四十年來在台灣的支配看成一個民族對另一個民族進行殖民統治，所以認為台灣文學是和中國文學相對立的。

這一年，11 月的《台北評論》2 期上，還發表了蔡源煌對他的訪問記錄稿〈思想的貧困〉。這是陳映真在 1987 年發表的一次重要的談話，談話中，關於新分離主義、「台獨」勢力，有這樣一段：

> 台灣分離主義，其實是四十年以來台灣在「冷戰——安全」體系下發展的反民族或者非民族之風的一部份。這非民族之風，大約有海內和海外的雙重因素。

這因素，陳映真的分析是——從歷史上看，1945 年台灣光復後國民黨陳儀的惡政下，日據時代台灣抗日解放運動的知識份子、文化人、社會精英，遭到各種打擊，而若干漢奸份子卻享有了榮華。這忠奸的顛倒，打擊了台灣抗日的民族主義。隨後，1947 年的「二・二八」事件，又嚴重地打擊了「祖國——中國」的情感。接下來，1950 年冷戰結構下的廣泛政治肅清，再一次打擊了台灣繼「二・二八」事件後掀起的愛國主義和民族解放主義。從經濟上看，1945 年光復時，國民黨政府全盤接收日本殖民者遺留下來的公私巨大產業，並沒有分發下來給台灣資產階級私營。長期受日本侵略者壓抑不得發展的台灣資產階級失去了在光復後成為快速成長的民族工業資產階級的機會，失望而致不滿，這對台灣的民族和階級的愛國主義與民族主義的形成，也是沈重的打擊。此外，陳映真還談到，大陸「文革」中「四人幫」的問題，以及極「左」年代在政策上的一些弊端，使一些台灣人怕談「統一」。

對此，陳映真則表示：「我卻不這麼想。」他認為，「海峽兩岸的人民應該以鮮明的主體性推動各自具有廣泛民衆基礎的民主化」，共同努力，「使民族內部的和平與團結創造最有利的條件」。陳映真說：

> 在這個意義上，我是個死不改悔的「統一派」。我相信會有越來越多的、好學深思的青年知識份子理解這樣一個並不深奧的想法。

面對種種攻擊，陳映真還揭露說，「有一位遠在美國的分離主義理論家，在美國遙遙控制和指揮我們當地的，至少是勇敢的分離主義的青年們，向他們心目中『併吞派』、『統一派』的罪魁陳映真進行攻擊，其中，對於發表在《人間》第十八期〈為了民族之團結與和平〉（一九八七年六月號）我的『二・二八』論，尤其深惡痛絶。」回到近一年來對於陳映真的「思想、文學作品的攻擊和批評多了起來」的話題，陳映真回答說：

> 我的不幸，是被看成某種「權威」。有些人絕對錯誤地高估了我的作用和影響力。在這樣一個全面地大眾消費社會化的時代，像我這樣的一個人，絕對沒有什麼社會影響的。我成了唐・吉訶德要奮力打擊的破風車。

> 但是，除了在「統獨問題」上的不同意無法調和之外，既然被誤會成一種（可笑的）「權威」，這實難以理解。我欣賞和注意一切對我的批評，理由有二：(一)大凡世界之所謂「權威」，十之八九，莫不反動混蛋，他們敢於批評權威的精神，在我們的社會，太有必要。只是如果批判的人在知性和思想上更強、更用功的話就好了。(二)雖然被誤以為是權威，聽一聽批評，自私地說，聞者足戒嘛，對我是撿了便宜，應該慶幸，應該謝謝，是不是？

1987 年這一年，應該說，是陳映真批判新分離主義和文學「台獨」勢力相當活躍的一年。這一年他發表的相關文章還有：

〈「台灣」分離主義「知識份子的盲點」〉，1987 年 3 月《遠望》雜誌創刊號；

〈關於文學的一島論——讀松永正義〈80 年代的台灣文學〉之後〉，1987 年 3 月 7 日《中國時報》〈人間〉副刊；

〈為了民族的和平與團結——寫在《2．28 事件：台中風雷》特集卷首〉，1987 年 4 月《人間》雜誌 18 期；

〈何以我不同意台灣分離主義？〉，1987 年 5 月《中華雜誌》286 期；

〈國家分裂結構下的民族主義——「台灣結」的戰後史之分析〉，1987 年 12 月《台灣新文化》15 期；

〈作為一個作家……〉，1987 年 12 月《聯合文學》4 卷 2 期；

……

另外，這一年，他還應邀到香港作了演講，演講大綱稿〈四十年來台灣文藝思潮之演變〉，也於 1987 年 6 月在《中華雜誌》287 期發表。

就是在這個演講裡，陳映真對台灣文學界統、獨兩條路線下對立的兩種文藝思潮，作了準確的概括，即：

> 「台灣文學自主論」，——即強調台灣文學「獨特」的歷史個性及台灣文學對大陸中國文學的分離性的「文學論」……
>
> ……主張台灣文學為中國文學之一部份，台灣文學應以包括中國在內的亞洲、第三世界文學的連帶而發展的理論和台灣文學自主論形成對立。

第三，呼籲「統一派」作家，寫作品、比作品，以引導年輕人走上健康的創作道路。

本來，如同蔡源煌在訪問時一再說到的，新分離主義和「台獨」勢力，在這一兩年加緊了對陳映真的圍攻，把自己戲稱為「死不改悔的『統一派』」的陳映真，在「統獨問題」上堅持認為「無法調和」，他是應該猛烈反擊的。只是，考慮到要用作品引導年輕人，陳映真早就有自己的想法了。

那還是在 1983 年，在接受彥火採訪的時候，陳映真曾說：

> 我現在有個很要好的朋友黃春明，他批判思想蠻好，他現在搞電影，我不相信他會一帆風順，可是，至少他是一個健將，我們都同意不要跟台灣分裂主義者吵架，而是寫作品、比作品，這樣的話，可以引導一些年輕人。

果然，接下來，他創作了中篇小說〈鈴鐺花〉、〈山路〉、〈趙南棟〉，又寫作了大量的隨筆、訪談、雜文及書評、序跋文字，終於在 1988 年 3 月由人間出版社出版 15 卷集的《陳映真作品集》。1999 年，重又握筆創作小說，他還有中篇〈歸鄉〉問世。到 2000 年，還有新作中篇〈夜霧〉發表。這，都是台灣文學以至整個中國文學的寶貴財富。

第四，建立陣地，創辦《人間》雜誌。

1985 年 11 月，陳映真在台北創辦了《人間》雜誌。這是一個「以圖片和文字從事報導、發現、記錄、見證和評論的雜誌」。他為《人間》寫的〈發刊辭〉說，他辦《人間》，是要「讓我們的關心甦醒：讓我們的希望重新帶領我們的腳步，讓愛再度豐潤我們的生活。」「為什麼在這荒枯的時代」，要辦《人間》這樣一種雜誌？陳映真寫道：

> 我們的回答是，我們抵死不肯相信：有能力創造當前台灣這樣一個豐厚物質生活的中國人，他們的精神面貌一定要平庸、低俗。我們也抵死不肯相信：今天在台灣的中國人，心靈已經堆滿了永不飽足的物質財富欲望，甚至使我們的關心、希望和愛，再也沒有立足的餘地。不，我們不信！
>
> 因此，我們盼望透過《人間》，使彼此陌生的人重新熱絡起來；使彼此冷漠的社會，重新互相關懷；使相互生疏的人，重新建立對彼此生活與情感的理解；使塵封的心，能夠重新去相信、希望、愛和感動，共同為了重新建造更適合人所居住的世界；為了再造一個新的、優美的、崇高的精神文明，和睦團結，熱情地生活。

這，應該就是陳映真在當時的還未「解嚴」的困難條件下，創辦《人間》雜誌，以「在台灣的中國人」的意識為中心，從事思想啟蒙運動的一份宣言書。除了關注島內的人間社會，《人間》每一期都有大量的圖文，介紹大陸的風土人情、世態人生、中原文化，以圖讓在台灣的中國人永遠心繫於這種中原文化。

《人間》雜誌的創辦，還有一個深遠的意義是，陳映真通過編輯顧問、作者，注重組織統派的戰鬥隊伍了。

《人間》雜誌停刊後，陳映真又主持出版了《人間思想與創作叢刊》，其中，1998 年出版的《台灣鄉土文學・皇民文學的清理與批判》，1999 年出版的《噤啞的論爭》、《1947—1949 台灣文學問題論議集》，以及 2000 年出版的《復現的星圖》等，都是全面批判「文學台獨」謬論的。

這裡，要特別說到，在以後的一段時間裡，有一位台灣大學中文系的中年女學者陳昭瑛，挺身而出，站到了批判台灣文學「本土化」、「自主性」謬論的第一線。

1998 年，陳昭瑛將她的論文結集為《台灣文學與本土化運動》一書交由台北正中書局出版時，在 3 月 12 日植樹節那天寫了一篇〈自序〉。陳昭瑛自認為是 70 年代台灣幾所大學裡出來的「新儒家青年」中的一個。陳昭瑛說，「由於對儒學的感情有增無減，因此在目睹解嚴以來種種反中國文化的現象都不免產生共同的危機感。」有時朋友們在一起談到儒學的前途，陳昭瑛曾悲歎：「我們會不會成為中國文化在台灣的遺民？」陳昭瑛深情地寫道：

> 這本書便是出自一個在二十歲時志於儒學即不曾改志也終身不會變節的台灣人的心靈。如果有三言兩語可以凸顯此書重點的話，那便是：中國文化就是台灣的本土文化，在追求本土化的過程中，台灣不僅不應拋棄中國文化，還應該好好加以維護並發揚，如果硬要切斷台灣和中國文化的關係，那分割之處必是血肉模糊的。
>
> 從遙遠的明鄭時代一路走來，體味著現代的台灣，不免興「日暮途遠，人間何世？」的感喟。眼前所能選擇的只有兩條路：死去或者拼命。我們的朋友蔣年豐兄勇敢的選擇了死亡，而我們這些活下來的人就只好拼命了。這本

書便是繼一九九六年《台灣詩選註》之後又一拼命之作，其中自然有許多不足之處，但從中聽得到心跳，摸得到脈搏。

陳昭瑛的《台灣文學與本土化運動》一書，收錄的論文是：

第一部份古典文學與原住民文學——

〈台灣詩史三階段的特色〉，《台灣詩選註》，正中書局1996年版；

〈明鄭時期台灣文學的民族性〉，《中外文學》，1993年9月第22卷第4期；

〈文學的原住民與原住民的文學——從「異己」到「主體」〉，《中央日報》1996年6月，台大文學院主辦國際會議「百年來中國文學學術研討會」論文；

第二部份新文學、儒學與本土化運動

〈論台灣的本土化運動——一個文化史的考察〉，節本刊於《中外文學》1995年2月號，全文載於《海峽評論》1995年3月號，原發1994年8月高雄市政府教育局主辦之「高雄文化發展史」研討會；

〈追尋「台灣人」的定義——敬答廖朝陽、張國慶兩位先生〉，《中外文學》1995年4月第23卷第11期；

〈發現台灣真正的殖民史——敬答陳芳明先生〉，《中外文學》1996年9月24卷第4期；

〈光復初期「台灣文化」的概念〉，應王曉波之邀而寫，發表於1997年2月28日夏潮基金會、台灣史研究會主辦之「『二二八事件』五十周年學術會議」；

〈當代儒學與台灣本土化運動〉，1995年4月23日發表於中研院文哲所規劃、劉述生教授主持之「當代儒學計劃」的第三次研討會，後輯入《當代儒學論集：挑戰與回應》，1995年中研院文哲所出版。

這裡面，〈論台灣的本土化運動〉最為重要。

這篇文章，是陳昭瑛有感於1987年解嚴以來「本土化」的呼聲甚囂塵上奮筆疾書而成的。而且，這「呼聲」中，陳昭瑛還點名批判了李登輝，指出李登輝登上總統寶座而達到了「本土化」的高潮，「執政的國民黨確實是浩浩蕩蕩地加入了本土化的隊伍」。陳昭瑛為此考察了台灣一百年間的歷史，將「本土化」斷代為「反日」、「反西化」、「反中國」三個階段。陳昭瑛將「反中國」階段劃分在1983年之後，認為「台獨意識」是「中國意識的異化」，是「台灣希望從中國這個母體永遠走出來，徹底地異化出來而成為一個主體，反過來與中國這個母體對抗」。由此，她認為，「統一的主張是一種對異化的克服。」陳昭瑛在考察中還對陳芳明的「主體性」謬論給予了尖銳的批駁。陳昭瑛批判的特色，是她鮮明的中國文化的立場。

陳昭瑛的〈論台灣的本土化運動〉一文發表後，立刻引發「獨」派的圍攻。《中外文學》在1995年3月號上發表了廖朝陽的〈中國人的悲情：回應陳昭瑛並論文化建構與民族認同〉，張國慶的〈追尋意識的定位：透視〈論台灣的本土化運動〉之迷思〉，4月號上發表了邱貴芬的〈是後殖民，不是後現代〉（邱文把陳昭瑛的論文說成是「殖民中心論述」），5月號上發表了陳芳明的〈殖民歷史台灣文學研究：讀昭瑛〈論台灣的本土化的運動〉〉。陳昭瑛分別在4月號和9月號的雜誌上刊出〈追尋「台灣人」的定義〉及〈發現台灣真正的殖民史〉予以反擊。

〈追尋「台灣人」的定義〉是反擊廖朝陽和張國慶的。廖朝陽是陳昭瑛的老師。他用解構主義，把「中國主體性」的「中國」移除，而移入「台灣」，建構「台灣主體性」。廖朝陽對陳昭瑛描述的吳濁流、葉榮鐘等人的近似本能的「祖國意識」頗有芒刺在背之感，對此，陳昭瑛表示，她並不奢望「台獨」論者能與台灣前輩們的精神世界有什麼「血肉的連繫」，「只不過希望廣大的台灣子弟能對台灣人的這段精神史有一點瞭解，而這種台灣史知識應該是作為台灣人的起碼條件」。對於廖朝陽，陳昭瑛頗有幾分大義滅親的氣概，不無悲壯神色地寫道：

> 多日來我始終苦於找尋「對話空間」而不得。當一個吟詠梁啟超贈林獻堂等人詩句「破碎山河誰料得，艱難兄弟自相親」就會熱淚盈眶的台灣人，遇到了一位以拆解中國、中國文化來演練「理性操作」的解構主義學者，能不形成「雞同鴨講」的局面嗎？或者更清楚地說，一個浸淫於台灣歷史文化中的台灣人，和一個只知有「此時此地」，甚至連「此時此地」，連「台灣」和「人」的意涵都要加以抽離的所謂「台灣人」的空白主體之間，有對話的空間嗎？

至於這「台灣人」的話題，陳昭瑛指出，這是 80 年代中期「本土化」運動如火如荼地開展以來一直困擾著住在台灣這塊土地上的人的一個老問題了。陳昭瑛以無比犀利的筆觸，揭示了「台獨」論者拿「台灣人」做文章的秘密——

> 少數人以他們堅持的標準來篩選大多數人誰是台灣人，誰不是台灣人，於是整個社會彷彿患了精神分裂症，省籍矛盾、族群矛盾可能只是台灣人精神分裂的症狀。這個用來為「台灣人」正身的正字標記，虛偽的政客稱之為「認同台灣、愛台灣」，但是，畢竟「認同」和「愛」是相當主觀的，不易作客觀的討論。於是有擔當的政治人物如呂秀蓮明快的說：「支持台灣獨立的人才是台灣人。」

這一下隱蔽於意識形態迷霧下的「台灣人」真面目豁然開朗。

陳昭瑛氣憤地說：「這種以支持台獨與否來判斷住在台灣的人是否為『台灣人』，實在是一種泛政治化的作法」，是「歷史相對主義(historical relativism)的濫用」，這種歷史相對主義的濫用，就使得「台獨」論者在台灣史和台灣文學的研究中，受政治立場所克制而使他們的研究「成為其台獨意識形態的注腳」。

〈發現台灣真正的殖民史〉的副標題是〈敬答陳芳明先生〉。陳昭瑛指出，陳芳明的攻擊文章「非常集中的表達了台獨的基本論點」。陳昭瑛用了三小節的文字加以回應。這三小節的標題是：「失憶症的台灣社會」、「欠缺主體內容的『中國』」、「重新檢驗殖民史」。

在「失憶症的台灣論述」一節裡，陳昭瑛指出，陳芳明「恢復的歷史記憶只有一百年」。那是因為，一百年前的歷史事實他也無法否認，那時的台灣人就是中國人。這種事實，是「與陳芳明的反中國立場背道而馳」的，所以他要繼續失憶。而這一百年，他又難以否定20年代之前的古典文學還是屬於中國文學，所以他還是要保持失憶。他只能就20年代以後的新文學說話。然而，即使20年代以後的這70年，他也要歪曲歷史。陳昭瑛揭露說：

> 陳芳明想利用五〇、六〇年代的白色恐怖、七〇年代的鄉土文學來建構反中國論述，套葉石濤的話：「那是昧於歷史現實的胡扯」。白色恐怖中的左傾思想、鄉土文學的本土主義都有強烈的反國民黨色彩，但卻是親中國的，同樣，被陳芳明利用來建構反中國論述的日據時代作家反的其實是國民黨，並不是中國。

有鑒於此，陳昭瑛揭露陳芳明「在台灣人和中國人之間製造了太多莫須有的對立」。

在「反殖民反專制：『中國』的主體內容」裡，陳昭瑛指出，她花了那麼多篇幅，說明了，歷史上，「台灣人（此處指百分之九十八的漢人），曾堅守中國人與中國文化的主體性，對抗外來文化的侵略，自本省人丘逢甲、連橫、吳濁流、莊垂勝、陳映真，以至外省人徐復觀、胡秋原、尉天驄等等莫不如此，而陳芳明竟說她的「通篇文字裡，中國並沒有真正的主體內容。」這是為什麼？陳昭瑛說：「問題恐怕出在陳芳明根本不承認中國會有主體內容。」這裡有認識上的問題，也有認同的問題。於是——

> 因為不認同中國，所以只從負面去認知中國，又由於只認知到負面的中國，於是更加強反中國的傾向。

在「發現真正的殖民史：原住民的悲哀」一節裡，陳昭瑛批判的是把「台灣作家」與「外省作家」對立起來的陳芳明「不厭其煩虛構出來的外省人對本省人的殖民史……的虛偽性。陳昭瑛寫道：

> 由於被殖民的妄想和受害意識過於根深柢固，陳芳明無法發現台灣真正的殖民史，反而是傾向大中國的陳映真能夠誠懇的反省這段歷史，在為排灣族詩人莫那能詩集《美麗的稻穗》所寫的長文中，他跳脫漢族本位，批判漢族政權對原住民的長期壓迫，並且指出：「如果一定要在台灣生活中找『民族壓迫』的問題，那恰好不是什麼『中國民族』對『台灣民族』的壓迫，而是包括『中國人』的，『台灣人』的漢族對台灣原住民族的壓迫。

陳昭瑛警告陳芳明說：

> 如果一部份台灣人仍要繼續以自外於漢族來迴避漢族對原住民族的責任，則可以預期的是獨立建國的狂熱仍將淹沒追求合理社會的欲望。

除了《中外文學》，當時，統派人物王曉波主編的《海峽評論》的 4 月號、5 月號和 7 月號上，也發表了陳映真、王曉波、林書揚的三篇文章，回應了陳昭瑛的文章。對此，那時有人說，圍繞著陳昭瑛的〈論台灣的本土化運動〉一文所展開的論戰，是鄉土文學論戰之後最重要的文化論戰。

陳映真的文章，是發表在 1995 年 4 月《海峽評論》52 期上的〈「台獨」批判的若干理論問題——對陳昭瑛〈論台灣的本土化運動〉之回應〉。

陳映真的文章開篇是說：

> 十幾年來，島內「台獨」運動有巨大的發展。到了今日，它已經儼然成為一種支配性的意識形態；一種不折不扣的意識形態霸權。在學術界、中研院和高等教育領域，「台獨」派學者、教授、研究生和言論人，獨佔各種講壇、學術會議、教育宣傳和言論陣地。而滔滔士林，緘默退避者、曲學以阿世者、諂笑投機者不乏其人。
>
> 在這樣的大背景中，讀陳昭瑛的〈論台灣和本土化運動：一個文化史的考察〉，心情不免激動。」

對陳昭瑛的論文〈論台灣的本土化運動〉，陳映真從理論知識和治學議論的風格兩個方面肯定了成績和貢獻，充分肯定她「為『台獨』批判論和民族團結論留下豐富的思想理論空間」，

「開展了重要的視界」。對於陳昭瑛論文中值得商榷的地方，陳映真則展開了討論。討論涉及的問題有：一、關於台灣本土運動的「三階段」論問題；二、是「異化」還是「否定的挫折」；三、關於「中心」(core)和「邊陲」(periphery)；四、「台灣主體性」論的欺罔；五、批判「以台灣為中心」的意識形態霸權。

值得注意的是，陳映真在這裡提出「以台灣為中心」的問題，是有很強的針對性的。陳映真在文章裡列舉了許多事實後，還指出：

> 問題在於這幾年，朝野上下、學術界、言論界都在極力、全面、不憚強調地側重兩岸民族「分離」、「分立」、「分治」的現實；側重台灣自己「獨自」、「獨特」的「共同體」，同時也在全力、眾口鑠金地拒絕、排斥、否認民族團結和民族統一的展望；拒絕和否認中國大陸和台灣同為中國民族共同體的組成部份；否認、拒絕民族和解與統一的努力，千方百計延長對大陸的猜忌、鄙視和仇恨；千方百計使兩岸分斷永久化，絲毫沒有彌補、發展和恢復兩岸人民與民族同質性的懇願和志向。

陳映真固然試圖補正陳昭瑛的論文在學理上的部份疏漏之處，卻還是要特別對陳昭瑛的反「台獨」鬥爭表示自己的敬意。陳映真寫道：

> 我不能不由衷地對陳昭瑛表示感謝。不僅僅感謝她對我的一些足以自誡的缺點所做的批評，還要感謝她對於我這一代人沒有做好，失職失責，以至「台獨論」猖狂，民族團結的展望受挫之時，在台大那樣一個民族分離派佔統治地位的學園，一個人挺身而出，理論和風格上都較好地

提出了「台獨」批判，很好地繼承了台灣歷史上光榮的、愛國主義、民族主義的知識份子傳統。當然，這感謝之情，含著一份對自己的羞慚與自責。

其實，不必羞慚，也勿需自責、陳映真展開的新一輪鬥爭證明，他和他的《人間》派的戰友們，仍然是反對思想文化界「台獨」逆流的中流砥柱。

這使人想起來，1988年1月3日的《中國時報》的〈人間〉副刊上，陳映真發表的〈一九九八台灣文化新貌〉一文。那是一篇預測10年以後的文章。陳映真曾經預測，那以後的十年，「在兩岸文化交互影響下，大陸文學、藝術、文化和學術，將對台灣文化界產生重大影響，從而引發年輕台灣文學、藝術和知識界的省思——再創造的運動。」「一九五○年，在『冷戰——民族分裂』的結構中與全面受到美日文化支配的台灣文化，重新編入中國近現代文化圈。因此台灣分離主義的文化和思想，在一九九八年頃，應趨於弱化。」這實在又是太善良的一種願望。現在，陳映真看到了「台獨」勢力的惡性發展，他憤怒了，決心團結戰友，組織火力，投入反「台獨」的戰鬥了。

這時，除了陳昭瑛，從1994年起，在台灣，也有年輕的學者開始對「台獨」派的論述霸權提出了挑戰。比如《島嶼邊緣》雜誌的陳光興，就在1994年7月的《台灣社會研究》季刊第17期上發表了〈帝國之眼：次帝國與國族國家的文化想像〉一文，針對楊照在1994年3月2—4日《中國時報》〈人間〉副刊上發表的〈從中國邊陲到南洋的中心：一段被忽略的歷史〉一文，評判了楊照的「南進論」，並進一步提出台灣資本主義「南進」的「次帝國主義的性質」。又比如，1994年12月，同季刊社舉辦了創社十周年學術討論會，會中，就出現了針對性強烈的批判「台獨」派政治、經濟、文學論述的論文多篇。對此，陳映真說：「敏銳的人們預感到一場論戰的風雨欲來，引人關切。」

陳映真新創辦的《人間・思想與創作叢刊》，在 1998 年冬季，就鄉土文學論戰 20 周年組織刊發了一個專題《鄉土文學論爭二十周年》，包括四篇論文，即：

施淑的〈想像鄉土・想像族群〉；

林載爵的〈本土之前的鄉土〉；

申正浩的〈回顧之前・再思之後〉；

曾健民的〈民衆的與民族的〉。

此外，《叢刊》還發表了「文獻」——陳正醍的〈台灣的鄉土文學論戰〉，田中宏的〈與台灣鄉土遇合時的種種〉，高信疆的〈探索與回顧〉。兩份座談會的記錄：〈艱難的路，我們一道走來……〉、〈情義與文學把一代作家聯繫在一起〉。《叢刊》上另外還發表了兩篇批判文章，一篇是曾健民的〈反鄉土派的嫡傳〉，一篇是陳映真署名石家駒的〈一時代思想的倒退與反動〉。

原來，1997 年 10 月 19 日，以曾健民任會長的台灣社會科學研究會在台北舉辦學術討論會，紀念鄉土文學論爭 20 周年。除了前述施淑等 4 篇論文，還有耀亭、黃琪椿、呂正惠、陳映真等人的 4 篇論文。同時，由當局文建會出錢，春風基金會出面主辦了另一場研討會。會上，陳芳明拋出了〈歷史的歧見與回歸的歧路〉一文，王拓也拋出了〈鄉土文學論戰與台灣本土化運動〉一文。曾健民、陳映真就是分別對陳芳明、王拓的文章展開批判的。

這又是一次對峙，又是一場論戰。

施淑等人的論文，重在從 20 年前的論爭歷史回顧中指出「鄉土文學轉移本土文學過程」中的核心問題是「國家」「祖國」的認同問題，「意識形態的問題」。

兩份座談會的紀錄，意義是在於，當年參加論爭的戰友們，陳映真、毛鑄倫、周玉山、高准、吳福成、施善繼、錢江潮、黃春明、陳鼓應、尉天驄、詹澈、王曉波等人，通過回顧歷史，暢敘友情，更加堅定了從事新一輪反「台獨」鬥爭的決心，鼓舞了士氣。

這裡要說到曾健民。

曾健民在〈民衆的民族的〉一文裡，對於鄉土文學論戰的精神和70年代思潮精神作了新時期的再確認。他從歷史的現實主義出發，把鄉土文學論戰放回到70年代的台灣社會結構中來觀察，具體分析了它產生的歷史性、社會性基礎，闡明它在70年代的具體的社會狀況中的時代意義，標舉它在歷史的制約與發展中提出了哪些突破性的、進步性的觀點，同時，也試圖闡明，是怎樣的歷史與社會的結構性力量，阻擋了它波瀾壯闊地向前發展的道路。而這一切，曾健民強調，「應該是回顧鄉土文學論戰中的現實課題」。

曾健民批判「台獨」的戰鬥精神，特別表現在〈反鄉土派的嫡傳〉一文裡，這篇文章的副題是〈七批陳芳明的《歷史的歧見與回歸的歧路》〉。曾健民的「七批」是：一、陳文前提的虛假性和內容的虛構性；二、為當年參戰者「穿衣戴帽」的劇情大要；三、彭歌等人在論戰中是「右派民族主義者」嗎？四、替王拓「改容易面」；五、改造葉文（指葉石濤的〈台灣鄉土文學史導論〉）的觀點。；六、誣衊陳映真；七、日據期台灣的左派抗日組織，從來沒有一個團體是以中國意識為基礎嗎？曾健民深刻批判了陳芳明的種種謬論之後，得出的結論是：

> ……陳文的興趣並不在討論鄉土文學，當然也不在討論鄉土文學論戰本身。那麼它的目的是什麼？簡單地說，就是以避開討論論戰的本體，藉分離主義的兩大標準——台灣史觀與台灣認同觀，來檢查鄉土文學論戰的參戰者的

思考，扭曲參戰者的言論、思想，進而將鄉土文學論戰虛構成一場以分離主義文學論與民族主義文學論對決為主的論戰，這也是陳文的主要策略。其目的在掏空論戰的核心、轉化論戰的本質。虛構鄉土文學論戰的統獨成份，在不著痕跡中偽造分離文學論在鄉土文學論戰的在場證明，進一步據有論戰的歷史果實，據此朝向樹立分離主義文學論的道統。

用今日的分離主義的政治觀與願望來任意塗寫台灣歷史，已是當下分離主義者的歷史論述的主要特徵，這麼做，當然是為了迅速建立新國家的歷史想像與認同。在這方面，它與戒嚴期國民黨政府的歷史教育作風有異曲同工之妙，所謂歷史的嘲諷莫過於此。台灣歷史的真象，反覆地被重層的權力者以各種不同的方法塗抹，思及此，則不禁悵悵然。

總之，陳文的性格基本上是否定鄉土文學論戰的精神、解體鄉土文學論戰的具體歷史的；就這一點來說，它與當年的反鄉土派的性格相近。然而，像陳文一樣，對論戰參與者的言論進行斷章取義的變造方面，當年的反鄉土派中倒是鮮少見到。以彼等在現實環境中所處的文化霸權地位為靠山，恣意檢查鄉土派的言論，公然檢舉鄉土派的思想忠誠問題，像這樣的作風，兩者卻頗為類同；只不過，一者是以「反共」為絕對標準，檢舉鄉土派為「中共同路」；另一者，則是以分離主義的史觀與認同觀為絕對標準，來檢舉鄉土派的民族主義者為「中國的同路人」。兩者間的嫡傳關係竟如此鮮明，不禁令人深思。

陳映真批判王拓，是王拓其人從左翼統一派立場轉向多年後，統派第一次對他扮演過一定的理論角色的鄉土文學論戰，作了評價和結論。陳映真以為，以王拓的〈鄉土文學論戰與台灣本土化運動〉一文為分析的批評的物件，「有典型性，也可概及其餘台獨文論」。

陳映真批判了王拓的「文學台獨」主張棄卻現實主義，放棄鄉土文學論的美日帝國主義論，從反帝民族主義立場走向反民族、反中國、親帝、反共反華的「（台灣）民族論」等等謬論，得出的結論是：

> 如果七〇年代的鄉土文學論是台灣思想史上的一個飛躍，是對反動的冷戰和內戰意識形態的一次顛覆；是台灣思想史上的第三波民族與階級解放運動，那麼，八〇年代以迄於今日的台獨反共、親美、親日、民族分裂固定化、脫中國……的思潮，無疑是從七〇年代鄉土派進步思潮的一個倒退、反動、右傾和保守化。從前進的鄉土文學論向反動的「本土文學論」的逆轉，便是這個政治、意識形態大逆轉潮流中的一股波浪。……對自己的民族、民族文化和血肉同胞，是懷抱自豪和深厚的認同與深情厚意，還是站在殖民者立場對自己的民族、人民和文明抱著鄙視、否定、抹殺甚至憎惡，標誌著解放與奴隸化、鬥爭與臣服、前進和倒退反動的不同價值與立場。
>
> 七〇年代王拓思想和李喬、宋冬陽、陳樹鴻們最大、最尖銳的不同就在於強烈的祖國指向與「祖國喪失白癡化」的不同。因此，李喬、宋冬陽和陳樹鴻們不是七〇年代的王拓思想的什麼「延伸」、「發展」、「加強」、「相承」和「純粹化」——而是其反動，斷裂和倒退。而《鄉土文學論戰與台灣本土化運動》的王拓，也不是七〇年代的王拓的「延伸」、「發展」、「加強」、「相承」和「純粹化」——而是其轉向、反動、斷裂和倒退！」

五 歪曲台灣新文學發展歷史為「台獨」尋找根據

——「文學台獨」言論批判之二

歷史常常被它的不肖子孫肆意篡改。

「文學台獨」就是常常用他們的分離主義去詮釋台灣新文學史上的重大的史實，從而歪曲真相，給台灣新文學的歷史蒙上了一層灰塵。曾健民說過：「分離主義者慣用曖昧的沒有具體歷史與社會內容的話語，來掩蓋史實，扭曲歷史意義。」（曾健民：《反鄉土的嫡傳》。《人間思想與創作叢刊》1998年冬季號。〕

然而，歷史的真面目，任憑它灰塵再厚，也只能被遮掩一時，而無法根本改變。

這裡，我們就四個問題，拆穿「文學台獨」的謊言。這四個問題是：台灣新文化運動時期政治團體的目標；台灣新文學的源頭；30年代「台灣鄉土文學與台灣話文」論爭；1947—1949年在《新生報·橋》上的關於「建設台灣新文學問題」的討論。至於70年代鄉土文學論戰，「文學台獨」論者也多有歪曲，在上面批判「本土化」、「自主性」、「主體性」時，我們已有澄清，這裡不再重覆。還有一個「皇民文學」的問題，「文學台獨」論者更是大做翻案文章，我們留待後面專門論述。

(一)關於台灣新文化運動時期政治團體的目標

陳芳明在《現階段台灣文學本土化的問題》一文裡說：「客觀的歷史告訴我們，1919年，林呈祿、蔡培火、王敏川、蔡式谷、鄭松筠、吳三連在日本東京籌組『啟發會』時，就提出『台灣是台灣人的台灣』之主張。日後的政治團體，如1927年的『台灣民黨』，便揭示『期望實現台灣人全體之政治的經濟的社會的解放』之主張；同年的『台灣民衆黨』也高舉『本黨以確立民本政治建設合理的經濟組織及改革社會制度之缺陷』之旗幟。這些右翼組織，全然是以追求台灣人的自治為終極目標。至於左翼團體如共產黨者，則進一步主張『台灣獨立』。」

衆所周知，觀察、認識歷史問題，必須運用歷史主義的觀點和方法。歷史主義要求我們分析、認識問題，一定不要脱離當時的歷史條件和環境。現在，我們考察日據時代的台灣民衆的組織問題，也不能脱離當時的特定的歷史條件。

當時的歷史條件是什麼？是日本帝國主義佔領了台灣。所以，在台灣新文化運動中先後成立的「聲應會」、「啟發會」、「新民會」、「台灣文化協會」等社團，以及後來成立的「民黨」、「民衆黨」、「共產黨」等政黨組織，他們反抗鬥爭的矛頭是指向日本殖民主義當局的。他們的階段性奮鬥目標，是推翻日本殖民主義統治，要求台灣從日本殖民統治下解放出來，以求對於日本國的自治和「獨立」。這種階段性的目標，並不意味著他們像今日的陳芳明等「台獨」勢力一樣，反中國，並最終「獨立」於中國之外。相反，他們最後是要回歸祖國的。

比如，1895年，中日甲午戰爭中，中國戰敗，在割讓台灣已成定局的情況下，出於抗日的需要，以丘逢甲、唐景崧為首的抗日武裝力量成立了台灣人民抗日臨時政府「台灣民主國」。他們也不曾割斷與祖國的血脈聯繫。唐景崧在就任大總統時即發表宣言說：「獨立」後之台灣，「仍應恭奉正朝，遙作屏藩；氣脈相通，無異中土。」（見王曉波編《台胞抗日文獻選編》。台北帕米爾1985年版。）當時發表的〈全台灣紳民致中外文告〉也說：

> 「無天可籲，無人肯援，台民惟有自主，擁戴賢者，權攝台政。事平之後，當再請命中國，作何處理。（出處

同上註）」

很明顯，「台灣民主國」的成立只是抗日的權宜之計，抗日並要求回歸祖國才是鬥爭的目的。

又比如，「新民會」成立後，他們先後派遣了蔡惠如、林呈祿等返回祖國大陸，與中國國民黨接觸，及時吸取了孫中山領導的國民黨改革社會的經驗。在「新民會」的影響下，返回祖國求學的台灣青年日益增多，而且直接受到大陸學生運動的啟迪。在祖國各地讀書的台灣青年相繼組織社團，以求聯絡同志，積蓄力量，待機返回台灣，和祖國同步反抗日本帝國主義。北平台灣青年會、上海台灣青年會、台灣自治會、台灣同志會、廈門台灣同志會、閩南台灣學生聯合會、廈門中國台灣同志會、中國同志會、廣東台灣革命青年團，都是這樣的團體。

這裡要提到一本日本殖民當局出版的《台灣警察沿革誌》。它是1932年日本警察當局對日據台灣以來，一切台灣人民抗日運動的分析、研究與總結的書。由台灣總督府警察局編定。這本《沿革誌》寫道：

> 關於本島人的民族意識問題，關鍵在其屬於漢民族系統。漢民族向來以五千年的傳統民族文化為榮，民族意識牢不可拔。雖已改隸四十餘年，至今風俗、習慣、語言、信仰等各個方面仍沿襲舊貌，由此可見，其不輕易拋除漢民族意識。且其故鄉福建、廣東二省又和本島只有一衣帶水之隔，雙方交通頻繁，且本島人又視之為父祖塋墳所在，深具思念之情，故其以支那為祖國的情感難以拂拭，乃是不爭之事實。……此實為本島社會運動勃興之原因，依此檢討，則除歸咎其固陋之民族意識外，別無原因。但這亦顯示在本島社會運動的考察上，民族意識問題格外重

要。

可見，連日本殖民最高警察當局也承認，台灣島「社會運動勃興之原因」，乃是台灣民衆「以支那為祖國的情感難以拂拭」。這樣的「不爭之事實」，到了今日，竟然被「文學台獨」勢力顛倒黑白，惡意扭曲，以至於完全抹殺了台灣人民抗日鬥爭的最終指向是回歸祖國的目標，是絶對不容許的。

在這部《台灣警察沿革誌》的序文中，日本殖民當局還特別提到邱琮指導下的「台灣光復運動」以及「意圖以武力革命使台灣復歸支那」的民衆黨事件，還有和大陸國民黨人取得聯絡，在島內進行武裝起事的「衆友會」案，等等。這些連日本警察當局也不敢否認的事實，今日的陳芳明們卻矢口否認，這就不是什麼文學觀念的問題了。

陳芳明們不會不知道1936年轟動台灣的「祖國事件」。那年3月，林獻堂隨台灣《新民報》赴內地考察，他在上海的歡迎會上的致辭中有「林某歸還祖國」的話。5月，《台灣日日新報》「揭發」了這件事，對林獻堂大張撻伐。日本駐台灣軍部荻州立兵參謀長嗾使日本流氓賣間，於6月17日在台中公園一個集會上毆打了林獻堂，激起了台灣人民的公憤。今天，我們以「祖國事件」為鏡子，比照一下陳芳明們，這些中華民族歷史的不肖子孫真該羞愧得無地自容才是。比起林獻堂這樣的前輩先賢的祖國觀念來，陳芳明們真該看到，當年日軍參謀長不能如願的企圖——割斷台灣人民與祖國的血脈，竟然今日能在陳芳明們的身上得逞，這是何等的悲哀。

(二)關於台灣新文學的源頭

1984年到1987年，葉石濤在《文學界》上分期刊發和結集出版他的《台灣文學史綱》時還承認：「在台灣新文學起步的這個階段，我們清楚地看到五四運動的影響。」「台灣的白話文運動便是在大陸五四運動的刺激下開展的。」他還承認，當時，「拼命地介紹大陸文學革命的內容和理論」的張我軍，「把台灣新文學視作整個大陸文學的一環」，「由長遠的歷史來看」，「有它的道理」。然而，要不了幾年，葉石濤要篡改歷史了。1996年，葉石濤在他交由《文學台灣》雜誌社出版的《台灣文學入門》一書的〈序〉裡表白說，那本《台灣文學史綱》寫成於「戒嚴時代」，他顧慮於惡劣的政治環境，不得不謹慎下筆，言不由衷，無法把他認定的台灣文學史上曾經產生的強烈的自主意願闡釋清楚。現在，隨著「政治壓力減輕」，他要「較輕鬆地表達」自己的台灣文學的「新觀念」了。於是，在《入門》一書的正文裡，葉石濤對他的「新觀念」公然作了如下的表達——就「新文學而言，從1920年代到90年代的台灣文學已有70多年的歷史……中國新文學對它的影響微不足道。」

葉石濤對台灣新文學起步階段受到五四運動影響的歷史結論的篡改和顛覆，受到了他的文壇「台獨」同夥的誇獎。1999年，在「葉石濤文學國際學術研討會」上，陳芳明就提交了題為〈葉石濤的台灣文學史觀之建構〉的文章，吹捧葉石濤的這一文學史觀「正日益顯露他重要而深刻的文化意義」。隨後，集結討論會的論文集《點亮台灣文學的火炬》時，《文學台灣》主編彭瑞金，則在文集的〈代序〉裡吹捧葉石濤的文學史觀「已然是台灣文學建構的一塊不能或缺的礎石。」

而陳芳明和彭瑞金，早在1987年7月28日，就對談過文學史的撰寫問題。陳芳明就說：「台灣沒有產生過中國文學。」他明確表示不同意「台灣文學是中國文學的一部份」的主張。彭瑞金則公然認定，這種主張是「帶著台灣文學去異化為中國文學」的一種「自我扭曲醜態」。到了1999年8月，陳芳明在《聯合文學》第178期上發表他的〈台灣新文學史〉第一章〈台灣新文學史的建構與分期〉，就抛出了他對這一段歷史的篡改內容了。陳芳明的謊言是，1895 年甲午戰敗台灣割讓給日本後，「台灣與中國之間的政經文化連繫產生嚴重的斷裂」，「台灣社會的傳統漢文思考……逐漸式微，而終至没落」；在這種情況下，「台灣新文學才開始孕育釀造」。他所強調的，仍然是「接受日本殖民者」的影響。

現在，在台灣新文學發端的問題上，我們必須拆穿葉石濤、陳芳明、彭瑞金的謊言了。

台灣新文學是在五四新文學運動的直接影響下誕生的，這是誰也篡改不了的歷史。這篡改不了的歷史事實是：

第一、1915 年開始的大陸的新文化運動，是一個偉大的反帝反封建的革命運動，也是一個以提倡新道德、新文學，反對舊道德、舊文學為根本標誌的思想啟蒙運動。1918 年，在新文化運動繼續獲得巨大發展的時候，第一次世界大戰結束，德國戰敗。1919 年 1 月 18 日，戰勝國在巴黎召開「和平會議」。北京政府和廣州軍政府聯合組成中國代表團，以戰勝國身份參加和會，提出取消列強在華的各項特權，取消日本帝國主義與袁世凱訂立的「二十一條」不平等條約，歸還大戰期間日本從德國手中奪去的山東各項權利等要求。巴黎和會在帝國主義列強操縱下，不但拒絕中國的要求，而且在對德和約上，明文規定把德國在山東的特權，全部轉讓給日本。北京政府竟準備在「和約」上簽字，從而激起了中國人民的強烈反對，引發了劃時代的波瀾壯闊的反帝反封建的五四愛國運動，最終致使中國代表團於 6 月 28 日拒絕在對德和約上簽字。於是，風雲際會，20 世紀最初一、二十年的那一代台灣青年，在祖國大陸五四愛國運動的鼓舞下，深受「科學」、「民主」兩大口號的啟示，也深受「文學革命」的激勵，紛紛行動起來，組織起來，掀開了台灣抗日民族運動的新的一頁。台灣的新文化運動發生了。

1919年秋，在東京的一群中國青年，台灣方面的蔡惠如、林呈祿、蔡培火等，聯絡內地方面的中華青年會的馬伯援、吳有容、劉木琳等，為聲援回應五四運動，取「同聲相應」的意義，在東京成立了「聲應會」，這是台灣留學生組成的第一個民族運動團體。同年末到1920年1月，林獻堂、蔡惠如又先後組織了「啟發會」和「新民會」。「新民會」仿照祖國大陸的《新青年》，於1920年7月16日創辦了機關刊物《台灣青年》。總編輯林呈祿以筆名「慈舟」發表〈敬告吾鄉青年〉一文，鼓勵台灣青年「抖擻精神，奮然猛省」，「考究文明之學識，急起直追，造就社會之良材！」創刊號還有卷頭辭告白於天下，號召台灣青年奮起趕上新潮流，積極吸取、借鑒新思想，「自新自強」以達到中華民族解放、復興的目的。這，正是新民會、《台灣青年》指導當年台灣新文化運動的核心思想。

此後的十年裡，台灣發生的重大的政治活動，比如1921年10月17日成立的台灣文化協會，1923年2月21日在日本東京成立的台灣議會期成同盟會，以及新台灣聯盟、台灣民黨、台灣民眾黨、台灣地方自治聯盟等等，都或多或少，直接間接與「新民會」有關係，「新民會」的影響已經深入到台灣民眾政治生活的各個層面了。

「聲應會」、「啟發會」、「新民會」，先後都在日本東京成立，而且「新民會」的總部也設在東京。這是因為，日本殖民統治者嚴密封閉台灣，控制台灣，而作為國際大都會的東京，當時已經是亞洲政治、經濟、文化、思想等各種資訊交流中心，台灣青年在那裡能夠及時地吸取、借鑒外國以及祖國內地的新文化新思想，便於突破殖民統治和祖國進行溝通和交流。這絕不能說明台灣新文化運動的源頭來自於日本。事實上，一旦時機成熟，台灣新文化運動的指揮中心就轉移到台灣本土了。

果然，一年後，1921 年 10 月，在「新民會」林獻堂的大力支持下，以蔣渭水為首的「台灣文化協會」在台北成立了。開業醫師蔣渭水任專務理事，林獻堂任總理，蔡惠如等人為理事。蔣渭水說，他們成立「台灣文化協會」的目的，是「謀台灣文化之向上」，「切磋道德之真髓。圖教育之振興、獎勵體育、涵養藝術趣味」。「然而台灣人現在有病了，這病不癒，是沒有人才可造的，所以本會目前不得不先著手醫治這病根。」蔣渭水還說：「我診斷台灣人所患的病，是知識的營養不良症，除非服下知識的營養品，是萬萬不能癒的。文化運動是對這病惟一的原因療法，文化協會就是專門講究並施行原因治療的機關。」啟迪理智，廓清蒙昧，這是五四新文化運動所倡導的真正的民族民主思想啟蒙。1921 年 11 月 25 日，台灣文化協會出版了第 1 號《會報》，發行 1200 份，但立即被日本殖民統治者查禁。《會報》上，蔣渭水的别具一格的醫生診斷書和處方的形式，具體而形象地表述了文化協會的啟蒙主義思想。其中，在「遺傳」一項，寫的是「明顯地具有黃帝、周公、孔子、孟子等血統」。在「素質」一項，寫的是「為上述聖賢後裔、素質強健、天資聰穎。」這篇被人稱頌的啟迪理智、廓清蒙昧的台灣啟蒙思想運動的宣言書，分明在宣佈：台灣和祖國的血脈，誰也割不斷的！

第二、隨著台灣新文化運動的開展，作為它的重要組成部份，台灣新文學運動也勃然興起。20 世紀 20 年代發生在台灣島上的這場文學革命，大體上經歷了先聲、發難、較量、建設四個階段。

先聲這個階段，主要的課題是反對文言文，提倡白話文。

《台灣青年》自 1920 年 7 月 16 日創刊，到 1922 年 2 月 15 日第 4 卷第 2 號止，一共出版了 18 期。雖然刊物上發表的文章集中在政治、社會、經濟等方面，但也刊發了 4 篇關於文學的文章。

除日人小野村林藏宗的〈現代文藝的趨勢〉之外，其他 3 篇，即創刊號上的陳炘〈文學與職務〉，3 卷 3 號上甘文芳的〈實社會與文學〉，4 卷 1 號上陳端明的〈日用文鼓吹論〉，都借鑒了祖國的文學革命的經驗，提出了問題。比如，陳端明說：

> 今之中國，豁然覺醒，久用白話文以期言文一致。而我台文人墨士，豈可袖手旁觀，使萬眾有意難申乎，切望奮勇提倡，改革文學，以除此弊，俾可啟民智，豈不妙乎？

但因文章本身仍然用文言文寫成，而且刊物在東京出版，影響還是有限。

1922 年 4 月 1 日，為從青年擴大宣傳到一般社會大衆，《台灣青年》改名《台灣》，由林呈祿任「主幹」，即總編輯。第二年的 1 月號上，黃呈聰發表了〈論普及白話文的新使命〉一文，黃朝琴發表了〈漢文字改革論〉，這可以說是台灣新文學運動的先聲。

黃呈聰和黃朝琴都是在日本早稻田大學讀書的台灣留學生。1922 年 6 月，他們返回祖國大陸作了一次文化、文學之旅。祖國大陸開展的文學革命給了他們深刻的啟發，〈論普及白話文的新使命〉和〈漢文字改革〉就是他們把自己在祖國大陸的見聞感想上昇為改革台灣書面語言理念的兩篇文字。他們不僅論述了白話文代替文言文的重大意義，而且闡明了台灣普及白話文的可能性。黃呈聰就說：「這是很容易做的，因為台灣的同胞學過漢文的人很多，並且喜愛看中國的白話小說，只要把這種精神引導去閱讀中國新出版的各種科學及思想的書籍，便可以增長我們的見識了。」

第三、台灣文學革命進入到發難階段，先驅者們開始倡導新文學了。

《台灣》雜誌適應潮流，決定增刊發行半月刊《台灣民報》。1923 年 4 月 15 日，《台灣民報》創刊，並全部採用了白話文。自此，《台灣民報》為台灣島上的新文學革命作了全方位的準備工作。一是為了台灣文學革命提供新的語文、文體形式，二是為台灣文學革命引進祖國大陸文學革命成功的經驗，如秀湖的〈中國新文學運動的過去現在將來〉、蘇維霖的〈二十年來的中國古文學及文學革命的略述〉等文即是。另外就是作品介紹，如中國第一部白話劇本、胡適的《終身大事》，以及《李超傳》等。三是，開闢了《文藝專欄》，為台灣文學革命、台灣白話文學開闢了園地。事實上，《台灣民報》成了台灣新文學的搖籃。

1924 年，正在北京求學的張我軍身受「五四」新文化運動的洗禮，痛感台灣的現狀必須改變，在《台灣民報》上發表了〈致台灣青年的一封信〉和〈糟糕的台灣文學界〉兩篇文章，正式拉開了台灣新文學的大幕。

《致台灣青年的一封信》發表在 1924 年 4 月 21 日《台灣民報》2 卷 7 號。這是一篇向台灣的舊思想、舊文化、舊文學的戰鬥檄言。〈糟糕的台灣文學界〉發表在 1924 年 11 月 27 日的《台灣民報》2 卷 27 號。這時，張我軍已由北京歸來，任《台灣民報》編輯。在這篇文章裡，他猛烈地批判和討伐了台灣的舊文學。

張我軍的討伐震撼了台灣的舊文學舊文壇，擊中了「擊缽吟」的要害。於是，以連雅堂為首的舊文學勢力迫不及待地跳出來猖狂地進行了反撲。於是，新舊文學家就在激烈的論爭中，展開了你死我活的較量。

第四、和祖國大陸文學革命的歷史進程相似，台灣新文學發難之後，也激起舊文學的反撲，激烈的較量不可避免了。一個新的階段由此開始。

1924 年冬，台灣舊詩領頭人連雅堂主編的《台灣詩荃》發表了他為林小眉的《台灣詠詩》寫的〈跋〉，其中，有一段酷似林琴南攻擊新文學口吻的文字：「今之學子，口未讀六藝之書，目未接百家之論，耳未聆離騷樂府之音，而囂囂然曰，漢文可廢，漢文可廢，甚而提倡新文學，鼓吹新體詩，秕糠故籍，自命時髦，吾不知其所謂新者何在？其所謂新者，持西人小說戲劇之餘焉，其一滴沾沾自喜，是誠埳井之蛙不足以語汪洋之海也噫。」這篇〈跋〉沒有提「張我軍」這三個字，實際上就是針對張我軍的。

於是，張我軍憤筆疾書〈為台灣的文學界一哭〉一文，發表在 1924 年 12 月 11 日的《台灣民報》2 卷 26 號上，對連雅堂的攻擊痛加駁斥。其一，聲明反對舊文學不等於主張「漢文可廢」。文章說：「請問我們這位大詩人，不知道是根據什麼來斷定提倡新文學，鼓吹新體詩的人，便都說漢文可廢，便沒有讀過六藝之書和百家之論、離騷樂府之音：而你反對新文學，都讀得滿腹文章嗎？」其二，揭露那些反對新文學的人而不知道新文學是什麼。文章說：「他們對於新文學是門外漢，而他的言論是獨斷、是狂妄，明眼人一定不會被他所欺。」「我想不到博學如此公，還會說出這樣沒道理，沒常識的話，真是叫我欲替他辯解也無可辯解了。」有鑒於此，張我軍說：「我能不為我們的文學界一哭嗎？」

半個月後，張我軍又寫了〈請合力拆下這座敗草叢中的破舊殿堂〉和〈絕無僅有的擊鉢吟的意義〉兩文，分別在《台灣民報》1925 年 1 月的 3 卷 1 號、2 號發表，深入地闡述了台灣文學革命的意義等問題。

在〈請合力拆下這座敗草叢中的破舊殿堂〉一文裡，張我軍談了三個問題：

1. 台灣文學革命的必然趨勢。

張我軍從台灣文學與祖國的關係，指出了台灣文學的走向，文章說：

> 台灣的文學乃中國文學的一支流。本流發生了什麼影響、變遷，則支流也自然而然的隨之而影響、變遷，這是必然的道理。

文章還指出，「回顧十年前，中國文學界起了一番大革命。新舊的論戰雖激烈一時，然而垂死的舊文學」，「連招架之功也沒有了」。「舊文學的殿堂，經了這陣暴風雨後，已破碎無遺了。一班新文學家已努力地在那裡重建合乎現代人住的」「新文學的殿堂」。張我軍認為，由於日本佔領台灣，中國書籍流通不便，祖國大陸和台灣遂成了兩個天地，而且「日深其鴻溝」。於是，「中國舊文學的孽種，暗暗於敗草叢中留下一座小小的殿堂——破舊的——以苟延其殘喘，這就是台灣的舊文學。」現在，「本流」變了，「支流」必然變化，台灣舊文學殿堂的被「拆」，當然是指日可待之事，本著這種理念，張我軍要效仿胡適了。胡適在〈沁園春・誓詩〉一詞說：「文學革命何疑！且準備搴旗作健兒。要前空千古，下開百世，收他臭腐，還我神奇。為大中華，造就文學，此業吾曹欲讓誰？」現在，張我軍也很有使命感地表示：

> 我不敢以文學革命軍的大將自居，不過是做一個導路小卒，引率文學革命軍到台灣來，並且替它？喊助攻罷了。」

後來，他也一再表示，要「站在文學道上當個清道夫」，

（張我軍：〈絕無僅有的擊缽吟的意義〉。）於是，他詳盡地介紹了陳獨秀和胡適的文學革命主張。

2. 台灣文學革命的意義。

張我軍說，「我們今日欲說文學革命，非從胡適的『八不主義』說起不可」。張我軍說的這「八不主義」，就是胡適在《文學改良芻議》中說到的「八事」。張我軍在詳盡解說胡適的這「八不主義」時，闡發了自己的觀點。歸納起來，在文學內容方面，張我軍認為：

> 中國近世的文人（當然台灣的文人也在內），只一味的在聲調字句之間弄手段，既無真摯的情感，又無高遠的思想，其不能造出偉大的作品也是當然的。況台灣今日的文學，只能求押韻罷了，哪裡顧得到情感和思想。這種文學當痛絕之。

聯繫台灣文壇實際，張我軍還指出：「常常有一種人，他明明是在得意的境遇，而他自己也很滿意著，但一為詩文，便滿紙『蹉跎』、『飄零』、『落魄』……等等。還有一種人，每每自負過大，自以為名士才子，實無其力，一味奢求，每不論於自己的地位。所以作詩為文，滿口哀怨，好像天下無一知己似的，這都是無病呻吟之例。」由此看來：

> 夫藝術最重要的是誠實，文學也是藝術的一種，所以不說誠實話的文學，至少也可以說不是好的文學。我們應當留意這點，有什麼話說什麼話，切不可滿口胡說，無病呻吟。

更為重要的是，張我軍不僅接受了進化論，確認胡適的觀點，認為「文學是時代的反映，所以時代有變遷，有進化，則文學也因之而變遷、而進化」，而且在這個前提下還強調「創造是藝術的全部」，摹仿古人是要不得的：

> 一個時代有一個時代的色彩，一個人有一個人的個性，所以欲摹仿某時代，或某人的文學，這是一定不可能的，這是很明白的道理（受感化與摹仿不同，須當分別）。我希望有志文學的人，務要磨練創造之力，切不可一味摹仿他人。須知文學之好壞，不是在字句之間，是在創造力之強弱。

在文學形式方面：

一是不用典。他認為，這方面要具體分析，分別待之。廣義用典，多數「皆是取譬比方之辭，但以彼喻此，而非以彼代此的」；狹義用典，是說「文人詞窮，不能自己鑄詞造句，以寫眼前之景，胸中之意，所以借用或不全切、或全不切的故事、陳言以代之，以圖含混過去。」前言是「喻」，後者是「代」，所以多數的廣義用典是可取的，主張不用的則是後者的狹義用典。

二是不用套語爛調。他說：「我們做詩做文，要緊是將自己的耳目所親聞親見，所親身閱曆之事物，個個鑄詞來形容描寫，以求不失真，而求能達狀物寫意的目的，文學上的技巧這就夠了。大凡用套語爛調的人，都是沒有創造之才，自己不會鑄詞狀物的。」

三是「不重對偶——文須廢駢，詩須廢律」。他說：「對偶若近於語言的，自然而無牽強刻削之跡，沒有字之多寡，或聲之平仄，或詞之虛實的，這是人類語言的一種特性，我們不必去拘它。」然而，「文中之駢，詩中之律」，或被限於字之多寡，聲之平仄，詞之虛實，或種種牽強刻削，這委實是束縛人的自由的枷鎖，和八股試帖是五十步與百步之別罷了。」「現代的人，徒知八股之當廢，卻不知駢文律詩之當廢，真是可痛！」

四是「不做不合文法的文學」。他感慨，「文與詩之不講究文法的在所皆是」，是謂「不通」，這是最淺明的道理，何用詳論呢!?

五是「不避俗語俗字」。從中外文學發展的經驗出發，張我軍力推「白話為文學的正宗」，「我們如欲普遍國民文學，則非絕對的白話不可。」

3. 文章以陳獨秀的「三大主義」為結論，這就是「①、推倒雕琢的阿諛的貴族文學、建設平易的抒情的國民文學；②、推倒陳腐的鋪張的古典文學，建設新鮮的立誠的寫實文學；③、推倒迂晦的艱澀的山林文學，建設明瞭的通俗的社會文學」。這就是說，號召台灣人民高舉三個「打倒」、三個「建設」的大旗，把文學革命進行到底。

〈絕無僅有的擊缽吟的意義〉則是深入論述詩歌革命的問題。這篇文章的意義在於，從理論上講清楚了詩的本質，詩的內容與形式關係，為台灣詩界革命提供了理論武器。同時，文章也尖銳地指出台灣詩壇的形式主義錯誤，為台灣詩界革命掃清道路。

張我軍的文章擊中了台灣舊詩界的要害，沈重地打擊了台灣舊文學。台灣舊文學的勢力，像當年林琴南等人反對新文學一樣，又進行了「謾罵」式的爭辯。在雙方激烈論爭中，對峙的營壘十分鮮明。

就在張我軍的文章見報後的第四天，1925 年 1 月 5 日，《台灣日日新報》漢文欄刊發了署名「悶葫蘆生」的反撲文章〈新文學的商榷〉，除了「謾罵之詞」外，主要論點有兩個：⑴關於台灣白話文學，即「台灣之號稱白話體新文學，不過就是普通漢文加添幾個字，及口邊加馬、加勞、加尼、加矣，諸字典所無活字，此等不用亦可（不通不）文字」。「夫畫蛇添足，康衢大道不行，而欲多用了字又幾個（不通不）文字。」「怪底寫得頭昏目花，手足都麻，呼吸困難也。」⑵關於中國新文學，即：「今之中華民國之新文學，不過創自陳獨秀、胡適之等，陳為輕薄無行，思想危險之人物，姑從別論，胡適之所提倡，則不過藉用商榷的文字，與舊文學家輩虛心討論」。

第二天，張我軍寫就那篇著名的反駁文章〈揭悶葫蘆〉，同年 1 月 21 日在《台灣民報》3 卷 3 號發表。張我軍認為，悶葫蘆生的〈新文學的商榷〉完全沒有觸及新文學的根本問題，「只是信口亂吠罷了」。張我軍說，按理，和他理論，不但沒有必要，而且還要玷污了自己的筆，然而，最終還是寫了此文，那是「欲藉此機會多說幾句關於新文學的話罷了」，也就是說，他要向台灣文學界進一步宣傳新文學。於是，針對悶葫蘆生的錯誤觀點，文章論述了兩個問題。

1. 為「新文學」定位。

文章從四個方面論述。首先，「漢文學即中國文學，凡用中國的文字寫作的有韻無韻的詩和文，而含有文學的性質的都是中國文學(以下都是說中國文學，因為說漢文不甚通，中國人也已不用了)」。其次，「所謂新文學，乃是對改革後的中國文學說的。所以說新者，是欲別於舊的。所以我們之所謂新文學，當然是包含於中國文學的範圍內。然而台灣的中國文學家大都把新文學摒除於中國文學之外。」接著，張我軍申論下去，幽默地打了個比方說：「若照他們的意思是說『中國人』才是中國人，而『新中國人』便不是中國人了，若不是中國人是什麼？」接下來，筆鋒一轉，張我軍把批判的矛頭直指台灣舊文學勢力的領軍人物連雅堂的謬論：「實不知我們之所謂新文學是指『新的中國文學』呢？難怪乎如某大詩人說提倡新文學的人都說『漢文可變』！」其三、中國的新文學「是時勢造成的中國公產」，「決不是陳，胡二人的私產」，只不過他們兩人是其「代表」罷了。其四，胡適的「商榷」，「是要留下餘地給贊成文學改革的人討論的」，「是『當如何來改革才好』的『商榷』，而不是『當不當改革』的『商榷』。」所以，十年前中國新文學「商榷」已有定論而且在文學創作上已成氣候，如今「頑固、不識時勢」的台灣舊文學家的反對，「嚴厲地指摘了舊文學的壞處」，「揭出台灣舊文學家的劣根性」，當然是「無半點怪異的事」更扯不上「罵得如殺父仇」之「亂罵」！

2. 新舊文學的區別。

張我軍認為，「新舊文學的分別不是僅在白話與文言，是在內容與形式兩方面的。」在這個大前提下，他著重談了語體文(白話文)的問題。文章指出，「文學是漸漸進化的」，「今日所用的中國文字不是倉頡一個造的，是幾千年來歷代的學者文學家造成的。我們欲描寫一件事或表一個感情，若沒有適當的文字，我們盡可隨時隨地造出適當的文字來」。中國文字發展到今日，和過去文言相對，稱之為「語體文（白話文）」。當今世界，「日本的文學已全用語體文」，「英、美、法、德等諸國」，則早已「沒有語體與文言文分別」，也就是早已用了語體文（白話文）了。在世界各國，語言文字為什麼會有這種相同的發展趨勢？張我軍說，這是「語體文較文言文易於普遍；易於活用。」所以說，語言文字的發展，不是「畫蛇添足」，更不是在走羊腸小道，而是正在「通衢大道」上前行。

這以後，在台灣文學界。新舊文學的激烈論爭愈演愈烈。舊文學方面，鄭軍我、蕉麓、赤崁王生、黃衫客、一吟友等，以台北《台灣日日新報》等報紙的漢文欄為陣地，寫了一批長短不一的文章，謾罵和攻擊新文學。新文學方面，更是積極應戰，予以反擊。他們以《台灣民報》為陣地，連續著文，批駁了舊文學的謬論。後來，隨著論戰的持續進行，楊雲萍、江夢筆創辦的雜誌

《人人》和張紹賢創辦的雜誌《七音聯彈》，也分別在 1925 年 3 月或 10 月問世。論爭中有影響的文章，在《台灣民報》上發表的有：3 卷 4 號半新半舊生的〈〈新文學之商榷〉之商榷〉，3 卷 5.6.7 號的張我軍的〈隨感錄〉，3 卷 5 號蔡孝乾的〈為台灣的文學界續哭〉，3 卷 17—23 號的張梗的〈討論舊小説的改革運動〉以及賴和的〈答覆《台灣民報》〉等。此外，《七音聯彈》創刊號上有張紹賢批評連雅堂的文章，《人人》2 期上有楊雲萍批評舊文學寫作態度的文章。

張我軍在《台灣民報》3 卷 7 號上，聲明不再理會舊文學一方的無理謾罵，但雙方的論戰並未因此而結束。就在論戰的高潮將要過去的時候，台灣新文學卻要在「立中破」了。於是，台灣新文學運動進入到「建設」的新階段。

第五、台灣文學革命的第四階段——建設階段。

胡適在〈建設的文學革命論〉一文裡説過，提倡文學革命的人，固然不能不從破壞一方面下手。但是，要知道，只能真有價值、真有生氣、真可算作文學的新文學起來代替舊文學的時候，舊文學才會自然消滅。所以，「提倡文學革命的人，對於那些腐敗的文學，個個都該存一個『被可取而代也』的心理，個個都該從建設一方面用力」。

當時，在台灣倡導文學革命的先驅，接受了胡適這個理念，按照文學革命的一般進程，在大破舊文學到了一定的時候，也開始了「從建設一方面用力。」1925 年 3 月 1 日，在《台灣民報》3 卷 1 號上發表的〈隨感錄・無名小卒〉一文，張我軍已清醒地認識到當時的形勢。他説：「在一個月之間，差不多有十來起罵我的文字，也有揑作三句半詩的，也有説些不三不四的話的，也有揑造事實的，也有攻擊人身的，但卻沒有一個敢報出名的。我實在覺得也好笑也可憐。」「但總之新舊文學之是非已甚明瞭，我們此後當向建設方面努力。無價值的對罵是無用的努力」。這時的他們，一面仍然以理論為引導，為新文學開花結果開拓道路，另一方面又鼓勵人們去作文學實踐，去創作各種體裁的新文學作品，從而探索出一條台灣新文學成長、發展的新路。這，就是台灣文學革命的第四階段——建設階段。

先看以創作理論為引導。

1925 年 8 月 26 日，《台灣民報》67 號即創立五周年紀念號上發表了張我軍的另一篇具有特別意義的文章《新文學運動的意義》。文章宣佈：

> 我們現在談新文學的運動，至少有二個要點：
> 1.白話文學的建設
> 2. 台灣語言的改造

這正是建設台灣新文學的綱領。張我軍說，他這兩條是從胡適的《建設的文學革命論》一文的「國語的文學、文學的國語」「出來」的。張我軍引用了胡適自稱是該文「大旨」的一段名言，即：「我們所提倡的文學革命，只是要替中國創造一種國語的文學。有了國語的文學，方才可有文學的國語。有了文學的國語，我們的國語才可算得真正國語」。接下來，聯繫台灣文學的實際，張我軍談了他自己的看法。

關於「白話文學的建設」，張我軍的意見是：

1. 什麼是白話文？「我們主張以後全用白話文做文學的器具，我所說的白話文就是中國的國語文」。「國語」，是指漢語言文字在歷史逐步形成的、以北京語音為標準音，以北方方言的辭彙、語法為基礎的一種現代漢語共同語的語言文字。

2.「何以要用白話文做文學的器具呢？」張我軍同意胡適的看法，從中國文學的發展可以看出，「中國的文學凡是有一些價值、有一些兒生命的，都是白話的或近於白話的」。這一點，張我軍直接引用了胡適的文字來加以闡明和確證，即：

「我曾仔細研究：中國這二千年何以沒有真有價值、真有生命的『文言的文學』？我自己回答說：『這都是因為這二千年的文人所做的文學都是死的，都是用已經死了的語言文字做的。死文字決不能產出活文學。所以中國這二千年只有些死文學，只有些沒有價值的死文學。』

「我們為什麼愛讀《木蘭辭》和《孔雀東南飛》呢？因為這二首詩是用白話做的。為什麼愛讀陶淵明的詩和李後主做的詞呢？因為他們的詩詞都用白話做的。為什麼愛杜甫的〈石壕史〉、〈兵車行〉諸詩呢？因為他們都是用白話做的。為什麼不愛韓愈的〈南山〉？因為他用的是死字死話。……簡單說來，自從三百篇到於今，中國的文學凡是有一些價值、有一些兒生命的，都是白話的或是近於白話的。其餘的都是沒有生氣的古董，都是博物院中的陳列品！

「再看近世的文學：何以《水滸傳》、《西遊記》、《儒林外史》、《紅樓夢》可以稱為『活文學』呢？因為他們都是用一種活文字做的。若是施耐庵、吳承恩、吳敬梓、曹雪芹都是用了文言做書，他們的小說一定不會有這樣的生命，一定不會有這樣的價值。」

「讀者不要誤會，我並不是說凡用白話做的書都是有價值有生命的。我說的是：用死了的文言決不能做出有生命有價值的文學來。這一千多年的文學，凡是有真正文學價值的，沒有一種不帶有白話的性質，沒有一種不靠這『白話性質』的幫助。換言之：白話能產出有價值的文學，也能產出沒有價值的文學。可以產出《儒林外史》，也可以產出《肉蒲團》。但是那已死的文言，只能產出沒有價值沒有生命的文學，決不能產出有價值有生命的文學，只能做幾篇『擬韓退之原道』或『擬陸士衡擬古』，決不能做出一部《儒林外史》。若有人不信這話，可先讀明朝古文大家宋濂的《王冕》傳，再讀《儒林外史》第一回的王冕傳，便可知道死文學和活文學的分別了。」

3.「為什麼死文字不能產生活文學呢？」

張我軍也贊同胡適的論斷，即：「這都是由於文學的性質」。他仍然用胡適的文字來闡明這個道理。

「一切語言文字的作用在於達意表情，達意達得妙，表情表得好，便是文學。那些用死文言的人，有了意思，卻須把這意思翻成幾千年前的典故，有了感情，卻須把這感情譯成幾千年的文言。明明是客子思家，他們須說『王粲登樓』、『鍾宣作賦』；明明是送別，他們卻須說『陽關三疊』、「一曲渭城」；明明是賀陳寶琛七十歲生日，他們卻須說是賀伊尹、周公、傅說。更可笑的：明明是鄉下老太婆說話，他們卻要叫她打起唐宋八家的故腔兒，明明是極下流的妓女說話，他們卻要她打起胡天游、洪亮吉的駢文調子！……請問這樣做文章如何能達意表情呢？既不能達意，又不能表情，哪裡還有文學呢？即如那《儒林外史》裡的王冕，是一個有感情、有血氣、能生動、能談笑的活人，這都是因為做書的人能用活言語、話文字來描寫他的生活神情。那宋濂集子裡的王冕，便成了一個没有生氣，不能動人的死人。為什麼呢？因為宋濂用了二千年前的死文字來寫二千年後的活人，所以不能不把這個活人變做二千年前的木偶，才可合那古文家法。古文家法是合了，那王冕也真『作古』了，因此我說：『死文言決不能產出活文學』。中國若想有活文學，必須用白話，必須用國語，必須做國語的文學。」

關於「台灣語言的改造」，張我軍的陳說也旗幟鮮明。

本來，〈新文學運動的意義〉一文發表之前，連溫卿已經在1924年10月的《台灣民報》2卷19號上發表了〈言語之社會性質〉一文，提出了語文與其使用民族的處境的關係，認為保護民族獨立，自然要保護民族語言。接著，連溫卿又寫了〈將來之台語〉一文，發表在同年的《台灣民報》20、21 號上。文中，連溫卿進一步指出，殖民地統治者的語言政策就是以統治國的語言同化殖民地的語言。所以，在台灣，為了反殖民地統治者的同化，必須保存、整理以至改造台灣語言。至於如何保存、整理和改造，連溫卿並沒有提出具體方案。

張我軍在連溫卿這兩篇文章的基礎上，提出了自己的看法。

1. 改造台灣語言的標準是什麼？張我軍認為，「我們的新文學運動有帶著改造台灣言語的使命。我們欲把我們的土話改成合乎文字的合理的語言。我們欲依傍中國的國語來改造台灣的土語。換句話說，我們欲把台灣人的話統一於中國語，再換句話說，是用我們現在所用的話改成與中國語合致的。」所以，「國語」是其惟一的標準和依據。再說，台灣話是漢民族語言中的一種方言——閩方言的分支，或者是客家話方言，書面語言就是用的整個漢民族的書面語言——漢字，主要的差別只在於語音，所以，以國語改造台灣話是完全可能的。

2. 這樣改造的意義在於「我們的文化就得以不與中國文化分斷、白話文學的基礎又能確立，台灣的語言又能改造成合理的」。張我軍說，這「豈不是一舉三、四得的嗎？」

3. 具體做法，張我軍說，「如果欲照我們的目標改造台灣的語言，須多讀中國的以白話文寫作的詩文。」在這之前，他專門寫了〈研究新文學應讀什麼書〉一文，發表在 1925 年 3 月 1 日《台灣民報》3 卷 7 號上。這篇文章特別推薦了祖國大陸的白話文學佳作。新詩集有《女神》、《星空》、《嘗試集》、《草兒》、《冬夜》、《西還》、《蕙的風》、《雪潮》、《繁星》、《將來之花園》和《舊夢》；短篇小說集有：《吶喊》、《沈淪》、《玄武湖之秋》、《蔓蘿集》、《超人》、《小說匯刊》、《火災》、《隔膜》等等。此外，還向讀者推薦了新文學期刊《創造周報》、《創造季刊》和《小說月報》。

與此同時，張我軍還寫了〈文學革命運動以來〉一文，發表在《台灣民報》的3卷6—10號上，轉引了胡適的《五十年來中國之文學》中一節的全文，目的是「欲使台灣人用最簡捷的方法來明白文學革命運動的經過」。而張我軍的〈詩體的解放〉一文發表在1925年3月1日至5月3日3卷7、8、9號《台灣民報》，也在催促台灣新詩壇「開放幾朵燦爛的鮮花」。

和張我軍相呼應的是，蔡孝乾在《台灣民報》3卷12—16號上的一篇長文〈中國新文學概觀〉。文章具體地介紹了祖國新文學的發展。此外，《台灣民報》還陸續刊載了祖國大陸新文學的作品，如魯迅的〈故鄉〉、〈狂人日記〉、〈阿Q正傳〉，郭沫若的〈牧羊哀話〉、〈仰望〉、〈江灣即景〉，冰心的〈超人〉，西諦的〈牆角的創痕〉，淦女士的〈隔絶〉，徐志摩的〈自剖〉等等。這，已經成為台灣新文學先驅者們從事創作的重要借鑒了。

再看新文學創作。

在張我軍等人的文藝評論文字引導下，在祖國新文壇上「無數金光燦爛的作品」（張我軍：《隨感錄・二十一》。《台灣民報》3卷12號。）的啟示下，台灣新文學終於開花結果了。

還是新詩最早問世。1924年5月11日，《台灣民報》2卷8號上，張我軍署名「一郎」發表了白話〈沈寂〉和〈對月狂歌〉。這兩首詩寫於北京，是台灣新文學史上第一次被刊載的漢語白話新詩。其中，〈沈寂〉一詩緣自張我軍當時暗戀來自湖北黄陂、同在補習班上課、就讀於北京尚義女子師範學院的羅文淑的一份情感。當時，在《台灣民報》上發表的新詩還有張我軍的〈無情的雨〉、〈煩惱〉、〈亂都之戀〉(其中7首)，崇五的〈誤認〉、〈旅愁〉，楊雲萍的〈這是什麼聲？〉和楊華的〈小詩〉。1925年12月在《人人》雜誌2期上也有新詩發表，有鄭嶺秋的〈我手早軟了〉，江肖梅的〈唐棣梅〉，縱橫的〈乞孩〉

和澤生的〈思念郎〉。1925 年底，台灣還出版了新文學的第一部詩集，即張我軍的《亂都之戀》。1927 年楊華又在獄中寫了〈黑潮集〉。

當然，成績最為突出的還是小說。1926 年《台灣民報》的新年號發表了賴和的〈斗鬧熱〉和楊雲萍的〈光臨〉。此外，還有賴和的〈一杆稱仔〉，楊雲萍的〈兄弟〉、〈黃昏的蔗園〉，張我軍的〈買彩票〉、〈白太太的哀史〉，天游生的〈黃鶯〉，涵虛的〈鄭秀才的客廳〉等，上述作品也都在《台灣民報》上發表。

戲劇方面，則有各種題材的「文化劇」活躍在群衆中，只是劇本不多，《台灣民報》上刊載的也是寥寥無幾。當時刊登的劇本，有張梗的獨幕劇《屈原》和逃堯的獨幕劇《絶裾》。

和祖國大陸一樣，新文學作品數量最多的還是散文。其中，政論文、雜文、隨感等散文體，隨著白話文的推廣與普及，顯得相當繁榮。其中，文學性較強的散文，有賴和發表在 1925 年 8 月 87 號《台灣民報》上的〈無題〉，蔣渭水發表在 1925 年 3 月的《台灣民報》上的〈獄中日記〉。

這第一批新文學創作的成果，宣告了台灣新文學的誕生，也為台灣新文學今後的發展奠定了堅實的基礎。

這個基礎，首先就是，從此，白話文學，也就是「國語的文學」成為台灣文壇的主流，進而主宰了台灣文壇。特別值得注意的是，台灣新文學的先驅者要做到這點，要從日語寫作和古文寫作轉換到現代漢語白話文寫作上來，並不容易。

這個基礎，也表現在，台灣新文學一起步，就高舉著五四新文學的反帝反封建的愛國主義大旗，成為反抗日本帝國主義運動的重要的方面軍。

這方面，賴和堪稱開風氣之先的奠基人。

1909 年，16 歲的賴和考進台灣醫學校，1914 年畢業時，為自己立下了兩條生活戒律：一輩子都穿中國的民族服裝；一直堅持用中文寫作。這表現的是一種崇高的民族氣節。畢業後，先後在台北、嘉義行醫，1916年回彰化開設賴和醫院。1919年夏天，賴和前往廈門博愛醫院任職。這時，恰逢五四運動發生，新文化運動、新文學浪潮風起雲湧，賴和體驗到了一個新時代的到來。1920年，賴和辭職返回台灣。1921年，他參與組建台灣文化協會，任理事，開始投身台灣新文化運動。1923年12月16日淩晨，台灣殖民當局藉口違反所謂的「治安警察法」，突然襲擊，逮捕了全台灣抗日愛國志士40多人，賴和是其中的一個。出獄後，1924年末，當台灣展開新舊文學激烈論戰的時候，他堅決站在新文學一邊，參加了論戰。更重要的是，他和張我軍、楊雲萍等人一起，以文學創作的實績宣告了台灣新文學的誕生。他以他卓越的成績和貢獻贏得了「台灣新文學之父」的美譽。

賴和的〈一杆稱仔〉寫鎮西威麗村靠租田耕作謀生的佃農秦得參一家的故事。秦得參受繼父的虐待，受業主、制糖會社的殘酷榨取，借了幾塊錢去賣菜，不料，又禍從天降，巡警尋釁找上了他。他不懂市上的「規矩」，覺得窮人的東西就不該白送給巡警，覺得做官的不可以任意淩辱人民，不僅敢和「買」他生菜的巡警論斤兩，而且敢於頂撞巡警，敢於頂撞那和巡警狼狽為奸的法官。結果，他寧願坐監三天，而不願交出三塊錢的罰款。妻子聞訊，拿著賣取金花的三塊錢到監獄裡贖回了丈夫。秦得參感到十分痛苦，覺得「人不像個人，畜生，誰願意做。這是什麼世間？活著倒不如死了快活」。元旦，他殺死一個夜巡的警吏後，便自殺了。

賴和是懷著深沈的悲憤寫完〈一杆稱仔〉的。賴和通過秦得參的口，對「強權行使」的殖民當局發出了抗議。當秦得參「覺悟」到不能再像「畜生」一樣任人宰割的時候，他殺死了警吏。這是自發的個人反抗，卻表現了中國人民不可侮的民族精神。

賴和在這裡表現的是台灣新文學的一個特殊主題。

日本帝國主義佔據台灣時，警察是他們實行殖民統治的重要工具。作為鷹犬，警察還兼有輔助行為的職能，每個警察都對生活在台灣的中國人操有生殺予奪的專制大權。開始，警察全是日本人充任，人們諷刺他們叫「查大人」。1898年後，日本殖民當局又用一些台灣人充當「巡查補」，這就是「補大人」。「查大人」和「補大人」的專制和殘暴，使淪亡的台灣人民深受其害。賴和在〈一杆稱仔〉裡揭露和控訴了這些走狗，而且寫出了秦得參這樣的人民對這些走狗的痛恨和反抗。作者說它是個悲劇，但這悲劇裡有著壯烈的美。

這個特殊的文學主題，經賴和表現之後，曾經一再為台灣愛國文學家所表現。直到抗日戰爭勝利之後，台灣光復，作家們還一再重復寫這樣的題材，表現這樣的主題。助紂為虐的殖民走狗，在人們心中留下的罪孽太深重了。

〈斗鬧熱〉是描寫台灣的舊風俗習慣的。當時，生活在日本殖民統治下的中國作家們，作為抗日的愛國者，同時又是民主思想的？蒙者，在反對日本殖民者及其爪牙和走狗的鬥爭中，他們也反對形形色色的亡國奴思想。在台灣現實社會中，眼前封建落後的舊思想舊習俗成了台灣人民的精神枷鎖。他們在自己的作品中既揭露日本帝國主義統治者對台灣人民的政治壓迫和經濟剥削，又鞭撻民族敗類、漢奸的醜惡思想，同時也表現了台灣人民的窮困生活以及被封建禮教、舊習俗和迷信思想愚弄的痛苦。〈斗鬧熱〉的思想意義就在於此。

當時，參與奠基的，還有楊雲萍。

1920年，楊雲萍考取台北中學，讀書期間又熱切地學習祖國的文化遺產。從好友江夢筆那裡讀到《小說月報》、《詩》、《東方雜誌》等期刊，又使楊雲萍如饑如渴地見識了祖國大陸的新文學。1925 年 3 月楊雲萍和江夢筆合作創辦白話文學的《人人》雜誌。前面已介紹過，在這個陣地上，他積極提倡新文化，反對舊文化，促進了台灣新文學運動的發展。

1926年新年號的《台灣民報》上，楊雲萍的小說〈光臨〉和賴和的〈斗鬧熱〉同時發表。

楊雲萍的〈光臨〉寫保正林通靈請客的故事。林通靈以為，伊田警部大人能光臨他家，是他的無尚光榮，仿佛這K莊的人民再也沒有比他更有信用，更有勢力的了！不料，他費了三塊多錢，魚肉酒菜一大堆，全家不亦樂乎一陣忙碌，全部落空，伊田大人沒有賞臉，而是跑到一個叫做陳開三的那裡喝喜酒去了。林通靈掃興極了，懊喪極了。楊雲萍以不長的篇幅寫他的舉止，刻劃他醜惡的心靈，活脫脫地描繪了他的一幅漢奸嘴臉，有力地批判了民族的敗類。

向著日本帝國主義開火，向著漢奸的奴才性開火，向著落後的封建思想開火，這正是台灣新文學一起步就開始了現實主義的戰鬥傳統。

台灣新文學的第一批成果，為台灣新文學的發展奠定了堅實基礎，還表現在，它一起步，就十分重視作品的文學性。

楊雲萍的〈光臨〉證明了這一點。〈光臨〉全文一千多字，只擇取「保正」準備宴客的五個生活片斷——他非常興奮地拿著買到的魚肉回家；吩咐家人和家工「料理」魚肉，打掃環境，購買煙酒；點燈出門恭侯客人；接不著客人而疑慮；因客人到別家吃喜酒而懊喪，借酒消愁。楊雲萍的筆墨真是十分簡潔了，但那「保正」林通靈的奴顏婢膝的種種醜態卻活靈活現地勾勒出來了。還有，〈光臨〉不僅擇取了生活的「橫截面」。（胡適：《論短篇小說》）。而且用了「最經濟的文學手段」（同上註）生動而形象地「描寫事實中最精采的一段」（同上註）比如第一節，從「形」入手，進而深入到「神」的深處，作品就刻劃了一個可恥的漢奸的醜惡形象了。

林通靈巴結、討好「警部大人」以及受寵若驚，洋洋自得，夢想著往上爬的心願，都描寫得十分逼真。質樸的寫實中蘊含著的，正是作者的滿腔忿恨。

由上可以看出，張我軍、賴和、楊雲萍等台灣新文學的先驅者們，已開通了台灣新文學創作的陽光大道，後來者就在這條大道上奮然前行了。

這，就是歷史。

這歷史，已經無可辯駁地證明了，台灣的新文化運動是在祖國大陸新文化運動直接推動下發生的，台灣的新文學是在祖國大陸五四文學革命的催生下揭開了歷史的新的一頁的。

就新文學而言，無論是發動革命的思潮，還是排除阻力引導新文學誕生之路的理論，還是為新文學誕生而在組織上、思想上、作家隊伍和作品陣地的準備，還是一批證實文學革命成功的新文學作品，都已經表明，台灣島上，這新文學的臍帶和血脈，都是連接著大陸新文學的。説什麼「影響微不足道」，説什麼「不是從中國來」，而是從「日本殖民者」來的，等等，那都是「台獨」派在癡人説夢，或者，它所顯示的正是歷史的不肖子孫對歷史的公然篡改。

(三)關於 30 年代「台灣鄉土文學與台灣話文」的論爭

1930—1931 年發生的「鄉土文學和台灣話文」的論爭，是一場新文學如何進一步大衆化的討論。討論是在新文學陣營內部進行的。雙方最後雖然没有取得共識，但共同主張的文藝大衆化的思想、確實對台灣新文學的發展產生了重大的影響。「文學台獨」論者説什麼「台灣話文的提出」，「有標明台灣主體性的意義」（游勝冠：《台灣文學本土論的興起與發展》。台北前衛出版社 1996 年 7 月版。），論爭顯示了「台灣本身逐漸產生和建立自主性文學的意念」，（葉石濤：《台灣文學史綱》。高雄文學界雜誌社 1991 年 1 月版。）還說什麼「一九三〇——三二年經過鄉土文學論爭、台灣話文論爭，台灣文學的本土論終於形成」。（林瑞明：《台灣文學的本土觀察》。允晨文化實業股份有限公司 1996 年 7 月版。）事實又是怎樣的呢？！

如實地描述和闡釋台灣「鄉土文學與台灣話文」的論爭，還要從 20 年代初期新舊文學論爭說起。當時，愈演愈烈的論爭，其實已經開始涉及到「鄉土文學」與「台灣話文」這個建設台灣新文學的內容與形式的大問題。只是，由於當時面對的是要「打倒文言文」、「用白話文代替文言文」這個緊迫的歷史任務，「鄉土文學」與「台灣話文」的問題，還沒有提到加以解決的日程上來。

早在 1923 年，黃呈聰在《論普及白話文的使命》（見李南衡主編《時居下台灣新文學・明集 5 ・文獻資料選集》明潭出版社 1979 年版。）一文裡，就涉及到「台灣話文」了。他說：

> 假如我們同胞裡面，要說這個中國的白話和我們的白話是不同的，可以將我們的白話用漢文來做一個特別的白話文，豈不是比中國的白話文更好麼？我就說也是好，總是我們用這個固有的白話文，使用的區域太少，只有台灣和廈門、泉州、漳州附近的地方而已，除了台灣以外的地方，不久也要用他們自國的白話文，只留在我們台灣這個小島，怎樣會獨立這個文呢？我們台灣不是一個獨立的國家，背後沒有一個大勢力的文字來幫助保存我們的文字，不久便受他方面有勢力的文字來打消我們的文字了……所以不如再加多少的工夫，研究中國的白話文，漸漸地接近他，將來就會變做一樣……

由這段話可以看出，在台灣，是用祖國通用的白話文，還是將台灣話「用漢文來做一個特別的白話文」，人們是有不同的考慮的。經過比較，一是考慮使用區域小，使用人數少。二是考慮該「白話文」所代表的文化勢力以及今後的前途，黃呈聰最後還是確認「不如再加多少的工夫」，普及祖國通用的白話文。

前已說明，1924年10月，連溫卿在《台灣民報》發表了〈言語之社會的性質〉和〈將來之台語〉兩篇文章，從語言與民族與國家的關係討論過「台語」。他說，言語和民族的敵愾心是一樣的，言語的社會性質是：一方面排斥其他民族的言語在世界上的優越地位；另一方面則保護民族的獨立精神，極力保護自己的民族語言。他又說，近代的政治思想，是把國家的理念和民族的理念視為同一的，同一民族必須服從同一政治權力之理想，同一民族必須使用同一的言語。因此在德國便有一種說法：德國在那裡，那裡就可以聽到德國語。所以，無論什麼地方，若有民族問題，必有言語問題。連溫卿講了一個實例：荷蘭用國民血汗換來的稅金，聘請德國人在荷蘭大學用德語講課。由此一個荷蘭博士生警告說，消滅荷蘭的不是劍，不是銃炮，而是德語。所以，連溫卿認為，以統治者的國語同化被統治者的語言，是殖民地當局的語文政策。聯繫台灣的實際，反抗統治，抵制同化，就要保存台灣語，進行整理，加以改造。至於如何保存，如何整理與改造，遺憾的是，他的〈將來之台語〉一文只發表了一半就停筆了。我們没能讀到他的意見。

1925年8月5日，陳福全還從「言文一致」的角度提出了質疑，他在《台南新報》上發表的〈白話文適用於台灣否〉一文裡就說，台灣300多萬的人口中，懂得官話的人萬人難求其一，「如果台灣之為白話者」，「觀衆不能成文，讀之不能成聲，其故云何？蓋以鄉談土音而雜以官話」。所以，「苟欲白話文之適用於台灣者，非統一言語未由也」。

張我軍對此也有意見發表。在1925年8月26日發表在《台灣民報》67 號上的〈新文學運動的意義〉的下篇裡，講得很明白。他說：

> 還有一部份自許為徹底的人們說：「古文實在不行，我們須用白話，須用我們日常所用的台灣話才好。」這話驟看有道理了，但我要反問一句說：「台灣話有沒有文字來表現？台灣話有文學的價值沒有？台灣話合理不合理？」實在，我們日常所用的話，十分差不多佔九分沒有相當的文字。那是因為我們的話是土話，是沒有文字的下級話，是大多數佔了不合理的話啦。所以沒有文學的價值，已是無可疑的了。所以我們的新文學運動有帶著改造台灣言語的使命。我們欲把我們的土話改成合乎文字的合理的語言。我們欲依傍中國的國語來改造台灣的土語。換句話說，我們欲把台灣人的話統一於中國語，再換句話說，是用我們現在所用的話改成與中國語合致的。這不過我們有種種不得已的事情，說話時不得不使用台灣之所謂「孔子白」罷了。倘能如此，我們的文化就得以不與中國文化分斷，白話文學的基礎又能確立，台灣的語言又能改造成合理的，豈不是一舉三、四得的嗎？

顯然，張我軍的這番話是針對「須用我們日常所用的台灣話」而說的，但反駁無力，其原因在於他說得不盡科學：⑴作為閩南方言的台灣話，它的存在，就是合理的，不能用另一種方言為標準去責難它這不合理那不合理，至於它被使用的區域小，或被使用的人口少，那是歷史上政治、經濟等諸多社會生活因素形成的，不是「合理」「不合理」的根據。⑵作為閩方言中的一支次方言的閩南方言的台灣話，和漢語其他方言，如粵語、吳語等一樣，都要經過一個提煉的過程，去粗存精，才能成為有價值的文學語言，在台灣話還處於待提煉的狀態的時候，不能輕易地否定它，說它沒有文學價值。⑶自秦始皇統一中國以後，全國統一了文字，各個方言區，包括使用閩南方言的台灣地區，都採用了統一的方塊漢字。不能以此說，沒有某方言的文字就是「下級話」。在方言與方言之間，絕沒有上、下之別的，有的只是殖民統治者使用的語言歧視被統治者使用的語言之別。而且，在這裡用「下級話」，是不是也反映了作為知識份子的張我軍也有一些居高臨下的味道。再說，張我軍恰恰是以祖國通用的白話文為標準去審視台灣話的，所以，他自覺或不自覺地有了上述不盡科學的說法。

但是，從歷史發展的必然趨勢，從台灣回歸祖國的必然前景，從民族文化的歸屬，從方言與民族共同語發展的關係來考查，張我軍的主張——「台灣人的話統一於中國語」，是正確的。張我軍也試圖從上述四個方面來論述，只是說得不全面、不透徹罷了。另外，從張我軍的論述來看，他確實也感到，祖國通用的白話文與台灣話之間是有距離的，要「言文一致」，又如何辦呢？為此，他又專門研究「中國國語文法」，探討解決的辦法。1926 年在台南新報社出版的《中國國語文法》的〈序言〉裡，他說：「用漢字寫台灣土話的，也未嘗不可以稱作『白話文』」。這表明，張我軍也是在設想縮短這種距離的。

除了張我軍在探索，賴和等其他台灣新文學先驅也在探討這個問題。比如，1926 年 1 月 24 日，賴和在《台灣民報》89 號上發表的〈讀台日報〈新舊文學之比較〉〉一文，就是他思索後的認識。在他看來，「新文學運動」的「標的」，「是在舌頭和筆尖的合一」，「是要把説話用文字來表現，再稍加剪裁修整，使其合於文學上的美」。在台灣，中國的白話文，還是不能做到「舌頭和筆尖的合一」，勢必要從台灣話的實際出發，進一步使言文真正做到合一。又比如，1927 年 6 月，鄭坤五在《台灣藝苑》上嘗試著用台灣話寫作，以「台灣國風」為題，連載民歌，並且首先提出了「鄉土文學」的口號。

這一切都表明，台灣新文學運動的發展，已經走向深入，要嘗試著解決祖國通用的白話文與台灣口語的矛盾，進一步真正做到「言文一致」了。從這一點看，這也就是「鄉土文學與台灣話文」論爭發生的內因。

30年代的這場論爭發端是黃石輝的文章。

1930年8月16日，《伍人報》第9號至第11號，連載了黃石輝的〈怎樣不提倡鄉土文學〉一文。從文藝大眾化的思想出發，黃石輝寫道：

> 你是要寫會感動激發廣大群眾的文藝嗎？你是要廣大群眾心理發生和你同樣的感覺嗎？不要呢。那就沒有話說了。如果要的，那末，不管你是支配階級的代辯者，還是勞苦群眾的領導者，你總須以勞苦群眾為物件去做文藝，便應該起來提倡鄉土文學，應該起來建設鄉土文學。

顯然，在黃石輝看來，他提倡的「鄉土文學」是以「勞苦群眾為物件」的，是為勞苦大眾服務的，這正是當時建設台灣新文學要解決的問題。要為勞苦大眾服務，自然要深入勞苦大眾的生活，作為台灣作家，自然要深入到台灣勞苦大眾的社會生活，所以，文章又寫道：

> 你是台灣人，你頭戴台灣天，腳踏台灣地，眼睛所看的是台灣的狀況，耳孔所聽見的是台灣的消息，時間所歷的亦是台灣的經驗，嘴裡所說的亦是台灣的語言，所以你的那枝如「椽」的健筆，生蕊的彩筆，亦應該去寫台灣的文學了。

那麼，寫台灣勞苦大衆的、為台灣勞苦大衆服務的「鄉土文學」，採用什麼語言呢？文言文，他認為是代表舊貴族的，不能用；正在倡導的白話文，「完全以有學識的人們為對象」，與勞苦大衆的口語也有相當大的距離，也不能用；於是，黃石輝就倡導：

> 用台灣話做文，用台灣話做詩，用台灣話做小說，用台灣話做歌謠，描寫台灣的事物……

這樣的倡導，可以說，和當時大陸瞿秋白、魯迅等人正在倡導的「大衆語」不謀而合了。其結果，也就「使文學家趨向於寫實的路上跑」了。

此外，用台灣話寫成各種文藝，黃石輝認為，要排除用台灣話說不來的或台灣用不著的語言，要增加台灣的特有的土語，如國語的「我們」，在台灣有時用做「咱」，有時用做「阮」。他又主張，「無論什麼字，有必要時便讀土音」，也就是增加台灣讀音。

黃石輝的這篇文章，限於《伍人報》極少的發行量，又因雜誌不久被禁，沒有刊完，影響有限。即使這樣，「卻亦曾引起許多人的注意」，「有許多有心人」寫信給他「追問詳細」，還有幾個人找他當面討論（見黃石輝：《再談鄉土文學》）。

一年後，郭秋生站出來回應了。1931 年 7 月 7 日起，郭秋生在《台灣新聞》發表了〈建設「台灣話文」一提案〉的長文，約 27000 多字，連載了 33 回。歸納起來，文章講了三個問題：

1. 為什麼要用「台灣話文」？

郭秋生從日據台灣後，日本人和台灣人所受教育的差別談起。「台灣人要哪裡去呢？出外留學沒有能力，在地糊塗了六個年頭，公學校沒有路(錄)用，結局台灣人不外是現代知識的絕緣者。不止！連保障自己最低生活的字墨算都配不得了。」於是，台灣患了「文盲症」。為醫治這種「文盲症」，用日文吧，郭秋生堅決反對，為的是抵制同化；用漢語文言文呢，10 年之前就反對了；用漢語的白話文也不行，仍然不能做到「言文一致」。郭秋生說，即使用雙重工夫去學習漢語的話文，也不能解決台灣語(口語)與漢語白話文(書面語)的距離，自然也就不能解決台灣的文盲症。因此，郭秋生主張「台灣話的文字化」。

2. 什麼叫「台灣話文」？

什麼叫「台灣話文」？郭秋生明確地指出，就是「台灣話的文字化」。他認為，這「台灣話文」就是台灣語的書面語言，它的優點是：比較容易學；可以隨學隨寫；較容易發揮其獨創性，讀者較易瞭解。總之，每一時代都自有特色，如果沒有直接記錄該言語的文字，則不能充分的表示意思。

3. 用哪一種文字記錄台灣語？

當時，蔡培火等人正在提倡羅馬字。早在 1922 年 9 月 8 日《台灣》3 卷 6 號就發表了蔡培火用日文寫的《新台灣的建設與羅馬字》一文，提出了羅馬字的應用問題。1927 年 1 月 2 日，《台灣民報》又發表了他的另一篇文章《我在文化運動所定的目標》，公開提倡羅馬字式台灣白話字。在他看來，台灣話的「欠點」是，「台灣話不能用漢字記寫得很多，所以台灣話是僅僅可以口述，而不可以書寫的」，如果能夠克服這個「欠點」，「台灣的文化運動，就可以一瀉千里」。那麼，「有什麼可以解救台灣話這個欠點」呢？他說：「那單單二十四個的羅馬字，就可以充分代咱做成這個大工作。唉喲！這小小二十四個的羅馬字，在我台灣現在的文化運動上，老實是勝過二十四萬的天兵呵」。實際上，蔡培火的主張只在一部份台灣基督教徒中流行，並未成事。失敗的主要原因，是當時從事文化運動的知識份子，均懷有強烈的民族思想，對於非我族類的文字心生排斥。

同樣，郭秋生也堅決反對蔡培火的意見。他說：

> 台灣語盡可有直接記號的文字。而且這記號的文字，又純然不出漢字一步，雖然超出文言文體系的方言的地位，又超出白話文(中華國語文)體系的方言的位置，但卻不失為漢字體系的較鮮明一點方言的地方色而已的文字。

他還說，「台灣既然有固有的漢字」，「任是怎樣沒有氣息，也依舊是漢民族言語的記號」，「台灣人不得放棄固有文字的漢字」。這就是說，要以現行的漢字為工具來創造台灣語的書面語言「台灣話文」，而這「台灣話文」正是漢字體系中有鮮明地方色彩的文字。

郭秋生的這個主張，有著深刻的含義。這就是：如果採用漢字，台灣話文最終將和祖國通行的白話文融為一體。這一點，負人(莊垂勝)在 1932 年 2 月 1 日《南音》1 卷 3 號發表的《台灣話文雜駁三》一文，講得再清楚也不過了。他說：

> 如果台灣話有一半是中國話，台灣話文又不能離開中國話文，那麼台灣話文當然給中國人看得懂，中國話文給台灣大眾豈不是也是懂得看了嗎？如果台灣話是中國的方言，台灣話文又當真能夠發達下去的話，還能夠有一些文學的台灣話，可以拿去貢獻於中國國語文的大成，略盡其「方言的使命」。如果中國話文給台灣大眾也看得懂，幼稚的台灣話便不能不盡量吸收中國話以充實其內容，而承其「歷史的任務」。這樣一來，台灣話文和中國話文豈不是要漸漸融化起來。

在創造「台灣話文」的方法上，郭秋生以為，一方面考據語源，找出適用的文字；另一方面則是利用六書法則，形聲、會意、假借等來創造新字。具體的原則，郭秋生提出了五點：⑴首先考據該言語有無完全一致的漢字；⑵如義同音稍異，應屈語言而就正於字音；⑶如義同音大異，除既有的成語(如風雨)「呼」字音外，其他應「呼」語言(如落雨)；⑷如字音和語音相同，字義和語義不同，或字義和語義亦同，但慣行上易招誤解者，均不適用；⑸要補救這些缺憾，應創造新字以就話。

同年 7 月 24 日，黃石輝在《台灣新聞》上發表〈再談鄉土文學〉一文，呼應了郭秋生的主張。文章的要點是：⑴進一步指明「鄉土文學」和「台灣話文」的關係，「鄉土文學是代表說話的，而一地方有一地方的話，所以要鄉土文學」。「因為我們所寫的是要給我們最親近的人看的，不是要特別給遠方的人看的，所以要用我們最親近的語言事物，就是要台灣話描寫台灣的事物。」⑵為了不使台灣和祖國的交流斷絶，不要用表音文字而用漢字。用漢字也盡量採用和祖國通行的白話文有共同性的，台灣獨特的用法要壓到最低限度。這樣，會看台灣話文的人能通曉祖國的白話文，大陸的人也能讀懂台灣的話文。他說：「台灣話雖然只通行台灣，其實和中國是有連帶關係的，如我們以口說的話，他省人固然不懂，但寫成文字，他省人是不會不懂的。」⑶用了幾乎一半的篇幅，討論怎樣表記台灣語的具體的技術問題。比如文字問題，無字可用的，盡量「採用代字」，然後再考慮「另做新字」。又如，主張刪除無字可用的話，即無必要的話。還如，讀音上，「要採用字義來讀音」，等等。黃石輝還建議，組織鄉土文學研究會，商討有關的問題。

同年 8 月 29 日，郭秋生在《台灣新民報》第 379～380 號上發表了〈建設台灣話文〉一文，具體地論述了如何建設台灣話文。他說：

> 然而目前這種基礎的打建要怎樣作去才有實質的效力？我想，打建的地點的確要找文盲層這所素地啦！……
>
> 然而這種理想，在哪一處可見呢？歌謠啦！尤其是現在所流行的民歌啦！所以我想把既成的歌謠及現在流行的民歌(所謂俗歌)整理，為其第一有功效的。……我知道這些民歌的蔓延力，有勝過什麼詩、書、文存、集等等幾萬倍。……
>
> 所以吾輩說，當前的工作，先要把歌謠及民歌照吾輩所定的原則整理，而後再歸還「環境不惠」的大多數的兄弟，於是路旁演說的賣藥兄弟的確會做先生，看牛兄弟也自然會做起傳道師傳播直去，所有的文盲兄弟姐妹工餘的閒暇儘可慰安，也儘可識字，也儘可做起家庭教師。

由此可見，在郭秋生看來，建設「台灣話文」的關鍵是深入工農勞苦大衆，即：「擴建的地點的確要找文盲層這所素地」。其切入點，是按照一定的原則，去整善理活在人民大衆口頭上的民歌民謠。於是，整理後的民歌民謠就成為第一批「台灣話文」的標本，返回到人民大衆中，看牛的、賣藥的以及所有的文盲兄弟姐妹，都能很快地讀懂它們，「文盲症」就可以獲得治療。同年 11 月，郭秋生在《台灣新民報》第 389～390 號上，又發表了另一篇文章〈讀黃純青先生的〈台灣話改造論〉〉，就台灣話的改造、言文一致、統一讀音、講究語法、整理言語等方面的問題，繼續說明了他的觀點。

到了 1932 年 1 月 1 日，《南音》雜誌創刊，郭秋生就開闢了「台灣白話文嘗試欄」，除了發表整理後的民歌民謠、謎語、故事外，還發表若干台灣話文的散文隨筆試作，希望能進一步實踐。

黃石輝、郭秋生的文章發表後，引發了台灣文壇諸多人士的思考。《台灣新聞》、《台灣新民報》、《南瀛新報》、《昭和新報》等報刊上都展開了不同意見的論爭。論爭中，贊同黃石輝、郭秋生意見的有鄭坤五、莊垂勝、黃純青、李獻璋、黃春成、擎雲、賴和、葉榮鐘等人，反對黃石輝、郭秋生意見的有廖毓文、林克夫、朱點人、賴明弘、林越峰等人。

1931 年 8 月 1 日。廖毓文在《昭和新報》上發表〈給黃石輝先生——鄉土文學的吟味〉一文。這是反駁的第一篇公開發表的文章。在「鄉土文學」的含義上，廖毓文提出了質疑。他說，從文學史上考察，「鄉土文學首倡於 19 世紀末葉的德國 F．Lonhard」。「他們給它叫做 heimathunst(鄉土藝術)，最大的目標，是在描寫鄉土特殊的自然風俗和表現鄉土的感情思想，事實就是今日的田園文學」。「因為它的內容，過於泛渺，没有時代性，又没有階級性」，所以「到今日完全的聲銷跡絕了」。廖毓文的言外之意是說，黃石輝、郭秋生兩人提倡的「鄉土文學」內涵模糊，有田園文學的傾向。由此，他質問黃石輝，「一地方要一地方的文學，台灣五州，中國十八省別，也要如數的鄉土文學麼？」可見，廖毓文是從文學的地方特色這一面，去理解黃石輝、郭秋生提倡的「鄉土文學」的內涵的。基於這樣的理解，廖毓文認為，今日提倡的「鄉土文學」。就是「以歷史必然性的社會價值為目的的文學——即所謂布爾什維克的普羅文學」。看起來，廖毓文是在反駁黃石輝，實際上，他是在進一步為黃石輝倡導的「鄉土文學」給予更明確的詮釋，指「鄉土文學」的核心是文藝大衆化的問題。

林克夫發表在 1931 年 8 月 15 日《台灣新民報》377 號上的〈鄉土文學的檢討——讀黃石輝君的高論〉一文，則從台灣血緣、文化的歸屬出發，認為：

台灣何必這樣的苦心，來造出一種專使台灣人懂得的

> 文學呢？若是能普遍的來學中國白話文，而用中國白話文也得使中國人會懂，豈不是較好的麼？因為台灣和中國直接間接有很密切的關係，所以我希望台灣人個個學中國文，更去學中國話，而用中國白話文來寫文學。

林克夫還說：

> 若能夠把中國的白話文來普及於台灣社會，使大眾也懂得中國話，中國人也能理解台灣文學，豈不是兩全其美。

朱點人在 1931 年 8 月 29 日發表在《昭和新報》上的〈檢一檢「鄉土文學」〉一文，也呼應了林克夫，提出了和黃石輝、郭秋生針鋒相對的觀點，論辯了鄉土文學與台灣話文的是非。

歸納起來，廖毓文、林克夫、朱點人等人加以反對，共同的認識是在於：台灣話粗糙，不足為文學的利器；台灣話分歧不一(閩粵相殊，各地有別)，無所適從；台灣話文大陸人看不懂。究其深層的文化意識，則不難理解，反對者都是站在台灣與中國一體的立場上來看問題的。他們認為，以台灣話創作鄉土文學缺乏普遍性，片面地強調語言形式與題材內涵的本土化，勢必會妨礙台灣與祖國大陸的文化交流。他們顯然是延續了張我軍的觀點，認為，無論是從民族、從文化還是從語言、從文學來看，台灣都永遠是中國的一部份。

這場論爭往後發展，主張台灣話文的一派裡，內部也有了論爭，其焦點，則是台灣話有音無字的現象所衍生的新字問題。

在論爭中，葉榮鐘提出了「第三文學」論。葉榮鐘當時就這一話題在《南音》雜誌上發表的相關文字有四篇，即 1932 年 1 月 17 日 1 卷 2 號「卷頭語」〈「大衆文藝」待望〉，2 月 1 日 1 卷

3號「卷頭語」〈前輩的使命〉，5月25日1卷8號「卷頭語」〈「第三文學」提倡〉，7月25日1卷9、10合併號上的〈再論第三文學〉。葉榮鐘主張「把民族的契機從『中國』之大，反過來抓『台灣』之大」，待望以「台灣的風土，人情，歷史，時代做背景的有趣而且有益的」、「台灣自身的大眾文藝」的產生。他所謂的「第三文學」，是立足於台灣「全集團的特性」，在貴族文學與普羅文學之外，描寫「現在的台灣人全體共同的生活，感情，要求和解放的」台灣文學，即「超越在階級意識之上」的台灣「共通的生活狀態的生活意識」的文學，偏重在中國文學中台灣地域文化特色的追求。

這場論爭，持續了兩年多的時間。在當時的條件下，這樣的論爭自然是不會有結果的，甚至於，達成共識也是不可能的。

回顧這場論爭，我們可以得出這樣的結論：

第一，這次論爭是台灣新文學運動發展的繼續，是新文學運動中語文改革的繼續。

大家知道，五四文學革命，打倒舊文學，建設新文學，首先就是突破舊的語言形式文言文的束縛，以白話文代替了文言文的。當白話文取得勝利，通行於文壇的時候，新的矛盾又出現了。這就是通行的白話文還是由少數知識層運用、通曉的一種書面語言，與中國廣大的人民大眾所運用的口語，以及其中包含的方言、土語，有相當大的距離。既然新文學運動要解決的中心問題是為什麼人的問題，新文學運動要向前發展，要真正做到為人民大眾服務，就必須解決這個新的矛盾。於是，30年代，以上海文壇為中心，展開了「大眾文、大眾語」的討論。同樣，在台灣，新文學運動的進一步發展，也碰到了和內地一樣的問題。白話文雖然主宰了台灣文壇，「言文一致」卻並未獲得真正的解決，而且，台灣處於日本帝國主義的殘酷統治下，與祖國大陸處於隔離狀態，這種矛盾更加突現了出來。難怪在論爭中，黃石輝會申辯說：

> 台灣是一個別有天地，在政治的關係上，不能用中國話來支配，在民族的關係上，不能用日本的普通話來支配，所以主張適應台灣的實際生活，建設台灣獨立的文化。

很明顯，這裡說的「台灣獨立的文化」，並不是被後來「台獨」份子詮釋的那種分離於祖國的文化「台獨」，而是符合台灣實際的文化。郭秋生也一再表白自己的心境說：

> 我極愛中國的白話文，其實我何嘗一日離卻中國的白話文？但是我不能滿足中國的白話文，也其實是時代不許滿足的中國白話文使我用啦！既言文一致為白話文的理想，自然是不拒絕地方文學的方言的特色。那麼台灣文學在中國白話文體的位置，在理論上應是和中國一個地方的位置同等，然而實質上現在的台灣，要想同中國一地方，做同樣白話文體系的方言位置，做得成嗎？

因此，我們可以說，這次論爭是新文學發展過程中不可避免的一個事件，從這個意義上說，這場論爭的性質，乃是新文學陣營內部的一場探討性的集體研究。

第二、這次論爭又是「普羅」文學、文藝大衆化思潮的一種必然反映。30年代前後，從前蘇聯開始，席捲世界各地區的左翼文學及其文藝大衆化思潮，通過日本共產黨，或者說，更主要的是受到內地「左聯」的影響，台灣新文學中的左派人士，也緊隨其後地做了起來。所以說，「鄉土文學」的本質，就是文藝大衆化的思想，這與新文學建設的中心問題又是一致的，相吻合的。

當我們知道，黃石輝被當年台灣文壇稱之為「普羅文學之巨星」時，我們就不會奇怪，在這場論爭中，為什麼是他打響了第一槍。

第三、論爭雙方的分歧點，主要在解決新的矛盾的辦法上，或者說，採取什麼途徑來解決新出現的問題上。當時，在內地，在台灣，同樣地都提出了兩種方案，而且方案的內容幾乎也是一樣的。

一種方案是兩步走的方案。在大陸，首先提出這種方案的是魯迅，他首先認同了瞿秋白的看法，這就是，在現今的社會交往中已經有了一種「大衆語」。在1934年8月24日至9月10日的《申報‧自由談》上發表〈門外文談〉一文裡，他說：「現在在碼頭上，公共機關中，大學校裡，確有一種好像普通話模樣的東西，大家說話，既非『國語』，又不是京話，各各帶著鄉音、鄉調，卻又不是方言，即使說的吃力，聽的也吃力，然而總歸說得出，聽得懂。如果加以整理，幫它發達，也是大衆語中的一支，說不定將來還簡直是主力。我說要在方言裡『加入新的去』，那『新的』來源就在這地方。待到這一種出於自然，又加入工的話一普遍，我們的大衆語文就算大致統一了。」在這裡，魯迅提出了幫助大衆語「發達」的途徑，這就是：「啟蒙時候用方言，但一面又要漸漸斬加入普通的語法和辭彙去。先用固有的，是一地方的語文的大衆化，加入新的去，是全國的語文的大衆化」。「加入新的去」，這「新的」正是自然形成的普通話、國語。

黃石輝、郭秋生的意見，正是這種兩步走的辦法。第一步，以閩南方言的台灣語為基礎，提煉加工為台灣話文。但是，在創造台灣語的書面語言——台灣話文的時候，他們堅持⑴採用漢字；⑵没有漢字能表達的，盡力找漢字中可以代替的字；⑶實在無法，就按照創立漢字的六書法則，形聲、會意、假借等創造新字。其結果，內地人，台灣人逐漸地都能看懂，自然而然地進入到第二步，即全國通行的書面語言。應該看到，黃石輝、郭秋生兩人堅持用漢字的方案，就預示了「台灣話文」的走向。這也說明，他們追求的是台灣語與台灣話文——最終匯入到魯迅所說的中國的新的書面語言中去。

另一種方案，即前述林克夫等人的意見，就是「一步到位」式的屈語就文的方案。

實際上，這兩種方案是殊途同歸的。

第四，評說這次論爭，要尊重史實，尊重由史實體現出的思想與主張，切勿以今人的某些主觀理念去詮釋它，甚至為我所用地斷章取義，去歪曲它。從前面的論述，可以看出，黃石輝、郭秋生強調的文藝大衆化，看重的是聯繫台灣的實際，突出的是寫實主義，正如內地吳語地區要聯繫吳方言的實際、粵語地區要聯繫粵方言的實際一樣，並沒有顯示出台灣的「自主性文學的意念」（葉石濤：《台灣文學史綱》），其文化歸屬還是明確的。

(四)關於 1947—1949 年發生在《橋》副刊上的建設「台灣新文學」的論爭

1947 年 2 月末，台灣爆發了震驚世人的「二‧二八」起義。3 月初，起義被國民黨反動當局殘酷鎮壓。頓時，全島陷入白色恐怖之中。就在這一年的夏天，畢業於上海復旦大學新聞系的江西人史習枚，從上海來到台灣，8 月 1 日接任《新生報》副刊主編，並將副刊改名為《橋》，自己以「歌雷」為筆名活躍在台灣文壇上。

從 1947 年 11 月到 1949 年 3 月，在歌雷主持下，《新生報》副刊《橋》上，進行了一場關於台灣文學問題的熱烈論爭，計有楊逵、駱駝英等 26 人共 41 篇論文，另有相關的文章 9 篇發表。現在，這些珍貴的史料，已由陳映真、曾健民輯集為《人間思想與創作叢刊》增刊，於 1999 年 9 月在台灣人間出版社出版。

這場爭論，涉及了哪些問題？

論爭的開篇之作是歐陽明的〈台灣新文學的建設〉一文，他提出了五方面的問題，並闡述了自己的看法。這就是：

第一，台灣新文學的源流歸屬。歐陽明說：「台灣文學始終是中國文學的一個戰鬥分支，過去五十年事實來證明是如此，現在，將來也是如此。」「台灣各方面的建設無論軍事國防政治經濟文化教育也是新中國建設的一部份，絶不可以以任何藉口粉飾而片面分離，台灣新文學的建設問題也是如此。」「台灣新文學的建設的問題根本就是祖國新文學運動問題中的一個問題，建設台灣新文學，也即是建設中國新文學的一部份。」

第二、台灣新文學的歷史。歐陽明認為，台灣文學適應台灣人民抗日鬥爭的需要，創造出新內容新形式新風格的台灣新文學，「台灣反日民族解放運動使台灣文學急驟的走上了嶄新的道路」。所以，賴和、朱點人、蔡愁桐、楊逵、呂赫若等人創作的文學作品，才是台灣新文學的主流，絶不是所謂日據時期在台的日本作家的殖民統治者文學。

第三，台灣新文學的性質和方向。歐陽明認定，台灣新文學的目標，是「繼承民族解放革命的傳統，完成『五四』新文學運動未竟的主題：『民主與科學』」，而「這目標正與中國革命的歷史任務不謀而合地取得一致」。所以，在「人民世紀」的今天，就是「讓新的文學走向人民」，創造出「人民所需要的『戰鬥內容』、『民族風格』、『民族形式』」的「人民大衆」的文學。——這是「中國新文學運動的路線」，也是「作為中國新文學運動的一環的台灣新文學建設的方向」。

第四、台灣新文學的語言。歐陽明支援賴明弘用白話文寫作的主張，反對黃石輝、郭秋生用台灣方言創作的意見。這是因為：⑴台灣語是中國地方方言之一，如果創設了另一種台灣語文，勢必阻礙台灣與祖國思想文化的交流，彼此「越是隔閡」。

⑵台灣本來就沒有特殊文字，所以提倡白話文，對統一文字有相當大的貢獻。當然，在創作時，可以插入一些台灣方言、俗話，以表現文學的鄉土氣息。文章中，歐陽明引用了賴明弘〈台灣文學今後的前進目標〉一文的一段話：「台灣的文化終不可與中國的文化分離，台灣的民族精神必須經由文學上的聯絡與祖國的民族精神密切聯攜在一起。台灣亦由此可以排擊日本奴化的政策」來「共同展開對日的民族鬥爭。」歐陽明確認，「這是一種歷史遠大的意願。」

第五、在台灣的省內外作家的團結問題。歐陽明在文章的結尾呼籲：「台灣的文學工作者與祖國新文學鬥士通力合作，互相勉勵，集中眼光朝著一個正確的目標，深入社會，與人民貼近，呼吸在一起，喊出一個聲音，繼承民族解放改革的傳統，完成『五四』新文學運動未竟的主題：『民主與科學』。」

這以後，可以說，直到1949年3月的討論，都是圍繞著這些問題展開的，只是更為具體，更加深入了。其間，關於五四運動的評價、寫實主義和浪漫主義、台灣民衆在日據時期所受「奴化教育」的評價等問題，都有過熱烈的爭論。不幸的是，正當這場論爭熱烈、廣泛地進行的時候，1949年4月6日淩晨，國民黨反動當局在台北進行大逮捕。反動軍警一路去了台大宿舍、師院宿舍。台大學生、參與這場討論的孫達人、何無感(張光直)被蒙上雙眼逮捕下獄。另一路，按黑名單逮捕社會人士，歌雷等人落難。另外，在這場爭論中起主導作用，並熱心支援當時台大和師院學生進步文化運動、發表了鮮明的民主改革和反「台獨」反託管的作家楊逵也同時被捕下獄。風雲突變，「《橋》塌陷了」，一場有關台灣文學的爭論被迫降下帷幕。

縱觀爭論的全過程，至少在五個問題上，人們取得了共識。這就是：

第一、台灣新文學的屬性。討論中，「有的因為過於強調了台灣文學的『特殊性』，而忽略了『全體性』。有的因為過於強調了『全體性』而忽略了『特殊性』，這統是一種偏見，是錯誤的」。「正確的說：『全體性』與『特殊性』都是相互不用分離的東西，都有互相聯繫的緊密關係，這兩個東西，倘若這個離開了那個，必然的社會變成了殘廢。台灣文學的『特殊性』需要放在這個『全體性』上面才是。這是一個事物的『兩面性』」。那麼，台灣新文學的「全體性」，也就是其屬性，是什麼呢？「毫無疑義，台灣是中國的。台灣新文學就是整個中國新文學的一部份，台灣新文學運動也就是整個中國新文學運動的一環。」「中國新文學是『反帝反封建』的文學，是『人民』的文學。當然，台灣的新文學，也就是這樣性質的文學。」（吳阿文(周青)：〈略論台灣新文學建設諸問題〉）

第二、台灣新文學的歷史。討論中，許多文章充分地評價了台灣人民以及台灣文學的愛國主義傳統，台灣新文學卓越的文學成就。楊逵、蕭狄批評了少數省外作家的「優越感」，過低評價了台灣新文學在思想和審美上的成就。

第三、台灣新文學的路線和方向。討論中，一致同意歐陽明的意見，將「人民的文學」規範為台灣新文學建設的方向。

第四、台灣新文學的語言問題。多數人反對創作台灣方言體文學，要學習國語，推廣白話文，與祖國新文學一體，創作出人民的大衆的文學。

第五、文藝工作者的團結問題。面對國民黨當局的暴政，面對建設台灣新文學的艱巨任務，爭論中，絶大多數人都認識到在台灣的文藝工作者團結的重要性。為了加強團結，必須做到：⑴如同蕭狄〈瞭解、生根、合作〉一文所説，少數內地來台灣的文藝工作者，必須「排除」「特殊優越感」，否則「將是一個很大的阻力」。⑵如同楊逵〈「台灣文學」問答〉一文所説，促進團結的有效方法是「切實的文化交流」，在交流中彼此「都能夠推誠相見」、「推誠相愛」，只有在這樣的合作基礎上，才能通力合作填平「澎湖溝」。

如今，距離那場爭論，五十二年過去了。五十二年後的今天，我們看那場爭論，對它的歷史價值與現實意義有了更深切的認識。論爭中獲得的那些共識，實在是為台灣新文學的發展規定了正確的方向、路線和策略，在文學創作方法上、文學語言上，也從台灣文學實際出發，提出了可供遵循的基本原則。應該說，直到今天，這些共識仍然對台灣當代文學發展具有指導意義。

游勝冠寫了一本《台灣文學本土論的興起和發展》的書，其中，第三章第三部份《建設台灣的還是中國的台灣文學論戰》竟然對這場論爭下了這樣的結論：「瀨南人與楊逵的論點將台灣文學的本質與未來發展作了清晰的描述，是戰後台灣文學本土論的完整呈現」。「從這場台灣文學論戰，所看到的其實是二二八事件後，乃至戰後迄今，台灣人調整『中國』在台灣的地位的進程」。「戰後，台灣人接納祖國，甚至將祖國放在台灣的上位，這是顯而易見的事實，然而，儘管如此，事實上日據時代台灣立場仍被保留下來，所以台灣作家一面強調台灣對祖國的屬性，一面其實也對自己不同於中國的自我特性有高度的自覺。在兩岸文學的統合過程中，台灣作家或基於民族感情，或懾於壓迫性政權的到來，先是將中國放在台灣的上位，視台灣文學為中國文學的一環，立論台灣文學的去路。然而，也因為台灣作家對台灣文學的自我特性保持著高度自覺與自尊，與大陸作家對台灣文學的歷史持著無知的蔑視，以政治關係獨斷地指揮台灣文學的未來走向，台灣作家的台灣文學視野便和大陸作家帶來的中國文學視野起了衝突，台灣作家遂調整中國文學本來被安置在台灣文學上的地位，突出一直保留著、自我壓抑的台灣文學視野，將台灣文學放在與中國文學對等的地位」。

這是在歪曲歷史。顯然，游勝冠是以歪曲楊逵、瀨南人意見的辦法，來達到他「詮釋」「文學台獨」理念的目的的。

事實又是怎樣呢？我們看到楊逵先後在〈橋〉副刊上發表了兩篇文章，即：1948 年 3 月 29 日的〈如何建立台灣新文學〉，6 月 25 日的〈「台灣文學」問答〉，又在《中華日報》副刊《海風》上發表了一篇〈現實教我們需要一次嚷〉，還有兩次發言記錄稿〈作者應到人民中間去觀察本省與外省作者應當加強聯繫與合作〉、〈過去台灣文學運動的回顧——在日本統治下的台灣文學未曾脫離我們民族的觀點，在思想上是以「反帝國主義反封建與科學民主」為其主流〉。瀨南人的文章是 1948 年 6 月 23 日《橋》副刊上的《評錢歌川，陳大禹對台灣新文學運動意見》。

楊逵、瀨南人就四個問題，發表了他們的看法。

第一、「重整旗鼓」，建設台灣的新文學。

楊逵首先指出當時台灣文學界的現狀：「我們目前瀕於饑餓，特別是精神上的饑餓，這就因為台灣文藝界不哭不叫，陷於死樣的靜寂，如果這樣的狀態再繼續下去，我們除掉死滅之外是沒有第二條路的。」形成台灣文藝界這種「不哭不叫」的「靜寂」的原因，他以為是：其一、「政治條件與政治的變動，致使作者感著不安威脅與恐懼。寫作空間受到限制。」但是，他認為，這不是主要的。回顧歷史，在日本帝國主義統治之下，「許多先輩為走向地獄與監獄大聲吶喊，也有許多先輩因此而真的下獄」，即使是這樣，台灣文學也「曾擔任著民族解放鬥爭的任務」。所以，他說：「我們不可否認的有一個共同的毛病，即在遇到困難時只看到客觀的條件，很少過慮到主觀的條件，這一點，今天我們要反省了。我們不要逃避責任，坦白說眼前主觀的弱點，是不是我們太消極了？是不是我們太缺乏信心？本來，為要適應一個新的環境而開創我們的新文學運動，當然是困難重重的，然而只要大家把握信心開步走，在共策共勉之下，路還是走得通的。」這是其二。其三、「很多的外省作者在台灣的生活還没有生根，台灣的作者又消沈可憐。以致坐在書房裡榨腦汁的文章佔大部份。為打開這僵局，我希望各作者到人民中間去，對現實多一點考察，與人民多一點的接觸，本省作者與外省作者應當加強聯繫與合作。」其四、是在語言上。「十多年來不允使用被禁絕的中文，今日與我們生疏起來了，以中文就很難充分表達我們的意思了」。楊逵又欣喜地說：「這回《橋》主編歌雷先生給我們聚聚談談的機會，造成文藝工作者合作的機會，再而為本省作家設法翻譯與删改的便宜，這些辦法都很可能掃除台灣文藝界消沈之風，希望全省振奮合作，痛痛快快寫出我們的心思與人民的苦悶。」於是，楊逵在〈如何建立台灣新文學〉一文中，反復說：

> 我們確也想到重整旗鼓，以便「在祖國新文學領域裡開出台新文學的一朵燦爛的花！」的。
>
> 正如范泉先生在光復當初所說：「現在的台灣文學，則已進入建設時期的開端，台灣文學站在中國文學的一個部位裡，盡可它最大的努力，發揮了中國文學的古有傳統，從而建立新時代和新社會所需要的，屬於中國文學的台灣文學」。（范泉，曾任上海《文藝春秋》主編。1946年元月號大陸刊行的《新文學》發表了範泉的〈論台灣文學〉，歐陽明、賴明弘，楊逵均引用了范泉此文中的這段話。）
>
> 我由衷的向愛國憂民的工作同呼喊，消滅省內外的隔閡，共同來再建，為中國新文學運動之一環的台灣新文學。

由此看來，楊逵是用中國視野去觀察、思考台灣新文學的，楊逵認同的台灣意識與認同中國意識，是互相重疊的，融為一體的。在楊逵這裡，分不清哪些是認同台灣的意識，哪些是認同中國的意識，作為中國台灣省人，兩者融為一體是天經地義的事。然而，游勝冠一開頭，就用「台獨」的主觀理念，把參加這場論爭的人，硬分為「中國意識由中國政權與大陸人士直接帶入與支援」的和「懷抱本土意識的台灣文學工作者」，而且說「因認同意識不同」，發生了「論辯」。可見游勝冠歪曲楊逵原意，是人為地在台灣新文學歷史上製造分裂。

第二，關於台灣新文學的歷史。楊逵的看法是：

> 在日本帝國主義統治之下，我們是有著新文學運動的歷史的，……那時候文學卻曾擔任著民族解放鬥爭的任務的，它在喚醒台灣人民的民族意識上，確實有過一番成就，也有它不可滅的業績。那些團體、那些刊物，那些擔當這重任的角色，真夠我們留戀，……
>
> 在日本帝國主義統治下，台灣文學的發端約在二十多年前，就是第一次世界大戰方才結束，民族自決的風潮遍滿世界的時候，台灣新文學運動受這種風潮的影響與激動當然是很大的，而五四運動的影響也不算小。因此在其表現上所追求的是淺白的大眾的形式，而在思想上所標榜的即是「反帝與反封建」「民主與科學」。當時為這運動發出先聲的是東京留學生組織的《台灣青年》。這《台灣青年》發展到《台灣民報》再發展到《台灣新民報》日刊是台灣人經營的惟一日刊紙。兩個台灣新文學開拓者林幼春先生是《台灣民報》第一代社長，賴和先生當選《台灣民報》副刊主編。此後很多的文藝刊物就前仆後繼的出現了。《人人》、《南音》、《曉鐘》、《先發部隊》、《第一線》、《台灣文藝》、《台灣新文學》等可以說是第一期，就是七七以前刊出的，這時期的特徵是以中文、

> 或是中日文合編的。但自《台灣新文學》1936 年 12 月中文小說特輯號被查禁而停刊以後，中文在台灣文藝界就不再容許存在了。
>
> 第二個時期是在抗戰中以《台灣藝術》、《台灣文藝》等極力拉攏台灣作家，也經常發現台灣作家的作品，當然中文作品是完完全全的被排除了。所以這時期的特徵可說是完全的日文，但在思想上，台灣作家卻未曾完全忘卻了「反帝反封建與科學民主」的大主題。雖有些例外，但台灣新文學的主流卻未曾脫離我們的民族觀點。
>
> 文學在台灣曾有相當成就與遺產，雖在日本的統治時期，台灣文學的主流都是反帝反封建的，在民族觀點上都表現著向心性的。

由此，可以看出，在回顧、評價台灣新文學歷史的時候，楊逵「留戀」的，看重的傳統有兩點：

一是，「反帝反封建與科學民主」的精神，這也是五四文學革命的精神。即使在台灣全面禁止使用中文的特殊時期，台灣作家不得不用日文創作的時候，也未曾忘卻這個「大主題」。楊逵說「雖有些例外」，正是指的這個意思。

二是，中華民族意識。楊逵反覆強調台灣新文學「擔任著民族解放鬥爭的任務」，「未曾脫離我們的民族觀點」，「在民族觀點上都表現著向心性的」，顯然，這民族，正是楊逵心目中的中華民族。

可見，游勝冠口口聲聲說的「本土」、「自主」等等，均與楊逵無關。

第三、台灣新文學的屬性。

關於台灣新文學的屬性問題，在本質上是台灣文學與中國文學的關係問題。由此在〈「台灣文學」問答〉一文裡，楊逵深入地談了兩個問題。

⑴「台灣文學」、「台灣新文學」稱謂的理由。

1948 年 6 月 14 日，台灣各報都刊載了中央社的報道，表達了錢歌川的一種看法。錢歌川認為「台灣文學」、「台灣新文學」的稱謂「略有語病」。「文學之以地域分如南歐文學北歐文學」的原因，都是「以民族氣質相異，語言及生活觀念又相同，而影響其作風」。既然同屬中國文學，「語言統一與思想感情又復相通」，「而談建設台灣文學某省文學」，實無必要。對這個意見，多數人都不同意。那麼，「台灣文學」這個名字是不是說得通？楊逵的回答是肯定的：「是通而且需要。」「台灣文學」是不是有語病？回答也很乾脆：「没有什麼語病。」既然，「語文統一與思想感情又復相通之國內，而談建設台灣文學某省文學，實難樹立其目標」，為什麼還要有「台灣文學」的稱謂呢？楊逵說：

> 而獨在台灣卻有需要，是因為台灣有其特殊性的緣故。

這「特殊性」，在楊逵看來，表現在兩個方面：

其一、台灣文學的地方色彩。「即如錢歌川所說：『日本控制台灣半世紀來，文學運動早經停擺，吾人同宜戳力耕耘此一荒蕪地帶，以圖重新積極而廣泛展開是項運動，又於推行是項運動時，鼓勵於創作中刻劃地方色彩及運動適當方言自無不可』」。

其二、有條與「隔閡的溝」。「其實在台灣其特殊性豈只有此呢？自鄭成功據台灣及滿清以來，台灣與國內的分離是多麼久，在日本控制下，台灣的自然、政治、經濟、社會教育等在生活上的環境改變了多少？這些生活環境使台灣人民的思想感情改變了多少？如果思想感情不僅只以書本上的鉛字或官樣文章做依據，而要切切實實到民間去認識，那麼，這統一後相通的觀念，就非多多修正不可了。」他認為，「所謂內外省的隔閡，所謂奴化教育，或是關於文化高低的爭辯都是生根在這裡的。」他提醒人們：「這條澎湖溝(台灣海峽)深得很呢？」他也感慨地說：「這是很可悲歎的事情，但卻是無可否認的現實。」然而，這「特殊性」，又絕不會導致「分離」。於是，他明確地指出：

> 「台灣是中國的一省，台灣不能切離中國」！這觀念是對的，稍有見識的人都這相想，為填這條隔閡的溝努力著。

當然，楊逵也很痛心，惋惜地說：「為填這條溝最好的機會就是光復初期的台灣人民的熱情，但這很好的機會失了，現在卻被不肖的貪官污吏與奸商搞得愈深了。」為此，他呼籲：「對台灣的文學運動以至廣泛的文化運動想貢獻一點的人，他必需深刻的瞭解台灣的歷史，台灣人的生活、習慣、感情，而與台灣民衆站在一起，這就是需要『台灣文學』這個名字的理由」。

這樣看來，楊逵的意思是很明白的：台灣文學、台灣新文學，與江蘇文學等一樣，「實難樹立其分離的目標」，也「並未想樹立其分離目標」，但「可有其不同的目標」，這「不同的目標」正是填平這條隔閡的溝，正因為此，「更需要『台灣文學』這樣的一個概念」。有「台灣文學」這個概念，這個稱謂，絕不是游勝冠所説的，表現了台灣文學的所謂「本土意識」、「自主意識」，而是為了「在祖國新文學領域裡開出台灣新文學的一朵燦爛的花！」

瀨南人的看法，與楊逵完全吻合。他說：「為了適應台灣的自然底或人文底環境，需要推行台灣新文學的運動，但是建立台灣新文學的目標」，「應該放在構成中國文學的一個成份，而能夠使中國文學更得到富有精彩的內容，並且達到世界文學的水準。」

⑵台灣文學和中國文學的關係。

在〈「台灣文學」問答〉裡，楊逵寫下了這麼一段「對話」：

> 問：那麼，你是不是以為台灣新文學可與中國文學日本文學對立的？
>
> 答：台灣是中國的一省，沒有對立。台灣文學是中國文學的一環，當然不能對立。存在的只是一條未填完的溝。如其台灣的託管派或是日本派、美國派得獨樹其幟，而生產他們的文學的話，這才是對立的。但，這樣的奴才文學，我相信在台灣沒有它們的立腳點。我們要明白，文學問題不僅是作者問題，也就是讀者的問題，讀者不能瞭解同情，甚至愛護的文學，是不能存在的。人民所瞭解同情、愛護的文學，如果它受著獨裁者摧殘壓迫，也不能消滅，反之，奴才的文學，它雖有主事的支援鼓勵，而得天獨厚，也不得生存。總有一日人民會把它毀棄而不顧。正如這樣，台灣文學是與日本帝國主義文學對立，但與它們的人民文學沒有對立的。雖說沒有對立，卻也不是一樣的東西，但在世界文學這個範疇裡，都是可以共存的。中國文學有台灣文學之一環，世界文學有中國文學、日本文學等各類，在進步的路線上它們是沒有什麼對立可言的。雖然各有各的特色與風格。

這裡，楊逵講得很明白，也很深刻。

一是，「台灣文學是中國文學的一環」，當然，台灣文學和中國文學「不能對立」，這「不能對立」，回答得很有內涵。楊逵的意思是說，在台灣當時，已經有一種「對立」的傾向。這一傾向，是前文所說 1942 年至 1949 年間國際上某些反華勢力欲將台灣從中國分離出去的陰謀在島內極少數地主士紳階級中的反映。對這種「對立」的傾向，他的態度是鮮明的，是堅決的——「當然不能對立！」

二是，在台灣，這種「對立」的文學，就是託管派、或日本派、或美國派所生產的「奴才文學」。他們「獨樹其幟」，其結果，「在台灣沒有它們的立腳點」，「雖有主事的支援和鼓勵」，「也不得生存」，「總有一日人民會把它毀棄而不顧」。

三是，日本文學中有帝國主義文學與人民文學之分，台灣文學與前者是對立的，與後者是沒有對立的，「雖然沒有對立，卻也不是一樣的東西」。

四是，包括台灣文學的中國文學與日本文學，在進步的路線上沒有什麼對立，僅是只有各自的特色與風格。

所以，游勝冠說，楊逵要「釐清台灣文學不同於日本文學、中國文學的特殊性」的說法，是歪曲楊逵的原意的。中國文學和日本文學當然可以對等來論說，作為中國文學一環的台灣文學和日本文學，卻根本沒有對等的可比性。游勝冠如此偷換概念，移花接木，把不同範疇的「對等」相提並論，硬要把台灣文學的特殊性特殊到無以復加的地步，以致於可以和日本文學相等，是自外於中國文學的一種台灣文學，真的顯得他心術極其不正，手段極其拙劣文字遊戲也做得極其無聊和卑下！

第四、文藝工作者的團結問題。

在討論中，有人說，外省人說台灣人民奴化，本省人說台灣文化高，楊逵卻說：「未必外省人通通這樣說，本省人更不是個個都夜郎自大。說台灣人民奴化的人與說本省文化高的人都是認識不足。大多數台灣人民沒有奴化，已經說過，本省文化更不能說怎樣高，這裡認識不足是因為澎湖溝隔著，而憲政未得切實保障人民的權利，使台灣人民未能接到國內的很高的文化所致的。」所以，楊逵認為：

> 切實的文化交流是今天在台灣本省外省文化工作者當前的任務，為達到這任務的完成大家須要通力合作，到民間去，去瞭解他們的生活、習慣、心情，而給它們一點幫忙，這正是做哥哥的人可以得到弟弟瞭解、敬愛的工作，進而可以成為通力合作的基礎。

在楊逵看來，當務之急，仍然是通過文化交流，通過到民間去深入生活，通力合作填平這條隔閡的溝。楊逵一而再、再而三地說：

> 這討論，這運動，當然不是為的「分離」「對立」，更不能也不會是「你爭我奪」。
>
> 不管內地本地的文藝工作者今天需要聯一塊兒，竭力找尋一條路，發現定當的創作方法。這也就是今天需要一次嚷嚷，需要先來「一套鑼鼓」的理由，但卻不是，也不能是「標新立異」，也又不是，更不能是把一個東西變成二個東西，怎麼會有「一套你爭我奪」的道理呢？

讀楊逵、瀨南人的文章，我們不難得出這樣的結論：

第一、楊逵是以一個中國人的眼光去考察、思考台灣新文學的過去、當時和未來的。他強調的是中國的視野、中華民族的意識；他重視的是實事求是地看待台灣文學的特殊性，既要看到它嚴重的存在著，又要團結起來去設法填平這條隔閡的溝，目標只有一個——「在祖國新文學領域裡開出台灣新文學的一朵燦爛的花！」在楊逵的文章裡，根本没有什麼「本土論」，更說不上

「戰後台灣文學本土論的完整呈現」！

第二、楊逵的所有論述的深刻意義，在於進一步鞏固台灣人民認同台灣的意識和認同中國的意識融為一體的牢固觀念，絶非像游勝冠所説的「台灣人民調整『中國』在台灣的地位的過程」即使要説「調整」，楊逵的用意，也是「調整」到「台灣是中國的一省」的觀念上來。

第三、游勝冠多次説，礙於當時的政治環境，許多台灣作家不敢講真話，言外之意，楊逵的許多言論也是「屈世之言」。「文學台獨」派一貫以「屈世之言」的説法，來為他們自己在過去説過、寫過大量的有違今日「台獨」文論原則的話，來掩飾自己的懦弱、投降主義和機會主義面貌，現在又以「屈世之言」論，來誣衊楊逵了。寫到這裡，我們倒是要提醒游勝冠，楊逵是一位頂天立地的無可畏懼的愛國知識份子，「四・六」事件中，他和歌雷，以及台大的學生張光直、孫達人等同被投入鐵牢。楊逵是一位敢説敢當的人，只是楊逵的説法不合其意，游勝冠就不惜以侮辱他人人格的手法，妄圖達到自己為「台獨」張目的目的，這就更顯得游勝冠人品和文品的並不高尚了。

六　喪失民族氣節美化皇民文學為殖民者招魂

——「文學台獨」言論批判之三

1937年7月7日，盧溝橋事變發生，中國人民的抗日民族解放戰爭掀開了歷史的新的一頁。舉國上下，全民抗戰，這使得台灣同胞堅持了40多年的反對日本殖民統治的鬥爭走進了新的歷史階段。廣大台灣同胞熱望祖國抗戰的最後勝利早日到來，企盼著早日結束日本殖民統治，回到祖國懷抱。他們似乎已經到看了勝利的曙光。然而，日本帝國主義走向了覆亡前的瘋狂，企圖實現「大東亞聖戰」美夢的日本侵略者，分別在朝鮮和台灣加緊了殖民統治，瘋狂地推行「皇民化運動」，以期建立「戰時體制」。台灣，進入了日本殖民統治最黑暗的時期。新文學剛剛贏得的發展新高潮，旋即遭到了極大的挫折。新文學運動進入了極為艱難的發展階段。

從這時起，一直到1945年8月15日日本軍國主義戰敗投降，台灣光復，回歸中國，八年間，台灣新文學走向何處去？歷史展示在世人面前的情景是，日本殖民統治者妄圖在法西斯高壓下使台灣新文學蛻變為服務於日本侵略戰爭的「皇民文學」；而挺直了民族脊樑的台灣愛國文學家，則守望在台灣新文學的精神家園，為反抗「皇民文學」開展了不屈不撓的鬥爭。是妥協、投降，摧毀台灣新文學的民族解放的精神，還是反抗、鬥爭，高舉民族解放的旗幟引導台灣新文學走向新的勝利？兩種對立的文藝思潮，兩條對立的文藝路線，展開了激烈的鬥爭。

不幸的是，這一段歷史，在台灣文壇，現在也被篡改了。人們看到，從20世紀70年代末到90年代末，20年的時間裡，文壇「台獨」勢力喪失民族氣節，和日本學術界的右翼勢力串通一氣，掀起了一波又一波的美化「皇民文學」的濁浪，企圖由此而進一步美化日本當年的對台殖民統治，為殖民者招魂，並使「受惠」於這種殖民統治的台灣在政治上、文化上、思想上與祖國分離。

這真是文壇「台獨」勢力在癡人説夢。無情的歷史，在紀念那些為反抗「皇民文學」而堅決鬥爭的先驅者的時候，也早就把「皇民文學」的炮製者、鼓吹者和推行者釘死在恥辱柱上了。

為了更好地認清文壇「台獨」勢力美化「皇民文學」的反動本質，我們先來回顧一下歷史。

(一)戰時體制與皇民化運動給新文學帶來浩劫

「七・七」事變之前，日本帝國已經進一步法西斯化了。其中一個重要的事件就是，1936 年 2 月 26 日，皇道派青年將校率領 1400 餘人的部隊，舉兵蹶起，殺死了內閣大臣齋藤實、藏相高橋是今、教育總監渡邊錠太郎，首相岡田倒是得以倖免。嘩變的部隊佔領了皇宮周邊的永田町一帶，要求改造國家，由軍人執政。岡田內閣總辭職。第二天，東京戒嚴。29 日，戒嚴部隊開始討伐，叛軍投降。3 月 9 日，廣田弘毅內閣上台。7 月 5 日，東京陸軍軍法會議對「2 ・ 26」事件作出判決，17 人被判死刑。7 月 12 日，除磯部、中村外，其餘 15 人被執行死刑。「2 ・ 26」事件雖然被平息下去，但整個日本帝國的法西斯化進程加快了。比如，7 月 10 日，平野義太郎、山田盛太郎、小林良正等講座派學者，左翼文化團體的成員，都遭到了逮捕。同時，又加緊了和德國法西斯的勾結。這一年的 11 月 15 日，在柏林，日德兩國就簽定了共防協定。日本國內，幾經動蕩之後，1937 年 6 月 4 日，第一次近衛文麿內閣上台，終於完成了全面發動侵華戰爭的準備。

為了配合這一戰爭的發動，日本侵略者在台灣加緊了殖民統治。比如，1936 年 6 月 3 日，《台灣拓殖株式會社法》公佈；6

月17日，在台中公園的始政紀念日的慶祝會上毆辱愛國人士林獻堂，製造了「祖國事件」；6月23日，日本政府為大力獎勵來台移民，成立了秋津移民村；9月2日，日本海軍大將小林躋造繼中川健藏任台灣總督，20日，就實施了《米糧自治管理法》，進一步加強了控制。10月，清水人蔡淑悔以中國國民黨身份在台組織衆友會，提倡民族主義，也立即遭到鎮壓。到1937年4月1日，這種殖民地迫害更形瘋狂，總督府命令禁止報刊使用中文。《台灣日日新報》、《台灣新聞》、《台南新報》三報停止了中文版，《台灣新民報》中文版則縮減一半，並限定6月1日全部廢止。盧溝橋事變爆發當天，台灣軍司令部就發表強硬聲明，對台灣民衆發出警告，並召開臨時部局首長會議，議決設立臨時情報委員會，同時下令解散台灣地方自治聯盟。8月15日，台灣軍司令部進入戰時體制。9月，根據日本帝國近衛內閣提出的「國民精神總動員計劃」，制定了台灣「皇民化」方針，強迫推行「皇民化運動」。10日，就設置了「國民精神總動員本部」，開始強召台灣青年充當大陸戰地軍　。接著，9月18日公佈《軍需工業動員法》，11月1日公佈《移出米管理案要綱》，11月2日公佈《防空法台灣施行令》。這以後，幾年之內，日本帝國政府和台灣殖民當局又採取了一系列措施加緊推進「皇民化運動」。比如，1938年1月23日，台灣總督小林躋造發表《關於台民志願兵制度之實施》，聲稱這一制度是為「皇民化」徹底之同一必要行動。31日，日本內閣議決台灣生產力擴充四年計劃。4月1日，日本政府公佈在台灣施行《中日事變特別税令》及其他有關法令，橫征暴斂。2日，公佈《台灣農業義勇隊招募綱要》。5月5日，實施國家總動員令。28日，日本政府大肆移民來台。6月20日，台灣銀行開始收購民間黃金。7月1日，統制石油類消費。9月17日，公佈台灣重要物產調整委員會官制。1939年5月19日，台灣總督小林躋造在赴東京途中對記者發表談話稱，治台重點之「皇民化、工業化、南進三政策，及時開始」。他所說的「南進」，指的是日軍南侵以台灣為基地。7月8日，公佈《國民徵用令》。10月，公佈米配給統制規則。12月1日，牛島中將任台灣軍司令官。12月19日，台中州開始所謂「米谷貢獻報國運動」，強行徵用糧食支援日本帝國的侵略戰爭。1940年2月11日，公佈台灣户口規則修改，規令台民改日本姓名辦法。11月25日，國民精神總動員本部公佈《台籍民改日姓促進要綱》。1941年2月11日，《台灣新民報》被迫改稱《興南新聞》。3月26日，公佈修正台灣教育令，廢止小學、公學校，一律改為國民學校。4月19日，日本當局成立「台灣皇民奉公會」，發行宣傳雜誌《新建設》，為適應戰爭需要，在台推行「皇民化運動」。12月1日，公佈《國民勞動協力令施行規則》。7日，日本偷襲珍珠港，太平洋戰爭爆發，台灣原住民被秘密編成「高砂義勇隊」，派往南洋各地參戰。30日，公佈《台灣青年團設置綱要》。1942年4月，台灣特別志願兵制度實施，強迫台籍青年參軍到南洋戰場。1943年1月5日，實施《海軍特別志願兵制度》。6月21日，募得第二批陸軍志願兵共1030人。11月30日，日本政府強召台灣、朝鮮籍留日學生赴前線，在東京日比谷公園舉行所謂壯行大會。12月1日，強行抽調學生兵入伍。1944年1月20日，公佈《皇民錬成所規則》，加強「皇民化運動」。3月6日，公佈《台灣決戰非常措置實施要綱》。同月，台灣全島六家日報，即台北《日日新報》、《興南新聞》，台南《台灣日報》，高雄《高雄新報》，台中《台灣新聞》，花蓮《東台灣新聞》，合併為《台灣新報》。8月20日，台灣全島進入戰場狀態，開始實施台籍民徵兵制度。

這是日本在台殖民統治最黑暗的時期。「皇民化運動」的罪惡目的，就是要殖民地台灣向著日本「本土化」，用日本國的「大和文化」全面、徹底地取代中國文化，消滅台灣同胞的民族意識。日本殖民當局把日語定為台灣島上惟一合法的語言，取締中文私塾，禁開漢語課程，報紙雜誌禁用中文出版，甚至於，在日常生活中，台灣同胞也必須講日語，比如，「在火車上不講日語就不賣給火車票」。（轉引自陳碧笙《台灣地方史》）強迫台灣同胞將中國人祖傳的姓氏一律改換日本人的姓氏，更是陰狠毒辣。當時，對於堅持使用漢人姓氏的，日本殖民當局竟然不給登記户口，不給戰時「配給品」，以至開除公職，投入監獄。在改換姓氏同時，日本殖民當局還強制推行了「寺廟神升天」的活動，取締中國寺廟，搗毀神像，改換家祠中祖先神主和墓碑，強迫台胞奉祀「天照大神」，參拜神社。甚至於，連中國年節的習俗也予取締，強令台胞按日本習俗過日本人的節日。日本殖民當局這樣消滅中國文化，就是要把「日本國民精神」「滲透到島民生活的每一個細節中去，以確實達到『內台一如』的境地。」（同上註）。那臭名昭著的「皇民奉公會」，強制推行「皇民奉公運動」，舉凡「米糧自治管理」、「移出米管理」，「米谷供獻報國」、「軍需工業動員」、「收購民間黃金」、「統制石油類消費」、「國民徵用」、「報國公債」、「國防獻金」以及「貯蓄報國運動」和「農業義勇隊招募」、「增產挺身青年運動」等等，又都使得對於台灣人力、物力的榨取幾乎達到了極限。這樣「皇民鍊成」和「皇民奉公」的結果，就是在「戰時體制」下，強召台灣青年為日本侵略戰爭充當炮灰，也充當幫兇。從1937年到1945年，八年間，強召「大陸戰地軍伕」，強召「義勇隊」，實施「特別志願兵」制度及「海軍特別志願兵」制度，「陸軍特別志願兵」制度，「學生兵入伍」，還有實施「台籍民徵兵」制度，其結果是，據陳映真在1998年4月2日—4日台北《聯合報》副刊上發表《精神的荒廢——張良澤皇民文學論的批評》一文披露，總共有20萬7千餘名台灣青年分別以「軍屬」、「軍伕」和「志願軍」戰鬥員等名目被徵調投入戰爭。戰死、病歿、失蹤者計 5 萬 5 千餘人，傷殘 2 千餘人，其中，因受「皇民化」愚弄摧殘，中毒過深者，在南洋、華南戰場中誤信自己是真皇軍而犯下嚴重屠殺、虐殺罪行，在戰後國際戰犯審判中被判處死刑者 26 人，10 年以上有期徒刑者 147 人！

就在「皇民化運動」瘋狂推行之時，日本殖民當局對台灣新文學也進行了瘋狂的摧殘。

前已說明，1937 年 4 月 1 日，台灣總督府禁用中文，是新文化運動、新文學運動浩劫來臨的一個標誌。其直接後果，是楊逵主編的中日文並刊的《台灣新文學》接到台灣總督府命令，禁止刊登中文作品，6 月，刊行到 14 期後，宣佈停刊。

除了這一年創刊的《風月報》雜誌還有中、日並刊到光復才停刊，其他的中文雜誌，及至所有的文學雜誌，一時間都不見蹤影了。

1939 年，長期在台的一些日本作家，以西川滿為首，集合了濱田隼雄、北原政吉、池田敏雄、中山侑等人籌備成立「台灣詩人協會」。成員中，還包括有台灣作家楊雲萍、黃得時、龍瑛宗等人。

日本全面發動侵華戰爭前，西川滿的右翼的、反動的「皇民主義」思想已經明顯地表現在他的作品中了。日本學者近藤正已的《西川滿札記》就指出：「若要想從他的作品中，找出台灣人所處狀況之深刻考慮、解釋等描寫則極為困難。」而他的作品，即使以台灣歷史為題材寫的片段，我們也可以明白無誤地讀到他的真實右翼思想。比如，在《赤崁記》裡，西川滿就寫道：「在以高度國防建設為國家急務之今日，並非回顧個人自由平等的時候。個人無論如何要堅固職守，繼承祖父之遺業，以為社稷。」在《雲林記》裡，西川滿又寫道：「如果我這一輩無法奉公，那個孩子、或孫子，過了兩代、三代，只要是流著我的血，便使之盡皇民之赤誠，為鄉土盡力吧！」（引自近藤正已《西川滿札記》。文載《台灣風物》，1980 年 9 月、12 月之第 33 卷 3、4 期。）1939 年籌組「台灣詩人協會」時的西川滿，已經自踞於協力日本侵略戰爭的文化榜首，決心要充任日本「皇民文學」——文學侵略軍的司令官了。

9 月 9 日。「台灣詩人協會」正式成立。12 月，協會的機關刊物《美麗島》出刊，西川滿、北原政吉任主編。《美麗島》一共收有 63 人的作品。卷頭言由日本右翼作家火野葦平執筆撰寫。《美麗島》只發行了一期。

同年 12 月 4 日，西川滿拉著黃得時一起作籌備委員，籌備改組「台灣詩人協會」為「台灣文藝家協會」。1940 年 1 月，改組完成，並於 1 月 1 日創刊協會機關雜誌《文藝台灣》。西川滿把持這一陣地，自任了《文藝台灣》的主編兼發行人。「台灣文藝家協會」共有台、日作家會員 62 人。其中，包括台北帝大、台北高等學校教授、警務局長、情報課長等，殖民統治當局的官方色彩極濃。尤其是，這一年，日本國內成立了「大政翼贊會」之後，「台灣文藝家協會」又因總督府情報部部長、文教局長、文書課長等高官擔任顧問，「透過文藝活動，協助文化新體制的建設」的面貌，越來越暴露在光天化日之下了。

1941 年 2 月，為配合日本帝國主義的侵略體制和回應「皇民化運動」，「台灣文藝家協會」改組。台北帝大教授矢野峰人出任會長，西川滿任事務長。矢野峰人雖然是個象徵派詩人，但是，和西川滿一樣，也帶有濃厚的殖民者統治意識。他曾以《文藝報國的使命》為題演講。這「文藝報國」的話題，後來，在 1942 年 6 月由情報局指導在日本東京成立的「日本文學報國會」章程裡有明確的闡釋是：「本會目的在於……，確實並發揚皇國傳統與理想的日本文學，協助宣揚皇道文化。」又在同年成立的「大日本言論報國會」那裡有了回應。這個「報國會」就宣稱：「不受外來文化的毒害，確實日本主義的世界觀，闡明並完成建設大東亞新秩序的原理，積極挺身於皇國內外的思想戰。」（參見朱庭光編著《法西斯體制研究》。）看來，「台灣文藝家協會」的這次改組，也是有它一定的政治背景的。

1941 年 3 月，西川滿另行組織「文藝台灣社」，《文藝台灣》改由「文藝台灣社」發行。《文藝台灣》以「台灣文藝家協會」機關刊物的名義刊行了 6 期。改組後，名義上是同仁雜誌，其實是由西川滿一個人控制的。

這一年 5 月，張文環與王井泉、陳逸松、黃得時、中山侑等人組成「啟文社」。5 月 27 日，創刊《台灣文學》，成員以台灣作家為主，除張文環外，還有呂赫若、吳新榮、吳天賞、王井泉、黃得時、楊逵、王碧蕉、林博秋、簡國賢、呂泉生、張冬芳等。

也就是在 1941 年的 12 月 8 日，賴和遭到日本憲兵隊和警務局的共同調查，被捕 50 多天。

1942 年 6 月，「日本文學報國會」特派久米正雄、菊地寬、中野實、吉川英治、火野葦平等來台灣，在各主要城市巡迴舉行「戰時文藝演講會」。8 月，台灣「皇民奉公會」設置文化部。「台灣文藝家協會」會長矢野峰人就任文藝班班長，「台灣文藝家協會」和「皇民奉公會」公開合流。10 月，日本帝國政府在東京召開了「大東亞文學者大會」，妄圖把亞洲文學界都拖進「大東亞共存共榮」的罪惡活動中去。返台後，12 月間，由「皇民奉公會」作後援，「台灣文藝家協會」組織他們在台北、台中、台南各地巡迴舉行「大東亞文藝講演會」，極力鼓吹「皇民文學」。

1943 年 2 月，「皇民奉公會」舉行第一屆「台灣文學賞」頒獎。西川滿的《赤崁記》、濱田隼雄的《南方移民村》和張文環的《夜猿》得獎。2 月 17 日，「日本文學報國會」事業部長户川英雄等來台。3 月，成立「統制會社」，由《台灣日日新報》社長擔任社長，把電影、戲劇也納入戰時體制。4 月，在台灣總督府情報部及「皇民奉公會」各部指使下，成立了「日本文學報國會台灣支部」。其《規程》聲稱：「支部為謀所屬會員之親睦，透過台灣文學奉公會，以實現本會……之目的，努力宣揚皇國文化。」與此同時，「台灣文藝家協會」宣佈解散。另外，又成立了「皇民奉公會」管轄下的「台灣文學奉公會」。

11 月 13 日，由「台灣文學奉公會」主辦，台灣總督府情報課、「皇民奉公會」中央本部和「日本文學報國會台灣支部」協辦，在台北公會堂召開了「台灣決戰文學會議」。會議討論的題目是「確立本島文學決戰態勢，文學者的戰爭協力」。到會的台、日作家約 60 多人。會前，台灣總督府的出版控制機構曾給全台報刊雜誌下達提出「申請廢刊」的命令。這次會議上，為貫徹這一「申請廢刊」的決定，以西川滿為代表的「皇民文學」勢力，藉著決戰態勢的壓力，向張文環的「啟文社」的《台灣文學》開刀了。西川滿三次發言，表達了「文藝雜誌進入戰鬥配置」的決心，表示願意把《文藝台灣》奉獻給當局，同時還逼迫張文環的《台灣文學》廢刊。會上，引發了雙方面對面的鬥爭。

1944 年 1 月 1 日出刊的《文藝台灣》終刊號上，關於這次會議大致上有這樣的記載：首先是西川滿的發言。他表示對台灣作家只在表面上裝出「總親和」的態度十分不滿，接著，他以獻出他所主導的《文藝台灣》雜誌給日本決戰體制為手段，要求其他文藝雜誌也一齊跟著進入「戰鬥配置」，逼使不積極配合決戰態勢的文學雜誌廢刊。這實際上是針對以台灣作家和非法西斯日本作家所組成的《台灣文學》的。西川滿的提議，當場引發了一場針鋒相對的鬥爭：

> 黃得時反駁道：「沒有必要進行對文學雜誌的管制，就像廣告一樣，愈多愈有人看，雜誌也一樣愈多愈好。」

濱田隼雄警告黃得時說：「不要把對物質的經濟管制和對文化的指導統制混為一談。」

楊逵贊成黃得時的意見，說道：「抽象的皇民文學理論與雜誌的統合管制問題，完全是兩回事。」

神川清惱羞成怒地批評楊逵的發言道：「現念與具體實踐是不可分離的。」並提醒楊逵道：「假如在政策上兩者分離的話，國家將會滅亡。」

黃得時再說：「我並不反對西川滿將《文藝台灣》獻出的話，這是他個人的自由；但是其他的雜誌並沒有跟著配合的義務。

接著，西川滿又提出了動議，要求日本軍國殖民主義當局撤銷文學結社，把作家全部納入「台灣文學奉公會」，進行文學管制。西川滿甚至還贊同在「台灣文學奉公會」下另設「思想參謀本部」，對台灣作家進行思想控制。

這次會議，在台灣總督府保安課長的講話中結束。他說：「對決戰態勢無益的都不可要；文學作品也一樣，只有對決戰態勢有益的才可發表。」這等於宣佈了——「皇民文學」取代了台灣文學，日本軍國殖民體制完全支配了台灣文學界。

會後，日本殖民主義者還繼續打壓台灣作家。比如，神川清寫了〈刎頸斷腸之言〉一文，批判楊逵的發言。他認為，楊逵的發言是本次會議中最不幸的事，這也許是由於楊逵不努力而生的無知；但是，以這樣的態度從事文學的人，居然仍然可以在台灣安居築巢，真是太遺憾了！又比如，河野慶彥寫了一篇「決戰文學會議」的感言〈朝向思想戰的集合〉，對於台灣作家的「陽奉陰違」的態度，進行了攻擊。他寫道：「從會場的空氣中感覺到，(台灣作家們)只是把頭探出來，說些諸如皇民文學、戰鬥文學的漂亮話，但雙腳依然原地不動。……使人嗅到台灣文學的

『體臭』，感覺到泥巴和口水到處亂噴……我非克服這些內含的矛盾不可。……台灣文學已到了非『脱皮』不可的時刻了，不要寫在表面上裝出總親和的樣子，而是要真正成為一支受統禦的思想部隊。」（有關「決戰文學會議」的記錄資料，會後神川清、河野慶彥文章的資料，用的是曾健民的中譯本。曾譯，引用在他的《台灣「皇民文學」的總結算》一文中。文載《人間・思想與創作叢刊》1998 年冬季號。）

顯然，這一次推進「皇民文學」的會議，就是要使台灣文學「脱皮」成受日本殖民主義當局統禦的法西斯思想部隊——「皇民文學」部隊。

《台灣文學》是在 1943 年 12 月 13 日接到廢刊的命令的。呂赫若在這一天的日記裡寫道。「今天當局下達《台灣文學》廢刊的命令，真叫人感慨無量……。」

《文藝台灣》和《台灣文學》廢刊以後，1944 年 5 月，在「台灣文學奉公會」名義下創刊《台灣文學》，同時還刊行了《決戰台灣小説集》乾、坤兩卷。

1944 年 6 月 15 日，盟軍攻陷賽班島。16 日，由中國基地起飛的美軍 B29 轟炸機第一次轟炸北九州，開始了對日本的總反攻。7 月 21 日，美軍登陸關島。日本本土和台灣處於盟軍飛機猛烈轟炸之下，台灣進入「要塞化」時期。日本在台軍國殖民當局對台灣文學的指令也由「決戰文學」進入了「敵前文學」。為了配合這一形勢，《台灣文藝》6 月號刊出了「台灣文學界總崛起」的專題。

這中間，為了強制推行「皇民文學」，1943 年還爆發了一場有關「狗屎現實主義」的論戰。

從上述戰時體制下台灣「皇民文學」發展的過程來看，「皇民文學」勢力正是在日本軍國殖民體制下由御用日本文人操縱的一股法西斯勢力。以西川滿為代表，它是通過打壓台灣文學而樹立起來的。它是日本殖民主義、軍國主義在台灣施行的戰爭總動員體制的一環，是法西斯的「思想部隊」。

在「台灣決戰文學會議」上，「台灣文學奉公會」會長山本真平曾說：「後方戰士的責任，是在擴大生產以及昂揚決戰意識；亦即與武力戰結為有機一體的生產戰、思想戰……在思想戰方面，諸位文學者正是承擔著增強國民戰力的任務。」關於這「任務」，山本真平說：「文學家既蒙皇國庇佑而生活，當然應當與國家的意志結成一體……。今天的文學不能像過去一樣，只在反芻個人感情，而應該是呼應國家的至上命令的創作活動，當然，文學也一定要貫徹強韌有力、純粹無雜的日本精神來創作皇民文學。以文學的力量，激勵本島青年朝向士兵之道邁進，以文學為武器，激昂大東亞戰爭必勝的信念。」（曾健民譯文。出處同前。這就清楚地說明了「皇民文學」的「思想部隊」的性質和「思想戰」的性格。）

對於這種「以文學的力量，激勵本島青年朝向士兵之道邁進，以文學為武器，激昂大東亞戰爭必勝的信念」的「皇民文學」，西川滿、濱田隼雄、神川清等日本殖民者在文學戰線上的代表人物，還提出了他們的批評標準。曾健民在1998年回過頭來清算「皇民文學」的時候，在他的〈台灣「皇民文學」的總清算〉一文裡，摘取了西川滿、濱田隼雄、神川清等人文章的一些言論，指出這些批評標準是：

> 文學批評的基準就在日本精神。
>
> 即使文章的技巧有多好，但是如果忘了忠於天皇之道，如果把作為文人的自覺擺在作為日本人的自覺之上的話，我認為他除了是國賊或不忠者之外，什麼都不是。
>
> 在皇國體的自覺中發現文學的始源，要求貫徹皇國體思想，把作品中國體結合在一起。

> 在終極時的精神燃燒——天皇陛下萬歲，是一個文學者的描寫可能達到的最高境界。
>
> 在決戰下，我們思想決戰陣營的戰士們，務必要撲滅「非皇民文學」，要揚棄「非決戰文學」。
>
> 我要為皇民的文臣，文臣之道在用筆劍擊倒敵人而後已。

在這樣的說教中，「皇民文學」已經明確地被鑄定為體現日本法西斯思想的工具了。

當然，「激勵本島青年朝向士兵之道邁進」，「激昂大東亞戰爭必勝的信念」，也是「皇民文學」對作品題材、主題的一種具體的規範。當時，極少數的台灣作家，喪失了民族的氣節，自甘墮落，也的確創作出了這一類的「皇民文學」的作品，以效忠於日本殖民統治者，效忠於日本天皇。

(二)愛國文學家批判殖民者的狗屎現實主義論

在日本殖民當局加緊推進「皇民文學」的時候，愛國的台灣文學家，儘量回避日本軍國殖民體制的法西斯文藝政策，繼續以台灣的現實主義的傳統的文學精神，描寫台灣人民的生活，以表現台灣社會內部的矛盾和台灣人民不甘於殖民統治的精神苦悶為主題，用文學創作的實踐抗拒「皇民文學」派的壓力，努力不使台灣文學淪為皇民化、御用化。這種文學精神，這種創作方法，自然成了推進「皇民文學」的一大障礙。

於是，一方面，用召開「決戰文學會議」的辦法來迫使台灣愛國作家就範；另一方面，日本殖民當局決定要對這種文學精神、創作方法進行圍剿了。

一場關於「狗屎現實主義」（有關這場爭論的文章，都是曾健民中譯過來的。曾譯中文譯本，發表在《人間・思想與創作叢刊》1999年秋季號上。為這場爭論，曾健民同時還發表有《評論〈狗屎現實主義〉爭論》一文。本書書寫，多有採用。曾健民文中，對「狗屎現實主義」譯名，有如下的說明：「原文是『糞リアリズム』；在日文中，『糞』這字，如果當作形容詞用，有輕蔑罵人之意，若當作名詞用就與『屎』、『大便』同義，因此譯成『狗屎現實主義』比較接近原意。」）的爭論就此激烈展開。

挑起這場爭論的，是濱田隼雄在1943年4月號的「台灣皇民奉公會」的機關雜誌《台灣時報》上發表的《非文學的感想》一文。濱田隼雄年輕的時候曾經是個熱情的社會主義者，但是，在「大東亞聖戰」時期轉向，成了一個狂熱的法西斯主義的御用文人。在這篇文章裡，他指責台灣文學有兩大弊病：其一，是「有太多的文學至上主義的、從而是屬於藝術至上主義的，而且充其量只不過是外國的亞流的浪漫主義」；其二，是「無法從暴露趣味的深淵跳脱出來的自然主義的末流」。濱田隼雄在闡説所謂台灣文學的「自然主義的末流」時，指責大部份的「本島人作家」只會描寫「現實的否定面」，而濱田隼雄所説的「現實的否定面」，指的就是愛國的台灣文學家在作品中表現出來的對當時的日本軍國殖民體制的「決戰態勢」的現實採取否定的、不關心的或是逃避的態度；換句話説，就是指責台灣作家對日本的決戰體制只採取逃避、不關心或否定的創作態度，只顧描寫日本決戰現實的負面的台灣社會現實。

隨後，西川滿上場，在「台灣文學奉公會」成立的那天，5月1日出刊的《文藝台灣》上，發表了一篇《文藝時評》。

在這篇《文藝時評》裡，西川滿藉著推崇日本小説家泉鏡花來攻擊、辱罵台灣文學的主流是「狗屎現實主義」。泉鏡花的主要作品有〈高野聖〉、〈歌行燈〉、〈婦系圖〉、〈日本橋〉等。泉鏡花的作品世界與日本的前近代文化以及土俗社會有很深的關聯，作品的特色是富有鮮艷的色彩和夢幻性。受年少喪母的影響，由戀母之情轉移到文學上對女性情深的描寫，一直都是他的作品的重要主題。西川滿在這篇《文藝時評》裡怎麼吹捧泉鏡花人們可以不管，但他用吹捧泉鏡花來攻擊和辱罵台灣文學卻令人不能容忍。西川滿攻擊「向來構成台灣文學主流的『狗屎現實主義』，全都是明治以降傳入日本的歐美文學的手法」。「這『狗屎現實主義』，如果有一點膚淺的人道主義，那也還好，然而，它低俗不堪的問題，再加上毫無批判性的生活描寫，可以說絲毫沒有日本的傳統。」西川滿譏笑本島人作家只關注「虐待繼子」、「家庭葛藤」的問題，「只描寫這些陋俗」，「說他們是『飯桶』！『粗糙』！那還算是客氣的話；看看他們所寫的『文章』吧！簡直比原始叢林還混亂」。辱罵之餘，西川滿圖窮而匕首現，立即搬出台灣作家中極少數變節屈從「皇民文學」的人寫出的「皇民文學」作品來打壓台灣愛國文學家了。他寫道，就在台灣主流文學家只描寫「陋俗」的時候，「下一代的本島青年早已在『勤行報國』或『志願兵』方面表現出熱烈的行動了」。以描寫這種「熱烈行動」的「皇民文學」作家為榜樣，西川滿質問台灣愛國文學家們說，不是也「應該去創作一些……具有日本傳統精神的作品嗎？」西川滿對台灣愛國文學家發出的威脅和警告是：「在東亞戰爭中，不要成為投機文學，應該力圖樹立『皇國民文學』，如此而已。」

對於濱田隼雄的指責和西川滿的辱罵，呂赫若在5月7日的日記上寫道：

> 西川滿在《文藝時評》中的低能表現，攸爾惹起各方的責難。總之，由於西川無法用文學的實力壓倒別人，才會用那樣的手段陷人於奸計，真是一個文學的謀策家。……另外，濱田也是一個惡劣的傢伙。」

5月10日，《興南新聞》學藝欄上，刊登了署名「世外民」的《狗屎現實主義與假浪漫主義》一文，大力駁斥了西川滿的《文藝時評》。據葉石濤1983年版《文學回憶錄》裡〈日據時期文壇瑣憶〉一文說，當時，西川滿告訴他，這位「世外民」，就是邱炳南，也是台南人，曾就讀於日本東京帝大。這邱炳南，也就是邱永漢。「世外民」的文章首先表示了對西川滿的憤慨：

> 讀了5月號的《文藝台灣》上刊載的西川滿的《文藝時評》，它胡說八道的內容真使我驚訝，與其說它率真直言，倒不如說全篇都是醜陋的謾罵；實在讓人感受強烈。

針對西川滿誣衊台灣愛國作家「創作態度有低俗惡劣的深刻問題，只搞一些毫無批判的生活描寫，一點也沒有日本的傳統精神」等等，「世外民」的文章寫道：

> 我以第三者的立場通讀了《台灣文學》、《文藝台灣》和《台灣公論》，卻很難看出本島人作家的作品在創作的態度上有比內地人作家的創作態度更無自覺之處。……實際上，作家的創作態度是不容易判定對或不對的；比如，毫無根據地說西川氏的創作態度比張文環氏或呂赫若氏的創作態度還更有自覺，這樣的說法是會笑死人的。

說到西川滿提出的「創作態度」問題，即文學精神、文學創作方法的問題，「世外民」對西川滿指責的「狗屎現實主義」和西川滿自己崇尚的浪漫主義，也作出了自己的判斷。西川滿自稱是個「浪漫主義者」、「唯美主義者」。對此，「世外民」說：「我承認西川氏的審美式的作品的底流是對純粹的美的追求。」但是——

> 同時，我也不得不說本島人作家的現實主義也絕對不是可以任意冠之以「狗屎」之名的，因為它是從對自己的生活的反省以及對將來懷抱希望這一點出發的，這些作品描寫了台灣人家族的葛藤，是因為這些現象都是處於過渡期的當今台灣社會的最根本問題。西川對於這樣的台灣社會的實情怠於省察，只陷泥於酬應辭令的表象，專指責別人的不是，這種作為，除了暴露他的小人作風外，別無他。還有，就算是挑語病吧！西川氏指責本島人作家沒有一點日本傳統精神，這不禁使人懷疑他到底懂不懂傳統的真義；所謂的傳統，只有在促進歷史或現實的社會進步上起作用的東西才可說是傳統；依此而論，現實主義作為現代社會最有力的批判武器，是一點也不容被忽視的。

令人欽佩的是，在如此義正辭嚴地維護台灣愛國作家所堅持的現實主義文學精神和創作方法的同時，「世外民」還毫不留情地批判了西川滿的「假浪漫主義」。「世外民」寫道：

> 真正的浪漫主義也應該是在現實主義的根柢貫流的東西，沒有明確的理想的浪漫主義，只不過是一種感傷主義罷了，它無自覺的膚淺之處，只不過是單純的幻想。
>
> 我認為，當今台灣的文學最應該努力的地方，還是在要產生有指導性的文學；本來，若能出現具有永恒生命的藝術作品，是最理想不過的，但是以現今台灣的文學的一般水平來看，似乎還未達到這種境界。因此，或許台灣的文學仍處於「狗屎現實主義」的水平也說不定，以這層意義來說，出乎意料，西川氏的〈時評〉，似乎也說對了；然而，如果真是這樣的話，那就不該只指現實主義的「狗屎現實主義」了，包括感傷主義也一樣，甚至於只要自稱

為浪漫主義的，也還是無法免於被指責的「假浪漫主義」吧！的確十分遺憾，台灣的文學畢竟還只是處於這種水平而已。

「世外民」的反駁文章還就「日本文學傳統」問題指出了西川滿的「假浪漫主義」的根本弱點。西川滿在《文藝時評》裡提到了《源氏物語》，說什麼「誇躍世界的《源氏物語》，絶對不是屬於『狗屎現實主義』之流的」。「世外民」就藉著這《源氏物語》說話，指出，「《源氏物語》雖然是最優美的文學作品之一，但它畢竟只是表現『萬物的情韻』的文學；它所表現的是貴族們的嬉戲，全篇都在描寫戀愛的飽足與本能的滿足，這也正顯示了日本文學在世界文學史上的確有它特殊的發達方式。」然而，「世外民」指出，「為了使日本文學有更健全的發展，除了充分發揮《源氏物語》所固有的美學之外，也應該更進一步在文學上表現出正義的吶喊、建立明確的人生觀與世界觀等等。」

就是這「正義的吶喊」，就是這「明確的人生觀與世界觀」，使得「世外民」在文章中表現了當時台灣愛國文學家不屈從「皇民文學」的高貴的民族氣節。西川滿不是叫嚷著台灣島上「下一代」的「青年」「早已在『勤行報國』或『志願兵』方面表現出熱烈的行動了」嗎？不是叫嚷著要台灣文學中的主流作家們不要「無視這種現實」而要「自覺」地描寫這種「熱烈的行動」，像那些「皇民文學」作家一樣去寫「皇民文學」作品嗎？「世外民」回答說，台灣的愛國作家絶不寫那種「虛假的東西」，「絶不降低格調」！「世外民」寫道：

虛假的效用，雖然在法律上是得以容許之事，但是只要有關於文學，則可有虛假的東西都是不得存在的。作者的虛假即使在作品中暫時得以成立，可是對於摯愛真理、只看重文學的真實性價值的人來說，這種虛偽的作品是一文不值的。因此，任何一部古今不朽的大作，都是作者靈魂的真實吐露；例如福樓貝爾就曾斷言：「包法利夫人就是我！」托爾斯泰在《戰爭與和平》的結尾中，也滔滔不絕地論說自己的歷史觀，沒有一部大作不是這樣的。荷風也說過：「自從對於自己作為一個文學家之事感到莫大的羞恥以來，就自期自己的藝術品位至少要維持在江戶作家的水平以上，絕不降低格調。

「世外民」在這裡引出了日本作家永井荷風，認定永井荷風這番話主要是針對文學的真實性經常受到來自社會的制約和左右而發的苛責之言來說的。顯然，「世外民」看重或者說推崇永井荷風，就是因為，永井荷風一生特立獨行，絕不曲學阿世，而是堅持用自己的作品批判了日本現代社會的變化。特別是在日本軍國主義崛起的 20 世紀 30 年代以後，永井荷風違逆時代風潮，夜夜出沒銀座淺草等歡樂街，以斜里陋巷的風情來諷刺軍國主義，寫下了代表作《濹東綺譚》。太平洋戰爭時期，因為違抗「國策文學」的作風，永井荷風失去了發表作品的園地，但是，這更鞭策了他，鼓舞他更加努力地從事創作。《斷腸亭日記》是永井荷風留下來的有名的日記，日記中清楚地記錄了他對日本軍國主義的不滿和批判。「世外民」請出永井荷風來批駁西川滿，寓意極深，無疑是在正告西川滿之流，台灣愛國作家也會像永井荷風那樣，「絕不降低格調」以趨時，以迎合並屈服於「皇民文學」。在當時的險惡環境裡，能夠這樣勇敢地抗拒「皇民文學」，真是難能可貴。有感於此，我們再讀「世外民」寫下的一段話，就無異於是在聆聽當年台灣文學家的莊重的宣言了：

文學家的使命是為真理而活；如果無法堅持為真理和

> 正義而活，那麼文學家情願要選擇與荷風相同的命運呢？還是自甘降低作品的格調呢？畢竟，文學家的生命還是在藝術作品本身；福樓貝爾因為發表了《包法利夫人》而被控以擾亂風俗的罪名，但這反而使他一躍成名；但是作為一個真正的藝術家，他卻深恐甚至極端厭惡其他的不純要素介入藝術，當自己的作品被評為現實主義作品時，他極為憤怒，甚至說：「如果有錢的話，一定把《包法利夫人》全部買回來燒掉！」

文學作品是在無言之中雄辯地表現作家的價值的……

「世外民」反駁西川滿的文章發表後一個星期，在5月17日的《興南新聞》的「學藝欄」裡，發表了18歲的葉石濤的一篇文章，題目叫做《給世外民的公開書》，不顧一切地為西川滿辯護，為「皇民意識」「皇民文學」唱頌歌，進一步辱罵「狗屎現實主義」，並且指名道姓地威脅、恐嚇抵制「皇民文學」的台灣愛國作家。

這個葉石濤何以區區18歲，身為中國人卻站在日本殖民者一邊為虎作倀？他怎麼就中毒那麼深？鑒於葉石濤的欺騙性，我們不得不說一下他寫這〈公開信〉的背景。

葉石濤是台南的客籍人。在1983版的《文學回憶錄》裡他曾自豪地說到過他的家世：「我家住在台南府城也算書香書第擁有沃田幾十甲，絶不是泛泛之輩，我自幼過的生活的確也是高人一等的。」在台南二中讀書的時候，葉石濤寫過兩篇小説〈媽祖祭〉和〈征台譚〉，分別投稿給當時正由張文環主編的《台灣文學》和由西川滿主編的《文藝台灣》，都没有被採用。他覺得自己的文學見解和《文藝台灣》相同，就又寫成《林君寄來的信》，投給了《文藝台灣》。1942年12月13日，在台南公會堂，西川滿等人作「大東亞文藝講演會」的演講。葉石濤因為上課沒能趕上聽講，只在下課後趕上了「座談會」。一見面，西川滿就告訴葉石濤，〈林君寄來的信〉已經決定刊登。西川滿脱口而出的一番「紅顏美少年」的美譽，竟使得葉石濤受寵若驚，以至於，都覺得自己的「來臨」，「給座談會帶活力也似的」。在那本《文學回憶錄》裡，葉石濤還説到了他十分得意的一件事，那就是，當座談會把話題轉到日本作家莊司總一新出版的長篇小説《陳夫人》的時候，葉石濤「鼓起滿腔憤怒，慷慨激昂的發言了」。他憤怒什麼？那是因為，他認為，小説《陳夫人》「暗暗地主張由『日台通婚』使台灣人皇民化的一廂情願的企圖也就在歷史的事實之前變成明日黃花的、日本人殖民地統治失敗的記錄了」。他發了什麼言？他當時是説：「我以為莊司的這部小説故意強調台灣人家庭生活邋遢的層面，無視於當局推行皇民化運動改善台灣人家庭的文化狀態、衛生習慣的事實！」西川滿當即表態：「葉君所説的正合吾意。把台灣人的生活醜化，不看傳統優美的一面，儘是侮辱和詆毀，強調陋習，這不合皇民化之道。」聽了這話，葉石濤説，他「心裡很是受用」。當場，西川滿聘定葉石濤畢業後到他主持的《文藝台灣》社去幫忙編務工作，月薪50圓。於是，1943年4月，不滿18歲的葉石濤帶著「一份溫熱的幻想」，到了西川滿身邊。葉石濤折服於西川滿的「脱俗而充滿詩情的作風」和西川滿「歌頌島嶼神秘之美的異國情調」。葉石濤又以為，在18歲的這個階段裡，自己「的確是一個國際人」。於是，他一再感謝西川滿的師恩，奉西川滿為「恩師」。他寫的第二篇小説〈春怨〉，副標題就寫的是「獻給恩師」。小説裡，西川滿的形象一再被美化。54年之後，1997年，葉石濤在寫《台灣文學入門》的答問時，還一再表示他欽佩西川滿的「堅強的作家靈魂」，感謝西川滿在半個多世紀之前「出錢出力建立了日本文學一環的外地文學——台灣文學」。西川滿當年也視葉石濤為「入門弟子」。當時，葉石濤還感激不盡的是西川滿每個月還要單獨請葉石濤到外面的餐館吃一次飯。在西川滿的影響下，葉石濤也承認，「對我還未能確立堅定的世界觀，我的思想裡充滿著日本軍國教育的遺毒」，他在《文藝台灣》裡常看到所謂「皇民化文學」，「也並無『深惡痛絶』的感覺」，甚至於，後來，在 1944 年《台灣文藝》11 月號上，葉石濤還發表了一篇《米機敗走》的文章，記述美軍飛機被日本軍機攻敗的實況，形容日軍的勝利是「龍捲風一般的萬歲」，而留下了這樣的文字：「……我和絹代先生遠遠地看見一架戰機被擊落，翻個筋斗墜落在學校後頭的魚塭，不覺拍手叫呼：『萬歲！萬歲』」這就是「皇民文學」時期堅定地和西川滿站在一條戰線上的葉石濤！一個「參與了皇民文學運動」的葉石濤！(這是陳芳明在《左翼台灣》一書裡為葉石濤辯護的一種說法。陳芳明等是葉石濤的拜門弟子，「台獨」文論的一員大將。《左翼台灣》於 1998 年出版。)

現在，可以看看葉石濤是怎麼向「世外民」反撲的了。

葉石濤一開頭就斥責「世外民」引用日本文學作品「刻意為『狗屎現實主義』的信奉者曲意辯護」，是「不但不懂日本文學的傳統，甚至還受到外國文學(還是翻譯者)毒害，這充分證明他是一個自由主義者」。接著，葉石濤跟在西川滿的後面，從三個方面繼續打壓台灣愛國作家和台灣文學。

第一，繼續辱罵台灣文學的優秀傳統是「狗屎現實主義」。葉石濤說：

> 以積喜慶、蓄光輝、養正道的建國理想為基礎而建立起來的當前的日本文學，現在正是清算自明治以降從外國輸入的狗屎現實主義，進而回歸古典雄渾的時代的絕好機會。因此，對於裝出一幅不識時代潮流的嘴臉，得意地叫喊什麼「台灣的反省」啦、「深刻的家庭糾紛」啦等等，

指出來令人想起十年前的普羅文學的大題目而沾沾自喜的那夥人，給他們一頓當頭棒喝一點也不為過。

接下來，葉石濤點了張文環和呂赫若的名，質問張文環的〈夜猿〉、〈閹鷄〉中「到底有什麼世界觀呢？」諷刺呂赫若的〈合家平安〉、〈廟庭〉「的確像鄉下上演的新劇」。葉石濤說：「只要想到這些作品居然會在情面上被稱譽為優秀作品，就覺得可笑」。

第二，為西川滿辯護。葉石濤寫道：

我認為，西川所追求的純粹的美，是立腳於日本文學傳統的；而且他也不是一個所謂浪漫主義者，他的詩作熱烈地歌頌了作為一個日本人的自覺……

第三，繼續鼓吹「皇民意識」、「皇民文學」。葉石濤認為：

當今我國國民正處於為實現崇高的理想貫徹偉大的戰爭的時刻，大家所追求的正是要汲取《萬葉》、《源氏物語》的傳統並注入新時代的活潑氣息的國民文學。

把日本帝國充滿侵略野心的「大東亞共榮」美化為「崇高的理想」，把日軍的侵華戰爭和「大東亞聖戰」美化為「偉大的戰爭」，把「皇民文學」美化為「注入新時代的活潑氣息的國民文學」，葉石濤的〈公開書〉散發的正是漢奸的惡臭了！在這樣的背景中，葉石濤指出「世外民卻引《包法利夫人》為例而自鳴得意」，構陷「世外民」與「皇民文學」對抗，公開向日本殖民當局舉報「世外民」說：「他的思想在哪一邊，這是不難想像的。」還說：「我十分榮幸得以參加日前舉行的『台灣文學奉公會』的成立大會，『世外民呀！你對山本真平會長的訓辭以及會員的誓詞是怎麼看待的呢？』」不僅如此，葉石濤還不放過張文環和呂赫若，要在日本殖民者面前公開加以構陷，險藏禍心地質問：

> 在張(文環)或呂(赫若)的作品中到底有沒有像西川作品中的『皇民意識』呢？

就這次有關「狗屎現實主義」的論爭，葉石濤明確地表態效忠於日本殖民者說：

> 「西川基於悲壯的決意，對本島人作家發出警告的鐘聲，這是理所當然的。」

被葉石濤點名質問作品是到底有沒有「皇民意識」的呂赫若，在 5 月 17 日當天的日記裡寫道：

> 今天早上的《興南新聞》學藝欄上，有葉石濤者以我和張文環為例評斷說本島人作家沒有皇民意識，此文的思想與說理水平不高，不足與論，但是在人身攻擊上則令人憤怒。中午，在榮町的杉田書局與金關博士和楊雲萍見面，一道在「太平洋」喝茶，談到葉石濤之事時，脫口說出了「西川滿的××」的話，大家都愣住了，金關博士也說：「西川滿是下流的傢伙」。自己只要孜孜矻矻地創作就好了，只要寫出好的作品，其他只有聽天命了！

5 月 24 日的《興南新聞》學藝欄裡，又發表了兩篇文章，一是吳新榮的《好文章‧壞文章》，一是署名「台南雲峰」的《寄語批評家》。

《好文章‧壞文章》主要是針對當時刊登在《民俗台灣》、《台灣文學》和《興南新聞》等雜誌報章的一些文章進行的評論。文章的前半段，吳新榮評論了一些好文章，後半段論及壞文章，集中批評了葉石濤的〈給世外民的公開書〉一文，最後將矛頭轉向了西川滿。吳新榮在批判葉石濤和西川滿時，嬉笑怒罵皆成文章，策略巧妙。他不取正面批評的方法，而是充分利用當時「皇民化運動」的邏輯和語言批評，以子之矛攻子之盾，或者，以其人之道還治其人之身。吳新榮指出，「葉石濤把張文環，呂赫若的作品説成好像是用日本語寫的外國文學一樣」，「這樣的故意的蔑視，絶對不是如葉石濤自己所説的『實現遠大的理想』的方法，更不是『八紘一宇』的真精神」；而對於張文環的得到了「皇民奉公會」的「台灣文化賞」的作品〈夜猿〉等，葉石濤還要「質疑它的世界觀或它的歷史性有這樣那樣的問題，好像説這些作品是不正常的一樣」，可見：

> 很明顯的，他的批評已侮辱了「皇民奉公會」的權威；因此，倒是他自身首先應該被質疑到底有沒有「皇民意識」。現在的台灣是日本的重要的一部份，過去的台灣也依日本而存在，所以，否定過去的台灣的人也就是否定現在的台灣，不得不說是相當「非國民」的。

吳新榮又從葉石濤攻擊張文環的作品説到西川滿，帶著諷刺意味地指出，「西川滿的《赤崁記》等作品同樣也是『回不來的夢的故事』」，「如果這《赤崁記》是藝術至上主義的作品的話，我想，現今有像這樣的藝術至上主義也並不壞。」不過，筆鋒一轉，吳新榮憤怒地指出：

> 然而，我風聞西川滿早已不知何時拋棄了「美的追求」，而以「悲壯的決意」再出發了！

你看，西川滿不是從唯美主義轉向了「皇民文學」了嗎？

「台南雲嶺」的〈寄語批評家〉是篇短文，卻是直接批評西川滿和葉石濤的。他批評西川滿「以說別人的浪漫主義的是非或以說別人的現實主義的不可取來讚美自己的作品，這種計謀是卑劣的。」還有，「把現實主義冠以『狗屎』，暗示自己的作品才是真文學，真不愧是一個度量狹小的人。」他批評葉石濤說：「只發表過一、二篇作品的人也居然寫起評論，而且還是為了向某一作家盡情分作面子，真把讀者當做傻瓜。」「一個有志於文學的人，這種態度是非改不可的！」

這場爭論的最後，是 7 月 31 日出版的《台灣文學》夏季號上，楊逵署名「伊東亮」發表了〈擁護狗屎現實主義〉一文。文章共分三個部份：一、關於「糞便的效用」；二、關於浪漫主義；三、關於現實主義。

楊逵先從「糞便」對農民來說是如何貴重、對於稻米青菜生長是如何重要說起，還指出，看重糞便，並非台灣所獨有，在日本作家火野葦平和島本健作的作品中，也有這樣的描述。楊逵說：「這正是現實主義。是完完全全的『狗屎現實主義』。在糞便中是沒有浪漫的。」然而，「看看那澆了糞便後閃耀著艷光的菜葉，那麼快速抽長的植物，」楊逵說，「這不正是豐饒的浪漫嗎？」由此，楊逵認定：

> 只看到黑暗面，只描寫黑暗面，而看不到在黑暗中洋溢的希望，看不到在黑暗中鬱積的真實，以這樣的「虛無主義者們」的自然主義式的眼光來看的話，是無法體會到這種浪漫的。

而西川滿的浪漫主義，楊逵揭露説，就是這種「自然主義式的虛無主義」。楊逵憤怒地寫道：

> 如果，西川滿所輕蔑的，是這種「自然主義式的虛無主義」的話，在這一點上，我也有同感，我們是一樣的。但是，如果排斥自然主義到連狗屎現實主義也非排除不可的話，不客氣的說，那必然成為海市蜃樓的東西，像沙灘上的樓閣；它與「自然主義式的虛無主義」沒什麼兩樣，兩者在扼殺寫實精神上是一致的。
>
> 因為，「自然主義式的虛無主義」者們只會攪弄發臭的東西而悲歎不已。而西川正好相反，他從一開始便把發臭的東西捂蓋起來，什麼也不願意看，因此陷入以背臉捂鼻來逃避現實。然而，現實還是現實。

楊逵痛斥這「只不過是癡人之夢」而已。楊逵教訓西川滿和葉石濤説：

> 真正的浪漫主義絕不是那樣的東西；真正的浪漫主義是從現實出發，對現實懷抱希望的。如果現實是臭的就除去其惡臭；是黑暗的，即使只有一丁點光，也非盡力使其放出光明不可。對於人們背臉捂鼻的糞便，也一定要看到它的價值，要看到它使稻米結實、使蔬菜肥大的效用；要對它寄以希望，珍愛它、活用它。對於社會，不要只迷惑於它的肯定而看不到否定面；也決不要看到否定面而對於它的肯定面卻目光模糊。易言之，我們一定要凝視現實，看透在肯定面中隱藏的否定要素，一心一意去加以克服；同時也一定要培養鬱積在否定面中的肯定要素，以自己的力量將否定面轉換成肯定面。

> 這才是一個健全的，而不是荒唐無稽的浪漫主義。
>
> 但是，這浪漫主義絕不是與現實主義相對立的，只有站在現實主義的立場，浪漫主義才會是綻開的花朵。如果是非排斥現實主義就無法存在的浪漫主義，那只不過是一種空想、荒唐無稽的東西，是不搭飛機只搭筋斗雲的東西，是癡人之夢，只不過是類若與媽祖戀愛的故事而已。

楊逵在這裡闡釋了浪漫主義，實際上也勾畫了現實主義的輪廓。繼續深入闡釋現實主義，楊逵就從創作實踐入手了。文章裡，楊逵列舉了日本非法西斯作家板口䙥子的短篇小說〈燈〉，立石鐵臣的隨筆〈藝能節之日〉、〈牛車與女學生〉，對其現實主義的文學成就一番稱讚之後，認定，現實主義是要：

> 立腳於現實的同時，又不泥陷於現實，浪漫主義精神得到了發揮，有打動我們的內心之處，……

又寫道：

> 真正的現實主義，是站在現實上發揮浪漫精神的東西。我們必須認識到，和「虛無主義的自然主義」不同的真正的現實主義，沒有大愛心是無法表現出來的；在這裡，要有堅毅的決心，在面對任何事物之時仍有不被蒙蔽的銳眼，對任何事物也要有一點也不含糊的謙恭之心。

由此而說到濱田隼雄、西川滿、葉石濤等人對台灣文學中愛國作家們所堅持的現實主義傳統的謾罵？和攻擊，楊逵反駁他們的指責是「故意忽視了大多數本島人作家在描寫所謂『否定面』的同時，也仍然表現了前進的意志這個事實」，「不得不說是可悲的偏見」，是「愚蠢」。面對日本殖民者及其幫兇的打壓，楊逵鼓勵愛國的台灣作家說，只要「現實中依然存在」「各種各樣西川所不願看到的現實」，我們就「無法像西川氏一樣可以裝出一副事不關己的樣子」。楊逵告誡愛國的台灣作家說：

> 在否定面中，只要存在著肯定的要素，即使很微小，我們也要把它振興起來，因為我們感到有非加以培養不可的責任，絕對不允許被抹殺；對現實即使只有百分之一的分量，也非把它加入不可。

這，其實也是抗爭「皇民文學」的宣言。文章末了，楊逵還公開表示了這種憤怒的抗爭：

> 每一個人都像濱田隼雄一樣「決心一死」，那就難辦了。

80 年代初，葉石濤在回憶他的文學生涯時，在回憶裡錄裡指稱這場關於「狗屎現實主義」的鬥爭是「小小筆仗」，說他自己給「世外民」寫〈公開書〉是什麼「浪漫餘燼時而會發作燃燒起來」之時，「不由自主」地也「心血來潮」地寫下的一篇駁斥寫實主義的散文。這，過於輕描淡寫了，也過於掩飾歷史、文過飾非了。這是一場十分嚴重的鬥爭。它記錄了日據末期的台灣文學的真像，它暴露了打壓台灣文學的皇民文學勢力的醜陋嘴臉，也無可辯駁地證明了大部份的台灣作家在日本帝國敗亡的前兩年，仍然秉持台灣文學的現實主義的精神，繼續對抗「皇民文學」勢力，以抗拒文學的「皇民化」。曾健民在 1999 年發表〈評介「狗屎現實主義」爭論〉一文時說得好：

這場論爭不是一般意義的文學流派之間的論爭，而是作為日本軍國主義的戰爭體制的一部份的皇民文學勢力對不妥協於體制的台灣文學的現實主義傳統的攻擊；而大部份的台灣作家也並未妥協，奮起駁斥，高聲喊出擁護台灣文學的現實主義，予以反擊。

(三)極少數「皇民文學」作家投靠侵略者助紂為虐。

曾健民在〈評介「狗屎現實主義」爭論——關於日據末期的一場文學鬥爭〉一文裡還說：

> 一九三七年，日本發動全面侵華戰爭禁止白話文後，台灣作家或以封筆拒絕用日語寫作(如賴和、陳虛谷、朱點人等)或遠離家鄉奔赴大陸(如王詩琅)，高度自覺地表達了他們深沈的抵抗；在日本軍國殖民體制的高壓下以日文寫作的台灣作家們，雖然在皇民化運動的風暴中，仍然延續著台灣文學的可貴傳統，繼續以現實主義的文學精神從事創作；這種堅持站在人民的立場，以反映社會真像、揭示社會矛盾、批判統治者、來啟發社會進步力量的創作方法，本來就是任何統治者都害怕的，何況在日本軍國殖民者面臨生死關頭的「決戰期」，作為日本軍國殖民體制的「國策文學」的皇民文學勢力，對台灣文學的現實主義傳統展開猛烈的攻擊，必欲除之而後快，是可想而知的。

在這種情況下，極少數「皇民文學」作家用他們的漢奸文學作品打壓台灣愛國作家的作品，其間的鬥爭，可以說是相當慘烈的。這裡，我們只說日本殖民者唆使極少數變節的文學家炮製的「皇民文學」作品，以便證明「文學台獨」勢力的「皇民文學」

翻案是如何天理難容。

先說周金波的〈水癌〉和〈志願兵〉。

周金波生於1920年，出生後不久，母親帶他到了父親留學的日本東京。6歲時一度返台，12歲又去日本讀書，學齒科。在東京時，周金波成了《文藝台灣》的同仁，於1940年寫了〈水癌〉，發表在《文藝台灣》2卷1號上。1941年春返台。不久，在西川滿的鼓動下，寫了〈志願兵〉，發表在《文藝台灣》2卷6號上。這使他成為「皇民文學」的代表作家。1942年，周金波當了「大東亞文學者大會」的台灣代表。

發表〈水癌〉的時候，《文藝台灣》已經調整了目標，處處表現出來「決心邁向文藝報國之途」的精神，一心要「盡皇國民之本份」，要「成為南方文化之礎石」。「水癌」，從牙醫學上說，指的是「壞血性口腔炎」。小說〈水癌〉裡的男主角「他」，是一個從東京到台灣的牙科醫生。站在「領導階層」的立場上，這位牙科醫生自認為已經實現了自己期待多年的夙願，於是積極地參與當時殖民地政府正在推動的「皇民煉成」的工作。比如，把舊式的台式房間改造成「和室」，讓自己活得像日本人。有一天，有一個婦女帶著她患了「水癌」的女兒到他的醫院來求治。這個婦女看來沒有受過什麼教育。檢查一番後，牙科醫生告訴這個婦女，她孩子病情嚴重，必須要到大醫院去治療。母女兩人走後，他和助手談到這個孩子的病情，還議論這母親會不會帶孩子去大醫院治療。助手就認為，台灣人不太可能帶自己的子女去大醫院看病，這位牙科醫生太高估台灣人了。大約十天之後的一個晚上，這個母親被便衣警察以好賭的名義抓走了。後來，這個母親又不願依照診療的秩序，闖進「他」的診療室。她捨不得花錢去醫治女兒的「水癌」，卻想在自己的牙齒上套上金牙。這位牙科醫生毅然地把她趕了出去。從此，這位牙科醫生更加堅定了自己的決心，要成為自己同胞的心理醫生，去淨化流在那種女人體內的血液。

平心而論，〈水癌〉所寫，無論題材、故事風格、人物形象，還是藝術構思、技巧及語言表達，都很一般，但是，它迎合了「皇民化運動」的需要。那個身居「領導階層」的男主角牙科醫生，實際上就是周金波本人的化身，而那個沒有受過什麼教育、沒有多少教養的女人分明又是一般台灣民衆的代表，「水癌」則是病態社會台灣愚昧、迷信、陋俗和不正民風的象徵。周金波在做同胞心理醫生的題旨是在寓意，就是要用「皇民化」的理想、抱負、觀念來「煉成」皇民，改革台灣，並且期望通過「皇民煉成」的目標來達成他的晉身之道。小說的主題，表現的正是當時日本軍國殖民主義者的「國策」。〈水癌〉，正是不折不扣的「皇民文學」。

〈志願兵〉寫了三個主要的人物：「我」、張明貴和高進六。「我」，八年前就從東京學成返台了。眼前，正在事業和家庭兩頭忙碌。返台之初，「我」還滿懷抱負，一腔熱情，想要革除台灣舊弊，破除台灣傳統。然而，久而久之，習以為常，現在，已經變得麻木不仁了。小說開始，是「我」去基隆港，迎接內弟張明貴。這張明貴，正留學東京，這次回來過暑假，想看看闊別三年的台灣。張明貴的小學同學高進六，也來到基隆港接他。這個高進六，讀完高等科之後，就到了一家日本人的店裡工作，在店裡學了一口流利的日語，別人都誤以為他是日本人了。還是在日本殖民政府強令台灣人改換姓氏之前，他就自稱自己是「高峰進六」了。張明貴返台，主要是想親眼看看當時實施「皇民煉成」、「生活改善運動」、「改姓名」和「志願兵制度」之後的台灣，是什麼面貌。可是，回來以後，張明貴發現，眼前的台灣，還是依然故我。高進六倒是和張明貴不同，要積極加入日台青年一體的皇民煉成團體「報國青年隊」，想要體驗到「人神合一的尊貴的人之修行」，以此督促台灣的進步。到底怎樣做一個日本人呢？於是，張明貴和高進六兩人互相爭論起來。爭論中，張明貴不贊同高進六那種修煉神靈附身的作法。張明貴只希望台灣人經過「皇民煉成」的教育，使台灣人有教養、有訓練。不料，在爭論發生後十天，報紙上刊登了一條消息說，高進六說服了年老的母親，寫下血書，志願從軍，當了志願兵了。讀到這個消息後，張明貴去向高進六道了歉，並向「我」表了態，認為「進六才是為台灣好，想改變台灣的人。我終究無能為力，不能對台灣有所貢獻。」「今後，我會自我檢討。」

其實，就小說的藝術品位來說，這篇〈志願兵〉，水平也很低，但是，它十分討好日本殖民當局。前已說明，日本當局宣佈決定在台實施志願兵制度是在 1941 年 6 月 20 日，也就是過了三個月，到 9 月，周金波就寫出了〈志願兵〉。西川滿拿到〈志願兵〉，立即和日本文人川合三良也以志願兵為題材的小說〈出生〉，一起發表。第二年 6 月，還給〈志願兵〉和〈出生〉發了「文藝台灣獎」。日本殖民當局如此稱許周金波的〈志願兵〉，當然是因為他這篇小說表現出來的漢奸性的「皇民文學」品格。對此，周金波那時是供認不諱的。1943 年 12 月 1 日出版的《文藝台灣》上，刊登了一篇「談徵兵制」的座談會記錄。其中，有一段周金波的發言就是：「我的小說〈志願兵〉寫了同一個時代的兩種不同的想法，一種是『算計』的想法，另一種是『不說理由的、直接認定自己是日本人了』的想法；代表這個時代的二位本島青年，到底哪一位走了正確的道路？這就是〈志願兵〉的主題。我是相信後者——『不說道理的直接認定自己已是日本人』，只有他們才是背負著台灣前途的人。」由此看來，高進六和張明貴這兩個人物顯示的雖然是怎樣煉成「皇民」的方法不同的分歧和爭論，但是，周金波觸及的仍然是一個身為台灣人如何蛻變成優秀的日本人的問題。

在這方面，陳火泉的〈道〉也得到了日本殖民當局的高度賞識。

陳火泉是彰化縣鹿港人，生於 1908 年。台北工業學校畢業後，進入台灣製腦株式會社工作。1934 年之後，在台灣總督府專賣局做事。陳火泉的小説〈道〉發表在 1943 年 6 卷 3 號的《文藝台灣》夏季特別號上。隨後，陳火泉又在《文藝台灣》的 6 卷 5 號上發表了〈張先生〉，也不斷參加日本殖民者召開的座談會。1943 年底，列為西川滿的「皇民文學塾」刊行的「皇民叢書」之一，由日本人大澤貞吉寫序文，〈道〉出版了單行本，其作者，陳火泉也改署了日本姓氏「高山凡石」。〈道〉還入選為當年下半期日本文學大獎「芥川獎」的五篇侯選作品之一。陳火泉後來還有作品〈峰太郎的戰果〉發表在《台灣文藝》的 1 卷 6 號上。

在前述的「決戰文學會議」上，陳火泉曾有〈談皇民文學〉一文發表。陳火泉説：「現在，本島的六百萬島民正處於皇民煉成的道路上；我認為，描寫在這皇民煉成過程中的本島人的心理乃至言行，進而促進皇民煉成的腳步，也是文學者的使命。」這是我們解讀小説〈道〉的一把鑰匙。

小説〈道〉寫了這麼幾個人物——陳青楠，台灣總督府專賣局直轄的「製腦試驗所」的雇員；宮崎武夫，預備役陸軍工兵少尉；廣田直憲，樟腦技術股長；武田，陳青楠升官的競爭者；稚月女，陳青楠的同事，紅粉知己。〈道〉的故事也很簡單。陳青楠一直在致力於灶體的改良，以便提高樟腦的產量。他生活清苦，夫妻、老母和三個孩子一共六個人只能擠在一個四席半大的房間裡。三、四年前，人們就傳言他要升職了。然而，因為他是台灣人，就一直不能如願以償。有一次，在酒席上，為了一點小事，日本同事武田欺負了陳青楠。從這以後，他很在意日本人的種種作為。其實，這個陳青楠，自以為他已經是個優秀的日本人了。但是，在日本本土的「內地人」和台灣島上的「本島人」之間使用日語的語言區隔下，他還是感到非常迷茫。於是，像是一個「漂泊的『思人』」，他常常「冥想」，時時活在一串內省的生活中。比如，武田在什麼樣的心情下打人？自己的出身有什麼問題？為什麼他像被迫站在法庭上的被告陳述？為什麼本島人不是人？後來，陳青楠就希望藉著通過「皇民」的信仰來解救台灣人的命運了。也就是說，他想明白了。不是具有日本人的血統才是日本人，而是要經由「歷史錘煉」表現的人民，才算是日本人。趁著撰寫提煉樟腦的新方法的機會，陳青楠決定好好整理一下自己的信念，要寫成一篇〈步向皇民之道〉的文章了。不料，他向廣田股長說出了自己的看法之後，反倒叫股長說了一句「不要忘了血緣的問題」，自己的想法又被震碎了。到了1942年6月20日，陳青楠看到「志願兵制度實施」的報道，興奮、激動不已，連夜提筆，邊流淚邊寫下了一首「台灣陸軍特別志願兵之歌」。遺憾的是，幾天之後，那廣田股長又是當頭一棒，不但告訴他「陸官」無望，而且還不客氣地對他說「本島人不是人啊！」陳青楠幾乎崩潰了。眼看過去所建立的一切價值觀剎那間就被摧毀了，陳青楠一時陷入了神經衰弱的狀態中。半年的日子裡，他一直鬱鬱寡歡。有一天，陳青楠忽然發現，自己的問題是出在，自己一直都用台語思考台灣人的想法，如果要做真正的日本人，除了「用國語(指日語)思想，用國語說話，用國語寫作」之外，別無他法。想通了這一點，陳青楠又開始振作起來。不久，「太平洋戰爭」爆發，日本攻陷新加坡的消息傳到台灣，陳青楠自告奮勇地志願從軍，期望自己成為「皇民」，能與日本人共同作戰，以達成「皇民之道」的任務。這時候的陳青楠，確信自己必能成為第一個高喊天皇陛下萬歲而死的人。那位紅粉知己的稚月女，在陳青楠心目中已然是像「偉大的日本之母」了。決定了從軍的陳青楠，對稚月女表明心志說，本島人若不和內地人面對共同目標、共同的敵人，一起流血、流汗，就不能成為皇民。現在正處於歷史的關頭，要創造血的歷史。陳青楠還囑咐稚月女，當他戰死之時，希望她寫下這樣的墓碑銘：「青楠居士在台灣出生在台灣成長成為日本國民而死」，或是：「青楠居士成為日本臣民。居士為天業翼贊而生，居士為天業翼贊而工作，居士為天業翼贊而死。」

這樣一個〈道〉，真是將通往「皇民」之道演繹和發揮得淋漓盡致、無以復加了。難怪，西川滿說，讀了〈道〉，他感動得「熱淚盈眶」，是「驚人之作」，「希望讓每一個人都讀到」。也難怪，讀了〈道〉，濱田隼雄誇獎為「最傑出的皇民文學」，「獨特的皇民文學，是從未出現過的如此令人感動的作品」。順便說一句，〈道〉發表後，陳火泉不僅在文學上出盡了風頭，第二年，他在總督府專賣局的工作，也如願以償地升任為「技手」了。

一方面，是西川滿、濱田隼雄以及葉石濤等在現實主義文學精神、創作方法上出重拳打壓；一方面，是周金波、陳火泉等在小說創作上用作品為殖民體制、「皇民化運動」效勞，樹立榜樣，繼續施壓。這就是「戰時體制」下，台灣愛國文學家們處在「皇民文學」、「決戰文學」、「敵前文學」、「文學管制」的環境中所面對的險惡形勢，艱難處境。

(四)台灣文壇批判為「皇民文學」翻案的反動逆流

台灣文壇批判「文學台獨」為「皇民文學」翻案的反動逆流，經歷了兩個回合的鬥爭。第一個回合，發生在 70 年代末到 80 年代初；第二個回合，發生在 80 年代中期到 90 年代。

先說第一個回合。

1977 年 5 月，葉石濤在他的〈台灣鄉土文學史導論〉一文裡，引用張良澤在〈鍾理和作品中的日本經驗與祖國經驗〉一文結尾處的一句話說：「近代中國民族的厄運應該由中國民族自己負責，我們不能全歸罪於外來民族。」葉石濤對此加以呼應說，

「一味苛責日本作家也是不公正的」。

張良澤後來對於自己曾經懷抱中國「民族大義」而批判過「皇民文學」，也是深為「後悔」的。他說，這也是國民黨當局「反共愛國」教育的結果。

其實，張良澤並沒有真正地批判過「皇民文學」。1979 年，正在日本築波大學協助研究台灣文學的張良澤，在 11 月 5 日的日本《朝日夕刊》上發表了〈苦悶的台灣文學——蘊含「三腳仔」心聲的譜系‧濃郁地反映迂迴曲折的歷史〉一文，用所謂的「三腳仔」精神，來「概括整個從日據時代以迄今的台灣文學的精神。」張良澤說：

> 如果相機的腳架改成兩腳，就會倒掉；改成四隻腳，則又會因地面的狀況而站立不穩。不論如何，腳架還是三個腳的好。至於人，則不論怎麼說，兩條腳的才是堂然的人。在日本統治時代，兩條腳腿的台灣人，以「四腳仔」罵日本人。
>
> 不幸的是，我們自小被人呼做「三腳仔」。但這決不是我們真的比別人多長了一條腿。只因為父母受日本教育，按日本姓氏「改姓名」；為了取得配給物資而使家人說日本話，變成所謂「國語家庭」。當不成「皇民」，馴至成了非人非畜的一種怪物，為「漢人」所笑。」

這樣的「三腳仔」，張良澤認定是一種「中間人種」。他的解釋是：

> 日清戰後，台灣割日，其後直至二次大戰終結的五十年零四個月中，產生了介乎大和「皇民」與中華「漢民」間的中間人種「三腳仔」。

> 台灣有史四百年間，作為漢民族之一支流的台灣人，不斷地被逼到夾在異民族的統治和同民族間的對立的情況。為了偷生而百般隱忍，甘於做三腳的怪物，既無蜂起反抗的勇氣，又不甘於當「狗」當「豬」，受役於人。三腳人便愈益苦惱了。

在張良澤看來，這「偷生」、「隱忍」，便是介乎「大和『皇民』」與「中華『漢民』」之間日據時期台灣島上的「中國人種」的「三腳仔」文學的精神。

陳映真在 1981 年 2 月 22 日的《中國時報》《人間》副刊上發表了〈思想的荒蕪——讀「苦悶的台灣文學」敬質於張良澤先生〉一文，批判了張良澤的「三腳仔」文學論。陳映真首先指出，「若以『三腳仔』精神來概括整個從日據時代以迄今日的台灣文學的精神，就不再是張先生個人研究上的態度和哲學的問題」了，這是必須深入討論清楚的。陳映真分析說，人類社會史上，「殖民者民族，憑其不知羞恥的暴力，在政治、社會、軍事、文化一切生活的諸面上，支配殖民地民族。在心理上，支配者眼中殖民土著，是卑賤、愚蠢、没有人的尊嚴和價值的。」陳映真寫道：

> 正與歷史上一切殖民統治的結構一樣，在金字塔的頂端，是統治的、少數的異族征服者，而底部則是廣泛的被支配的殖民地土著民族。介於二者之間，便是為異民族統治者所豢養、所使用的一小撮土著民。這些人，為了保護自己在征服者未來以前所蓄積的利益，或者為了藉征服者的威勢在殖民結構中獲取利益，背叛了自己的民族，為征服者鷹犬。在生活上和心智上，這些人盡其全力依照殖民者的形象改造自己；學習使用支配民族的語言，吃支配者

民族的食物，穿支配者民族的衣著，並且對自己母族的血液、語言、生活習慣和文化，充滿了自卑、甚至怨毒的情緒。如果我們回顧日本支配下「滿洲」、「南京政府」和台灣的文獻，我們可以找到一些被征服者和知識份子瘋狂歌頌支配者，對自己民族懷抱著深切的種族自卑，對自己民族的文化和傳統，加以酷似於支配者口氣的惡罵。

這樣的少數一些人和知識份子，自然受到民族的卑視。在大陸，他們是「狗腿子」、「漢奸」；在台灣，他們正是介於「兩腿」的台灣人和「四腳仔」(日本統治者)之間的，「非人非獸的怪物」，即所說的「三腳仔」。

「三腳仔」最明白的、約定俗成的意義，就是「漢奸」。以「三腳仔」精神，概括台灣文學精神的一般，即使是一個真正的三腳仔，怕也不便、不敢出口的，何況張先生呢！

陳映真以為，「作為施暴者鷹犬的『三腳仔』族」，如果不再看他們那些無恥的、兇殘的「惡疾」，他們也是「日本殖民主義的受害者」，「作為施暴者的鷹犬的『三腳仔』族，也成為被支配者、被施暴者民族的巨大的傷口」，因而，對於「大部份尚苟活甚至於活躍於台灣生活的過去的『三腳仔』族」，他無意「施以嚴厲的指責」，但是，鑒於張良澤的「三腳仔」論歪曲了台灣文學的精神，他還是要指出這麼幾點：

(一)所謂「三腳仔」，不是「沒有蜂起反抗的」支配殖民的「勇氣」，而是不但根本沒有反抗的意念，他們認同於殖民者，挖盡心血依照殖民者的形象改造自己，詛咒、怨歎自己身上流的是「下等」的自己民族的血液，而不是統治民族的「高貴」的血液。以自己民族的文化、風俗習慣為恥。在日據時代台灣抵抗文學中常常受到嘲笑的人物，是那些說必鼈腳的日語，穿必和服，食必「味噌湯」的人，這正是所說的「三腳仔」。他們決不是不甘為「狗」(日本人)，正相反，他們是拋卻一切廉恥想要當「狗」的人。

(二)張先生似乎想要在「台灣史的四百年」中，尋找這樣一種人：反對異民族的統治，也厭惡「同民族對立」的，既不認同於殖民者民族，又恥於承認自己和落後的同胞之間的關係的第三種「人種」。從而，張先生引喻失當地把這第三個「人種」名之為「台灣人」，即「三腳仔」！

十九世紀發展出來的帝國主義，以無限制的貪欲和殘暴攫取殖民地，其目的在掠奪資本主義商品生產的豐富原料，榨取殖民地的勞動，並以廣大殖民地為無防衛的、馴服的傾銷市場。欲達到此目的，殖民地的資本主義改造……以文明教化澤被蠻夷之名，進行殖民地的建設。特別在教育一項中，無不揚揄殖民母國文明之發達，促成殖民地人民心靈的殖民母國化(例如日治時代台灣……的「改姓名」、「皇民化」)為重要的教育目的，從心靈上消弭殖民地人民的反抗。

在這樣的教化之下，受到殖民者教育的殖民地知識份子，便分成兩種。其一，對殖民者的進步和文明、高尚，產生無限的崇拜，相對地對自己民族的落後和卑下，產生極深的厭惡。於是他一味要按著統治者的形象改造自己，努力斷絕和自己民族的各種關係，並在思想、感情、心靈上認同於統治者民族。其二，殖民者的教育使他開眼，使他能認識到瀕於滅絕的自己民族的悲慘命運，洞識殖民體制的榨取結構，從而走上反抗的道路，以尋求自己民族的解放。第一種知識份子，可以說是「三腳」知識份子，厭惡自己民族則有之，反抗異族則絕無；第二種知識份子有強烈的民族主義情感，他對統治者反抗，而這反抗正是以對自己的民族堅定的認同為基礎。因此張先生所設定的既反抗異族的統治，又不屑認同自己民族的第三種人種，現實上是不存在的。而以這第三種人種自居的人，往往其對自己民族的憎惡是真，其對統治的異民族之批評或反抗則是假的。例如，在近十幾年中，在北美和日本有這理論：台灣四百年史，是台灣人在西班牙、荷蘭、英國、日本和中國殖民者統治的歷史，因此台灣應該從中國分離出來、走自己的路。說這話的人，反華的意識是真，但反西方殖民主義一點，就其運動和東西帝國主義關係之系之密切言，是欺罔之辭。

(三)有一種台灣史論，動輒以台灣的歷史性格為言。從殖民制度的歷史，從帝國主義發展史來看，台灣的歷史，和一切亞洲、非洲、中南美洲這個幅員廣大、歷史古老的殖民地的歷史，其實並沒什麼「獨特」之處。西班牙佔領北台灣、荷蘭佔領南台灣，以至於英國、法國和日本在十九世紀帝國主義瘋狂鯨吞包括台灣在內的東方的時代，整個中國、近東、中南半島、非洲和中南美洲，都遭到同樣的命運。帝國主義發展的基本上的共通性——一國資本主義向國際資本主義發展；資本的擴大再生產要求在落後國家開商埠，甚至佔領別人的領土，進行經濟的、社會的、政治的干涉等等，使日本帝國主義下的台灣，和列強帝國主義下的中國、越南、印度、非洲、朝鮮、近東、中亞，遭受同樣的命運。殖民地台灣的歷史，在世界殖民地歷史的背景中，失去了它所謂「曲折迂迴」的、「孤獨」的歷史特點，反而彰顯了帝國主義、殖民地歷史中，被壓迫民族的共性。台灣人民反抗帝國主義的歷史性格，不但和中國人民反抗帝國主義的歷史性格有深刻的同一性，也成了全世界被壓迫民族抵抗帝國主義歷史中的一個篇章。

針對張良澤「三腳仔」的「偷生」、「隱忍」而「甘於做三腳的怪物」的畫像，陳映真憤怒地指出：

「如果以這三腳人的畫像，來界定「五十年零四個月」日本帝國主義統治下的台灣人(即張先生認識中有別於「大和『皇民』」和中華『漢民』」的「台灣人)，毋寧是一種極大的侮辱。從武力反抗到非武力反抗，五十餘年的日本統治下，台灣發生過多少壯烈的抵抗，這是治台灣文學史從而治台灣史的張先生，所不應該不認識的。正是從張先生辛勞而可敬的研究工作中，使戰後一代的台灣知識份子得以重新去認識到日據時代下台灣文學的寶貴遺產，即先行代日政下台灣文學家如何在巨大的日本帝國主義暴力之下，發出英勇的抵抗主義，對異族殖民者和台灣的三腳仔大加撻伐；如何在被壓迫的生活中，懷抱著磅礡的歷史格局。這些主題，也應該是研究日本統治時期台灣文學的張先生所熟悉的。以「為了偷生百般隱忍」、「無蜂起反抗的勇氣」、「為了取得配給物資」而「改姓名」、組成「國語家庭」的「三腳仔」精神，概括一切的台灣文學，簡直是睜著眼睛誣衊先賢了。

在日本侵略戰爭體制下，在當時所謂的「決戰下」的「台灣文學」中；在日本帝國主義侵略結構下組織起來的「大東亞文學者奉公」中，確確實實地，和所謂「滿洲」的漢奸文學家們一樣，台灣也出現過這種三腳文學家，和他們的三腳作品(我不忍在此列出人和作品的名字，因為我有這樣的認識：他們也和其他受壓迫的同胞一樣，是日本帝國主義的受害者)。但是，這些作品，卻使有良心的日本人——例如以研究殖民地文學著名的尾崎秀樹，都不能不在認識到日本人為第一個施暴者的基礎上，以沈痛的心情加以批判的。張先生當然更不能以這種文學者和他們的作品為台灣文學的傳統了。

說到用「三腳仔」精神來觀照日據時期的台灣文學，陳映真還指出：

「偷生」、「隱忍」、不敢向組織性的暴力和壓迫說「不！」的人生，是奴隸的人生；「偷生」、「隱忍」、不敢向組織性的暴力和壓迫說「不！」的哲學，是奴隸的哲學。放眼世界偉大的文學中，最基本的精神，是使人從物質的、身體的、心靈的奴隸狀態中解放的精神。

不論那奴役的力量是罪、是欲望、是黑暗、沈淪的心靈；是社會、經濟、政治的力量，還是帝國主義這個組織性的暴力，對於使人奴隸化的諸力量的抵抗，才是偉大的文學之所以吸引了幾千年來千萬人心的光明的火炬。因為抵抗不但使奴隸成為人，也使奴役別人而淪為野獸的成為人。張先生花費了巨大的心力，為戰後世代把日治時代偉大的台灣抵抗家們的作品，從塵封中整理了出來，而使戰後的世代感銘不已的，不是奴隸的「三腳仔」的人生和哲學，正相反，是在抵抗中使奴隸提升為人的光明的形象。抵抗使奴隸成為巨人，使日本帝國主義者渺小若草芥。

日據時代台灣文學中的反日本帝國主義精神，有一個明白的基礎，那就是以中國祖國為認同主體的民族主義。

> 離開這個民族主義，是無從理解日治下台灣文學的抵抗精神的。從前近代的、迷信的、封建的農民抗日運動，一直到近代的、民族主義的抗日運動，都在這個祖國意識的基礎上展開。這是一切殖民地政治的、從帝國主義的轄制中求得祖國的獨立、民族的解放，成了各受壓迫民族共同的悲願，也成為殖民地文學共通的主題所在。在日據時代的台灣，從來沒有介於「大和『皇民』和中華『漢民』」的「中間」的文學。只有以漢民族的立場尋求民族解放的、反對日本帝國主義的民族主義文學，而在它的對立面，也只有一味想洗清殖民地人「卑賤」的血液、一心一意要改造自己為皇民的「大東亞文學者」們或「決戰後台灣文學」的「文學家」們的，真正的「三腳仔」文學。

鑒於張良澤還把這種「三腳仔」論延伸到戰後，用以評價戰後的台灣文學，陳映真還指出，這正是正派的日本學者尾崎秀樹所指出的一種「思想的荒蕪」。陳映真說，這使他「感到無限的心的疼痛和悲哀」。陳映真寫道：

> 正如後世之人從賴和、楊逵等抵抗日本帝國主義的台灣作家的存在，看出一小撮「大東亞文學」派和「決戰」派文學家們精神的荒蕪一樣，黃春明在〈莎喲娜拉，再見〉、王禎和在〈小林來台北〉、宋澤萊在〈糜城之喪〉……等所表現的中國民族主義意識，照見了張良澤先生和一些文學思想界在這個歷史中所表現的思考的空疏、荒蕪和墮落。而這，與其說是有關張先生的悲哀，毋寧說是一種時代的哀愁吧。
>
> 日政下「決戰」派和「大東亞文學者」派的喧嘩和可憫的鬧劇，受到公正的歷史的批判而消失。人和包含了加

害者與被害者在內的奴隸，乍見都是歷史的產物。然而個人對於歷史的主觀的把握與理解，並以這理解為基石的人生的實踐，分開了人和奴隸——奴隸經由抵抗而為人；人經由加害於人而成為另一種奴隸。這是不能不令人悚然而驚的法則。……

據說，在一九六三年，岸信介曾說過這樣的話：

「就歷史和種族，台灣和大陸均不同……為什麼台灣人喜歡日本人，不像韓國人那樣反對日本人：這是因為我們在台灣有較好的殖民政策之故。他們易於被統治，因為他們沒有很強的民族主義的傳統，因此他們比韓國人溫和。」(王杏慶：《時報雜誌》二六期)

戰後時代的台灣文學家，對於這段話，是應該憤怒呢，還是應該流淚？「台灣與大陸不同」，台灣人「沒有很強的民族主義的傳統」之說，是對於本省人最放膽的侮辱和對台灣抗日歷史最無恥的謊言。但，細細一想，這豈不是張先生台灣人三腳仔論的日本版本嗎？日本帝國主義者的精神的荒蕪，如何可因逃避了嚴正的批判，而延伸到戰後的今日，尾崎秀樹氏的預見，不幸言中。張先生以台灣人的身份，在日本從事台灣文學的整理與研究，以他在「苦」文中所表現的思考上的荒蕪與空疏，對於日本帝國主義者若岸信介之流的精神的荒蕪，會有什麼樣的影響，難道還不明顯嗎？

1979年，張良澤還有一篇〈戰前的在台灣的日本文學——以西川滿為例〉一文發表。隨後，到1983年，他又拋出〈西川滿先生著作書誌〉，這都是美化西川滿、美化皇民文學的。對此，陳映真在1984年3月的《文季》1卷6期上發表了〈西川滿與台灣文學〉一文，予以批駁。

這時候的張良澤，如同陳映真所說，真的是「在思想上表現出對日本新舊戰爭體制萬般溫存的性格」。他說，他對戰後出版的日本文學史冷遇了殖民台灣時期西川滿一類的文學家，感到極端的苦悶。張良澤在〈戰前在台灣的日本文學〉一文裡寫道：

> ……當時日本「臣民」之台灣人作家固無論矣，即活躍在殖民地台灣的日本作家，在這些日本文學史中皆沒有記載……對於長時期促進了台灣文學，又為日本文學開拓另一分野的住台日本人作家受到忽視，實在令人感到遺憾。……為什麼上述跨越了兩個時代、交會在兩個文化圈的邊境的日本「外地文學」作家們，會受到日本文學史家的忽略呢？他們(譯註：即日本「外地作家」)不是在日本文學的延長線上工作的尖兵嗎？

由於張良澤以西川滿的文學為例，「很不吝於給他高度的評價」，陳映真的批判也就針對著張良澤對西川滿的美化來展開。

陳映真首先指出，戰後時代的日本文學研究者近藤正已，對於同一個西川滿，卻有同張良澤先生甚不相同的評價。對於早期的西川滿，近藤的《西川滿札記》認為，他的作品的內容是「沒有實體的，西川式的幻想的台灣」。要之，西川滿所寫的台灣的風土和人物，都是以在台「二世」日本人的心靈為中心而虛構的台灣，除了皮相的異國情調，「引不起台灣人的興趣」和「評價」，根本缺乏對「台灣人所處狀況之深刻考慮和解釋。」陳映真說：

> 張良澤先生苦口婆心呼籲日本人重視戰時日本殖民地文學之研究的美意，恐怕即連當今最右翼的日本人都會覺得尷尬吧。

接下來，陳映真以「西川滿的『台灣意識』」、「西川滿的『台灣文學』論」、「壓抑還是『促進』了台灣文學」、「頭號戰爭協力文化人西川滿」、「不清算，可以；翻案，不准！」為題，深入展開了批判。

張良澤嘖嘖推崇說，西川滿是把台灣當做他自己的故鄉的，是「愛」台灣的。陳映真批駁說：

> 如果西川滿深「愛」著台灣，則毋庸置疑的是，當年許多前來殖民地台灣投資、做官、探險的日本人也深「愛」著台灣的。問題在於：西川之愛，是支配者民族以他自己為本位去理解，去看殖民地台灣，從而投注他的感情。從「第二代」在日本殖民者看來，台灣有南國之美，有古台灣歷史的神秘感，充滿著叫人向往的「華麗」的異國情調。但是對於殖民地的兒子楊逵，台灣是充滿著殖民地內部矛盾，是一個一觸即破的膿瘡；是疲憊破產的農村；是充滿著民族壓抑和荒誕支配的地獄。但對於西川和他的老師吉江喬松，台灣是「南方，光之源，賦予我等以秩序、歡喜和華麗」(近藤正已：《西川滿札記》)的人間樂土，是精緻的個人情趣(例如西川滿在台出版的雜誌、書刊的封面設計和裝幀設計)。西川滿的台灣，便是這樣一個「人工的、空想的、幻想的」、「二世」殖民者心目中的樂園(近藤正已：前揭書)，呻吟在日本帝國主義鐵蹄下真實的台灣生活和台灣人民，對於西川滿，是視而不見的。至於張良澤先生所頂禮頌讚的西川滿小說《台灣縱貫鐵道》，據近藤正已先生指出，「可以說是皇民化時代的代表作」，是一部「『二世』(日本)作家以日本人殖民者之原點——一八九五年日軍侵台作為主題而寫的一本小說！」(近藤正已：前揭書)張良澤先生這樣沒有分析地就

斷定西川滿是一個充滿「台灣意識」、熱愛「鄉土」的人而引為知己，不要說是從中國人立場，即使從所謂「台灣民族」的立場，怕都難於過關吧。

張良澤認為，西川滿對台灣文學來說，是意義重大的。其中，特別重大的是，他「在台灣人的心中，堅定地種下了一種叫做『台灣文學』的意識。」張良澤說：

……但是在西川氏的雜誌或著述中，時常堂堂然使用著類如「台灣文學」、「華麗島文藝」的辭語。尤有進者，西川也經常對於「台灣文學」的存在，做明確的主張。例如他在論文「台灣文藝界的展望」中這樣說——

「從今而後，再不要胡亂以東方文學為範本吧……南方就是南方，北方就是北方，既然身在明亮澄澈的南國生長，還不時思念著北國陰暗的雪空，這算什麼呢？日本終於是要向著南方伸展下去吧。我等攜手於文藝道路上的人，若無深刻的自覺，將何以面對我等後世之子孫？以華麗島文藝，建設應乎南海、擎乎高天的天峰，這就是我們大家的天職啊！」

經由這樣的想法，西川滿清晰地主張了台灣文學的獨自性，從而使台灣覺醒了起來……

對此，陳映真的批判是：

「類似「台灣文學」的辭語，是因著在不同的歷史時代，對於不同的政治、民族立場的人，有不同的內涵的。例如 1940 年的《華麗島》詩刊其實是在台灣第二代日本人文學家思有以推展「外地文學」的團體「台灣詩人協會」

的機關刊物。而所謂「外地文學」，正是英國的 Colonial literature，是法國的 Littératuer Coloniale，譯成中文，就是「殖民地文學」。依當時在台灣的殖民地文學家島田謹二的說法，這所謂「外地文學」，其實是殖民國與殖民地接觸，產生「風土、人和社會」的差異，從而產生異於「內地」母國的、有特異性的文學，但一言以蔽之，是殖民者在殖民地寫出來的，以不同程度歌頌了擴張中的帝國，謳歌新領地的「華麗」云云的文學。思圖在日本南疆殖民地的台灣，為日本文學擴張新的、富有異國情調的文學的西川滿的豪言壯語，畢竟是日本人本位——不，是日本帝國主義本位——的語言，非但並不是「主張台灣文學」的「獨自性」，其實更是主張附庸於日本文學的，有別於其他領地如朝鮮之朝鮮文學的「台灣文學」的「獨自性」吧！令人疑惑不已的是，張良澤先生絕非不知西川的日本中心的台灣文學觀。因為他也知道西川主張台灣文學「在日本文學史上應佔特異地位」，認為西川的努力，是要「把台灣文學作為日本『外地文學』(即前指殖民地文學)的一環而加以開拓」，並認為西川對日本文學「新領域」開拓有所貢獻。那麼，張良澤先生是站在日本帝國主義的立場看台灣文學呢？還是站在台灣文學的立場看問題呢？觀乎其文，答案是明白的。

何況，早在 1939 年為日本殖民地文學掌旗的《華麗島》詩刊和 1940 年為日本侵略體制服務的《文藝台灣》之前，1933 年就有了《台灣文學》，1934 年就有了《台灣文藝》，怎麼能說「台灣文學」的概念是西川滿堅定地栽種在台灣人的意識中、促成台灣人的覺醒的呢？

張良澤對西川滿推崇備至，還有一點是說西川把「台灣的民間文藝提升到芬芳的文學境界。」張良澤說：

觀西川氏之雜誌和著作，就知道其內容殆為充斥台灣民間卑俗的故事、傳說、風習等，取之為文藝，從而把素來被忽視的素材，因西川浪漫的情緒和藝術性技巧，一變而升登文學的殿堂。

對此，陳映真批判說：

在殖民地中，對於文化，一貫存在著兩個標準。從殖民支配者的文化以觀，殖民地的「故事、傳說、風習」，莫不「卑俗」。但從被支配民族自身的立場以觀，這些故事、傳說和風習，盡多優美而堪足自傲之處。即使從更激進的革新的立場去看，殖民地反抗的知識份子固然也在自己的文化中看到其鄙陋、落後之處，並且進一步為了圖強而對自己文化中黑暗、落後的成分痛加撻伐，但這又與以日本人立場，以事不干己的態度，從愛殖民地神秘、異國性的趣味，既連腐朽、衰敗的東西也大加讚美，兩者之間，有迥然不同的意義。

而所謂西川透過「浪漫的情緒」和「藝術性的技巧」所表現的台灣，直如前文所說，是以在台「二世」日本人立場去虛構出來的「人工的、空想的、幻想的」西川滿自己的「台灣世界」(近藤正己：《西川滿札記》)，與日據時代台灣的具體現實之間，自然有巨大距離。根據研究西川的學者近藤正己先生的意見，西川的早期作品中的台灣，是沒有實體的，西川自己幻想的台灣；他的後期作品中的台灣則多筆記、史料中古台灣的神秘，幻覺為多。而在這樣的作品中，人們如果想從中找出西川「對當年台灣人所處狀況之深刻思考、解釋等描寫」，是「極端困難的」。在台灣生活了三十多年，卻永遠不能不「以日本人價值觀的尺度」來看台灣的生活的「二世」日本人西川滿，無從真正深刻地理解台灣的「故事、傳說、風習」，自是十分明白之事，則西川又如何能把這些「卑俗」的台灣「故事、傳說」和「風習」，點石成金，「昇華」為「芬芳的文學」呢？

張良澤還吹捧西川滿確立了台灣文學的地位，培植了台灣作家，昌盛和豐富了台灣的文學。陳映真則針鋒相對，用台灣新文學自20年代賴和等人以來的文學成就澄清了張良澤的謊言。陳映真說：

事實告訴我們隨著日本侵略中國的戰鼓逐漸昂揚，台灣新文學逐漸受到日本在台灣戰爭體制的彈壓，終至消滅。以西川滿為首的日本殖民地文學乃快速地向著戰爭協力的文學飛躍，代之而興。西川的崛起，至於在戰爭文學的嘯喊中享盡榮華，其實是以在西川協力下蠻橫地彈壓台灣文學為重大代價的。

接著，陳映真還列舉事實，揭露和批判了西川滿，以及為西川滿歌功頌德的張良澤：

一九四一年，「台灣文藝家協會」正式編入日本戰爭體制，西川滿出任協會的「事務總長」。一九四二年，西川率團參加「大東亞文學者大會」，年底發表戰爭協贊的黷武演說「一個決意」，四三年，抨擊抗日的台灣文學主要傳統精神現實主義為「狗屎現實主義」，同年九月，西川提議「撤廢結社」，廢刊《文藝台灣》，翌年並以《皇民學塾》代之，終於將據他自己說比糧食還珍愛的文學，獻上戰爭的祭壇。至此，「浪漫的」、「唯美的」西川滿，肆無忌憚地暴露了他原本極右翼、法西斯的戰爭性格，在台灣文學仆倒在日本戰旗下受到嚴苛的檢舉與彈壓之同時，西川滿卻享盡了皇民戰爭文學的榮華。張良澤先生竟何所據而謂西川滿昌盛和「豐富」了台灣文學呢？

至於說西川滿「提拔」、「培養」了作家，日本在台作家中有幾個是西川滿所培養的，不得而知。至於台灣作家，除了張良澤一再提及的某評論家，並未列出其他的名字。鄭清茂教授向張良澤先生質詢：除了某評論家之外，究竟西川還栽培了哪一個台灣作家時，張良澤先生說那些受到西川栽培的台灣作家，光復後都「絕筆」了。如果張良澤先生所說的那些作家，是一直跟西川從《台灣日日新報》到大東亞文學奉公會一路鬼混的作家，「絕筆」至少是知所羞惡之表現吧。至於張良澤行先生不憚於一再提到的某評論家，除非某評論家自己出來承認是西川的弟子。否則，事關名節，別人是不便妄評的。

在此，出於不忍人之心，陳映真諱隱了「某評論家」葉石濤和皇民作家周金波和陳火泉等。再根據日本學者正藤正己的資料，陳映真還列舉了西川滿的一些文章說：

這些輝煌的記錄清晰地說明西川滿根本不是在日本戰爭體制協贊之下從事戰爭協贊的言行，而是西川滿從青年期以來作為二世日本殖民者右翼反動的歷史所形成的、真正的西川滿性格的表現。

……西川滿的極右翼反動性格的發展過程，正好說明了他的所謂惟美主義，他的所謂浪漫主義，其實是虛偽的外觀，骨子裡囂狂的皇民軍國主義才是西川的基本的、真實的性格。

在這篇文章的最後，陳映真義正辭嚴地批判了張良澤為西川滿翻案、為「皇民文學」張目的「毫無學術、良心和民族立場的態度」。陳映真寫道：

回顧日本逐步走向戰爭的歷史時期中，殖民地台灣遭受了多麼巨大的精神和物質的傷害。在那個瘋狂的時代裡，數百萬台灣人民固無論矣，即使是加害者日本的侵略當局，也成為他自己所犯的嚴重罪惡所侵蝕和墮落的被害者。在殘酷、嚴苛的暴力下，多少人的良知和心靈為了隱忍偷生，受到重大的羞辱和傷害。這是人們一直不忍對於即使在日據時代至極明顯的協贊日本軍事侵略體制的一些台灣作家、文化人加以無情揭發和清算的原因。但是，也正好是在舉世屈從於狂恣的淫威的時代，一些敢於堅守原則，不惜以自身的破滅為代價，挺身抗爭，敢於為人性的尊嚴面對施暴者的鋒鏑的人們，才更值得後世之人格外欽仰和尊敬。張良澤先生那種「誰都不可能不投降」論，是對於正氣、公義、原則和勇氣最令我遺憾的侮辱。如果張良澤先生還要進一步以這「投降有理」論，去為被一個曾經高踞協力日本侵略戰爭的文化人榜首的西川滿翻案，則即使不站在中華民族的立場，就是站在作為一個有良心的人的立場，也是值得震驚的瘋狂罪惡態度吧！

……

學術研究受到研究者個性、立場、思想的影響，毋寧

> 是自然的事。但像張良澤先生這種毫無學術、良心和民族立場的態度，真是絕無僅有。如果張先生研究的，是綠豆芝麻一類的題目，倒也罷了。不幸的是，張良澤先生是在日本的國際學界，談論有關台灣文學史和思想，則忝為台灣文學界的一員，就不允對張良澤先生的千古未有之奇的錯誤，保持緘默，從而有必要提出糾彈，否則整個台灣文學界豈不貽笑於國際士林，對於殖民時代歪扭了歷史下歪扭了的人，如何協助日本帝國主義加害者為虐，不加追究，是可以的，因為全體而論，莫不是戰爭的受害者。但如果有人處心積慮的為奸佞翻案則斷斷不准！為的是為人間後世留下起碼的正氣啊！

70 年代末和 80 年代最初幾年的這個回合之後，有關「皇民文學」問題的統獨之爭，似乎暫時平息了下來。然而，前文提到的西川滿「栽培」的那位「某評論家」還是於心不甘的。他，葉石濤，也終於還是骨鯁在喉，不吐不快的。於是，人們看到，張良澤之後，葉石濤公開跳出來，再為西川滿翻案，也再為「皇民文學」翻案了。

這就到了第二個回合。

最早，是在葉石濤復出文學界之後寫他的《文學回憶錄》的時候。這回憶錄裡，他一共有三篇相關的文章，即：〈府城之星，舊城之月——「陳夫人及其他」〉、〈《文學台灣》及其周圍〉、〈日據時期文壇瑣憶〉。前已說明，葉石濤是 1942 年 12 月 13 日在台南公會堂的座談會上認識西川滿的。在回憶那幾年的生活時，葉石濤有意美化了西川滿和「皇民化運動」、「皇民化文學」。比如，日本文學報國會召開的「大東亞文學者大會」分明是「大東亞戰爭」的文學動員大會，極具侵略性質，葉石濤卻說它「似乎有濃厚的聯繫感情為主的聯誼會性質」。西川滿的

《文藝台灣》，分明是日本侵略者的工具和喉舌，葉石濤卻說「它似乎不是言論統制的機構，而是聯絡作家感情的聯誼會」，它「缺乏符合國策的戰爭色彩」，而是一個染上西川滿個性色彩豐富的「華麗雜誌」，「並不排斥有不同文學主張的其他作品」，「儘管雜誌的封面以『文章報國的決心』幾個大字，表示擁護國策，其實這是蒙混當局的障眼絕招」。至於《文藝台灣》上西川滿拋出來的周金波的〈志願兵〉、陳火泉的〈道〉等「皇民化」文學，葉石濤則坦陳：「我也並無『深惡痛絕』的感覺」。葉石濤為其辯稱：「在那戰爭時代，毫無疑問的一切價值標準都混亂了。在日本人的壓迫下，中了日本軍國主義教育的毒素很深的某一些台灣作家，他的意識形態自然被扭曲了。三十多年的歲月流逝之後，再來挖掘瘡疤似乎並不厚道，好歹這些小說也反映了某一個台灣歷史階段的血跡斑斑的，被壓迫的生活事實，我和鍾肇政兄的見解相同，希望當作歷史性文獻或紀錄留下來，以便後代人能夠徹底瞭解那時代的環境。」當然，葉石濤還美化了西川滿，並為西川滿和他自己在「狗屎現實主義」的爭論中的醜惡歷史塗脂抹粉。1983年，在《文學回憶錄》出版時，他用當時發表在《文學界》上的〈文學生活的困境〉一文代序，還要念念不忘地寫道，西川滿的《文藝台灣》「色彩較浪漫，據說傾向於皇民化。說它是皇民化嗎，刊物的風格卻也不太像。它照登了許多跟皇民化拉不上關係的地方色彩濃厚的版畫和小說。」

往後，到1990年，葉石濤出版了《台灣文學的悲情》，書中涉及「皇民文學」的篇章有〈抗戰時期的台灣新文學〉、〈莊司總一的〈陳夫人〉〉、〈南方移民村〉、〈四〇年代的台灣日本文學〉、《「抗議文學」乎？「皇民文學」乎？》、《皇民文學》等。在〈戰爭時期的台灣文學〉一文裡，葉石濤竟公然宣稱：「在這個時期裡，没有『皇民文學』，全是『抗議文學』。」葉石濤還從周金波的〈志願兵〉說起，攻擊批判「皇民文學」的文學家。葉石濤說：「戰後完全停止創作的作家周金波，他所寫的〈志願兵〉等作品，也許算是「皇民文學」吧？但幾十位台灣日文作家中，這究竟是不到百分之一的極少數作家。今日，常看到昧於知悉台灣新文學史的少數作家，誣衊抗戰時期的台灣作家為『皇民作家』，這是令人痛心的事情。如今，所有日文作家的小說大多已有中文譯本。我希望年輕一代的台灣作家用心地去閱讀這些血跡斑斑的作品，根據作品來予以公正的評估；究竟這些作品是不是皇民文學。如果不是，該還給這些先輩作家以榮譽，別再給他們戴上莰冠吧。他們是台灣民眾中的秀異份子，他們反日、反殖民的民族精神永垂不朽，是我們寶貴的資產。」在〈四○年代的台灣日本文學〉一文裡，葉石濤在繼續為〈志願兵〉翻案的同時，也為陳火泉的〈道〉做了翻案文章。葉石濤說：「一九四三年七月，《台灣文藝》上出現了陳火泉的〈道〉這篇小說，同樣描寫了台灣人皇民化過程，但是作者所描寫的並非抗拒的過程，而是容納和接收流程中的苦悶、諷刺和幽默，使得這小說減弱了尖銳的批判性。」在〈皇民文學〉一文裡，葉石濤又一次為陳火泉的〈道〉做翻案文章說：「陳火泉的〈道〉，有人咬定的皇民文學。但這篇小說，並不是那麼容易咬定的。如果你站在作者的立場看，也許這篇小說也可以看作是一個台灣人的抗拒皇民化的心理掙扎的記錄。作者用的是詼諧而反諷的筆調，沒那麼容易下肯定的結論。這篇作品也透露了屬於弱小民族的台灣人那心靈的雙重結構，一面傾向於統治民族的優勢文化，一面又想要保持民族自尊心的那可憐的掙扎。這是篇血跡斑斑的歷史性紀錄，在苛責以前，應該用細膩而同情的眼光去觀察。縱令它有損傷民族自尊的地方，但它也的確反映了決戰下一部份台灣民眾的心靈結構。」葉石濤在〈「抗議文學」乎？「皇民文學」乎？〉一文裡對「皇民化運動」時期的文學斷然作出的結論是：「沒有『皇民文學』，全是『抗議文學』」。

再往後，1995 年，葉石濤在高雄《台灣新聞報》的《西子灣》副刊上發表〈台灣文學百問〉的隨筆時，又在〈西川滿與〈文藝台灣〉〉裡，吹捧西川滿的「堅強的作家靈魂值得吾人欽佩」，還不惜歪曲歷史，吹捧西川滿對台灣文學作了「巨大」的「貢獻」。葉石濤的吹捧文字是：「西川滿不僅是一個終生創作不輟的詩人小說家，而且也是在台灣日本人知識份子重要的領導人之一，他應該是台灣日本人作家的龍頭。他出錢出力建立了日本文學之一環的外地文學——台灣文學，培養許多日本人作家，也嘉惠台灣人日文作家。雖然他的統治者意識濃厚，遵守日本國策，不得不贊同『大東亞共榮圈』，但他的身份本來就是尊貴的、接近日本貴族階級的人，這種右派的意識形態難以改變。不過他對台灣文學的貢獻有目共睹。他也沒有留下迫害台灣人作家的記錄，雖然是日治時代台灣人作家的口誅筆伐的物件，如今檢討過去，倒驚訝於他留在台灣文學的巨大足跡。」

對於葉石濤為「皇民文學」翻案、為西川滿張目的言論，台灣愛國文學家們本著「聽其言觀其行」的態度，密切關注著事態的發展。到了 1998 年，反擊「文學台獨」勢力這種猖獗活動的時機成熟，愛國文學家們重拳出擊了。

1998 年 2 月 10 日的台灣《聯合報》副刊上，5 月 10 日的台灣《民衆日報》副刊上，6 月 7 日的《台灣日報》副刊上，張良澤連續以「台灣皇民文學作品拾遺」為名，輯譯刊出了 17 篇所謂的「台灣皇民文學作品」。同時，還發表了三篇表達他對「台灣皇民文學」觀點的文章。〈正視台灣文學史上的難題——關於台灣〈皇民文學作品拾遺〉〉一文是其代表。針對 2 月 10 日《聯合報》副刊上的〈正視台灣文學史的難題——關於「皇民文學作品拾遺」〉一文，陳映真在 4 月 2 日—4 日的《聯合報》副刊上發表了〈精神的荒廢——張良澤皇民文學論的批評〉一文，予以批駁。不料，1977 年對台灣鄉土文學打過第一記棍子的彭歌，半路上殺了出來，在4月23日的《聯合報》副刊上拋出了〈醒悟吧！——回應陳映真〈精神的荒廢〉〉一文。對此，陳映真在7月5日的《聯合報》副刊上發表了〈近親憎惡與皇民主義——答覆彭歌先生〉一文。

1998年，日本右翼學人在台灣島上利用「皇民文學」問題登台表演，也大有登峰造極的勢頭。

這一年，垂水千惠的《台灣的日本語文學》由台灣前衛出版社譯成中文出版。編者黃英哲，譯者凃翠花。垂水千惠其人，出生於1957年，算是日本右翼學人中的新生代。1992年到1994年，她發表了一系列研究日據時期台灣日本語文學，尤其是「皇民文學」的論文。1995年1月，她將這些論文結集為《台灣的日本語文學》一書，交由東京五柳書店出版。

也是在1998年，中島利郎迫不及待地跑到台灣，密鑼緊鼓地搞了一連串的活動。先是3月下旬，這個日本的右翼學人與旅日「台獨」派學者黃英哲共同促成將皇民作家周金波生前的筆記和照片捐給台灣的「文資中心」，又編纂《周金波日文作品集》，專門為周金波平反。據3月21日《聯合報》報導，在那個捐贈儀式上，黃英哲說：「戰後，有人修改以前作的作品，有人努力學中文寫作歌頌國民黨，可稱為『另類』的『皇民化文學』，相較之下，周金波沒有改過自己的作品，更值得欽佩。」中島利郎則說：「當年文學界把他歸類為皇民文學作家，可以轉移對其他相同情況作家的注意……周金波是一位愛鄉土、愛台灣的作家。」

同年12月25、26日台大法學院有一個「近代日本與台灣研討會」。會上，中島利郎發表了一篇題為〈編造出來的「皇民作家」周金波——關於遠景出版社的《光復前台灣文學全集》〉的論文，還散發了另一篇文章〈周金波新論〉。在頭一篇文章裡，中島利郎針對遠景出版社1979年編輯出版的《光復前台灣文學全集》未將周金波的作品選入之事，大做文章，結論就是，周金波的「皇民作家」名號完全是編造出來的。後一篇文章，通過對周金波的五篇小說的解說，證明周金波不但不是「皇民作家」而且還是一位不折不扣的「愛鄉土、愛台灣」的作家。

值得一提的是，在台大法學院的這個研討會上，中島利郎發表論文時作了一個聲明說：「日本社會文學會是左派的學會，自己坐在這席位上好像場子不對。」針對中島利郎的表態式的聲明，與會的「日本社會文學會」的代表西田勝在閉幕詞中說了這麼一段話：「其實，我在致開會詞中也說過了，『日本社會文學會』並不是『日本社會主義文學會』……以前說過不可貼標簽的中島先生，這次竟然給我們貼了標簽，真是人生難料……因此，自任為右翼的中島先生，即使坐在這講壇上也決不會是什麼場子不對。」

好在，人們已經清楚地看到，這些「自任為右翼」的學人，跑到台灣大肆活動，為「皇民文學」翻案，正是當年日本殖民主義的幽靈徘徊不去的表現。

在這雜語喧嘩之中，按捺不住的葉石濤，又在 1998 年 4 月 15 日的《民衆日報》上寫有〈皇民文學的另類思考〉一文。周金波明明是中國的台灣人，文中，葉石濤卻歪曲事實，宣稱：「周金波『日治』時代是日本人，他這樣寫是善盡做為一個日本國民的責任，何罪之有？」

面對這種情勢，陳映真從容組織火力，發動了聲勢強大的反擊。

先是在《人間・思想與創作叢刊》的 1998 年冬季號上，即創刊號上，刊出了特集《台灣皇民文學合理論的批判》。特集共刊四篇文章，即編輯部的《台灣皇民文學合理論的批判》，陳映真的〈精神的荒廢——張良澤皇民文學論的批評〉，曾健民的〈台灣「皇民文學」的總清算〉，劉孝春的〈試論「皇民文學」〉。隨後，《人間・思想與創作叢刊》1999 年秋季號，又推出了一輯專題《不許新的台灣總督府「文奉會」復辟！》，發表了陳建忠的〈徘徊不去的殖民主義幽靈〉和曾健民的〈一個日本「自虐史觀批判」者的皇民文學論〉。同時，這一期的《人間》叢刊上，還輯有一輯有關當年「狗屎現實主義」論爭的「文獻」，為解讀的這一組資料，曾健民寫了一篇〈評價「狗屎現實主義」論爭〉，也是聲討葉石濤、張良澤等「皇民文學論」的戰鬥篇章。

與此同時，1998 年 12 月 25、26 日的那個台大法學院舉行的「近代日本與台灣研討會」席上，著名作家黃春明還發言反擊日本右翼學人說：「日據末期的台灣人口有六百萬，皇民作家只是其中的少數幾位，皇民文學影響也很小，並不是那麼重要；而皇民化運動卻影響了全體台灣人，那才是可怕的恐怖的，其影響之深遠，至今還殘留在我們的社會、家庭中，造成各種政治、經濟、社會的矛盾……」

1998、1999 兩年裡，陳映真和他主持的《人間》叢刊上所表現出來對於「台獨」勢力的「皇民文學」論的批判，是從以下幾個方面展開的：

第一，揭露並痛斥張良澤的荒唐邏輯和漢奸氣味。陳映真在《精神的荒廢》一文裡指出，張良澤的「皇民文學」論的邏輯是：(一)國民黨長年以來的「愛國」主義(中華民族主義)教育，是一切基於(中華)「民族大義」痛批「皇民文學的」根源；(二)然而，在現實上，「日據時代的台灣作家或多或少都寫過所謂的『皇民文學』」。(三)因此，「新一代的(台灣文學)研究者，應該揚棄中華民族主義，不可「道聽途説就對『皇民作家』痛批他們『忘祖背宗』」；要「將心比心」、「設身處地」……以「愛與同情」的「認真態度」去解讀「皇民文學作品。」《人間》編輯部的〈台灣皇民文學合理論的批判〉一文則指出，張良澤的舉動，「無非是要為台灣四〇年代極少數漢奸文學塗脂抹粉」。曾健民的〈台灣「皇民文學」總清算〉一文還旨出，張良澤的作為與謬說，「掩蓋了推動皇民文學的日本殖民與軍國當局和在台日本人御用文臣的罪行，最終是替當時積極地站在日本當局和日本御用文臣陣營的台灣皇民作家們塗脂抹粉，僭取他們在台灣文學史上的正當性。」

第二，揭露並痛斥張良澤的作為與謬說「對台灣文學造成了嚴重的淆惑與傷害」。曾健民的〈台灣「皇民文學」總清算〉指出，張良澤的騙術「誤導了一般讀者，以為日據末期的台灣文學的內部都與張氏輯譯的皇民文學一樣，充滿了歌頌日本大東亞聖戰、皇國精神的作品；且誤認當時的台灣作家全都屈服在日本的殖民與軍國體制下，積配配合日本當局的皇民文學政策，曲志而阿權地寫了像那樣的『台灣皇民文學』。結果，使一般人錯認為在日據末期，台灣文學就等於皇民文學；甚至認為，台灣皇民文學就是當時台灣文學的全部。」曾健民認為：「這不但對日據末期的台灣文學造成了甚大的淆惑和傷害，同時對於當時處於日本軍事法西斯高壓的文學環境下，憑著民族與文學的良知，以各種方式抗拒台灣文學淪為皇民文學的台灣前輩作家來說，勿寧是再度的羞辱。」陳映真等人都還指出，當年，自甘墮落死心塌地地寫「皇民文學」的「作家」，也就是周金波、陳火泉等極少數的幾個人。針對張良澤把水攪渾的伎倆，陳映真的〈精神的荒廢〉一文還特別澄清說：「從賴和到呂赫若的台灣文學家，即使在壓迫最苛酷的年代，都不曾稍露屈服的奴顏媚骨。說到『發表作品』，人們也會想起在壓迫者嚴密控制下猶冒險秘密寫出反抗的心聲，隱而不發，迨敵人潰敗後才將作品公之於世的吳濁流。台灣文學史上，不為『活下來』而失節，不為『發表作品』而違背原則、討好權力的文章的人，比比皆是，而他們又個個都是從藝術上、思想上都能過關的，令後世景仰的真正的作家。」對此，曾健民的〈台灣「皇民文學」總清算〉一文還指出，張良澤這樣做，「居心」「是想把所有的台灣前輩作家都貼上皇民文學的標簽，來壯大皇民文學聲勢，使所謂的台灣皇民文學正當化。」

第三，揭露並痛斥皇民文學勢力對台灣文學進行鎮壓的罪行。曾健民的〈台灣「皇民文學」總清算〉一文指出，和戰時的德國、日本一樣，也和日本殖民統治下的朝鮮一樣，二戰中，台灣島上的「皇民文化」及一切的「皇民」文學、藝術，都是推進法西斯戰爭的一種重要手段。為強化這種手段，在台「皇民文學」運動的頭號總管西川滿，控制「台灣文學奉公會」和「日本文學報國會台灣支部」，利用在台日本御用文臣的報紙雜誌及其背後的總督府保安課、情報課、州廳警察高等課、日本台灣軍憲兵隊等在台軍國殖民主義勢力，用各種方式打壓台灣人民的文學，企圖將台灣文學「皇民文學化」。其中，包括禁止用漢文(漢語白話文)寫作，迫使當時台灣文學的兩大園地《台灣文藝》的《台灣新文學》停刊，迫使一部份失去文學園地的作家背井離鄉遠赴大陸和南洋。當著賴和、楊守愚、陳虛谷和呂赫若、張文環等許多作家頂住這種壓力，秉持文學與民族的良知，堅持台灣文學的現實主義傳統繼續從事創作時，1943 年 5 月，西川滿又拋出「狗屎現實主義」對台灣文學進行惡毒的誹謗和攻擊。到了這一年年末，眼看日本戰局頹敗愈為緊迫，西川滿又策劃召開了「台灣決戰文學會議」，逼迫張文環、王井泉、黃得時等人在 1941 年 5 月艱難創辦的《台灣文學》季刊廢刊，還迫使台灣作家撤銷文學結社。到 1944 年，盟軍攻陷塞班島，開始對日本總反攻，日本本土和台灣處於盟軍猛烈轟炸之下，台灣進入「要塞化」時期，日本殖民當局對台灣文學的至上指令又由「決戰文學」進入「敵前文學」時期。曾健民指出，這樣通過打壓台灣文學而建立起來的台灣「皇民文學」體制，是和日本殖民當局在台推行的軍需工業化、強制儲蓄運動、「皇民化」運動，軍伕、志願兵運動等等，正是「一物的兩面」。

第四，揭露並痛斥皇民文學的性格是「戰爭文宣性格」、

「日本法西斯思想性格」、「皇民化性格」。《人間》編輯部的〈台灣「皇民文學」合理論批判〉一文指出，「皇民文學」的「特質」是：「(一)在民族上憎厭自己的中華種性，思想和行動上瘋狂地要求同化於日本」；(二)以文藝作品去宣傳、圖解日本殖民者的政治與政策——「支援戰爭、號召應徵為『志願兵』，充當侵略的尖兵」。陳映真的〈精神的荒廢〉一文指出，「皇民文學」是為「皇民化運動」的目標服務的，它正是「皇民化運動」「這邪惡道場的共犯和幫兇」。「從全面看，皇民文學是日本對華南、南洋發動全侵略戰爭時，作為戰爭的精神思想動員——『國民精神總動員』機制的組成部份而展開。……目的在集體洗腦，使殖民地人民徹底拋卻和粉碎自己的民族語言、文化和認同，從而粉碎自己民族的主體意識，在集體性歇斯底里中幻想自己從『卑污』的台灣人蛻化成為光榮潔白的『天皇之赤子』，在日本侵略戰爭中『歡欣勇猛以效死』，『以日本國民死』，『為翼贊天業而死』。」曾健民的〈台灣「皇民文學」總清算〉一文則把皇民文學的性格認定為「戰爭文宣性格」、「日本法西斯思想性格」、「皇民化性格」。

前述三篇文章，還有劉孝春的〈試論「皇民文學」〉，陳建忠的〈徘徊不去的殖民主義幽靈〉，曾健民的〈一個日本「自虐史觀批判」者的皇民文學論〉，還都揭露和批判了葉石濤和張良澤所美化的周金波、陳火泉的「皇民文學」的作品。他們反映出：周金波的〈水癌〉用庶民階級的沒有教養的「母親」來象徵台灣，用「水癌」來象徵台灣的迷信、陋俗，鼓吹用「皇民化」的觀念、理想與抱負來改革台灣，主題表現的正是當時日本軍國殖民者的「國策」。周金波的〈志願兵〉，寫的是一個只有小學畢業、出身平凡、質性素樸的台灣青年高進六(自改姓名為「高峰進六)，對皇民化思想有很深的體會，決心要依所信而活，終於以血書明志，應徵為特別志願兵，歌頌了奪取三萬條台灣庶民的性命的「志願兵」制度。陳火泉的《道》表現了主角青楠力爭在天皇信仰中把自己轉變成日本人時，近於哀嚎、呻吟的民族自卑、自我憎厭和對於「天業翼贊」的無限忠心和信仰，終於向日本當局提出應徵為志願兵。這樣的漢奸文學、文學品質雖然低劣，主題卻非常集中——「皇民化」。這是張良澤們篡改不了的。

《人間》的批判還指向了葉石濤、張良澤們在「皇民文學」問題上做文章，和日本反動學者沆瀣一氣的面目。

《人間》編輯部的〈台灣「皇民文學」合理論的批判〉一文指出：「美化日帝據台歷史、慫恿日本右派不必為侵華戰爭頻頻道歉，到下關去為馬關割台感謝日本人，仇視、憎恨中國和中國人而必欲將台灣從中國分裂出去的這些理論與行動，和將台灣『皇民文學』免罪，進而加以合法化與合理化的言動，是一個運動、一個傾向的組成部份。」這就揭露和痛斥了張良澤們的言行和「台獨」勢力與日本軍國主義勢力之間不可小看的瓜葛。

《人間》編輯部的〈台灣「皇民文學合理論」的批判〉和〈不許新的台灣總督府「文奉會」復辟〉兩文還指出，日本的反動學者垂水千惠、中島利郎和藤井省三們，也有相關的謬説，也都美化日本在台殖民統治，美化「皇民化運動」，美化「皇民文學」。陳建忠〈徘徊不去的殖民主義幽靈〉專門表達了對於垂水千惠的〈台灣的日本語文學〉的義憤。曾健民的〈一個日本「自虐史觀批判」者的皇民文學論〉則集中火力批判了中島利郎為皇民作家周金波翻案的文章〈編造出來的「皇民作家」——周金波〉，並揭露這些日本反動學者妄圖復辟一個新的「台灣文奉會」的陰謀。

對於這些日本右翼學人，曾健民在〈一個日本「自虐史觀批判」者的皇民文學論〉裡指出：「並不是個人的或孤立的事情，而是近年在日本文化界逐漸興起的一股右傾化潮流——『自虐史觀批判』的一個組成部份。」

什麼是「自虐史觀批判」？

「自虐史觀」是「自我虐待的史觀」的簡稱。這是近年在日本文化界逐漸興起的一股右翼化的潮流。隨著日本政界的一系列異常變化，如「日美安保新指標」、「周邊事態有事法」、「國歌國旗法制法」、「加入TMD」等等的出台，日本社會右翼的、保守的勢力對有良心的、進步的勢力頻頻發動了攻擊。在中日關係上，有一個焦點就是侵華歷史的問題。有良心的、進步的日本人，對於過去日帝的侵略歷史堅持自我反省和向中國人民道歉謝罪的歷史觀點。右翼的、保守的勢力就把這種正確的歷史觀點譏評為「自我虐待的史觀」，即，把所有日本國內批判日本帝國主義、殖民主義、法西斯主義的歷史觀點譏稱為「自虐史觀」，用批判這種自我反省、道歉謝罪的歷史觀點的辦法，來美化日本帝國主義的歷史，使其侵略戰爭正當化、合理化。推動這種倒行逆施的右翼文化潮流的主要團體是「自由主義史觀研究會」、「新歷史教科書造成會」等等。垂水千惠、藤井省三、中島利郎等人，就是這股勢力的一個組成部份。

只是，如同《人間》編輯部所說，這些日本學者「絕不敢於在韓國或北朝鮮發此狂言暴論，卻敢於在台灣肆言無忌，放言恣論」。這是為什麼？《人間》編輯部指出，這「是因為台灣內部自有一種『共犯結構』。在政界，有李登輝（筆者註：也包括某新領導人)這樣的皇民殘餘；在民間，有皇民歐吉桑、有皇民學者、有皇民化的台灣資產階級。在台灣學界，有不少人因反中國、反民族而崇媚日本、美化日本殖民統治。」《人間》編輯部還指出，台灣國民中學教科書《認識台灣》(歷史篇)的出台，生動地說明了，台灣已經將美化日本對台殖民統治的歷史觀上升到了當權者的主流意識形態的層次。對此，曾健民的〈一個日本「自虐史觀批判」者的皇民文學論〉也指出：「由於台灣近十年政治、文化、社會意識的急速『親日化』使台灣成為日本右傾勢力合理化、正當化日本殖民歷史的重要突破口和模範舞台，日本的『自虐史觀批判』者群起遊走日台之間，紛紛把『某些台灣人的心聲』做為批判日本國內的『自虐史觀』的好材料。而『台灣皇民文學』問題更是一個上等的好材料，這就是中島等人的所有作為的真面目。」

針對這些徘徊不去的日本殖民主義幽靈的猖狂活動，《人間》編輯部指出：「他們的書(中譯或日本原文)、文章在台灣公開流通。他們的立論有枝節的不同，但有一條說詞是一致的，即他們無批判地誇大日本的對台殖民統治為台灣帶來『現代化」(日本人叫『近代化』)。他們將皇民文學中台灣人心理的一切傷害和矛盾，都歸因於前現代的台灣人面對文明開化的殖民地現代性時的掙扎與苦悶，而與對殖民地心靈、物質深刻加害的、不知以暴力為人間罪行與羞恥的日本殖民地體制毫不相干！對於他們來說，日本對台灣的殖民使台灣邁入世界史的現代，得以文明開化，教育識字率普及，出版品豐富流通，形成『公共空間』，從而形成『台灣民族主義』，是戰後台灣經濟發展、政治民主化的源頭。總之，日本殖民主義是美善的，有利益和恩惠於台灣……帝國主義有理！殖民制度無罪！」這就說明了，這些日本右翼學人為「皇民文學」翻案的目的，是要美化日本當年在台灣的殖民統治！

其實，「皇民文學」的漢奸文學性質，鐵證如山，是誰也翻不了案的。針對中島利郎的歪曲，曾健民在〈一個日本「自虐史觀批判」者的皇民文學論〉一文中特別以周金波的作品為例，說明《水癌》就是要用「皇民煉成運動」來「去除迷信、打破陋俗」，就是要用「皇民化」的觀念、理想與抱負去改革台灣和台灣人，所頌揚的正是「當時的主題是再鮮明不過的，這是通過張明貴與高進六兩個典型來塑造一個台灣志願兵的樣板，頌揚這種人物的思想與行動力，讚美這種典型人物。」曾健民還指出，當年，日本殖民統治在文學上的頭號總管西川滿，發表〈水癌〉時讚譽有加。另外，在 1941 年 6 月 20 日殖民當局宣佈決定在台灣實施志願兵制度之後，9 月，西川滿一夥就和日本文人川合三良的同是以志願兵為題材的小說〈出生〉一起，在《文藝台灣》上同時發表了〈志願兵〉。第二年 6 月，還給這兩篇作品同時獎給了「文藝台灣獎」。可見，日本殖民當局是十分稱許周金波的漢奸文學作品的。在這樣的鐵的事實面前，怎麼能說周金波是個「愛鄉土、愛台灣」的作家呢？怎麼能說「皇民作家」是戰後台灣文壇編造出來的呢？

其實，周金波自己，對於寫作〈志願兵〉的「皇民化」宗旨是供認不諱的。曾健民查到 1943 年 12 月 1 日出版的《文藝台灣》，那上面刊登了一篇「變徵兵制」的座談會記錄。其中，周金波有一段發言是：「我的小說〈志願兵〉寫了同一時代的兩種不同的想法，一種是『算計』的想法，另一種是『不說理由的、直接認定自己是日本人了』的想法；代表這個時代的二位本島青年，到底哪一位走了正確的道路？這就是〈志願兵〉的主題。我是相信後者——『不說道理的直接認定自己已是日本人』，只有他們才是背負著台灣前途的人。」面對這樣的事實，中島利郎為什麼還要千方百計做他的翻案文章呢？不止是為周金波翻案，為陳火泉翻案也是如此。明明鐵案難翻，卻還是賊心不死，這是為什麼？垂水千惠曾經十分狡猾地把翻案文章做在追究周金波、陳火泉等人「非『親日』不可的動機」上，或者說「非作皇民不可，有什麼內在的必然因素」上。陳建忠的〈徘徊不去的殖民主義幽靈〉一文對此有入木三分的揭露。這就是垂水千惠自己說的：「一言以蔽之，就是在近代化過程中，一個人如何和自己的民族認同意識妥協。」或者，是個「不做日本人就活不下去」的問題。這，分明是在美化當年的日本殖民統治！

在《人間・思想與創作叢刊》的 1998 年冬季號上，陳映真的

《精神的荒廢——張良澤皇民文學論的批評》一文的《憤怒的回顧》一段中，列舉了「皇民化運動」給台灣人造成了數以二十萬餘人的生命損失之後，寫下了這樣一段文字：「1945 年，戰敗的日本拍拍屁股走人，在台灣留下滿目心靈和物質的瘡痍。驅策台灣青年奔赴華南和南洋，成為日本侵略戰爭的加害者——和被害者的主凶，當然主要是日本帝國主義殘暴的權力。但是，對於殖民地台灣出身的少數一些文學家，在那極度荒蕪的歲月中，認真鼓勵鄙視自己民族的主體性，鼓動青年『做為日本人而死』，從而對屠殺中國同胞和亞洲人民而狂奔的行為，後世之我輩，應該怎樣看待？」陳映真向讀者推介了日本學者尾崎秀樹。

尾崎秀樹的《舊殖民地文學之研究》，是懷著對日本戰爭責任的深刻反省和「自責之念」而敢於仗義執言的力作。在評論陳火泉的〈道〉的時候，尾崎秀樹有這樣沈痛的感慨：「陳火泉那切切的吶喊，畢竟是對著什麼發出的啊！所謂皇民化、做為一個日本臣民而生、充當聖戰的尖兵云云，不就是把槍口對著中國人民、不也就是對亞洲人民的背叛嗎？」由此，重讀陳火泉的「皇民」小說之餘，尾崎有這樣痛苦的呻吟：「當我再讀這生澀之感猶存的陳火泉的力作時，感覺到從那字裡行間滲透出來的作者的苦澀，在我的心中劃下了某種空虛而又令人不愉快的刻痕，無從排遣。」有鑒於此，尾崎秀樹發出了這樣的疑問：「對於這精神上的荒廢，戰後台灣的民眾可曾以全心的憤怒回顧過？而日本人可曾懷著自責之念凝視過？只要沒有經過嚴峻的清理，戰時中的精神荒廢，總要和現在發生千絲萬縷的關係。」

陳建忠的〈徘徊不去的殖民主義幽靈〉一文，也提到尾崎秀樹在《戰時的台灣文學》一書中提到的類似的思考，陳建忠說，這使人想到了後殖民理論家法農(Fanon)在《大地之不仁》裡寫下的一段名言。法農在評論西方殖主義對殖民地的影響時，寫道：「當最後的白人警察離開和最後一面歐洲旗除下時也不完結。」

陳建忠有感於此，在他的〈徘徊不去的殖民主義幽靈〉一文中就說：「日本殖民主義政權在戰後雖然退出了台灣，但是殖民體制在政治、經濟、文化各方面的意識形態殘留卻未得到充分的清理；換言之，即未達意識形態上的『去殖民』狀態。」基於這種正確的判斷，陳建忠提出，「我們要解讀戰爭期的文學，正不妨仔細去辨識並清理在台日文作家、台灣作家文本中的殖民思想殘留」。

有了這樣的解讀，人們就不難理解近年來在台灣圍繞著「皇民文學」問題出現的怪現象了。這種怪現象，曾健民的〈一個日本「自虐史觀批判」者的皇民文學論〉描述是：「在日據末期極少數人搞的、影響也不大的『皇民文學』，而且具有全世界都唾棄的法西斯文學性格的『皇民文學』，連日本人也不敢去碰觸的日本法西斯國策文學的一組成部份的『皇民文學』，近年來，在台灣卻異常熱門，成為一批高舉『台灣意識文學』大旗的文學界人士和幾位日本的右翼學者聯手炒作的物件，他們互為唱和，用各種謬論企圖替『皇民文學』翻案。有人在報紙上大幅重刊『皇民文學作品』，指說當時幾乎每個台灣作家都寫皇民文學、都是皇民作家，誇大皇民文學，好像皇民文學就等同於台灣文學一樣；有人說『沒有皇民文學，全是抗議文學』；有人說某『皇民作家』是光復後才被揑造出來的，某「皇民作家」的作品其實是『愛鄉土、愛台灣』的；也有人以所謂的『內在必然性』、『近代性』來解讀『皇民文學』作品，把『皇民文學』合理化」。

在這樣的歷史鬧劇中，我們看到，外國右翼勢力和「台獨」勢力正在狼狽為奸。「台獨」份子需要日本右翼學人，是需要他為「台獨」張目；日本右翼學人需要「台獨」份子，是需要他們繼續謳歌日本殖民統治。曾健民引用一位日本朋友的話說：「其目的在使日本的侵略歷史免罪，同時，在使台灣在政治上、文化上、思想上與中國大陸分離。」

1943 年，日本擴大對華南與南太平洋地區的侵略時，是台灣殖民當局的總督府和「皇民奉公會」(簡稱「皇奉會」)所屬的文藝團體「台灣文學奉公會」(簡稱「台灣文奉會」)與「日本文學報國會」台灣支部，共同在台灣推進以暴力扭曲和摧殘台灣人民靈魂深部的「皇民文學」的。現在，日本右翼學人與台灣「文學台獨」勢力狼狽為奸，無異於一個新的「台灣文奉會」在復辟。《人間》編輯部說：「和這新的日帝文奉會進行堅決的鬥爭，是一切有自尊心的台灣文學工作者無可旁貸的責任。」其實，這不只是台灣《人間》派同仁和全台灣愛國的、維護祖國統一的文學工作者，也是中國大陸和海外的華人文學工作者的無可旁貸的責任。

當然，對於台灣來說，如同陳映真在〈精神的荒廢〉一文裡指出的，「觸目皆是的、在文化、政治、思想上殘留的『心靈的殖民化』」，一定要認真地清理，日本殖民主義的殘留影響一定要肅清。人們會十分讚賞並完全支援陳映真發自肺腑而又振聾發聵的呼籲和警策：「久經擱置、急迫地等候解決的、全面性的『戰後的清理』問題，已經擺到批判和思考的人們的眼前。」

陳映真、曾健民和他們的《人間》的批判，發出的呼籲和警策，還涉及到了另一個問題，這就是，面對「文學台獨」勢力的翻案逆流，人們應該怎麼辦？比如，現在張良澤對於他自己在過去曾以中華「民族大義」批判過「皇民文學」深感「後悔」當初之「無知」，所以，要來為「皇民文學」的「漢奸」品格翻案了。人們看到，《人間》的戰士們也憤而起來加以批判和清算鬥爭了。而那些「自命真正愛台灣的人」呢，又都到哪裡去了？曾健民的〈台灣「皇民文學」的總清算〉一文說得好：「面對張氏如此淆惑與傷害台灣文學的尊嚴的作為，平日開口『台灣文學的尊嚴』，閉口『台灣文學的主體性』的所謂『台灣意識文學』論者，怎麼都鴉雀無聲了呢？是不是所謂的尊嚴或主體性只對中國有效，而對日本軍國殖民者或其扈從者無效呢？」

七　妄圖在語言版圖上製造分裂為「台獨」造輿論

——「文學台獨」言論批判之四

文學領域裡的「台獨」勢力還有一個言論是，台灣文學是「多語言的文學」。其險惡用心是，在這「多語言文學」的幌子下，扭曲台語，把原本屬於漢語方言的台灣話說成是獨立的「民族語言」，在語言版圖上製造分裂，利用語言的分裂來鼓吹文學的獨立。陳芳明在 1999 年 8 月的《聯合文學》第 178 期上發表《台灣新文學史》的第一章〈台灣新文學史的建構與分期〉就說：「台灣淪為殖民地之後，作家的語言選擇變成很大的困惑。究竟是使用古典漢語還是中國的白話文，或是台灣本地母語，或是日本殖民者的語言？從新文學發軔之後，就可發現作家各自採取不同的語言從事文學創作。謝春木使用日本語，張我軍選擇中國白話，賴和藉助台灣母語，構成了殖民文化的混雜現象。」

這種利用語言問題做「台獨」文章的勢頭，早在 20 世紀 80 年代初期就開始了。當時，在海外討論了幾年的台語書面化言論基礎上，洪哲勝站了出來。洪哲勝 1958 年畢業於台南一中，進了成功大學土木系。1967 年到美國，在科羅拉多州立大學攻讀博士學位。1971 年離校到新澤西州專職進行「台獨」活動。1975 年回校完成學位攻讀。1979 年又辭去波士頓一家公司的職位，前往紐約市，再度從事「台獨」運動的專門工作，曾任「台灣獨立聯盟」副主席。1984 年退出這個「台獨聯盟」，籌組「台灣革命黨」，並任「建黨委員會」召集人，繼續從事「台獨」活動。

1983 年 6、7 月，洪哲勝利用在美國出版的《台灣與世界》總 1、2 期的版面，拋出了《台語發展史巡禮》一文。文章裡，洪哲勝別有用心地對「台語」作了一個「界定」。他說：「台語有四分之三的人口使用著『台灣福建話』。人們並不囉哩囉嗦地稱呼它『台灣福建話』，而簡要地、約定俗成地把它叫做『台語』。於是，『台語』歌曲、『台語』電影，及『台語』歌仔戲等用法，就經常出現在人們的口語中。這個多數台灣人的母語，被外來的日本殖民政權歧視打擊了五十年；接著，又被外來的國民黨當做眼中釘加以排拒摧殘。然而，它卻越來越擁有豐富的內容、瑰麗的成分，以及旺盛的生命力！」他還說：「台語當中，從中國福建跟隨著漢人移民橫洋過海移植來台灣的語言成分，至今仍然是構成台語的主幹。三、四百年來，台語有了多樣的發展，但基本上，還是從這個主幹上生長出來的，與原來有所不同的枝葉花果。雖然如此，台語當中已經有很多成分是原來、甚至當今的福建話所沒有的。這就是為什麼我一開始就把台語稱做『台灣福建話』的原因。」針對人們把台灣話叫做「閩南話」的叫法。洪哲勝危言聳聽地指責說：「這樣做，不但犯了把台語和福建話等同起來的錯誤，而且是對操用這種語言的人一種歧視！」洪哲勝還歪曲歷史，把二戰之後收復台灣行使國家主權的當時的國民黨政權也叫做「外來政權」，說它和殖民地荷蘭、西班牙、日本等外來政權一樣，「危臨台灣」，「一個一個都在台語當中留下了或深或淺的痕跡」。洪哲勝蠱惑人心地說：「給台灣的發展歷史作了如上的巡禮後。我們不難同意：台語是以福建話為主幹發展出來的語言。但是，它絕不等同於福建話。福建話的古老和典雅，它有。福建的外來成分，它也有。然而它還有產生在台灣這個美麗島嶼的獨特風土上面的瑰麗的成分。而且，在三、四百年的獨特歷史中，它還吸收並發展了自己的豐富的內容。同時，它越來越有旺盛的生命力。終有一天，它要嘲笑那些想要把它滅絕、而最後自己先消失的所有的外來野心家，罵他們一聲：『癮頭』！」

《台灣與世界》的總 1 期上，還有一篇署名「陶冰」的短文《台語迫切需要書面化》呼應了洪哲勝，也認定台灣話是台灣人的母語，甚至還說，這「也是台灣人爭取生存權的武器」，「必須珍惜它，發揚它。」而「要使其發揚光大，台灣話必須書面化。」

1983 年 8 月，邱文宗在《台灣與世界》的 8 月號(總 3 期)上發表〈關於台語書面化的一些概況——兼作轉載有關蘇新閩南語研究引言部份序言〉一文，就海內外對「台語書面化」問題的討論情況作了一翻歸納。關於台語有無必要書面化的問題，邱文宗說：「持正面一方的說法大致可分為：(一)台語乃中國閩南方言之一支，是中國漢語的『次方言』，在中國閩南，南洋一帶華僑以及台灣，使用人數衆多，書面化實有必要；(二)遭受日據時代日人皇民化運動的壓迫，兼嘗台灣國府歧視台語的感受之後，由政治上引起的反抗意識反映到語言的層次上來，認為需以『漢學』或台語書面化運動進行所謂『文化對抗』；(三)從事文藝活動的工作者，基於想如實反映當地群衆生活的需要，認為應有一套較完整的書面化台語，以便運用。當然，持反面看法的文章也不少，其主要論點可分為：(一)已經有了『國語』，台語書面化足以影響甚至阻礙其『國語』的推行；(二)極可能因而產生『台獨』或『分離』的衍生意識。」至於如何體現書面化的問題，邱文宗說：「如何體現台語書面化，也就是說採用何種媒介的問題，歸納起來，大體也有下列四種主張：(一)全部採用漢字；(二)採用羅馬拼音字；(三)漢羅混合運用；(四)另創一種新符號。」邱文宗對此未置可否。倒是在文章後面摘錄了蘇新的《閩南語研究引言》，用以表態。蘇新的《引言》雖然說到了閩南話和普通話的差異，但是，他強調的是，「閩南話和普通話都是『漢語』語系，用的也都是『漢字』」，他是維護語言文字的統一的。不過，到這一年的 11 月，這本雜誌的總 6 期上，署名「道章」的

〈台灣語文追踪序幕〉一文，還是說：「台灣教會的羅馬拼音聖經已奠定了台語拉丁化的基礎。但它缺乏科學化和系統化，且有不少沒有母音的辭彙，如果能略加改進就可使台語拉丁化更完善。那麼我的台語追踪法也就可以從此順利進行。首先，把在台灣和世界上其他使用漢文地區的所有漢字分別用拉丁字母拼出，其次比較所有的同字異音的台灣漢文，再次比較漢字與其他地區漢字發音之異同，然後歸納出一些語音變化的公式。最後就是利用這些公式來找一般認為有音無字的台灣字。果真無字，則該創造新字來使用。」

事情到了1984年。這時，台灣文藝雜誌社出版了一本《台灣語言問題論集》，收集了1973年到1983年間台灣島內發表的一些主張發展台灣「母語」，以求「語言自由」的文章30多篇。胡不歸於這一年的3月，在《台灣與世界》上發表了一篇〈讀「台灣語言問題論集」有感〉。文章說：「這個國語的概念，本來就是站在沙文主義上的，有了這種錯誤思想，才會引起種種政治問題來。過去日據時期台灣總督府所施行的國語政策如此，現在國民政府所推行的國語政策還是如此。要是腦子裡頭不存些什麼歪念頭想佔人家便宜，語言問題是好談的，沒有什麼解決不了的。人人有生存的權利，當然就有權利使用自己最方便的語言，這是天經地義的道理。這種權利是人最起碼的權利之一，誰都犯不了、除了他們自願放棄。所以有兩種或者兩種以上的語言相處時，只要大家能互相尊重對方的語言，大家就應該可以相安無事的。不過遺憾的是實際上常常無法做到這樣。」他就鼓吹，對於國民黨政權的語言政策，台灣人「都應該會感覺委屈，感覺氣憤，甚至怒不可遏而叫起來才對。」文章還鼓動台灣人「為了母語的書面化而多賣些力氣。」

這一年10月，胡莫在《台灣與世界》總15、16期上發表了〈台語書面化之路〉一文，繼續鼓吹：「台灣人講的是台灣話，台灣人當然也可以按照台灣話來書寫自己的語體文」。這一類文章，還有這本雜誌同年 11 月號上發表的道章的〈台語文的音與字〉，1985 年 10 月號上發表的道章的另一長文〈〈台語之古老與古典〉評介及衍析〉。

1987 年 4 月號的《台灣與世界》上，王曉波發表了〈台灣最後的河洛人——巫著〈風雨中的長青樹〉讀後感〉一文，像是對以上種種的雜語喧嘩作了一個總結性的回應。文章藉著台灣本土著名詩人巫永福的大作，指出了台灣人、台灣話與大陸中原文化的割不斷的聯繫。王曉波借巫永福之口說：「巫老極言今日閩系台灣人即河洛人，其語言即河洛話，並且才是唐、宋以前的漢語」。他引用巫永福的話說：

> 河洛語系文化系統的福建、廣東與台灣河洛人、客家人，都是純粹黃帝子孫為中心的漢民族，他們的祖籍都在河洛地區，故他們的祖墳都明記河洛祖籍以示不忘。以我巫姓而言，祖籍為山西平陽，依族譜記載於永嘉之亂時，經山東、浙江避難至福建。之後又有移往廣東潮汕地區成為廣東河洛人。再後又移往嘉應州梅縣成為客家人，而後部份移往台灣。繼承著豐富的河洛語系文化的河洛語言、詩經、唐詩、論語、南北管音樂及演劇、布袋戲、皮猴戲、創作歌仔戲，比北京語系文化的京戲、京韻大鼓、鐵板書豐富得多。且詩經、唐詩以河洛語來吟韻律才會好聽外，其字義的解釋更需借重河洛語，很多古書也是一樣。因為河洛語系漢民族統治中國的歷史較悠久，其文雅的語文及辭彙的豐富更是北京語文所不能及。

為什麼今天台灣還能保持這些河洛古語呢？王曉波仍然引用巫永福的話說：

> 這些中國的古語音河洛話——台灣話為何在福建、台灣能保持其古音的完整呢？第一福建多山貧脊，交通不方便，較不易受外來的影響且原住民的勢力小。第二台灣隔著台灣海峽成為海外孤島，海上交通不發達，雖然滿清二百六十年的統治卻被視為化外，自然地台灣人的語言文化仍然保持其固有的特色，不受滿清的語言的影響。而日本雖統治台灣五十年，時間不算長，日本語的影響不多，故其原來的語音風格仍無變化。

王曉波的文章，還針對陳芳明在〈島嶼文學的豐收〉一文裡的所謂「在 1950 年代以後出生的一代，可以說是向中國經驗正式告別的第一代」的言論，指出：

> 如果台灣青年知識份子不能回到自己的歷史，而變成向河洛人告別的一代，我怕，巫老將會變成台灣知識份子中最後一個河洛人了；巫老一生在這動亂時代中的文化奮鬥，也可能只能成就自己為河洛人的孤臣孽子了。
>
> 不過，我更相信台灣人強韌的民族力，台灣的老百姓，仍然會一代又一代的，把自己民族的烙印勒刻在死後的石碑上，和書寫在自己的族譜上。所以，只要孤臣孽子猶在，河洛人的香火仍得不絕如縷，巫老的心血終究是不會白費的。

然而，這樣的批判阻扼不住「文學台獨」勢力拿語言當稻草的努力。而到了 90 年代，這同一個巫永福也轉向，成為「台獨」派，背離了自己原來的民族和思想立場。而且，這以後，還進入了一個實質性的階段，葉石濤等人直接由「台語」而鼓吹「台語文學」，以圖分裂了。

先是葉石濤

在1985年開始發表的《台灣文學史綱》裡，葉石濤先認定，張我軍主張的「白話文學的建設，台灣語言的改造」，跟「殖民地台灣的現實狀況背道而馳」。到了30年代的「台灣話文和鄉土文學」的論爭，其實質分明是個文學如何「大衆化」的問題，葉石濤卻硬要說，那「是台灣話文的構想」的「萌芽」。說到80年代的台灣文學，葉石濤又說：「在台灣新文學開展的初期階段，已經出現了台灣話文、鄉土文學等論爭。台灣話文儘管是主張為了滲透民間的方便起見，創作語文應用台灣話文去書寫，排除用日文寫作的途徑，但它也同時認為，以北京官話為准的白話文不適用台灣民衆，跟大陸的大衆語運動互相呼應，要建立更符合民衆生活的日常性語文——台灣話文。」從此，「以北京官話為准的白話文不適用台灣民衆」，成了「文學台獨」勢力鼓吹「台灣文學」同大陸文學分離的綱領。

1995年，葉石濤在高雄《台灣新聞報》上寫他的專欄文章〈台灣文學百問〉時，進一步宣傳了這些主張，比如，在〈新舊文學論爭與張我軍〉一篇裡說：「張我軍的『白話文學的建設，台灣語言的改造』主張，其實是一條行不通的路。台灣人既不是日本人也不是中國人，台灣是一個多種族的國家。後來在30年代，黃石輝、郭秋生等作家主張『台灣話文』，但1937年以後變成清一色的日文文學，台灣的歷史性遭遇使得台灣的語文環境變得很複雜，這也許是張我軍做夢也沒料到的事。」至於，說到80年代的台灣文學，葉石濤則胡說台灣是一個「國家」，誣衊漢語普通話的推行是「外來統治民族強壓的語言政策所導致的結果。他的誣衊性言辭是：「台灣本來是多種族的國家。先說屬於古代南島語族的山地原住民和平埔族，就有將近二十種互不相通的族群母語。然而除去東部噶瑪蘭族人還保存有噶瑪蘭話之外，其餘平埔族已被漢人同化，母語已經死滅。山地原住民除老一代還能操母語之外，年輕一代的母語能力低落，而且山地原住民九族的所謂母語裡摻雜有相當多的日語。漢人中的福佬、客家族群，年輕一代的母語能力也不佳，只有外省族群所用的普通話一枝獨秀，是優勢的語言，正如日治時代的日語是優勢語言一樣。這當然是外來統治民族強壓的語言政策所導致的結果。雖然在日治時代的1930年代初期，黃石輝和郭秋生掀起台灣話文運動，極力主張回歸母語，抗爭中國白話和日文，且留下賴和、黃石輝、鄭坤五、蔡愁洞等作家少數的台灣話文作品。但由於戰前、戰後有關母語的標記法認知不同，今天去讀黃石輝等人的台灣話文作品，令人感到相當吃力。用母語來創作是天賦人權，不可剥奪的人權之一。統治者用政治力量來宰制文學及民衆的日常語言，是最法西斯的強暴手段。」葉石濤還誇大一些作家在作品裡使用方言詞語的情形，硬說「戰後許多客家系作家，如吳濁流、鍾肇政、李喬、鍾理和等，把客家母語甚至日語帶進作品裡。福佬話即由王禎和帶進作品裡，成為保存母語韻味的嶄新的『文學語言』。」說到「母語」的標記法的問題，葉石濤又說：「就母語的標記而言，長老教教會有漫長的羅馬字拼音的福佬話標記法，通行幾十年。有關母語標記法各研究家中難免有些爭執，互不相讓，從連雅堂到王育德都有不同的看法。戰後給母語文學帶來不同標記法的專家，先後有許成章、鄭良偉、洪惟仁、莊永明、陳冠學、羅肇錦、許極燉、陳修等人。」在這篇文章裡，葉石濤還認為：「母語文學的未來奠基於各族群的認同和共識，這不是任何一個種族可以決定的重要課題」。

1996年5月，葉石濤在中正大學「台灣文學與生態環境」研討會上發表論文〈台灣文學未來的新方向〉一文時，又說：「隨著台灣的民主、自由化，社會的多元化和多樣化，各族群重視自己族群的歷史、文化的傾向不可避免。台灣文學經過七十年的波折和發展以後，各族群以母語來創作應該是理直氣壯的。河洛人發展台語文學，客家人寫客語文學，原住民用各族群母語的古代南島語來寫作，這應該是符合台灣多種族社會，取得和諧時代潮流。」怎樣處理這「多種族」的語言問題呢？葉石濤的意見是獨尊「台語文學」。他說：「多種族的台灣面對這紛歧的母語文學必須擁有共同的語文來化解。當然依照民主方式的多數決而言，佔有多數的河洛話文學也就是台語文學，應該成為台灣文學的創作語文是天經地義的。」

跟在葉石濤之後的是彭瑞金。彭瑞金在 1991 年 3 月出版他的《台灣新文學運動四十年》一書時也糾纏在「母語文學」問題上有意製造分裂。他在說到 1980 年以後的〈本土化實踐與演變〉時，特別寫了一節〈從方言文學到母語文學〉。彭瑞金說：台灣新文學發軔以來，尋求合理的台灣文學語言，一直是嚴肅的課題，不但內部沿路爭議不休，而且受到政權更迭的干擾、禁制。」接下來，彭瑞金說到 20 年代新舊文學語言的爭論，指責了張我軍的「依傍中國的國語來改造台灣的土話」的主張。說到 30 年代黃石輝的主張，彭瑞金又肆意歪曲說，那是「明確概括台灣文學內涵、具有台灣意識的台灣文學語言觀點，其後，因迭遭 1937 年的漢文廢止政策、一九四三年的皇民文學以及國民政府來台後的『國語』政策，以政治力貫徹外來語的壓迫，使得台灣文學語言歷經重大衝擊，始終處在不能歸位的狀態。因此，捍衛台灣語文，重振發揚台灣語文，建設台語文學，這樣的文學與語言糾葛不清的現象，不但成為台灣作家在埋首創作之外，一項困惑不已的創作夢魘，台灣人說不得台灣話，也是台灣社會政治運動奮鬥不懈的目標，日據時期有作家因為進入日文創作時期而放棄文學，戰後又有人因為無法跨越語言的障礙而放棄創作，足堪列為世界文學史上的奇觀。」60 年代，他又加以歪曲，把王禎和等鄉土文學作家的作品說成是「方言文學」或「文學方言」作品。一直到 80 年代，彭瑞金說，才有了一個「強勢的母語文學運動」。他說，這「強勢的母語文學運動，實際是因應著台灣文學的自主性、本土化之台灣意識的覺醒成長運動而產生的。」彭瑞金說：「八〇年代台灣語文學運動最大的特色是站在台灣文學正當性出發的；帶動台語文學者認為台灣作家以台灣語創作是天經地義的事，不再以方言文學的心態乞求寬容的存在，同時也跳過台灣話到底有沒有台灣文字的憂慮。」為了說明這種運動的「成就」，彭瑞金引錄了林宗源的《台灣詩選》的代序〈沈思與反省〉中，用「台語」寫下的一段話，即：「台灣作家家己的語言不在家，精神有兮也無在厝，食到七老八老猶不斷乳，無自信無覺悟無反省，講的攏是三天地外的中國遺產，寫的攏是半仿仔的北京話，莫怪予人准做是邊疆文學。台灣作家為何不責問家己，……不去深深反省，實實在在創作家己的文學，猶咧相殺講啥物台灣話文的好惡，著不著，該不該寫。」然而，對這樣的「台語文學」，彭瑞金似乎也信心不足。所以，他又不得不寫下了這樣一段文字：「台灣語文發展的最大疑題，在於台灣話文字的長期荒疏，自不容否認，林宗源主張寫了再講，也自有道理，畢竟台灣話並非原本沒有文字，當然斷絕那麼久的台灣話與台灣文的接續工作，不是一蹴可幾的，而且所謂台灣話者還有福佬、客家、原住民、平埔族人及 1949 年大陸來台人士帶來的各地語族之區別，即使福佬話也有漳、泉、南、中、北部腔調之別，客家話亦有海陸、四縣、饒平之分，原住民則不僅九族各有語屬，還缺乏文字。因此，80 年代的台語文學運動，固然是結合了語言學家與作家，出自自覺的文學運動，先後有許成章、鄭良偉、洪惟仁、莊永明、陳冠學、羅肇錦(客語)等人投入台語之整理、研究工作，有林宗源、宋澤萊、向陽、林央敏、黃樹根、黃勁蓮、柯旗化、林雙不、黃恒秋(客語)、杜潘芳格(客語)等人投入台灣詩文的創作，但距離台語文學時代的到來，還有一段長路要走。」除了林宗源用「台語」寫詩，彭瑞金還提到了宋澤萊、林央敏用母語寫詩之外，也嘗試以台語寫小說，作散文。寫台語詩的，還有一個向陽。

和彭瑞金把「台語文學」看作是「台灣文學的自主化、本土化的一環」一樣，林瑞明也是把「台語文學」當作「台獨」文學的一個重要方面來對待的。

林瑞明在1996年出版的《台灣文學的歷史考察》一書裡寫有一篇〈現階段台語文學之發展及其意義〉。

林瑞明以「文學本土化」的發展為「內在邏輯」對「母語創作」作了一番回顧之後，又指出林宗源、向陽、宋澤萊等以「台語」創作作品「掀起了台語創作的高潮」。再加上，鄭良偉、洪惟仁、許極燉、陳冠學、林繼雄等熱衷於研究台語，「各種台語辭典如雨後春筍，台語教學班也相繼成立」，「更有台灣語文學會的正式成立」，「凡此種種都有助於台語文學的向前邁進」。林瑞明還特別提出了1991年以林宗源、向陽、黃勁蓮、林央敏、李勤岸、胡民祥等20人組成的「蕃薯詩社」。這是台灣有史以來的第一個台語詩社。他們鼓吹的「宗旨」是「1.本社主張用台灣本土語言創造正統的台灣文學。2.本社鼓吹台語文學、客語文學參加台灣各先住民母語文學創作。3.本社希望現階段的台灣文學作品會當達著下面幾個目的：①創造有台灣民族精神特色的新台灣文學作品。②關懷台灣及世界，建設有本土觀、世界觀的詩、散文、小說。③表現社會人生、反抗惡霸、反映被壓迫者的艱苦大衆的生活心聲。④提升台語文學及歌詩的品質。⑤追求台語的文字化及文學化。」林瑞明對此自有一番「高論」：「以母語思考、創作，原是文學基本出發點，但從台灣新文學發展的歷史來看，80年代解嚴之後，台灣意識已全然表面化，被官方長期抑制的台語熱鬧登場，具有顛覆國語的政治性格，對於長期以來，以日文、中文創作的台灣作家亦加以挑戰，有些人認為這全屬於被殖民文學，只是不明言而已。」林瑞明舉例說，「蕃薯詩社」社長林宗源就是這麼認為的。他引用了林宗源的一段話：「台灣儂用統治者的語文閣唔反省覺醒，無氣節兼奴性，那有啥物台灣精神咧！……台灣儂凡是用唔是個的族群的母語來寫，一定無算是台灣文學。道理直簡單，有啥物款的儂則有啥物款的語言，有啥物款的語言則有啥物款的文化及文學。」用普通話翻譯，這段話是說：「台灣人用統治者的語言而又不反省覺醒，無氣節且奴性，那有什麼台灣精神呢！……台灣人凡不是用他們的族群的母語來寫，一定不算是台灣文學。道理真簡單，有什麼樣的人即有什麼樣的語言，有什麼樣的語言即有什麼樣的文化及文學。」林瑞明對於90年代台灣「台語」文學的發展是感到興奮的。他說：「台灣文學界面臨了來自於母語的核心革命！」他甚至斷言：「台語文學的發展，將更加無可限量。」

陳芳明也不甘寂寞。

1999年8月，陳芳明在《聯合文學》上發表〈台灣新文學史的建構與分期〉一文，一開始就說到：「台灣文學經歷了戰前日文書寫與戰後中文書寫的兩大歷史階段。在這兩個階段，由於政治權力的干預，以及語言政策的阻撓，使得台灣新文學的成長較諸其他地區文學還來得艱難。」此文遭到陳映真的批判之後，陳芳明又在2000年8月的《聯合文學》190期上發表了〈馬克思主義有那麼嚴重嗎？〉一文，又重彈老調說：「台灣新文學運動者自始就是以日文、中國白話文、台灣話三種語言從事文學創作。」其中，用台灣話書寫致使台灣「與中國社會有了極大的隔閡」。陳芳明還說，「國民政府在台灣『不僅繼承』了『甚至還予以系統化、制度化』了『日本殖民者對台灣社會內部語言文化進行高壓制與排斥』的『荒謬的國語政策』。依賴於這種『國語政策』，中國的『強勢的中原文化才能夠透過宣傳媒體、教育制度與警察機構等等管道而建立了霸權論述。』而這種存在於台灣的霸權論述，與日據時期的殖民論述『正好形成了一個微妙的共犯結構』。」

應該說，陳芳明上陣之前，除了一些有識之士指出「台語」書面化、「台語文學」創造之不可能，對於利用語言問題發出的「文學台獨」的言論，維護國家和文學統一的愛國思想家、作家，還沒有正面展開過批駁。陳芳明出來後，陳映真先後寫了〈以意識形態代替科學知識的災難〉、〈關於台灣「社會性質」的進一步討論〉、〈陳芳明歷史三階段論和台灣新文學史論可以休矣！〉，分別發表在2000年7月、9月、12月的《聯合文學》上，對陳芳明的謬論予以批駁。

陳映真指出，陳芳明所說的受「歧視」的台灣話，其實是指「中國國語」對台灣地區的「閩南」、「客家」兩種漢語方言的「壓迫」，從而暴露了陳芳明妄圖把通行於台灣地區的漢語閩南方言、客家話方言說成是和漢語、日語一樣獨立的民族語言，以證明台灣是分離於中國之外的「獨立」「國家」的陰謀。現在，不僅中國方言的研究，連全世界的方言學研究都公認，閩南方言、客家話是漢語的方言，不是與漢語對等的民族語言。陳芳明反其道而行之，既不尊重事實，也不尊重語言科學，除了表現他的無知，只能說明他別有用心。在〈關於台灣「社會性質」的進一步討論〉一文中，陳映真還旁舉法國、日本、韓國之例，證明各國為了維護「國語的中央集權的統一」，普遍強制推進某些針對方言的特殊的文化政策。國民黨政府在台灣當權之後，採用語文標準教科書，推行國語字(辭)典，還有注音符號、語文考試制度等，也是推行這種文化政策的體現。這種世界各現代民族國家都做的事情，二戰之後，當時的中國政府在台灣地區也做了，怎麼能說是「殖民統治」的「語言文化的歧視」呢？其實，陳芳明面壁虛構出一種「台灣話」來，真實目的是要把「台灣的/台灣話語」和「中國的/白話文」看作是一種絕對對立的鬥爭的雙方，進而證明這種對立的鬥爭，不僅是語言的，而且還是文學的，乃至民族的、國家的對立的鬥爭。這種心機，當然是白費。

針對葉石濤、彭瑞金、林瑞明、陳芳明等人對台灣新文學歷史的歪曲，早在 1993 年，台灣清華大學中文系呂正惠教授在他的論文〈三十年代「台灣話文」運動爭議〉中，就提出了實證的歷史材料，做了科學性的駁論。他指出，30 年代「台灣話文」運動，是殖民地台灣知識份子為了保存自己民族語文，認識到「台灣話文」的探索是「為了不和漢文化」因殖民分裂而「完全斷絶關係」的「唯一可行的道路」，心存「在日本人統治之下保存漢文化的用意」，所以在提倡「台灣話文」的表記時堅持和漢字漢語維持必要關係，堅決反對羅馬拼音。他説：

> ……日據時代「台灣話文」運動是台灣知識份子面對特殊歷中背景所提出的問題，其目的不是要和中國切斷關係，相反的，是想在客觀的困難條件下保存漢文化的一點命脈。把這個運動詮釋為台灣文學想在中國文學之外尋求「自主性」，實在是違反了歷史的面目，把被動的「不得不」的行為，說成是主動的，有意識的行動了，這不能不說是把歷史加以扭曲了。

陳映真在批判陳芳明所説台灣新文學發軔時以「多語文」「書寫」之説時指出，「台灣陷日後，台民拒絶接受公學校日語教育，以漢語文『書塾』形式繼續漢語文教育，截至 1898 年，台灣有書塾一千七百餘所，收學生近三萬人」，那時，没有作家用日文創作。1920 年初，受大陸「五四」文學革命影響，台灣也爆發了白話取代古文的鬥爭，白話文開始推行，台灣新文學都是「以漢語白話，或文白參半的漢語『書寫』的」。「直到 1937 年，日本統治者強權全面禁止使用漢語白話之前，日據時代文學作家和台灣社會啟蒙運動基本上堅持了漢語白話的書寫，是不爭的事實。」「即使是被迫使用日語的作家如楊逵，也以日語形象地表達了他那浩氣長存的抵抗。」楊逵自己在1948年的《台灣文學運動回顧》裡也說，1937年後日文變成創作語言，但他們從來没有忘卻「反帝反封建」、「民主與科學」的口號仍為台灣新文學主流，他們從來没有脫離中華民族的觀點。關於「台灣話」，陳映真指出：「除了採集台灣民謠、童謠的作品，日據時代基本不存在完全以『台灣語文書寫的』文學創作」。「不曾產生重要的、偉大的、普受評價的『台灣語文(實為閩南語)』寫成的文學作品這個事實本身，說明了日據下以『台灣語文』『書寫』文學作品之不存在。」即使是像賴和這樣的作家，「在作品中比較多、比較成功有效地吸收了閩南語偉大作家」，他的作品的語言，仍然主要是以漢語普通話的白話文為敘述框架。陳映真還指出：「近十年間，陳芳明一派的人大談『台灣話』，以『台灣話』寫論文，寫詩，大談『台灣話』之『優秀』，結果都知難而止，無疾而終。」這說明，要想把閩南方言、客家話這樣的漢語方言歪曲為獨立的民族語言，甚至使它變成一種「文學語言」，用來進行文學創作，只是陳芳明等「台獨」勢力一廂情願的幻想而已。

這期間，為了給所謂的「台灣話」搞出一套文學來，「台獨」勢力還在中文拼音方案上做起了手腳，用一個所謂的「通用拼音法」來抵制和反對使用祖國大陸的中文拼音方案，妄圖徹底割斷台灣和大陸的文化紐帶。其實，採用什麼樣的拼音系統、方案來拼寫台灣島上稱之為「國語」的現代漢語普通話，在台灣，一直是個爭論不休的問題。羅馬拼音、威妥瑪式拼音、郵政拼音，中文拼音方案，還有近年出台的通用拼音，都被混雜使用，各縣、市甚至各人，都可以自行其是，以致人名、地名、街巷名、商家字型大小名的音標標註或音譯譯寫，十分混亂。1999年7月26日，台灣當局的行政院曾召開教育改革會議，通過了以中文拼音方案作為台灣中文音譯系統的決定。2000年6月，台北市的有關部門向台灣教育部提出報告，建議用中文拼音來規範街名的注音譯寫。不料，10月7日，台灣教育部裡一個叫做什麼「國語推行委員會」的機構，決議採用南部高雄正在使用的「通用拼音法」，將祖國大陸通行了40餘年而又獲得了廣泛的國際承認和使用的中文拼音方案棄置不用。對此，正在推廣使用中文拼音方案的台北市，強烈不滿，斥責「新政府」推翻原有共識，無視與世界接軌的需要，完全是出於政治考慮。「市政府」還主持召開了一次座談會。會上，以中文譯音系統對交通服務設施的衝擊問題為話題，到會的學者和觀光業者紛紛發言、表態。10月底的台灣《中時電子報》以〈支援中文拼音．座談會一面倒〉為題，報導這次座談會說，與會者「幾乎一面倒支援中文拼音」。與此同時，一大批教育專家、語言學家、作家，還有一些政界人士，也都對此展開了激烈的爭論。論戰中，絕大多數學者專家和作家都支援採用中文拼音方案，只有一些有著危險政治傾向的政客擁護採用「通用拼音法」。身為語言學家的台灣當局新任教育部長曾志朗，倒是中文拼音方案的支持者。從專業角度和世界接軌需要加以考量，作出了教育部的決定，採用中文拼音方案。到此為止，人們滿以為，這場爭論可以結束了。不料，教育部門的這個報告，被當局的行政院退回，否決。

其實，棄置中文拼音方案，採用「通用拼音法」，不光是一個使用什麼拼音的問題。那個所謂的「國語推行委員會」，原本就給「通用拼音」戴上了「本土化」、「自主性」、「認同感」的大帽子，愚弄民眾，蠱惑人心，還妄圖通過「通用拼音」為拼寫所謂的「台灣話」、「造台灣字」作準備。所以，拼音問題的要害是在於，從語言文字版圖、文學版圖、文化版圖上製造分離，以求地理版圖、政治版圖的分裂、獨立陰謀得逞。

冰凍三尺，非一日之寒。事實上，「台獨」勢力把「語言」

當「稻草」，是新分離主義者從80年代後期以來一直都在興風作浪的一種表現，正是「文化台獨」的一翼。十幾年來，當社會生活中，有人用講「台灣話」還是講「國語」來對人們劃線排隊，以致於像某大航空公司那樣，非操「台灣話」者堅決不錄用的時候，在文學界，就有人用一些生造的怪字來拼寫「台灣話」，堂而皇之印出書來，美其名曰「台灣話語文學」作品，擺在書店裡招搖過市了。

什麼是：「台灣話」？說穿了，「文化台獨」裡的「台灣話」，就是現代漢語裡閩方言的一支閩南話。把今日漢族民族語言漢語裡的一種方言閩方言的一支閩南話，人為地扭曲變形為一個通行地區的、獨立在其所屬的民族語言之外的虛擬的「民族語言」，這是十分愚蠢的，非常荒謬的。

對於圍繞著「語言」問題發出來的種種荒謬言論，《人間・思想與創作叢刊》2001年春季號上，發表了一篇童伊的長文〈文化台獨把「語言」當「稻草」，荒謬！〉，作了全面的、深刻的清理與批判。

童伊的文章共分四個部份，即「『文化台獨』撈起了『語言』的『稻草』」、「方言脫離不了民族共同語言」、「現代漢語方言的閩南次方言」、「割斷歷史就是對民族的背叛」。

文章開篇，童伊就指出：

> 「台獨」勢力在另一個戰場上又演出他們分裂祖國的鬧劇了！
>
> 這個戰場就是文化、文學和教育領域。
>
> 這一類的鬧劇，正在台灣島內滋生一種「文化台獨」。其危害不可小看。

在第一部份裡，童伊指出：

> 台灣80年來的新文學，分明是在大陸「五四」新文學影響下用漢語白話文作為語言文字載體和書寫工具的文學，近來，「台獨」勢力卻偏偏製造謊言，說什麼台灣新文學是一種「多語言的文學」，「一開始就是用台灣話、中國話、日本話寫作的文學。」在這樣的謬論裡，「台獨」勢力把閩南話說成是獨立的和中國話、日本話對等的「台灣話」，妄圖從「語言」上割斷台灣和大陸的血脈。

說到方言脫離不了民族共同語言的關係，童伊首先說明，「『文化台獨』妄想把閩南話從漢語中脫離出來，獨立起來，那是要讓一種方言脫離它所從屬的民族共同語言，真說得上是一廂情願！」什麼是民族共同語言？童伊的文章從學理上作了說明，指出：「民族共同語言 national common language，指的是一個民族內部最重要的交際工具，共同使用的語言。民族共同語言是民族的特徵之一。它有一個形成和發展的過程，隨著民族的產生而產生，隨著民族的發展而發展，這種發展和變化受民族的社會條件的影響和制約。所以，一部民族語言史總是同一部民族史緊密聯繫在一起的。民族共同語言在一定程度上反映著使用這種語言的民族對客觀世界的認識，凝聚著這個民族的人們在物質生產實踐、精神生產實踐和人的自身的生產實踐等一切社會實踐領域裡長期實踐所獲得的知識。從民族共同語言，人們可以看到，使用這種語言的民族，基於共同的地域、共同的經濟生活、共同的文化生活、共同的心理素質而形成的，歷史的和現時的社會的種種特點。同時，民族共同語言的發展，也不只是依賴於使用這種語言的民族的發展，反過來，這種語言的發展還會對民族的發展產生重要的影響，發揮重要的作用。這不僅是說沒有民族共同語言人們就不可能形成一個統一的民族，還意味著，沒有本民族語言的使用，這個民族的歷史文化遺產的繼承和發展，這個民族當下和今後的發展，都將是不可能的。」童伊的文章還指出：「民族共同語言在歷史發展的過程中，會在內部形成或存在不同的殊方異語。這殊方異語就是方言，或者，是民族共同語言的地域性的變體，是民族共同語的地方形式。」所以，要問什麼是方言，我們可以說，方言是民族共同語言的繼承或支裔，一個方言具有異於其他親屬方言的某些語言特徵。但是，它無論怎麼特殊，在一個特定的歷史時期內，都還是從屬於民族共同語言的。這所謂的歷史時期，會是一個相當漫長的歷史時期，往往不是幾年、幾十年、幾百年能夠計算的。」

針對「文學台獨」勢力把閩南話説成是「獨立的語言」的謬論，童伊又從學理上講明了民族共同語言發展的規律，其間的方言變化情景。童伊寫道：

> 民族共同語言發展的基本運動形式是分化和整合。
>
> 歷史上，一個民族內部，人群會因為躲避戰亂，或者武裝侵略，或者人口增殖過多，原有土地不能承載不得不分散棲息，或者轉移出去和平墾殖，而不斷地發生集體遷移的事情。這時，民族共同語言會隨著使用者的分離而走上分化的道路。還有，這個民族在地理版圖上本來就分佈面積過大，距離過遠，古代交通不便，社會交往不甚發達，山河的阻隔也會使各地區的居民形成為相對獨立或半獨立的生活群體，相同的民族語言也會在不同的地區發生這樣那樣的變化。這也是一種民族共同語言的分化。這些分化，就是方言的形成和發展。從理論上說，在特定的歷史條件下，當然，這不會是在一個統一民族內部少數人違背歷史發展潮流人為地扭曲和變異某些條件的情況下，有的方言也可能發展為獨立的語言。
>
> 不過，這種極端性的分化式的發展，只在古代社會有

可能發生。而事實上，我們還不知道有這樣的事情發生過。現代社會，隨著人們生存條件和社會生活的巨大變化，交通工具的極大改進，溝通手段的極大變化，原來發生阻隔作用的地理因素，不再發生作用了。這使得不同的方言彼此之間大大接近，使得民族共同語言的發展由分化轉變為整合。

民族共同語言就在這種分化和整合的過程中，以它的某一個方言為基礎，形成一種標準語。

事實上，這種標準語，早於現代時期，地球上的不同民族，都在各自的歷史條件下，在幾百年前，甚至一兩千年前，都逐漸形成了。

這種標準語，一旦形成，就會有統一的民族內部各地人民都必須遵循的標準和規範，有它口頭的、書面文字的統一形式，有它的文學語言。這種標準語，有利於民族內部的交流和民族的發展，內容無限豐富，對它內部的各種方言具有無比巨大的約束力。由於這種標準語是在長期的歷史發展過程中發展形成的，因而具有難以估量的巨大的穩定性。它自身的再發展，只是顯示了「古代」、「近代」和「現代」意義上的不同形態而言，在這種情況下，只憑著少數人的微不足道的力量，出於某種權勢野心的驅使，想要人為地改變共同語和方言的關係，人為地製造方言獨立的神話，是絕不可能的。在人類歷史上，古往今來，中國和外國，要使方言脫離一個強大的共同語而獨立，夢幻成真，還不曾發生過。

這就告訴我們，「台獨」勢力要使閩南話脫離漢語的陰謀，是絕不可能得逞的。

當然，語言界線同民族界線，在絕大多數情況下是一致的，即，同一民族使用統一的一種語言，不同的民族使用不同的語言。但是，也有不同的民族使用同一種語言的，如中國的回族和滿族，現在使用漢語；一部份畲族、土家族，也使用珈語，裕固族使用東部裕固語和西部裕固語。另外，民族共同語和政治法統上的國家概念也不能混為一談。使用同一民族語言的也可以是不同的國家，如前東德、聯邦德國，現在的朝鮮和韓國，還有漢語也在新加坡、馬來西亞流通。「文學台獨」勢力有時候也想從這些事實中撈取稻草，以圖支撐他們的「台獨」謬論，童伊也明確指出：

> 然而，這都幫不了「台獨」勢力的忙。所有這些情況都和台灣不同。那都是歷史上因為民族的融合或戰爭以及移民僑居造成的特殊情況。台灣，無論從地理、人文、行政建制、國家法統等等各個方面來看，從來都是中國的不可分割的一部份，跟上邊各種情況沒有任何可比性。台灣島上的閩南話，作為現代漢語的方言的一種，怎麼可能支撐得住台獨勢力製造出一個「獨立」的「國家」來呢？台獨勢力硬要違背人類歷史上語言發展的規律，要想改變這種規律以求一逞，真是螳臂擋車，不自量力！

考慮到「文學台獨」勢力在「閩南話」上做了不少文章，對於島上的年輕人有一定的欺騙性，童伊的長文對現代漢語方言的閩南次方言也作了學理性的説明。童伊説：

> 斷定閩南話難以脫離現代漢語這一民族共同語獨立成「台灣話」，從語言自身說，還因為，這閩南話，原本只是屬於閩方言的一個次方言。

什麼是閩南次方言？童伊先從漢語說起：「從全世界範圍看，獨立的民族語言之多，難有精確的數位。一種估計是 2500—5000 種，還有一種估計是 4000—8000 種。按照近代運用最為廣泛的一種語言分類方法——譜系分類法，漢語屬於漢藏語系中的四大語族之首的漢語族，是這個語系裡的最主要的語言。按《中國大百科全書》1988 年提供的數位，當時，以漢語為母語的人，大約有 9.4 億。十多年後的今天，這個數位顯然大大突破。除了中國大陸和台灣省，漢語還分佈在新加坡和馬來西亞，以及世界五大洲華人移民僑居的各個國家和地區。漢語的標準語，是近六百多年來以北方方言為基礎方言逐漸形成的。它的標準音是北京音。漢語的標準語，在中國大陸叫『普通話』，在台灣叫『國語』，在新加坡、馬來西亞叫『華語』，在其他華人僑居國和地區叫『漢語』、『中文』或『華語』。經過了漫長而又複雜的歷史發展過程，到現代漢語這個階段，漢語方言有七大方言，即：北方方言、吳方言、湘方言、贛方言、客家方言、粵方言、閩方言。其中閩方言具有異於其他方言的突出的特點，內部份歧也很大。按其語言特色，閩方言大致上又可以劃分為 5 個次方言，或者，5 個方言片，即：閩南次方言、閩東次方言、閩北次方言、閩中次方言、莆仙次方言。」說到閩方言，童伊介紹其使用情況說：「據《中國大百科全書》1988 年提供的統計資料，在中國(含台灣省)，通行閩方言的縣市約有 120 個以上。除了福建 54 個縣市、廣東東部 12 個縣市、海南島 14 個縣市、雷州半島 5 個縣市、台灣 21 個縣市、浙江省南部 7 個縣市之外，主要通行粵方言的中山、陽江、電白等縣市也有部份區、鄉說閩方言，江西東北角的玉山等縣、廣西中南部的桂平等縣、江蘇宜興等縣市，也有少數地方說閩方言。另外，散居南洋群島、中南半島的華僑、華裔，數百萬人祖祖輩輩也以閩方言為『母語』。現在，以閩方言為『母語』的僑民，還分佈到了歐、美及東亞乃大洋洲、非洲各地。使用人口，則在 4000 萬以上。」

接著，童伊說到了閩南次方言的使用情況：「閩南次方言，是閩方言中使用人口最多、通行範圍最廣的一種次方言。它覆蓋了福建省內的廈門、漳州、泉州三市為中心的 24 個縣市。福建省以外各地通行的閩方言，基本上都是閩南次方言。閩南次方言以廈門話為代表。潮州話、文昌話，也分別在廣東東部和海南島有較大的影響。在台灣，21 個縣市中，除了約佔人口 2%的高山族地區說高山話，台北、彰化之間的中壢、竹東、苗栗、新竹和南部屏東、高雄等縣市，以及東部花蓮、台東的部份地區，通行客家方言外，其餘各地的漢族居民，都說閩南次方言。人口約佔全省總人口的 3/4 以上。」

針對「文學台獨」勢力歪曲閩方言形成的歷史，童伊介紹了漢語方言史的有關情況。文章寫道：「人們認為，從閩方言區的歷史來看，據史籍和許多巨姓族譜稽考，使用這一方言的人民是古代或困避亂、或因『征蠻』，陸續從中原遷移過來的。在周代，閩有 7 個部落。秦漢開始，中原人開始遷移入閩。秦始皇命王翦統大兵定江南後立了四郡，四郡之一的閩中，就是現在的福建。又，秦時發兵 50 萬屯南嶺，將領史祿把家屬留在揭陽，又部下大多留寓潮州。漢武帝時使路德博平南越，置九郡，中有珠崖、儋耳兩郡，就在現在的海南島。三國時，孫吳經營江東、江南，漢族居民又由會稽經浦城入閩，集中分佈於閩北、閩中一帶。西元 304 年到 439 年的『五胡亂華』時期，北方漢人大量南逃，大江東西，五嶺南北，閩、粵等地，成了他們避難落户之據。晉代永嘉之亂，有所謂『衣冠八族』移居到閩地。唐武后時，又有大批人自光州固始縣隨著陳政、陳元光父子『征蠻』到了福建。到五代，王潮、王審知率兵南下，佔山為王，據閩稱帝，又帶來了一大批的中原居民。再到宋代，金、元先後迫境，中原大地復又動蕩不安。其時，皇室人員相率避亂南下。不少北方的軍政人員，力圖保駕禦敵，也隨從南來。1276年，宋端宗在福州即位，後為元兵所迫，奔走於泉州、潮州、惠州等地，最後死在崖山。端宗死後，帝昺立，又逢元兵從海上來犯，應戰不敵，投海而死。跟著趙宋王室南來的一大批軍政人員，眼看中原淪於異族，大都不願北返而留在了閩、贛、粵等地，作為宋室遺民，定居在了現在閩方言區的福州、泉州、漳州、潮洲等地。最後，明朝末年，鄭成功據守台灣抗清，又從福建帶了不少人東渡去台。抗清失敗後，除了留住台灣，又有不少人從台灣散居到了南洋群島各地。在這漫長的歷史過程中，閩方言形成於何時，我們至今還難以找到確切的記載。但從閩方言跟中古隋代陸法言等人所編《切韻》音系及漢語其他方言作歷史比較語言學的研究，人們也可以看出一點消息，就是閩方言直接沿續了上古漢語的聲母系統而沒有經歷中古時期的兩種重要的語音變化。而這兩種重要的語音變化，在閩方言以外的所有漢語方言中都已經發生了。這兩種語音變化就是，唇音和舌音的分化。上古漢語沒有輕唇音。《切韻》中唇音還沒有分化。而唐季沙門宋温的三十六字母系統裡，唇音已經分化為重唇音和輕唇音兩類聲音了。重唇，有了「幫滂並明」；輕唇，有了『非敷奉微』。同樣，上古漢語沒有舌上音。《切韻》已有了舌頭、舌上之別，除了『端』、『透』、『定』，還有『知』、『徹』、『澄』。這，至少可以説明，不同於其他的方言，閩方言的一些特點，在唐代已經開始表現出來。另外，鍾獨佛曾説，唐時已有『福佬』之稱。這，也許可以作為唐代已經漸漸形成閩方言的一個旁證。」

就台灣使用閩南次方言的情況，童伊寫道：

台灣自古以來就是中國的領土，古稱夷洲。秦漢以來與大陸間的交往有不少的記載見於各種史傳。南宋時，澎湖隸屬於福建路晉江縣。1292年1294年，元朝在澎湖設巡檢司，管轄澎湖、台灣民政，隸屬福建省泉州同安縣(今廈門)。1624 年荷蘭侵佔台灣，1661 年鄭成功率眾驅逐侵略者，收復台灣。到 1683 年，清置台灣府，屬福建省。1885 年改建台灣省。1895 年，日本佔領台灣。1945 年，抗日戰爭勝利，中國收復台灣。從這一段歷史也可以看出來，台灣島上通行的漢語閩方言裡的閩南次方言，是隨大陸人尤其是閩地人入台而去的。

閩南次方言內部，由於歷史、地理等等原因而有不同程度的分歧，似乎還可以分為福建南部、潮汕、海南、浙南幾個小方言片。台灣省的閩南話，跟以廈門為中心的閩南話基本一致，屬於第一個小方言片。

儘管如此，閩南次方言分佈地區雖廣，卻一向沒有斷絕彼此之間的來往，各地說話還可以互相通曉。方音的差異，掩蓋不了共同的來源。

不僅如此，閩南次方言雖屬殊方異語，卻割斷不了和它所屬的漢民族共同語的標準語普通話之間的血脈關係。僅僅從比較語言學的角度看，我們就可以找到閩南次方言的語音和普通話的北京音之間的一些重要的對應關係。比如，在聲母方面，有：1、閩南音未經顎化的k—k‘—h—，相當於北京音的tɕ—tɕ‘—ɕ，源於古「見」系三四等和開口二等；2、閩南音部份 ts—ts‘—s—l—相當於北京音一部份 tʂ—tʂ‘—ʂ—ʐ—，源於古正齒音「照」組和「日」母，又閩南音部份 t—t‘—相當於北京音另一部份的 tʂ—tʂ‘—，源於古舌上音「知」組；3、閩南音部份b—l—相當於北京音m—n—;4、閩南音的g—相當於北京音的零聲母和n—;5、閩南音讀白話音 p—和 p‘—(一部份)和讀書音 h—的相當於北京音f—。此外，在韻母方面，還有不少對應，比如，一部份 u 相當於ɿ，一部份 i，u 或 e 相當於ʅ，一部份 u 相當於 y，舌尖前音後面的 ia、舌根音後的 o 相當於ɤ, ɪk 也相當於一部份ɤ，唇音後面的ɪk 相當於 o，ue(少數 e)相當於 ei、ui(uei)，讀書音ɔ、白話音 au(泉州話 io)相當於 ou，ɔ相當於 u，帶—m 尾的韻母 am，iam，im 相當於 an，ian，in，還有，入聲韻的對應是：ap—a、ia、ɤ，iap—ie、ɤ，ip—i、ɤ，at—a、ia、ie、ɔ，iat—ie、ɔ，it—i，ʅ，ut—u、y、o，uat—o、uo、ye、ie，ak—o、uo、ye，ɔk—u、o、uo，iɔk—ye、y、u，ɪk—i、ʅ等等。當然，聲調的調類及調值也有整齊的對應。而在語言系統中處於最穩固的語法方面，無論詞法還是句法，閩南次方言就更難以脫離它所屬的漢民族共同語言了。就是最為活躍的辭彙，除了「秋千」叫「千秋」、「蔬菜」叫「菜蔬」、「母雞」叫「雞母」、「上面那個」叫「頂個」以及「桌仔」、「戲仔」、「戇仔」還有其他一些小異，「大同」也仍然是萬變不離其宗的。這中間，還有一個很重要的原因，就是漢語，自秦始皇「書同文」以來，就有一個共同的書面形式——漢字，在緊緊地維護著民族語言的統一，使得它自古至今沒有發生任何分裂。

就是這樣一種「不離其宗」的閩南次方言，或者閩南話，今日台灣島上之「台獨」勢力，硬要說成是不同於漢民族共同語言之「宗」的一種獨立的「民族」的、乃至於「國家」的語言，除了說明他們對於民族、歷史、語言、方言等等的無知，就是他們由政治陰謀驅使而墮落到數典忘祖的可悲境地了！

童伊長文的最後一個問題，是針對台灣島上有關中文拼音問題的鬧劇而寫的。童伊說：

> 時下，台灣島上的「台獨」勢力棄置漢語拼音方案不用，而採用「通用拼音法」，並生造一些怪字拼寫實為「閩南話」的「台灣話」，還用來創作「台灣文學」，……這表明，「台獨」勢力礙於島內、大陸及國際上的種種壓力，一時還不敢於公開宣佈台灣「獨立」，就改變策略，而在眾多領域其中包括文化、文學和教育領域，割斷台灣和祖國大陸的血脈和紐帶，由政治上的「明獨」衍生出了文化、文學和教育領域裡的「暗獨」。不可為，而執意為之，如此一意孤行，還說明他們根本就不屑於記取歷史的教訓。
>
> 人類社會史上，即使是統一的國家裡，不同的民族語文擁有自己的書寫符號——文字，實屬正常。而同一民族的語言，在已有的文字之外再造一種文字，以示分裂為二，卻沒有先例可循。事實上，也不可能有這樣的先例。至於，漢語發展的歷史上，倒有借用漢字形式另造文字以示分裂國家之獨立的，也有另造別的文字用以譯寫口頭上活的漢語的，可惜都沒有成功，都生命短促而沒有存活下來。這樣的歷史，「台獨」勢力不應該忘記！
>
> 至於漢語拼音，「台獨」勢力同樣不應該忘歷史。

為還歷史以本來面目，童伊在文章裡回顧了中文拼音問題的歷史過程。童伊寫道：「在中國，在歷史上，利用拼音的方法閱讀並譯寫漢字，有三個方面的任務，即：進行識字教育、掃除文盲以便普及教育；推行以北京語音為標準音的『官話』，以便統一語言；進行漢字改革和漢字拼音化的研究與試驗工作。制定拼音方案是這中間的一項最主要的任務。最早，是在 17 世紀初葉，明代萬曆年間，來華的西方傳教士開始用羅馬字母拼注漢字讀音，醞釀出了中國最早的拉丁字母拼音方案。留傳下來的，有義大利耶穌會士利瑪竇(Matteo Ricci)和法國耶穌會士金尼閣(Nicolas Trigault)的方案。利瑪竇只殘留下四篇注音文章，1605 年在北京出版的《西字奇書》一書已經失傳。羅常培根據這些文章裡的387個不同音的注音字給他歸納出一個方案。金尼閣的方案，保存在他 1626 年於杭州出版的《西儒耳目資》一書裡。國內學者方以智、楊選杞、劉獻廷、龔自珍等人都受他們影響對拼音文字進行了研究。18 世紀早期，清雍正年間，閉關政策妨礙了第一批拼音方案的傳播。一百多年之中，用拉丁字母給漢字注音的工作一度沈寂下來。到了 1840 年鴉片戰爭失敗以後，海禁大開，西方列強勢力步步深入，較之明末清初，通商傳教都要頻繁得多。在傳教活動中，一些基督教和天主教的傳教士們，陸續把聖經譯成各地口語，一部份地區的譯語就用羅馬字母拼寫出來。這些用羅馬字母拼音的方言文字就是所謂的『教會羅馬字』。當時，在南北各地，這一類『教會羅馬字』都曾大量出現。與此同時，專為外國人學習漢語的華語課本和華語字典也大量出版，其拼音法式進一步嘗試了中文拼音的方案。隨後，在甲午戰爭前後的進一步半封建半殖民化的社會發展過程中，從 1892 年到 1911 年，即清朝的最後 20 年，發生了一場『切音字』運動。這『切音字』運動，就是漢字改革和漢語拼音運動。1892 年，盧戇章在廈門出版了《一目了然初階(中國切音新字廈腔)》，揭開了這個運動的序幕，出現了第一種切音字方案。這方案，恰恰就是拼寫閩南次方言的方案。此後，在『言文一致』和『統一語言』兩大口號的驅動下，出現了 28 種(現存 27 種)拼音的方案。這一階段的最後一種，是鄭東湖在 1910 年出版的《切音字說明書》。28 種方案中，比較著名的還有蔡錫勇的《傳音快字》，陳虬的《新字甌文七音鐸》，劉孟揚的《中國音標書體》，馬體乾的《串音字聲韻譜》，沈學的《盛世元音》，王炳耀的《拼音字譜》，楊瓊、李文治的《形聲通》，田廷俊的《數目代字訣》，朱文熊的《江蘇新字母》，王照的《官話合聲字母》，勞乃宣的《簡字譜錄》等。這中間，用拼音方案拼注什麼語音，人們曾經作了不懈的探索。盧戇章曾主張把南京音作為『各省之正音』，把拼寫南京話的切音字作為全國『通行之正字』。章炳麟還曾主張『以江漢間為正音』，用武漢話作為南北通行的話。此外，王炳耀拼寫粵東話，陳虬拼寫溫州話，朱文熊拼寫蘇州話，倒也提出了最後以拼寫北京話為目的的思想。當然，更多的人已經明確地要求推廣北京語音了。其中，王照是制訂和推行『官話』拼音方案的一員主將。『國語』一名，就是他在《官話合聲字母》的1903年重印本裡提出來的。首先回應王照的是吳汝綸。1902年他從日本回國後就寫信給管學大臣張百熙建議推行這個方案。而貢獻最大的是勞乃宣。他在理論和實踐上都有貢獻。1910 年的資政院議員會議上，慶福等人聯名呈送的《陳請資政院頒行官話簡字說帖》，江寧、程先甲等45人的《陳請資政院提議變通學部籌備清單官話傳習所辦法用簡字教授官話說帖》，也都建議推行這一方案。1911年，『中央教育會議』終於議決《統一國語辦法案》。拼寫方言的方案終於沒有了法統的地位。在28種方案中，人們還在拼音方法和拼音字母形體上作了多種實驗。在拼音方法中，『雙拼制』較之『三拼制』、『音素制』影響更大，佔了絕對優勢。而字母形體，在拉丁字母、速記符號、漢字筆劃、數碼及自造其他符號四大類中，則以漢字筆劃式方案成為主流。」

隨後，進入了現代漢語拼音方案的制定過程。童伊繼續介紹說：「1913 年教育部召開『讀音統一會』，盧戇章、王照等人都參加了會議。會議通過了以章炳麟方案為基礎的『注音字母』。1918 年 11 月，這一方案由教育部正式公佈。此後的 40 年裡，這套『注音字母』對統一漢字讀音、推廣『國語』、普及拼音知識發揮了相當大的作用。這是清末 20 年『切音字』運動的直接發展和繼續。然而，這套『注音字母』，拼寫符號形體及拼寫方法都還難以與世界接軌，不利於國際交流。一班志士仁人複又繼續努力探索新的方案。其間，包括30年代瞿秋白的巨大努力，40、50年代吳玉章等人的巨大努力。其結果，便是1958年2月11日，經全國人民代表大會批准，頒佈執行《漢語拼音方案(Chinese Phonetic System)》。這套漢語拼音方案的制定，也經歷了一個相當長的時間。先是1949年10月，大陸成立了民間團體『中國文字改革協會』，會中設立『方案研究委員會』，討論採用什麼字母的問題。1952年2月，政務院文化教育委員會成立『中國文字改革研究委員會』，會中設立並提出『中國文字拼音方案』的『拼音方案組』。這個組，幾年內擬訂了好幾種以漢字草書筆畫為字母的民族形式拼音方案。1954年12月，國務院成立『中國文字改革委員會』，由吳玉章、胡愈之任正副主任，以黎錦熙、羅常培、丁西林、韋慤、王力、陸志韋、林漢達、葉籟士、倪海曙、呂叔湘、周有光為委員，在民族形式字母方案之外，研究制定採用拉丁字母的方案，最後確定拼音方案用拉丁字母。1956年2月，這個方案的第一個草案發表。經過徵求全國意見和國務院『漢語拼音方案審訂委員會』審訂，1957年10月，拼音方案委員會又提出了修正案。這就是今天的漢語拼音方案。這一方案經全國人民代表大會公佈後，立即推廣執行。1977年9月7日，聯合國在希臘雅典召開第三屆地名標準化會議，認為中文拼音方案在語言學上是完善的，推薦用這個方案作為中國地名羅馬字母拼寫的國際標準。1979年6月15日，聯合國秘書處發出通知，以『漢語拼音』的拼寫方法作為在各種拉丁字母中轉寫中國人名和地名的國際標準。1982年8月1日，國際標準化組織發佈國際標準 ISO7098《文獻工作——中文羅馬字母拼寫法》，規定拼寫漢語要以中文拼音為國際標準。」

回到眼前，針對台灣當局導演的拼音方案鬧劇，童伊寫道：

現在台灣島上少數人，硬是將中文拼音方案中的「q」、「x」、「zh」三個聲母改為「ci」、「si」、「jh」，故意製造差異。比如，把「秦、肖、朱」三姓的「qin、xiao、zhu」的拼寫改為「cin、siao、jhu」的拼寫。這造成了不同於拼音方案的10%的相異之處，衍生出大量辭彙拼音的差異，造成大量的混亂。結果，弄出一個怪怪的「通用拼音」來，讓全中國的人讀不懂，也讓外國人接受不了。還讓台灣在資訊資料轉換和搜尋上無法與國際社會溝通。甚至採用了中文拼音方案的世界各國，都會因護照上拼寫姓名之混亂而拒絕台灣的部份民眾入境。這真是十分愚蠢的。

其實，縱觀漢語漢字長期發展過程中的歷史風雲，中文拼音方案制定和頒行的漫長的歷史道路，台灣島上把「語言」問題當作救命「稻草」來搞「台獨」的少數人，應該清醒地認識到，他們少數人自作聰明的種種伎倆，都是難以和漫長的歷史歲月中一代又一代人的努力相匹敵的。試問，古往今來，哪有在語言文字問題上，乃至其他文化問題上，改變了歷史，也推翻並改變了國際社會的現狀的？如若不信，孤注一擲，豈不成了蚍蜉撼大樹！

奉勸台獨諸公切記，割斷閩南話和漢民族共同語言的血脈，妄圖用「台灣話」取代「國語」，割斷閩南話的拼寫和漢語標準語拼寫的血脈，妄圖給「台灣話」另造文字，都是歷史已經證明完全行不通的一條死路……。

八 在構建台灣新文學的體系中為「台獨」張目

——「文學台獨」言論批判之五

近20年來，「文學台獨」的分裂主義言論和行動，又一個集中的表現，是在構建台灣新文學史的體系中為「台獨」張目。

文學史是什麼？文學史是有關文學發展歷史的科學。就台灣新文學的發展歷史而言，對其作科學的研究，將研究成果體現於一部科學的史著，其衡定的標準，應該是：在大量真實、有史學意義的各種史料的綜合運用的基礎上，盡可能真切地描述台灣新文學發展的歷史情景，盡可能正確地闡釋台灣新文學發展過程中的各種現象，盡可能準確地揭示台灣新文學發展中的各種規律，盡可能清晰地預見台灣新文學發展的前景。這種描述、闡釋、揭示和預見，既是歷史的，又是當代的；既是客觀的，又是主觀的；既是理智的，又是情感的；既是科學的，又是藝術的。其間，生氣灌注的是主體——文學史家的主體精神和當代意識。它表現在，史著中，寫什麼不寫什麼，寫多寫少，這樣寫而不那樣寫，寫成這樣而不是那樣。其實質，乃是誰來寫，用什麼觀點來寫，用什麼方法來寫，寫成什麼樣。這是什麼？這首先是文學史觀、文學史方法論和文學史價值判斷標準的問題。

鑒於此，「文學台獨」勢力一直都在搶佔這個領域和陣地，企圖建構一個為「台獨」張目的台灣新文學史的體系。

讓我們先看在構建台灣新文學史問題上，「文學台獨」的惡性發展。

最早，還是葉石濤發表於1977年的那篇〈台灣鄉土文學史導論〉。葉石濤在文章裡談了五個問題，即：「台灣的特性和中國的普遍性」、「台灣意識」、「帝國主義和封建主義下的台灣」、「台灣鄉土文學中的現實主義道路」、「台灣文學中反帝、反封建的歷史傳統」。這是葉石濤對於台灣新文學發展史所作的一個綱領性的思考。除了把整個台灣新文學都叫做「台灣鄉土文學」，葉石濤掩藏在其中的文學史觀念，就是新分離主義，即，他一邊迫於當時的形勢，不得不承認「始終給台灣帶來重大影響的是一衣帶水的中國大陸的中華民族」，一邊又強調和中國大陸文化交流的「斷絶」，強調台灣「異於漢民族正統文化的地方」。葉石濤說：「由於台灣孤懸海外，有時與中國大陸的文化交流斷絶，因此，難免在漢民族為主的文化裡，攙和著歷代各種遺留下來的文化痕跡。如果我們仔細考察台灣的社會、經濟、文教、建築、繪畫、音樂、傳説，便處處不難發現富於異國情趣，有異於漢民族正統文化的地方。在這孤立的情況下，則各種文化熔於一爐的過程中，台灣本身建立了不同於中國大陸文化的濃厚鄉土風格。……當我們回顧台灣鄉土文學史的時候，我們不得不考慮到它的根源以及特殊的種族、風土、歷史等的多元性因素。毫無疑問，這種多元性因素也給台灣鄉土文學帶來跟大陸不同的濃烈色彩，樸實的風格，豐富的素材，以及海中島嶼特有的，來自遙遠國土的，像黑潮一樣洶湧地流進來的嶄新異國思潮影響」。還要指出的是，葉石濤在這裡說的「來自遙遠國土的，像黑潮一樣洶湧地流進來的嶄新異國思潮影響」，是暗指「日本文學」影響的。在這篇文章裡，葉石濤把對於「不同於中國大陸文化的」、「有異於漢民族正統文化」的認同，叫做「台灣意識」。後來，這「鄉土」到「本土」，「台灣意識」到「本土意識」，直到「本土化」、「主體性」、文學「獨立」，便成了「文學台獨」勢力的綱領。

如前所述，葉石濤這篇〈台灣鄉土文學史導論〉立即遭到了陳映真的批判。陳映真的批判文章〈「鄉土文學」的盲點〉，闡釋的正是「統派」的文學史觀。陳映真在指出葉石濤的文學史觀是「用心良苦的，分離主義的議論」的同時，指出：

> 是的。放眼望去，在十九世紀資本帝國主義所侵凌的各弱小民族的土地上，一切抵抗的文學，莫不帶有各別民族的特點，而且由於反映了這些農業的殖民地之社會現實條件，也莫不以農村中的經濟底、人底問題，作為關切和抵抗的焦點。「台灣」「鄉土文學」的人性，便在全亞洲、全中南美洲和非洲殖民地文學的個性中消失，而在全中國近代反帝、反封建的個性中，統一在中國近代文學之中，成為它光輝的，不可切割的一環。台灣的新文學，受影響於和中國五四啟蒙運動有密切關聯的白話文學運動，並且在整個發展的過程中，和中國反帝、反封建的文學運動，有著綿密的關係；也是以中國為民族歸屬之取向的政治、文化、社會運動的一環。

這中國文學的「光輝的，不可切割的一環」，作為科學的台灣新文學史的文學史觀，此後便一直與「文學台獨」勢力的分裂主義文學史觀對峙了 20 餘年。

陳映真批判了〈台灣鄉土文學史導論〉之後，1978 年 11 月 1 日，葉石濤在高雄左營接待彭瑞全、洪毅來訪，張良澤列席，話題是「從鄉土文學到三民主義文學」，談的就是台灣文學的歷史。看來，這是葉石濤在為寫文學史作準備。他甚至用十年作一個階段劃分了台灣新文學史的分期。從這以後，直到 80 年代最初幾年，他都是在作準備。比如，在《文學回憶錄》裡，他分段回憶了有關的事件、刊物、作家、作品，有了諸如〈日據時期文壇瑣憶〉、〈〈文藝台灣〉及其周圍〉、〈論 1980 年的台灣小說〉之類的篇章。

1984 年和 1985 年，葉石濤用兩個夏季寫成了《台灣文學史綱》。儘管還顧慮於時局而不得不謹慎下筆，但是，在《文學界》上先行發表時，葉石濤還是強烈地表現了他分離主義的台灣文學史觀。如前所述，葉石濤反覆強調的是。「跟大陸分離達 51 年之久的台灣，難免對大陸的近代文化有疏離感和隔膜」，「在三百多年來的跟異民族抗爭的血跡斑斑的歷史裡養成的堅強的本土性格，……是無可否認的事實」，它獲得了「異族的文化形態」，「希望台灣文學紮根於台灣的特殊性，建立自主性的文學」，等等。我們在前面已經說過，葉石濤在 1985 年 12 月為這本書寫的〈序〉裡就說，台灣文學「在跟大陸完全隔離的狀態下吸收了歐美文學和日本文學的精華，逐漸有了較鮮明的自主性性格」。葉石濤還說：「現代台灣文學的重要課題之一，便是如何在傳統民族風格的文學中，把西方前衛文學的技巧熔為一爐，建立具有台灣特性及世界性視野的文學。我發願寫台灣文學史的主要輪廓(outline)，其目的在於闡明台灣文學在歷史的流動中如何地發展了它強烈的自主意願，且鑄造了它獨異的台灣性格」。

這時，1985 年 8 月，陳映真應邀到香港作了一次演講，講題是〈40 年來台灣文藝思潮的演變〉。針對台灣文學史構建活動中出現的葉石濤等人的分離主義言論和活動，陳映真指出，以 1975 年為起點，集結在《台灣政論》周圍的「中生代黨外資產階級政治運動開始發展」。動盪中，「長年來依賴美國、依賴西方的思潮開始動搖，右翼愛國情緒和台灣分離運動中『革新保台』以抗共防共的思想有了新的發展。保釣愛國運動鼓起民族主義情感，也激起改革圖存的知識份子運動。但這運動又因體制派改革論、分離派改革論與民族統一論間的龜裂而相互抵消。」

隨後，到 80 年代，又有重大變化。陳映真說：

> 隨著香港問題的解決，美國與中共關係的緩和與發展，台灣地位問題日趨敏感。統一、獨立的問題，雖然無

法完全公開討論，但在暗中形成了一種日重的焦慮，也等比例地反應在台灣文學思想界。

在文學上，一向處於暗流的素樸的現實主義傳統，在八〇年代湧現為表流，並與黨外運動產生比過去更顯著的結合。「台灣文學自主論」，——即強調台灣文學「獨特」的歷史與個性及台灣文學對大陸中國文學的分離性的「台灣文學論」，自此以比較公開的方式提出。

另外，主張台灣文學為中國文學之一部份，台灣文學應以包括中國在內的亞洲、第三世界文學的連帶而發展的理論，和台灣文學自主論形成對立。

此外，與台灣大眾消費社會的發展相應，一種新的通俗文學也逐漸發展，使通俗文學與純文學間的界限，顯得模糊化了。

最後，由於長時期以來台灣在文化與思潮上的貧困，使台灣文學的發展因為這內容的貧乏化而受到嚴酷的阻礙。處於重大轉變前期的台灣，也因為思想的貧困，使黨外運動也一如文學一樣，無法提供結構性、前瞻性的指導作用。無力感、焦慮、不安、不動員症，成為當前台灣文學的一個重要的問題點。

應該說，指出了這兩種台灣文學觀、台灣文學史觀的公開對立，是陳映真對於台灣新文學史的構建工作作出的一大貢獻。

鑒於葉石濤在〈台灣新文學運動的展開〉一章之後，分別以40年代、50年代、60年代、70年代、80年代為一段，弄出了個台灣新文學史的分章結構體系，陳映真盡力把它校正為6個階段，即：⑴ 1945年以前，⑵ 1945年到1950年，⑶ 1950年到1960年，⑷ 1960年到1970年，⑸ 1970年到1980年，⑹ 1980年以後。而在方法上，則以「世界大事」、「台灣大事」、「一般性思潮」、「文藝期刊和團體」、「文藝思潮」為序，力圖科學地構建台灣新文學史的體系。陳映真解釋說：

> 一時代的思潮，就是一時代共同精神在思維上的表現，這思潮在表面上常常是由一個或幾個人主倡，由一個或幾個雜誌、文化或文藝團體提倡，終至蔚為潮流。但究其實，一時代的思潮，受到當時社會、經濟、國內外政治形勢所制約。人和雜誌，只不過是一時代社會、經濟等條件上建立的上層結構的表現工具而已。此外，思潮有主要的潮流，也有次要的潮流。要全面理解一時代的思潮，就要兼顧主要的方面，也要注意次要的方面。

這，也是他就文學史觀、方法論表明的觀點和態度。

陳映真的演講稿，是 1987 年 6 月發表在《中華雜誌》上的。不久，7 月間，以陳芳明為中心，新生代的「文學台獨」勢力有一次聚集，全面地宣佈了他們有關台灣新文學史體系構建的觀點。這就是我們在前面說到過的，陳芳明與鄭炯明、李敏勇、彭瑞金等人在美西夏令會上的會見。

會見中，陳芳明與彭瑞金就文學史的撰寫問題作了一次長時間的對談。對談的記錄，前已說明，以〈台灣文學的侷限與延長〉為題，於 1987 年的《台灣時報》、《文學界》和美國的《台灣公論報》上發表。記錄分為 10 個問題加以整理，即：一、鄉土文學論戰之後的台灣文學；二、台灣文學與中國文學；三、台灣意識與中國意識；四、台灣文學不是邊疆文學；五、台灣母語運動與母語振興；六、文學與政策；七、寫文學史釐清文學的發展；八、寫一部沒有政策陰影的台灣文學史；九、台灣文學史的分期；十、文學和時代環境一起運動。1988 年 2 月，陳芳明在《自立早報》上發表他的另一篇文章〈是撰寫台灣文學史的時候了〉，回憶這次會見和對談的時候，曾說，有人以為，那對談就是他「要撰寫文學史的基本構架」。陳芳明解釋說：「在那次對談中，其實只在釐清整個長期遭到誤解、混淆的觀念而已。」

陳芳明和彭瑞金「釐清」了什麼樣的「長期遭到誤解、混淆的觀念」呢？從他們的對談來看，無非是：

一、鼓吹用「台灣意識」對抗「中國意識」。

陳芳明認為，所謂「台灣意識」問題，「是對既有作品的不同解釋態度而已，我個人認為這些純出於不同的政治信仰，文學作品的本身是非常清楚的。」在他看來，這「台灣意識」，就是台灣「鄉土意識」，就是「台灣本土意識」。他認為，「鄉土文學中帶有鄉土意識也是本已有之的，不是外人、後來之人硬加上去的。台灣本土意識的文學早已存在，遠在日據時代就有了，它是台灣文學的傳統。只是戰後數十年來台灣客觀環境下，它受到了壓抑，不得彰顯而已。批評家本身可能由於勇氣不夠，警覺性不夠，不敢表達，沒有注意到，無論如何卻不能說它不存在。」針對陳映真等人提出的「中國意識」，陳芳明攻擊說：「我們便應該回到作品本身看看它的內容是什麼，精神是什麼，我們絕不能霸道地宣佈作家都是使用中文的，所以這些作品都朝向中國。」

彭瑞金對此是一唱一和的。彭瑞金說，他「個人的台灣意識」就是「純粹是讀台灣文學，更精確說，是讀台灣小說提煉出來的。」他以為，這種「台灣意識」，在「一代接一代的作家間」，有一種「一脈相承的精神承傳可尋」。這種意識的文學，「始終以不同的形式、不同的型態延續著。」彭瑞金不無得意地說：「當我找到了這樣的台灣人文學脈流之後，不但對台灣文學的發展歷程了然於胸，也堅定了我個人的台灣意識。」

二、鼓吹「台灣文學不是邊疆文學」，不是「中國文學的一部份」。

陳芳明抓住「邊疆文學」這個說法大做反對「以中原為中心」的文章，大做反對陳映真等人「站在中國文學的立場發言」的文章，聲稱：「台灣没有產生過中國文學。」陳芳明說：「要討論台灣文學與中國文學的關係，我不同意以『台灣文學是中國文學的一部份』這樣的主張來搪塞。除非證明，台灣社會的生活、政治、經濟、歷史的條件與中國完全相同，才有可能在台灣產生中國文學。」

由此而說到移居台灣的先民的文化傳統，陳芳明更有謬論說；「從17世紀以來，便陸續不斷地有中國人移民到台灣來，這些移民到台灣來的目的何在？為求自己的生根立命？還是為了『中國人』開疆拓土？答案是非常明顯的。中國移民到了台灣以後，無不是以全新的台灣人心態在開墾、生活的，他們的經濟、生活方式逐漸因地域、環境的條件與中國隔離而形成他們的特色，他們從有移民的念頭，到如何在這塊地方活下去，我相信没有一樣是受到北京政府的指導、保護吧！」

對此，彭瑞金也持一個腔調。彭瑞金說：「語言、血統與生活習慣、殘留的文化痕跡，主張台灣文學是中國文學一支流，往往還振振有詞地指出，吳濁流、鍾理和、楊逵，甚至巫永福、陳火泉等台灣人的作品裡都提到了『祖國』，是為台灣文學具有中國意識的佐證。這是又一個證明中國意識論者霸道不講理的地方，台灣跟舊中國社會的淵源並不需要否認，重要的是我們在行事、思考上以哪裡做基準？我們以什麼標準衡量台灣文學的創作？台灣作家以台灣人的立場寫作，對中國人、對父祖所從來的地方加以描寫、臧否，就算是關心、期待好了，這是台灣人意識呢？還是中國意識？台灣是移民社會，移民雖有先後期之分，但顯然肯自承自己是台灣人的移民少有撈一票就跑的打算，他們開墾土地、立家結社，無不朝長居久住的方向去經營，除非我們的文學看不見他們，看不見這個多數，否則怎麼可能没有台灣意識呢？倒是文學的統治者，誠如你剛才談的清朝官僚的情形，哪一個不是存在隨時準備走路的心態？各期的統治者給台灣人的感覺都是這種流亡、流放的心態。做為官方宣傳工具的應聲筒，文人做這種表態，我並不覺得奇怪；然而竟有土生土長的台灣人，以台灣的代言人、思想導師自居的姿態，帶著台灣文學去異化為中國文學或邊疆文學，其自我扭曲之醜態，令人難過」。彭瑞金在這裡攻擊的「土生土長的台灣人」，顯然是影射陳映真的。不止如此，隨後，他還肆意謾罵陳映真和他的朋友們是「偽冒的中國意識論者」，肆意攻擊陳映真的「不看作品、不肯誠實地從作品找證據，卻栽贓說台灣意識就是分離主義，下面他們不敢公開說分離主義就是台獨，然而這種暗示卻一再重覆，我不知道這是向哪一方面表功？」。

三、肆意歪曲台灣新文學史上一些重要的史實。

比如，彭瑞金說，「鄉土文學的出現是台灣文學界尋求多元化，至少要求有第二種聲音的渴求下出現的文學運動」；陳芳明說，「鄉土文學論戰的價值，在於釐清了官方和民間對文學的不同立場」，「有人正視『台灣意識』的問題，應該也是鄉土文學論戰不可煞殺的功勞」。

在這次對談中，出於為「文學台獨」張目的需要，陳芳明和彭瑞金都說到了要寫文學史的問題。彭瑞金就說：「台灣文學的發展其實還處於相當混沌的情況中，似乎極需要有人出來用史的觀點來釐清它過去發展的脈絡，讓它有個較清晰的面目示人。因此，我想目前台灣文學史的寫作應該是很急切的工作，否則以目前台灣文學支離破碎的面貌，許多討論顯得隔靴搔癢。」陳芳明也說：「台灣新文學運動從日據時代開始，到現在已經超過60年了，60年來台灣文學業已相當成熟，其間的演變也有許多值得我們思考、整理的問題。此時此刻台灣文學史的撰寫，不僅是應該有，還應該是迫切需要的」。

基於這樣的要求，陳芳明和彭瑞金對葉石濤的《台灣文學史綱》作了最「會心」的解讀，最「知己」的吹捧。

陳芳明說，他第一次聽說葉石濤在寫台灣文學史綱。「內心有說不出的高興」。他說：「台灣意識的出現，台灣文學史料的出土，都是非常重要的。葉石濤做這項工作，價值在於他是第一個有眼光去做這項工作的人，讓新一代的台灣人瞭解台灣的文學傳統之外，也讓外人知道，台灣島不僅只是一個島而已。在中國的統治者看來，台灣不過是它在海上的堡壘而已；在西方的列強看來，台灣不過是不錯的貿易據點，其他的就不是他們肯關心的了。《台灣文學史綱》卻證明了台灣有文學、有文化，提醒這些外人：他們只看得台灣的外表，沒有看到台灣的心。這是第一點。第二點，有不少一般人注意不到的作品、作家，他將它整理出來了，讓我們看到更具體的台灣文學內容。另外，過去陳少廷寫過《台灣新文學運動簡史》。很可笑的是，這本書是抄自黃得時的文章，黃得時還給他寫序，台灣人竟能容忍這樣的作品那麼久。葉氏的文學史綱可說是對這類作品做了一項無言的批判，以具體、結實的內容告訴世人，這才是台灣文學。到目前為止，葉氏這本史綱出現，值得台灣人引以為榮、引以為傲，……。我不知道葉石濤本人對這本書的看法是怎樣，我覺得他應引以為傲才是。」

彭瑞金也說：「可以看得非常清楚的是，台灣人要想擁有一部不被歪曲、不失立場的自己的文學史，一定是要自己動手來，不必期待官方或外人做，我想葉先生應該是在這樣的覺悟下，毅然做了這件吃力不討好的工作。據我所知，葉先生本人曾經許願要在有生之年完成台灣文學史的撰寫，雖然文學史綱的寫作，他本人也不很滿意，實在是客觀的條件太缺乏了，純非作者之罪，正面的價值仍然是不容否定的。」

對談中，陳芳明和彭瑞金還專門表示，要「寫一部沒有政治陰影的台灣文學史」。陳芳明一邊誣蔑大陸學者研究台灣文學、出版台灣文學史的「目的」，「是在宣傳和統戰」，一邊聲稱：「我們台灣人整理台灣文學史，目的不在政治」。事實證明，這是謊言。比如，陳芳明攻擊說：「中國對台灣文學的研究，差不多都以政治為中心做研究，並不是以台灣人的感情去思考。一般人研究文學必然注意到它的內容，看它表達什麼？中共研究台灣文學，先把結論放前面，他先認定『台灣文學是中國文學的一支流』這一結論再去找證據。很有趣的是，在台灣我們也聽到這樣的語言——『台灣文學是中國文學的一支或一部份』、『台灣文學具有祖國意識』。所以，基本上要研究台灣文學，一定要先把政治意識去除掉，以台灣人做中心來看文學，我們不能帶著自己的政治信仰來解釋文學。」不要「中國文學的一支或一部份」，不要「祖國意識」，他要什麼？他不就是要的「台灣意識」、「台灣獨立」嗎」？這是什麼？這不就是政治嗎？

好，說到這裡，陳芳明亮出他的台灣文學史觀來了。請看：「寫文學史一定要掌握住史觀，要弄清楚你以什麼觀點，什麼立場來看台灣文學。我們今天要寫台灣文學；要將台灣文學當台灣文學，不是寫中國人觀點的台灣文學。什麼是台灣文學？就是台灣作家受到台灣的土地、經濟、歷史、社會所形成的文化環境影響而寫出來的作品。這種作品表現了台灣人的生活、精神、思想、價值觀、人生觀，這就是台灣文學。既然如此，哪些是真的台灣文學，哪些是有價值的台灣文學，便不難檢驗了。既然是靠台灣這塊土地生活寫出作品來的就是台灣作家，我們不必問他是早期移民還是後期移民。……我們如果明白台灣文學是以台灣人民做中心，描寫台灣人民的喜怒哀樂，我們便能清楚地看出台灣文學歷史的演變。史觀確立之後，再來看政治、歷史、社會、文學的演變，都是一目了然。」

這一點，彭瑞金心領神會，也呼應說：「史觀確立了，一切都好辦。沒有史觀的歷史著作只是史料的堆積，根本就失去著作的意義。如果我們想把台灣文學史往上延伸，想想看，從明代、清朝到今天，台灣文人創作的心態變化差異有多大？不先確定史觀怎麼面對其間的駁雜。」

至於，對談中，陳芳明、彭瑞金談到的文學史分期問題，其意義並不在於如何分期。他們是在討論分期的幌子下，強調用「台灣意識」去改寫台灣文學的歷史。

比如「皇民文學」的問題，陳芳明就說：「皇民文學的問題也一樣，硬要活生生地否定他們生活的世界、現實，而拿起中國的民族主義來清算他們，這公平嗎？為什麼我們不用台灣人的立場，不用那個時代台灣人的心情評價他們？要知道他們進入那樣的時代過那樣的生活，是被逼的，不是他們自願選擇的。他們生活在那個時代一點也沒有中國民族的困擾，今天有人受到中國民族主義的洗禮，反過來把自己這一套去削前人的腳，合自己的鞋子，才發生皇民文學的問題。你如果不能放下這個後出的民族主義的枷，只好一再地扭曲日據時代的台灣新文學了。」陳芳明還說：「傷痕就是傷痕，我相信沒有一個作家故意存心去寫作稱作『皇民文學』的東西，有的只是被逼迫的。所以即使沒有中國民族主義，我們就不能去碰這些東西嗎？我們要知道台灣新文學的演變過程極端曲折，我們不可能因為自己主觀的願望，希望自己是極端的中國主義而否定這些作品存在的事實，而拒絕碰觸」。對此，彭瑞金完全贊成。彭瑞金還攻擊對「皇民文學」持批判態度的愛國文學家：「近日有年輕一輩的文學工作者擺出秉公辦理的法曹心態，著意清理這段文學公案，我想你這段話，對他們頗有即時雨的參考價值。」

對談中，從陳少廷的《台灣新文學運動史》主張的「台灣文學是從中國文學來」的觀點，陳芳明還對「民族主義」問題大放厥詞。陳芳明說：「其實，台灣作家並沒有民族主義，因為台灣新文學作家完全出生日據時代，並不發生民族主義問題。何謂民族主義？必須彼此共同生活、共生死，才知道何謂民族主義，假使彼此在命運都不相同，都不瞭解，算什麼民族主義？有人在嘴裡叫祖國，或者說祖國為什麼還不來救我？那不是有意識，那是夢。就像有人說，台灣為什麼不成為美國的一州，這能算是美國意識嗎？這是夢，美國夢想。要把這種夢扭曲為祖國意識、中國意識，是非常痛苦的事，因為根本沒有這個事實」。

1987 年夏天在美國的這次聚會，還是一次台灣文學界分離主義勢力撰寫文學史的策劃會。按陳芳明在他那篇〈是撰寫台灣文學史的時候了〉的文章裡的說法，他們要寫台灣文學史，目的之一，就是要針對大陸的學者的。陳芳明對大陸學者的台灣文學研究工作肆意歪曲，說什麼「他們關切的是，台灣文學是不是符合他們的政策？他們特別強調『思鄉』的作品，也著重作品中的『抗日』與中國的『抗日』的相通性。他們的解釋，刻意突出台灣作家的『愛國』精神，他們更偏愛把台灣文學解釋成為『中國文學的支流』，甚至『一國兩制』的論點，『和平統一』的語言，都可以成為文學批評的術語。使我們心驚的是，他們憑恃了這樣的成績與精神，就對外宣稱要撰寫台灣文學史。他們的解釋、他們的觀點，幾乎可想而知。」陳芳明還別有用心地煽動說：「面對中國的宣傳攻勢，海外文學的工作者是憂心忡忡的。這倒不是擔心中國的研究會定於一尊，我們感到焦慮的是，台灣人本身並沒有急起直追。如果我們不開始考慮動手，那麼有一天台灣文學的發言權，就要拱手讓給中國了。這種事，並不是不可能發生。」於是，陳芳明和張良澤、林衡哲、鄭炯明、李敏勇、彭瑞金共同商討決定，要「以團隊精神來完成文學史的撰寫」，分工是：張良澤分擔明、清以前，許達然分擔明、清時期，葉石濤分擔日據時期，張恆豪分擔戰後至 50 年代，彭瑞金分擔 60—70 年代，陳芳明分擔鄉土文學論戰以後。不過，事後，許達然表示他不便參加，張恆豪也不能決定，只剩下張良澤、彭瑞金、葉石濤和陳芳明興致還高。

陳芳明沒有想到的是，這個計劃至今還沒有實現。只不過，這以後，倒是有幾本分離主義的「台灣意識」主宰的台灣文學史出台了。

先是彭瑞金的《台灣新文學運動40年》。初版，由台北《自立晚報》社文化出版部編入《台灣經驗四十年》叢書於1991年3月印出，1997年8月又由高雄春暉出版社印行新版。彭瑞金在新版的〈自序〉裡說：「台灣，無論作為一個民族，或是作為一個國家，絶對不能没有自己的主體文化，並且還應該優先被建構起來。76年前，台灣新文學發軔伊始，台灣先哲便著文呼籲，台灣人要想成為世界上偉大之民族，首先一定要有自己的文學，蓋文學乃一個民族之靈魂，我們有充分的理由懷疑，靈魂空白的民族可以是偉大的民族，甚至懷疑其存在的可能。」請大家注意，早在1997年，鼓吹「文學台獨」的彭瑞金就把台灣說成是一個「國家」了。他所謂的「主體文化」，就包括文學在內。他認為，「崛起於20年代的台灣新文學運動，可以說長期處在外來殖民政權的殖民文化政策底下遊移，既缺乏自由伸展的空間，也無法進入台灣的中心。因此，讓台灣文學成為台灣人的文學，不僅是艱巨的文化工程，更是艱困的心靈工程。但我發現，自日治時代以來，無論面臨多大的艱險時刻，台灣作家中都不乏肩挑起文學香火承傳重任的文學勇者，把台灣新文學創發的初衷延續下來。在形式上，它就是台灣文學的本土精神、台灣意識的傳承，代代相承，也就形成了台灣文學本土化綿長的運動歷程。誠然，作為台灣文學主體之台灣意識的復歸過程中，曾經出現十分低迷、脆弱的時刻，或許也曾經迷航。但台灣文學能綿延到今天，證明文學的台灣精神不曾死亡，這也是身為台灣作家過去奮鬥的目的，更是未來奮鬥的方向。」他說他撰寫這本書的目的就是希望自己

「能在這樣的汩汩前行的文學巨流中」貢獻他自己的力量。

於是，他在書中設置的六章，全都以「台灣意識」的「復歸」為主線，肆意曲解歷史。其中，第五章〈回歸寫真與本土化運動〉寫 70 年代的鄉土文學論爭，第六章〈本土化的實踐與演變〉寫 80 年代以後的文學，都把台灣文學的歷史描摹成走向「文學台獨」的歷史了。其中的第二節〈台灣結與中國結〉，則放肆地攻擊了陳映真提出的「台灣文學是中國近代文學的一個支流、一個部份」的理論，放肆地攻擊了《夏潮論壇》發動的對宋冬陽即陳芳明的「台灣意識文學論」的批判。

彭瑞金也在「文學台獨」的歧路上越走越遠了。他在這篇新版〈自序〉裡就說：「台灣文學本土化所要追求的台灣精神回歸，是要重新喚回整體台灣人、台灣文化的台灣主體意識。從教育到文化、從教科書到課程、從學校到社會，我認為，不僅要讓以台灣人民和土地為主體的意識回到文學創作、文學思考、一切文學活動的正位上來，還應該讓本土化完成的文學作品，進入普遍台灣人民的生活、心靈裡去，和台灣生活溶為一體。」可見，他的心志不只是在於文學。為此，他還提出一個具體的建議，即，設立所謂的「台灣文學系」。他說：「近年來，我們不斷思索：促使台灣的大學設立台灣文學系，讓台灣子弟的語文教科書教授台灣作家的作品，使台灣人創造的文化資源回歸台灣人心靈生活的途徑。我以為這也是台灣文學本土化運動的延長，除非台灣文學全面回到台灣人的生活中來，本土化便需要繼續運動下去，推動台灣文學本土化的工程，台灣文學本土論的建構工程，仍然是台灣作家持續奮鬥的目標。」果然，事實上，早在 1995 年，「台獨」勢力的團體「台灣筆會」就帶頭發起了在台灣各高校建立「台灣文學系」的倡議，並在 1996 年由張良澤率先在淡江工商管理學院實施。1999 年 6 月，成功大學獲准籌設台灣文學研究所。到 2000 年 8 月間，台灣的教育部就通令 19 所「國立大學」，鼓動他們籌建「台灣文學系」或「台灣文學研究所」了。最近，中興大學成立了台灣文學系，清華大學台灣文學系的籌設，正在加緊進行。據報載，2001 年開始，有關「台灣文學研究所」要招收博士生。

1995 年，葉石濤在高雄《台灣新聞報》上發表〈台灣文學百問〉，其實也是一份「台灣文學史話」。那 57 篇的「史話」文章裡，也貫穿著一條分離主義的黑線。除了極力宣傳「台獨」主張，其重要的手法就是肆意歪曲台灣文學的歷史，幾乎所有的台灣文學史上的重大事件、重要現象、重要作家和作品，葉石濤全都納入了他所劃定的「自主意識」、「台灣意識」、「本土文學」的範圍之內。他的目的，正如 1997 年結集出版時的〈序〉裡說到的，就是要用這樣一部「沒有」被歪曲了的台灣文學史著作「證明台灣人這弱小民族不屈不撓的追求自由和民主的精神如何地凝聚而結晶在文學上」。

1996 年 7 月，台南成功大學歷史系教授林瑞明，在允晨文化實業服份有限公司出版了兩本書《台灣文學的本土觀察》和《台灣文學的歷史考察》。這兩本書，雖是論文集的樣子，卻重在觀察和考察 20 世紀 20 年代以來台灣文學發展史的幾個重要面向。

一是鼓吹台灣新文學「來源」的「多元化」，從源頭上割斷和大陸新文學的血脈關係。

二是鼓吹台灣文學的歷史發展即「本土論」的發展。林瑞明描述這個發展過程是：「1930—1932 年經過鄉土文學論爭、台灣話文論爭，台灣文學的本土論終於形成。簡言之，在 30 年代初，台灣文學的整體概念第一次成立，但身處異民族的統治之下，1937 年禁用漢文，根本沒有進一步發展的機會；戰後，在中原正統主義絕對的優勢之下，一直被矮化為地方文學，或稱『鄉土文學』，或稱『本土文學』，直到 80 年代後期始取得台灣文學正名。兩次台灣文學概念的成立，相隔半個世紀，歷經不同的政權，這是觀察台灣文學的發展，首先必須注意的面向。」

三是攻擊大陸學者的台灣文學史觀。他說，這些學者有關台灣文學史的著作，「林林總總，皆把台灣當成中國文學的一部份、一支流來處理；而忽視了日據時代展開的台灣新文學，在不同階段掙扎過程中有中原意識、台灣意識、日本意識的種種糾葛，有相當的特殊性，文學作品與理論總的來說，一則反映了殖民地民衆的苦楚，一則也有弱小民族自求解放的概念(台灣話文派反對中國話文派強調不顧及台灣實際的語言情況，用中國白話文寫作是『事大主義』即是一例)。中國大陸出版了那麼多專書，文學史觀幾乎没有差別。」

四是攻擊台灣島內堅持台灣新文學是中國新文學的一環的觀點的文學史工作者。他說，「對於日據時代台灣新文學通常僅以受了五四新文學的影響這樣簡單的概念來展開，這一點類同於中國大陸的學者，亦即中原正統主義完全蓋住了台灣觀點，台灣意識被視為僅是地方意識，稍稍強調台灣意識即視為分離主義。本來中文學界以現代文藝做為升等論文困難，更何況深入研究台灣文學，有張良澤的前例作為借鑒。這種保守的心態，即使解嚴之後，依然存在，主要還是在於學術生態。因之儘管對於民間學者葉石濤的《台灣文學史綱》（文學界，1987 年 2 月）、彭瑞金《台灣新文學運動 40 年》（自立報系，1991 年 3 月），迭有批評，但尚無人以別於葉石濤、彭瑞金的史觀寫出嚴謹的專書，仿佛借用中國大陸學者有關台灣文學史的論著，即能指責葉、彭兩人充滿地方意識、視野狹窄。」

五是鼓吹台灣文學不算中國文學。他說：「台灣文學之整體性概念，從 30 年代確立，到決戰時期，從主軸上來觀察是極為明確的，未曾變動。當時環境，台灣人是日本國民，但內在台灣人則是被視為「本島人」以相對於「內地人」。這種情況下發展的台灣文學，是「無法被歸納為中國文學的。」

在宣揚這些「文學台獨」主張的〈台灣文學的歷史考察〉一書的〈國家認同衝突下的台灣文學研究〉一文裡，林瑞明其實是公開鼓吹「兩國論」的。他鼓吹在「政治屬性」上「也不必然就朝中國統一」，「不必然就認同」「政治中國」。

再就是 1996 年 7 月游勝冠的《台灣文學本土論的興起和發展》了。

游勝冠將七十多年的台灣新文學發展的歷史全部歸結為「本土論」的興起和發展的歷史，而以「發軔」、「式微」、「再興」、「建構」劃分其發展階段，相對於前此諸公的鼓噪，也算有過之而無不及了。

他為什麼要這樣做？在該書的〈緒論〉裡，游勝冠說到他研究的動機與目的，首先從台灣意識、中國意識說起。他說，「當台灣社會因為特殊歷史因緣，分裂為『台灣』、『中國』兩種不同意識形態時，台灣文學的『台灣』自我——本土論與『中國』文學論的對話就一直在相應的時機出現，爭執誰才是台灣文學的真正自我。……我們覺得台灣文學『台灣立場』與『中國立場』之爭，帶給台灣文學負面的影響終究要多於正面的，立足點的游疑不安，一直都是台灣文學不能紮根本土，厚厚茁壯的主因」。游勝冠以為，這種「論爭雖然涉及諸多議題，但卻可以歸結到『台灣文學的定位』這個母題之上，而『台灣文學』如何定位之所以遲疑不決，難以形成文學界的共識，則台灣與中國分離的歷史經驗，以及目前獨立於中國之外的台灣何去何從，這個台灣前途問題之上。面對詭譎多舛歷史命運的台灣人，一直以不同立場、不同期待，追問台灣往何去？台灣人的出路在那裡的問題。不同的解答來自一定的歷史意識、現實考慮，以及對未來的期待，也形成了意向不同的台灣文學觀。既然同是台灣的一份子，誰都有權表達對自己的未來的意見……站到文學立場來看，所謂的中國立場相較於台灣立場來說，是偏離了台灣現實，此處所謂的『台灣現實』，意謂：1、台灣與中國大陸分離的現實；2、所謂『中國』已有中國大陸作為代表的現實；3、台灣文學只反映了台灣社會的現實。從這三種『現實』考慮，本土論以台灣定位台灣文學是符合台灣歷史現實的作法，不管台灣未來是不是與中國統一，台灣文學作為台灣社會的產物，既然現實上台灣獨立於中國之外，台灣當然就是台灣文學唯一的立足點，也唯有『台灣』可以概括它，以眼前台灣現實上掌握不到，而事實上中國大陸又取得代表權的』『中國』支配台灣文學的發展，我們覺得是並不切合現實。」由此，游勝冠說，他作這種研究，是要「在台灣前途不定、台灣文學定位不明的迷亂中，以前人的經驗智慧結晶，釐清台灣文學的走向。限於個人時間、能力、興趣及論文的篇幅，本文只能以台灣文學本土論作為關照台灣文學的起點，本文，除了致力追溯戰前台灣新文學運動推動以來，台灣文學本土論的興起發展歷程，從兩結（著者按，即『中國結』與『台灣結』）的文學論爭的探討中，呈現本土論的理論內容外，也希望能進一步剖析，台灣文學本土論與台灣日據後翻覆乖舛的歷史，台灣人尋求台灣出路的構想之間的關係。」

可見，他是十分自覺地把「文學台獨」的文學史建構工作和政治上的「台獨」聯繫在一起，要為政治「台獨」張目的。

游勝冠對「台灣文學」、「本土論」還作出了自己的理論界定。什麼是「台灣文學」？游勝冠說：「為與大陸的『中國文學』有所有分別而提出的『台灣文學』，既是分別兩岸文學而提出，除了是以地理上的『台灣』來指稱此地產生的文學，當然也肯定台灣文學，在台灣與中國分離的特殊歷史經驗中，已發展出不同於中國文學的特殊性，而且也承認台灣新文學是日據台灣新文學推動以來，在台灣這個社會進行的文學活動的總稱。因為台灣文學與中國文學是兩個內涵不同的範疇，所以，以『台灣文學』這個概念指稱台灣的文學。」

什麼是「本土論」？游勝冠說：「本土論是伴隨文學本土化運動而來的文學論。文學受一定時空條件的制約，是在『本土』進行的文學活動就應該呈現一定的『本土性』。『本土化』是相對『外來化』而成立的，也就是說，一地的文學若是自然發展，文學的『本土性』應該不虞匱乏，當然也沒有刻意強調『本土性』的必要。但若在外來文學強勢衝擊下，喪失對本土文化的信心，使得本土文學『外來化』，減損了應有的『本土性』。那麼，經過一定歷程的摸索、覺醒、尋找文學本土自我，反外來文化帝國主義支配的『本土化』動向，就會隨著本土意識的覺醒而興起。『本土化』常常是殖民地或第三世界國家，作為反殖民、反支配運動的一環而興起的。」

什麼是「台灣文學本土論」呢？游勝冠的荒唐解說是：「伴隨文學本土化動向而來的本土論，是反外來文化的支配，對文學本土化相關命題的申論。台灣文學因為社會內部認同意識的分歧，自日據時代新文學運動開展以來，即存在回歸『中國』或『台灣』本土的爭執，戰後，文學界經過幾次台灣文學論戰，大致上，是以本土化論專指站在台灣立場進行的文學本土化運動，至於民族主義站在中國統一立場所倡導的台灣文學論，雖也強調反帝的本土化走向，但因台灣目前獨立於中國之外，民族文學論回歸的是和台灣相對立的中國，台灣現實上並無『中國』可回歸，所以本文，不將統派民族文學論的反帝本土論，視為台灣文學的本土論。另一方面，因為日據以後的台灣歷史，一直有兩岸政權及中國民族主義者主張兩岸統一，在這種政治意識型態的宰制下，民族文學論乃將中國立場絕對化，視台灣文學為中國文學的支流，並據以支配台灣文學走向，這些論調，在本土論者看來，也是一種文化帝國主義，『中國』事實上也成為台灣本土化所要對抗的物件，所以，台灣文學本土論所謂的『本土文學』、『本土化』除了相對於日本、西方等外來文學而成立之外，主要也是相對海峽對岸的『中國文學』而言的。」

走在這樣一條「文學台獨」的歧路上，游勝冠研究台灣新文學發展的歷史，只能得出極其荒謬的結論。游勝冠在全書的《結論》部份就說：「從台灣內部多族群的角度來看，所謂『台灣意識』、『中國意識』的糾葛，其實只是漢移民的問題，對島內的原住民來說，並無這種意識糾結的困擾。但因為台灣的歷史，一直在漢移民的漢人中心意識主導下發展，所以，『台灣立場』與『中國立場』的對抗，一直貫穿整個台灣文學的發展史，即使『多族群互為主題』的台灣立場提出後的90年代，中國文學論者仍然在漢人中心意識的作用下，以『中國立場』對抗本土論者的『多元主體的台灣立場』，既然這是個歷史事實，也是目前仍未解決的問題，所以，我們還是必須考察這段歷史過程，探究兩種意識型態所以從台灣社會產生的緣由，以及從台灣與中國分離的這個現實來考量，在哪一種意識型態的主導下發展，能帶給台灣社會最大利益，對台灣文學最有助益。考察台灣文學的發展史，台灣新文學運動自推動以來，曾興起兩次文學本土化運動，為什麼戰前、戰後一再興起文學的本土化運動？戰前的日本同化政策、戰後因國民黨依附美帝，西方外來文化強勢侵入，使得台灣文學喪失了民族性、自主性，固然是本土論興起的主因。然而，更耐人尋味的是，在本土論者眼中，『中國文化帝國主義』卻是使台灣文學失去主體性主要的力量，在回歸台灣社會現實的本土立場中，通常傾向與『中國』分離，建立自主的台灣文學。回顧台灣文學的發展，我們可以看到台灣文學本土化運動所遭遇最大的阻力，反而不是隨著帝國主義勢力入侵的日本、西方文化，卻往往是台灣作家的『中國意識』與『中國立場』。從台灣割讓日本，台灣在近代思潮的衝擊下，台灣人開始安置台灣的地位、規劃台灣的前景，台灣人心中重疊的『台灣』──『中國』認同意識，就開始他們焦不離孟、孟不離焦的論爭。戰後，台灣短暫地在中國安置了 4 年，又因中共取代了國民黨政府在中國的地位，來台的國民黨政府因為堅持中國正統意識，使台灣被固定在中國的內戰結構中，與中國又對峙了 40 年。雖然國民黨與中共互爭中國代表權，在台灣力求中國意識的普及，但二二八事件後，台灣又陷入不知以『台灣』或『中國』自我定位的不安定狀態中，『台灣化』與『中國化』的爭議，幾乎就没有停止過，也從没有得到過永久性的結論。」

應該指出的是，游勝冠是十分張狂的。在這《結論》裡，他公然叫嚷「台灣明明已獨立在中國之外成為一個『主權國家』，卻要受『中國』這個名義的支配、剥削，面對這樣荒謬的歷史處境，島內台灣意識高漲，台灣人民反『中國』支配，反『中國』對台灣的價值剥削，企求自己掌握自己的命運的意向當然越來越強烈。」他甚至公然煽動分離主義者們說：「一世紀來台灣與中國分多合少，台灣幾乎是獨立發展於中國之外。打從日據時代開始，台灣在與祖國隔絕的環境中，接受近代民族、民主、政治、社會進步思潮的洗禮的台灣知識份子，開始解脱祖國意識的羈絆，追求政治上、文化上台灣的獨立自主，『中國』就是台灣走向獨立、自主最難擺脱、也最難克服的障礙。……『中國』因此變成台灣各種本土化運動所要對抗的『中國文化帝國主義』、『中國霸權』，成為台灣、台灣文學追求自主、獨立歷程中揮之不去的夢魘。」

「文學台獨」在構建台灣文學史問題上的這種惡性發展，終於引發了 20 世紀最後一兩年的新一輪的統獨大論戰。

下面談「二陳統、獨論戰」。

這一輪的大論戰，是由陳芳明的挑釁引爆的。

原來，隨著台灣的領導人在對一個中國原則問題上不斷玩弄各種手法，台灣局勢更加複雜嚴峻。台灣文壇有關台灣文學的性質、源流、歸宿、地位問題之爭，隨著時局和政壇的變化，也波譎多詭，變幻不止。爭論中，總有那麼一些人，把「鄉土文化』、「本土化」蛻變為脱離統一的中國文學而「獨立」的「台灣文學」，為「台獨」張目。就在這股逆流裡，沈渣泛起，陳芳明著手炮製一部《台灣新文學史》，放言「中國社會與台灣社會的分離」和「台灣文學與中國文學的分離」，並在 1999 年 8 月的《聯合文學》第 178 期上發表了它的第一章〈台灣新文學史的建構與分期〉，全文 1.5 萬字。不久，陳映真在《聯合文學》2000 年 7 月的第 189 期上發表了 3.4 萬字的長文〈以意識形態代替科學知識的災難〉，對陳芳明的〈台灣新文學史的建構與分期〉作了嚴正的批判。8 月，陳芳明又在《聯合文學》的第 190 期發表一篇 1.1 萬字的狡辯與反撲的文字〈馬克思主義有那麼嚴重嗎？〉，再一次宣揚了分離的主張。對此，陳映真在 9 月的《聯合文學》第 191 期上回敬他一篇 2.8 萬字的長文《關於台灣「社會性質」的進一步討論》，繼續對陳芳明的分離主張給予了科學的剖析和嚴厲的聲討。10 月，陳芳明在《聯合文學》第 192 期上再推出一篇 1.8 萬字的〈當台灣文學戴上馬克思面具〉，再作反撲。12 月，陳映真在《聯合文學》第 194 期上再發表 3.5 萬字的長文《陳芳明歷史三段論和台灣新文學史論可以休矣！》，再予陳芳明以痛擊。事隔 7 個月，陳芳明在 202 期《聯合文學》發表〈有這種統派，誰還需要馬克思？〉，2001 年 8 月，陳映真在《人間思想與創作副刊》發表〈駁陳芳明再論殖民主義的雙重作用〉，爭論告一段落。人們把這叫做「二陳統、獨論戰」。

「二陳統、獨論戰」，首先圍繞著台灣的「社會性質」問題展開。陳芳明在〈台灣新文學史的建構與分期〉一文中提出這個問題，並且強調為「一個重要議題」，顯然是經過精心謀劃的。他稱自己的觀點是「後殖民史觀」，其要點是：1、「台灣社會是屬於殖民地社會的」，它「穿越了殖民時期，再殖民時期與後殖民時期等三個階段」。2、1895—1945 年的「日本帝國主義的統治時期」，是「殖民社會」。其時，「台灣與中國之間的政經文化聯繫產生嚴重斷裂」。3、1945—1987 年，從國民政府「接收台灣」到國民黨台灣當局「戒嚴體制的終結」，是「再殖民時期」。其間，1950 年之後，發生了「中國社會與台灣社會的分離」。4、1987 年 7 月解除戒嚴令之後，是「後殖民時期」。其中，1986 年民進黨建黨是一個標誌，它高舉的是台灣脫離中國的「復權」旗幟。

陳映真的〈以意識形態代替科學知識的災難〉和〈關於台灣「社會性質」的進一步討論〉兩文，指出「社會性質」是指馬克思歷史唯物主義關於不同發展階段的社會生產方式的性質，即各歷史發展階級中的社會經濟基礎與社會上層建築結合體的總合之性質，不能信口開河，胡亂「書寫」。他把馬克思主義理論同一些國家尤其是中國、中國台灣地區的社會歷史發展結合起來，對陳芳明的「離奇的社會性質論」對馬克思主義「社會性質」理論的無知、混亂與黑白顛倒作了全面、深刻、徹底的揭露和批判。陳映真指出，陳芳明的邏輯，就是一種「台獨派邏輯」，其用意十分明白，即：「1945 年以後，『中國人外來政權國民黨集團對台灣的殖民統治』使台灣『再』次淪為『殖民地社會』。這苦難的『中國帝國主義』下的台灣，至台灣人李登輝繼蔣家擔任台灣總統為分界線，在沒有任何台灣人的民族解放鬥爭的條件下，使台灣從『中國帝國主義』下解放，結束了『再殖民』社會階段！」

在這裡，陳芳明把二戰之後國民政府根據《開羅宣言》收復日本佔領的國土台灣看作是一個「外國」的國家政府的再一次殖民地佔領，完全是顛倒黑白、歪曲歷史。腳踏中國的土地，姓著中國人的姓，叫著中國人的名字，說著中國人的漢語，用中國漢字寫文章，在中國的大學裡教中國學生學中國文學，按中國人的方式和習俗生活，為什麼這個陳芳明就不把自己看成是中國人，而是把中國人看成是外國人，把當時的中國政府看成是外國政府呢？陳映真指出：

> 基於他自己關著門炮製的「台灣社會是屬於殖民地社會」的「史觀」，陳芳明「建構」了一個把台灣社會史——從而是台灣新文學史——分割成「殖民時期」(1995 年〔新文學則始於 1921〕～1945)；「再殖民時期」(1945～1987)和「後殖民時期」(1987 年迄今)這麼一個三階段論。前提既錯，在這錯誤前提上「建構」起來的全「史觀」的謬之千里，是自然的了。

陳映真還指出：

> 陳芳明把他的「史識」與「史觀」，不無得意地標榜為「後殖民」史觀。查文化思想概念上的後殖民論、一言以蔽之，是對於舊殖民地歷史，以及舊殖民歷史在「殖民後」社會中的文化遺毒，以及戰後新的文化殖民主義對前殖民地社會和文化的為害，加以反省、糾彈、批判的思想。陳芳明的「後殖民」「史觀」、美化日本殖民統治，謂帶來高度資本主義；通篇無一字涉及美帝國主義的新殖民統治；以冷戰辭語說「中國帝國主義」對台灣的統治：把美國學園對台灣思想文化的支配說成自由化和多元化……把這樣的洋奴「史觀」說成「後殖民史觀」，其實是對真正的後殖民主義的侮慢了，並且尖銳地表現出的台獨論的後殖民意義。
>
> 陳芳明在開宗明義中說：「任何一種歷史解釋，都不免帶有史家的政治色彩。史家如何看待一個社會，從而如何評價一個社會中所產生的文學，都與其意識形態有著密

> 切的關係。」
>
> 旨哉斯言！馬克思主義經濟學和資產階級的新自由主義的經濟學，確是各有各的「政治色彩」和「意識形態」。而我們關於台灣各階段社會性質以及相應的文學的性質，也與陳芳明在「政治色彩」與「意識形態」上南轅北轍、針鋒相對。然而，理論問題畢竟主要地要通過知識的對錯、邏輯的真偽、以及具體實踐的合格檢驗。「政治色彩」和「意識形態」畢竟不能取代科學知識，否則就是一場知識上的災難了。
>
> 試問：陳芳明賴以「建構」「台灣新文學史」的地基——台灣社會性質論，既是一片鬆軟的沙渚，則他所要「建構」的「台灣新文學史」大廈，又如何能免於根本傾覆、土崩瓦解的災難呢？

論戰中，陳映真對陳芳明在「多語言文學」問題上的種種謬說，以及由此而發生的對 30 年代有關「台灣話文」的爭論的歪曲，等等，也作了有力的批駁。

尤其是，陳芳明歪曲歷史說，戰後，既然是外來的中國對台灣實行再殖民統治了，語言也分離了，社會也分離了，當然，1950 年之後，「台灣文學與中國文學的分離」，「無論是自願或被迫」，也就「成為無可動搖的歷史事實」了。針對這一謬說，陳映真在自己的兩篇文章裡以大量歷史事實對陳芳明的這種無知和謊言作了揭露。

第一，戰後，1945—1949 年間，在民間層次上，台灣的省內和省外文化界知識份子的確「進行過熱情洋溢的脫殖民論說」。比如，有一位後來「仆倒在『2．28』事變血泊中的傑出的台灣人思想家」宋斐如，在《人民導報》1946 年元旦的〈發刊辭〉和元月 6 日的〈如何改進台灣文化教育〉一文中，提出要改變日據台灣時的「文化畸形發展」局面，「教育台胞成為中國人」，「隨祖國的進步而進步」。對於她，還有蘇新、賴明弘、王白淵等思想界戰士來說，要克服日據殖民地文化的影響，就是「復歸中國」，「做主體的中國人」。

第二，1947年—1949年，台灣《新生報》的《橋》副刊發生過一場「如何建設台灣新文學」的爭論。從某種意義上說，這「也是一場重要的脱殖民論説」。爭論中，歐陽明、楊逵、林曙光、田兵，包括後來政治態度發生重大變化的葉石濤，都強調了建設台灣新文學的課題和建設中國新文學的課題相關相聯，強調台灣文學始終是「中國文學的戰鬥的分支」，台灣文學工作者是中國新文學工作者的「一個戰鬥隊伍」，其使命和目標一致。「台灣既(因光復)為中國的一部份，則台灣文學絕不可以任何藉口分離」。這一主張，受到了參與爭論的人幾乎衆口一辭的支援。比如，楊逵就是寄希望於光復之初，「重整旗鼓」，以便「在祖國新文學領域裡開出台灣新文學的一朵燦爛的花！」正是在這樣的共識前提下，他們才就人民的文學、新現實主義、台灣文學的特殊性等問題展開了熱烈的爭論。

第三，即使到了70年代鄉土文學論戰時期，葉石濤等人，也還沒有改變這種看法。陳映真舉例説，葉石濤那時就迭次宣説「台灣文學是中國文學的一環」；王拓説，「作為反映台灣各個不同時代的歷史與社會的(台灣)文學，也自屬於中國文學的一部份」，而作家則是「台灣的中國作家」；李魁賢也説，「當然台灣文學是屬於中國文學的一部份」。陳映真還特別揭露説：「即使陳芳明自己，也要等到鄉土文學論戰前後才與中國『訣別』。」

第四，「楊逵在《橋》副刊上的文藝爭認論上，以及在49年發表的《和平宣言》中，迭次疾言反對台灣獨立和台灣託管論。」

陳芳明對台灣新文學所作的三大歷史階段九個歷史時期的分期建構中，把 1979 年—1987 年劃分為第八個時期，即「思想解放時期」。他在《台灣新文學史的建構與分期》裡說，在這個時期，和社會變化同時，「文學界也正在進行一場『中國意識』與『台灣意識』之間的論戰。這場論戰，也就是坊間所說的統獨論戰，基本上是鄉土文學論戰的延續。」他還說，「統獨論戰」的最大意義，「就在於使台灣文學獲得正名的機會」，「通過這場辯論之後，台灣文學終於變成共同接受的名詞」；然後，到 1987 年以後的多元蓬勃時期，就有了從容的空間「重建台灣文學」。

陳芳明要的是一個什麼樣的「正名機會」呢？他聲稱：其一，「70 年代回歸本土」的聲音中，「對陳映真、尉天驄等作家而言，本土應該是指中國；但是對葉石濤、李喬等人而言，本土則是指此時此地的台灣。」

其二，1987 年解嚴後，「台灣意識文學的崛起在於批判傲慢的中原沙文主義」、「抗拒漢人沙文主義。」

陳映真義正詞嚴地揭露和斥責了這種「正名」的「台獨」而不是「統獨」爭論實質。他指出了，70 年代從現代詩論戰到鄉土文學論戰中，文學上左右論爭的實質。陳芳明所說的「台灣意識文學」對所謂「中原沙文主義」、「漢人沙文主義」的「抗拒」，實際上乃是「台獨文論」和「在台灣的中國文學」論的鬥爭。這種統獨鬥爭在島內主要在 80 年代以後發展，隨即使花樣不斷翻新對於「社會性質」理論的無知和胡說，從根本摧毀了陳芳明的台灣社會「三階段論」。

陳映真的揭露和批判，重創了陳芳明。陳芳明沈不住氣了。在〈馬克思主義有那麼嚴重嗎〉一文裡，他指責陳映真對他的批判是「在宣洩他的中國民族主義情緒」，用馬克思主義「做為面具，來巧飾他中國民族主義的統派意識形態」，虛掩其「統派立場」。他終於公開把自己放到了陳映真所堅持的「聖潔的中國民族主義」的對立面上，「統派」的對立面上。這正是陳芳明「台獨」面目赤裸裸的自我暴露！論戰中，陳映真還嚴肅地批判了陳芳明在社會性質和中國社會史論說中違背事實的反科學的謬論，批判了他美化日本對台殖民統治和日據時期「皇民文學」的謬論，揭露了他歪曲台灣社會歷史和台灣文學歷史的伎倆，斥責了他錯亂的偽科學的文學史建構史觀和分期說法。陳芳明顯然感覺到他的「文學台獨」言論所面對的挑戰和可悲的下場，於是把這種批判一概辱罵成「漢人沙文主義」！

要說辱罵，寫〈當台灣文學戴上馬克思面具〉一文，陳芳明更是撕下自己「文學史家」的「學者」面具，對陳映真破口大罵，其面目之猙獰，言詞之骯髒，氣焰之張狂，用心之不善，令人不忍卒讀。

對此，陳映真在〈陳芳明歷史三段論和台灣新文學史論可以休矣〉一文裡再作了一次有力的批駁。針對陳芳明的政治辱罵和人身攻擊，陳映真作了令人深為感佩的回答。陳映真寫道：

> 一九六八年我的投獄、一九七九年十月我遭情治機關留置三十六小時，雖然在台灣新民主主義運動史上算是芝麻小事，但許我謙卑地說，對於反對台灣法西斯的民主主義鬥爭，我是有棉薄貢獻的，至少比起機會主義地「流亡」在沒有警備總部的海外的「在地左派」和「革命家」們，貢獻應該大一些吧。有一點貢獻，我就有權利發言。雖然我們追求的民主自由並不止於資產階級票選制的民主自由，而是廣泛生產者討論和決定共同命運的那種民主與自由。
>
> 我一貫主張民族的分裂使民族殘缺化和畸形化。反對外國干涉，促進民族的統一和富強，是台灣左派為之鬥爭的歷史旗幟；增進民族團結，共同建設新的中國，是四〇

年代楊逵先生以來台灣前進的知識份子的重責大任。對這主張，我至今沒有動搖過，沒有掩飾過。

至於我的「中華民族主義」立場，我自少及今，立場一貫，不曾動搖。有些人，到了三十多歲的一九七八年還在說：「第一，《龍族》同人能肯定地把握住此時此地的中國風格；第二，誠誠懇懇地運用中國文字表達自己的思想……」，還熱情洋溢地吶喊過：「龍，意味著一個深遠的傳說，一個永恆的生命，一個崇敬的形象。想起龍，總想起這個民族，想起中國的光榮和屈辱。如果以它做為我們的名字，不也象徵著我們任重道遠的使命嗎？」今日，當陳芳明回看在他而立之年的「中華沙文主義」的「病態民族主義」之「虛偽」、「落空」的話語，不知如何自處？在台灣新文學史上，有一條任何意識形態所不能抹殺的傳統，即偉大的中華民族主義傳統，表現為日據台灣新文學大部份堅持漢語白話作品和一部份以日語寫成的文學作品中光輝磅礴的反帝中華民族主義，表現為賴和，楊逵孜孜不倦，堅毅不拔的反日愛國主義鬥爭，表現為簡國賢、朱點人、呂赫若、藍明谷、徐淵琛的地下鬥爭和英雄的犧牲，表現為楊逵在戰後奮不顧身的合法鬥爭和長期投獄，表現為以中華民族認同批判外來現代主義文學要求建立民族和大眾文學的鄉土文學論爭。我自覺地以忝為台灣文學這愛國主義、民族民主鬥爭的偉大傳統中微小的一員，感到自豪。以戒嚴時代的、腐朽反動的詞語扣我通北京、通共產黨的帽子，隨著大陸崛起的不可遏止的形勢，隨著大陸發展的實相漸為反動派所不能遮天，陳芳明的反共煽動終竟是徒勞的。

對於見諸《聯合文學》的這場「二陳統獨論戰」，陳映真在

〈陳芳明歷史三段論和台灣新文學史論可以休矣〉一文寫下了這樣的結論：

> 第一、陳芳明有關日據以降「殖民地」社會——「再殖民」社會——「後殖民」社會「三大社會性質」推移的「理論」，既完全不合乎陳芳明不懂而又硬裝懂得的，馬克思主義歷史唯物主義有關社會生產方式性質(＝社會性質)理論和原則，也禁不起一般理論對知識、方法論、邏輯等要素的即便是最鬆懈的考驗。因此，不能不說，陳芳明「歷史三大階段」論，所謂「後殖民史觀」不論從馬克思主義的生產方式論、或其他一般理論的基本要求看，都是破產的理論和史觀。
>
> 二、因此以破產的、知識上站不住腳的「三階段」去「建構」和「書寫」的、他的「台灣新學史」之破滅，也是必然之事。
>
> 三、格於戰後台灣的思想歷史的極限，這次的論爭，從台灣馬克思主義思想發展歷程上看，大都只圍繞在馬克思主義最基本的政治經濟學概念上打轉，許多問題都是三、四十年代一個用功的中學生可以解決的問題，層次不高。這當然是與爭議的一方陳芳明在馬克思主義和一般歷史社會科學知識理論水平之低下密切相聯繫的。
>
> 四、因此爭論中由我們提出的比較重要理論課題，尤其是台灣資本主義性質問題、日據以來台灣各階段生產方式的推移問題，以及與之相應的台灣新文學思潮、創作方法和文學作品的關係等極須深入、反覆討論的問題，沒能產生更深的展開。這自然也和陳芳明的水平之低下有密切關係，只能期待後之俊秀起來接續這些台灣左派當面核心問題的討論。

五、遺憾的是，這次爭論中還是時代錯誤地出現了企圖以反共反華的恫嚇、例如類似說我親共通共的手段，與戒嚴時代的幾次爭論中國民黨文特的伎倆如出一轍，使爭論留下污點。「台獨」式反華反共的民粹主義咒語，和戒嚴時代反共防諜的羅織，無論如何，是無法以之替代真理的。

六、因此，從陳芳明對於我們的批判所做的全部回應，已經明白宣告了他的「歷史三階段論」的破產。為了不必使陳芳明硬撐的「歹戲」連連「拖棚」，浪費《聯合文學》珍貴的篇幅和我們的筆墨，今後陳芳明如果沒有提出相關的重要理論課題，如果還是喋喋不休地以無知夾纏不已，我們就把論爭的是非留給今世和後之歷史去公斷，不再回應了。當然，如果今後將陸續公刊的陳芳明的「台灣新文學史」中出現重大謬誤，不得已之下，還要討教商榷一番的。

陳芳明的「台獨」派御用的《台灣新文學史》正在炮製之中，何時、以何種面目出籠，陳映真等思想家、理論家、作家，還有我們大家，都將拭目以待。

結束語

簡要地介紹了20多年來「文學台獨」惡性發展的歷史，並在五個方面對「文學台獨」的主要言論和活動展開了初步批判之後，我們不勝感慨的是，海峽兩岸維護祖國統一的文學工作者，真的不能對「文學台獨」問題掉以輕心了。

解決台灣問題，實現祖國完全統一，關係到國家主權和領土完整，關係到中華民族的民族感情，是中華民族的根本利益所在，是全中國人民的共同心願和神聖職責，是我們這一代中國人必須完成的歷史使命。而解決台灣新文學領域裡的分離主義思潮和活動的問題，制止「文學台獨」勢力的陰謀而使之斷難得逞，以維護中國新文學的統一，使中國新文學的一個組成部份的台灣新文學得以正常發展，則關係到中國新文學以至整個新文化的完整性不被割裂，同樣也關係到我們中國文學工作者、傳播者和讀者的民族感情，以至於整個中華民族的感情，同樣也是中華民族的根本利益所在，也是全中國人民的共同心願和神聖職責，也是我們這一代中國人必須完成的歷史使命。

有了這樣的莊嚴的歷史使命感，我們就會有一種神聖的社會責任感。要認真清理「文學台獨」的思潮和活動，嚴正批判「文學台獨」的種種謬論，堅決遏制「文學台獨」的繼續發展，徹底肅清「文學台獨」的貽害和流毒，以維護中國新文學的完整和統一，大力促進作為中國新文學一環的台灣新文學正常發展，真的是「捨我其誰」了。

鑒於台灣問題不能允許無限期地拖延下去，「文學台獨」問題也不能放任不管。「文學台獨」還在惡性發展，還在混淆視聽，還在興風作浪，還在危害社會，危害祖國統一的偉大事業。近日台灣教育當局加速，加強在高教領域中的台灣文學系、所的創設，使「台獨」派台灣文學研究全面佔領了台灣文學教育陣地，形勢進一步嚴重了。我們還要加強鬥爭的緊迫感，以只爭朝夕的精神把這項工作做好。

「文學台獨」勢力是披著文學和文學史論研究工作的外衣從事分裂祖國的活動的。有時候，有某些方面，它會有一定的欺騙性，會有一定的煽動性。所以，批判「文學台獨」，政治性、政策性固然很強，文學性、科學性也很強。要做好這項工作，必須瞭解台灣的歷史，熟悉台灣的現狀，明瞭兩岸關係發展的形勢，認真學習和掌握對台方針政策，還必須瞭解台灣新文學發展的歷史，熟悉台灣新文學的現狀，明瞭兩岸新文學發展的總體態勢，其中，尤其要詳盡地掌握「文學台獨」惡性發展的歷史情形，熟知其代表人物、代表論著的分裂思想和活動，熟知台灣統派思想家、文學家多年來艱苦卓絕地反對「文學台獨」的鬥爭的方方面面的詳盡情況。

鑒於多年的隔絕，我們大陸的台灣文學研究者特別需要做好調查研究工作，把這項鬥爭性、學理性都很強的批判「文學台獨」的工作做細，做深，做好，做出成效來。

加強批判「文學台獨」的工作，我們還更寄希望於台灣思想界、文化界、文學界，更寄希望於堅決維護國家統一的思想家、文學家、教育工作者、文化工作者、出版工作者，更寄希望於廣大讀者。一定要幫助那些一時還看不清「文學台獨」本質的年輕人，甚至少數深受「文學台獨」影響誤入歧途的年輕一代文學工作者，使他們認清「文學台獨」的分離主義本質和分裂祖國的禍心，而迷途知返。

實現祖國統一是歷史的趨勢，是海峽兩岸全體中國人民的民心所向，這是任何人也改變不了的。維護中國新文學的統一也是歷史的趨勢，也是海峽兩岸全體文學工作者和廣大讀者的民心所向，也是任何人改變不了的。台灣分裂勢力，其中包括「文學台獨」勢力和某些外國反華勢力阻撓祖國和平統一，製造文學分裂的圖謀，一定會遭到最終的徹底的失敗。中國完全統一的一天一定會到來。一個統一的完整的中國新文學一定不會被割裂。

看今日「文學台獨」之甚囂塵上，猖獗一時，再看包括台灣文學在內的中國新文學日益繁榮昌盛，我們要說：

「沈舟側畔千帆過，病樹前頭萬木春。」

後 記

在我們的人生道路和學術生涯中，没想到，年過花甲之時，還有這麼一次亢奮。

那是20世紀最後的一年，讀1998年到2000年《聯合文學》上陳映真、陳芳明之間展開的一場統、「獨」大論戰，還有在此期間陳映真主持的《人間・思想與創作叢刊》上一系列批判「文學台獨」的論文，我們的心靈受到了極大的震憾。我們驚詫不已的是，20來年裡，一不留神，在台灣，「文學台獨」怎麼會有了如此的惡性發展呢！台灣朋友，陳映真、曾健民兩位送給我們一些書刊資料，並一再賜教，尉天驄、呂正惠兩位那裡也不斷指點，黃春明處也多有交流，旅美的葉芸芸還給我們寄來兩大箱珍貴期刊和論著。認真地閱讀，嚴肅地思考，我們更加詫異不已的是，炮製和鼓吹「文學台獨」的掌門人物竟是葉石濤！葉石濤是什麼人？研究台灣文學的朋友知道，一提「葉石濤」這三個字，就如雷貫耳了。這是台灣文壇一個貨真價實的重量級的「大老」式的人物。然而，歷史無情，偏偏就是葉石濤，幾十年來，日本「皇民」情結難以釋懷，終於走上了「文學台獨」之路，炮製了一整套的「文學台獨」的綱領，散佈了一系列的「文學台獨」的言論，從事了一個又一個的「文學台獨」的活動，並且把一批「文學台獨」人物糾集在自己旗下，形成了一個倒行逆施的「文學台獨」派！其中，就包括了彭瑞金、張良澤、陳芳明等人。

我們汗顏了。我們竟然不了解情況。我們甚至還在寫文章著書立説之時偶爾會引用葉石濤關於台灣文學的論説，而尊奉其為「權威」。我們竟然面對台灣島上文壇統「獨」的一場惡戰，面對好友陳映真、曾健民、呂正惠、黃春明、尉天驄和其他一些朋友長期以來在島內艱苦卓絶的反「台獨」鬥爭，似乎置若罔聞，而一言不發。

我們於是猛醒，於是反思，於是振奮，於是拿起了戰鬥的筆。

經中國作家協會金堅範同志激勵，我們先在《文藝報》上發表了四篇批判「文學台獨」的文章。在海峽兩岸朋友們的鼓勵下，又寫了這本《「文學台獨」面面觀》的小册子。我們希望它有益於祖國統一的偉大事業。

畢竟我們還隔海相望，資料工作難得完備周全。限於學識，立論和思辨，或還存有不當之處。除了致歉，只有留待日後進一步完善了。不過，拋磚引玉，能有更多的朋友投入這項工作，我們就感到欣慰！

感謝前述各位朋友！

感謝中國作家協會金炳華同志對於本書寫作和出版的關懷、支援和幫助！

感謝參加本書徵求意見稿北京座談會的海峽兩岸的全體友人，尤其是鄧友梅、王景山、劉紅林、藍棣之、黃濤、樊洛平、古遠清、劉登翰、古繼堂、黎湘萍、趙稀方、林深靖、周青、蘇慶黎、張光正、石一寧各位對本書提出寶貴的修改意見！感謝遠在江蘇的老學長吳奔星先生，也來信表示關注！

感謝向前、愛琪兩位好友對我們的支援和幫助！感謝北京九州出版社、台北人間出版社幫助本書出版！

尤其要感謝映真、堅範兩位好友為本書作序！

2001.6.18 於北京

附錄一

陳芳明「再殖民論」質疑（節錄）
——從歷史經驗所作的「歸謬」論證

呂正惠

1.「再殖民論」的歸謬論證法之一

陳芳明的「再殖民論」從其實質來講，應該是史明「台灣歷史論」及民進黨「外來政權說」的延長。史明說，一部台灣人的歷史就是台灣不斷被別人統治、壓迫的歷史。民進黨政治人物說，國民黨政權是來自「中國」的「外來政權」。這些講法大家已耳熟能詳，不必再細論了。把這些講法進一步推論、濃縮，並創造出「再殖民」一詞，用以說明國民黨政權在台統治的性質，似乎是陳芳明的「貢獻」。我曾經問過兩個學生，他們的記憶也都如此（但也有人說是黃英哲）。這一術語有其新穎、方便之處（還可以聯上時髦的「後殖民」），所以自出現之後，我一些具台獨傾向的學生都樂於沿用。我曾很不高興的質疑他們，當然他們也不可能接受我這個「統派」老師的看法。所以，「再殖民論」已經不是陳芳明個人的觀點了。

陳芳明在《台灣新文學》史第一、第九兩章，對「再殖民」都有或簡、或繁的說明，對此，我會在本文中就其要點加以回應。不過，「再殖民」有其「明確無疑」的意義，誰也無法否認的。「殖民」的講法，是說有一「外國」來統治；所以，作為外國的日本來統治台灣，就叫「殖民」。依此而言，如果戰後國民黨統治台灣也叫「殖民」（因其緊接在日本之後，所以加個「再」字）。顯然，國民黨政權及其所帶來的人，也是「外國人」了。那麼，戰後，是「中國」的國民黨及其徒衆來統治「非中國」的台灣人，所以台灣人在日本戰敗退出台灣之後，又再度被「殖民」了。我想，受民進黨觀念影響的人應該不會否認這層意思的，陳芳明在《台灣新文學史》的第一章說：

> 戰後初期……對他們（按，指台灣作家）構成最大的考驗，便是從大和民族主義的思考調整為中華民族主義的思考。

陳芳明雖然没有明言，「中華民族主義」是「外來的」、「外國的」，但意思也夠明白的。

本文的第一部份就是想從「推理」上來證明，這種講法站不住腳。數學上有一種證明方法叫「歸謬法」，就是，先假設A是對的，再往下推論，最後證明A不可能成立。我想用這種方法來「證明」，戰後台灣被「再殖民」了，這種講法是說不通的。（游勝冠在〈後殖民？後現代？〉一文〔《台灣日報》副刊，2001年8月20日〕質疑陳芳明的「再殖民」、「後殖民」理論不夠徹底。他說：「戰後隨國民黨政權來台的「外省人」作家，一樣是外來的統治者，怎能不定位為殖民者作家呢？」這真是夠「強悍」了吧！我這裡受其「啟發」，按其「邏輯」把它繼續推論下去，以見其「謬」。）

第一，假設這種講法成立，那麼，所有在戰後來到台灣的「外省人」就其實質而言，都是「外國人」，這講得通嗎？很多具有深刻省籍情結的本省人常會把「外省人」當「外人」，這不難理解。可是，假設你問他說，「外省人」是不是「外國人」，就像日本人是外國人那樣？他恐怕難以作答罷！而且，當已經「結束」殖民時期時，「外國人」是應該離去的，如戰後的在台日人一樣。所以，當李登輝已經「結束」了國民黨的「殖民統治」，「外省人」為什麼不能「趕他們走」呢？這難道只是「他們走不了」或「趕不走」這個現實問題嗎？多少外省人跟本省人已經通婚，而日本人統治台灣的時間長於外省人，為什麼日、台通婚遠少於「本、外」通婚呢？台獨派不是說，國民黨對台灣人的歧視遠勝過日本人，那為什麼還會產生這麼多的通婚現象呢？「本、外」之間的區別，本質上似乎完全不同於日、台之分，「也許」他們應該是「同一國家」的人罷？

第二，陳芳明在他的文學史的第一章又說：

> 就像日據時期官方主導的大和民族主義對整個社會的肆虐，戰後瀰漫於島上的中華民族主義，也是透過嚴密的教育體制與龐大的宣傳機器而達到囚禁作家心靈的目標。這樣的民族主義，並非建基於自主性、自發性的認同，而是出自官方強制性、脅迫性的片面灌輸。

在這裡，陳芳明講的是台灣作家，但其「邏輯」，可以應用於一般台灣人。依此而言，凡是台灣人而認為自己是中國人的，就是受了國民黨「強制性、脅迫性的片面灌輸」。這種人大概不少罷！在李登輝結束「再殖民時期」以後，近年來還有愈來愈多的趨勢，該如何對他們進行「去殖民教育」，以恢復他們的「本我台灣人」呢？還有，像陳映真（光復時八歲）、像我（光復後三年生）、以及跟我同一世代的本省籍統派（如現任中國統一聯盟主席王津平、前任及現任勞動黨主席羅美文、吳榮元），我們都如同台獨派的金美齡女士一樣，強烈的反國民黨、對「中華民國」不怎麼恭敬，但又絕對相信自己是「中國人」，難道也是受到「片面灌輸」嗎？這也罷了。像現在已年過 70、有的早已超過 80、光復時已成年的白色恐怖本省籍老政治犯（被關 10 年至 30 多年不等），如林書揚、陳明忠、許月里、許金玉等人，他們又怎麼受到灌輸的呢？還有 50 年代被槍斃的台籍「附共」人士，如張志忠、郭琇宗、許強（兩人台大醫生）、吳思漢、葉盛吉（兩人台大醫科學生）、基隆中學校長鍾皓東（鍾理和兄弟）、教員藍明谷、作家朱點人、呂赫若、簡國賢等等，他們更大了。他們這些台灣人大部份早就抗日，後來又參加中國共產黨領導「新民主革命」而犧牲性命，他們的「中國意識」又是怎麼來的呢？自己不想當中國人也就罷了，卻還認為別人如果這樣，一定是受了怎樣的強制、脅迫與灌輸，我們該怎樣為這種論事的態度「命名」呢？這是一種「怎麼樣」的「台灣民族主義」呢（如果陳映真是「民族主義幼兒症」的話）？

2.「再殖民論」的「歸謬」論證法之二

以上是說，假如「再殖民論」可以成立的話，我們必得接受兩個結論：凡是「外省人」，就是「外國人」；而且，凡是台灣人而認為自己是「中國人」的（包括國民黨「殖民」之前的這種台灣人），就是受了國民黨「殖民思想」的改造。這樣的結論是否可以「成立」，就請各位讀者自己考慮罷！

現在我們再把「歸謬」論證法掉轉方向，往台灣過去的歷史看去。遠的姑且不論，就說 1895 年中國滿清王朝被迫把台灣割讓給日本這個時候罷！

請問，在那個時候，「漢人社會」（包括閩南人和客家人；在這裡為了讓論證更清晰，暫時不談原住民。）讀的是什麼書、用的是什麼文字？那時候不是讀《三字經》、《千字文》、《百家姓》、四書五經、諸史諸子、三國水滸紅樓、唐詩宋詞嗎？寫的古文、八股文、古詩詞不是用「漢文」嗎？不是也考科舉、考進士嗎？這些不是「中國文化」嗎？

我們可以說，他們這些「文化行為」是受清王朝或鄭氏政權「殖民統治」所「灌輸」的嗎？還是應該說，這是台灣的漢人先民從福建、廣東「帶」過來的？

現在，「外國」的日本開始統治台灣，並逐漸實施普及教育。他們在學校大力教導日語，漢語聊當點綴，民間的私塾式微。當台灣新文學登台時，第一代的作家，如賴和、黃得時、楊雲萍、陳滿盈（虛谷）等人，基本上都以漢語書寫為主，到了第二代，如楊逵、龍瑛宗、呂赫若等，即使勉強識得漢語，也只能使用日語寫作了。這就是「殖民統治」「強制性、脅迫性的片面灌輸」的結果，而台灣的「中國文化」也就逐漸消失，「不絕如縷」了。

日據時代台灣知識份子對待「中國文化」的態度從兩個人的「故事」中就可以看得出來。賴和基本上是不穿和服的，當日本殖民當局在中、日戰爭爆發前夕全面禁止報紙的漢文欄時，他從此就不再公開發表作品。當時台灣人的領袖林獻堂，凡是有事要跟殖民官方談話時，必帶翻譯，不直接跟對方使用日語。對於林獻堂等人所領導的文化抗日運動及議會設置運動，當時作為總督府機密文件的《警察沿革誌》是如此評述的：

> 又有一層不可以不加以警覺者，即渠等多以中國之觀念為中心而活動，同時依其見解之差異而異其思想與運動之傾向。綜觀幹部之思想言行大別可分為兩派，其一即立腳於對中國之將來寄與多大之希望，以為中國之國情不久可恢復正常而雄飛世界、自然必可光復台灣，是以此際須保持民族之特性，涵養實力，以待時機。由於民族意識嚮往中國，開口便強調中國四千年之文化以激發民族自信心，常

有反日之過激言行。另一派則對中國不敢做過份之奢望，置重點於台灣人之獨立生存。假令能復歸祖國懷抱，而又會受今日同樣的苛政則究有何益。因此不排斥日人，而堅持台灣人之台灣，專心圖增台灣之利益與幸福。雖然如此，彼輩係因失望於中國紛亂之現狀，而不得不抱此思想，他日中國一旦隆盛，則仍然回復與前者同一見解係必然之勢。前一派代表人物為蔣渭水、蔡惠如、王敏川，後一派則為蔡培火、林呈祿。至於林獻堂、林幼春以下之幹部雖然旗幟不甚鮮明，但可見為屬後者一派。（見葉榮鐘《台灣民族運動史》，轉引自林莊生《懷樹又懷人》301頁，自立晚報，1992。）

《沿革誌》對第二派的評論可謂極客觀、冷靜，但《沿革誌》同時承認兩派共同擁有的「以中國之觀念為中心而活動」。

1937年，日本全面發動侵華戰爭，中國政府軍一路潰敗而退守西南。在此之前，總督府全面禁絕台灣報紙漢文欄，強制禁壓一切社會運動，並監禁最強硬的左派反對者。就是在這種最沮喪的時刻，賴和傷心絕望而病終。緊接著是全面厲行「皇民化運動」，並要求台灣知識份子配合「國策」，響應「南進」（到南洋參戰）的宣導。日本「殖民統治的」強制性與脅迫性以此為高潮，而台灣知識份子雖隱忍苟活，但從未真正屈服過。

光復後的發展，誠如《沿革誌》所預見的，「假令復歸祖國，而又會受今日同樣的苛政則究有何益。」除了二二八事件之後被殺的陳炘、王添灯、林茂生等人之外，台灣知識份子的選擇可分兩派：或者隱忍偷生、痛苦苟活，如林獻堂、莊遂性（垂勝，筆名負人）、王白淵、張文環、龍瑛宗等。張文環講得最為痛心：

> 台灣人背負著陰影生存下來，而且活得像個笑話，然後，默默死去，有人被槍殺，而活下來的人，有的亡命他鄉。（池田敏雄，〈張文環《台灣文學》誕生記〉，轉引自野間信幸〈張文環的文學活動及其特色〉，見涂翠花譯《台灣文學研究在日本》27頁，前衛出版社，1992。）

另一派，以昔日的左派以及年輕的一代為主體，則奮起反抗，毅然加入中國新民主革命的洪流，期待打倒國民黨政權，建立「新中國」。他們之中後來在白色恐怖中被槍斃、被關押的，前文已提到過；他們之中因參與二二八，不得不提前逃到大陸的，則有蘇新、謝雪紅、吳克泰、蔡子民、潘欽信、陳炳基等人，有的至今還健在。

即以隱忍活的莊遂性而言，他的兒子林莊生（從母姓）在《懷樹又懷人》（自立晚報，1992）中對他的晚年留下極生動的紀錄。透過他的人品與學問，外省知識份子徐復觀才深切體會到台灣知識份子的偉大與悲哀。在60年代中、西文化論戰時，他同情當時極少人支持的胡秋原、徐復觀等人維護中國文化的立場。對此，受過西方完整教育的林莊生極其客觀的論道：

> 尤其是老一輩的人抱著親傳統文化的人也不少，像父親和他的朋友，他們在日治時代都是以民族派自居，以肯定中國文化為他們的抵抗運動的思想根據。現在雖然時過境遷，情況不同，但要他們放棄這個立場，轉一百八十度，來否定中國文化的潛在價值，不但情有不忍，事實上理有不能屈的地方。徐（復觀）先生當時在文化界相當孤立，有人甚至罵他「義和團」，處在這樣的環境中，竟還有一些台灣人擁護他在文化上的立場，自然使他感到非常溫暖。（前揭書，198頁）

像林莊生、以及葉榮鐘的女兒葉芸芸、以及陳虛谷的兒子們，都講不出「光復」是「中國文化」「再殖民」台灣這種完全無視於台灣先輩這種心情的話來。要說「再殖民論者」了解台灣歷史的曲折歷程，尤其是了解抗日一兩代、以及50年代初反抗國民黨的台灣年輕一代知識份子的心境，那實在是很可懷疑的。

根據這一次的「推論」，如果戰後「再殖民」理論可以成立的話，那麼，割台之前台灣讀「漢」書、使用「漢」字，日據時代台灣知識份子根據中國傳統文化以抵抗日本人，像這些「歷史現象」怎麼辦呢？戰後台灣人終於可以「回來」重新學習差一點就被日本殖民統治斷絕掉的中國傳統文化，這叫「再殖民」，全世界哪裡可以找得到這種定義呢？

3.「中國語文」根本否定了「再殖民論」

關於戰後國民黨「強制」推行國語這一點，台獨派及陳芳明一再陳述，並列為台灣遭受「再殖民」的主要論據。下面我們就集中來討論。陳芳明在他的文學史第一章說：

> 不過，更大的考驗來自全新的語言政策。一九四六年，來台接收的台灣行政長官公署，頒布廢止使用日文的禁令。許多已經習慣日文書寫的作家，被迫封筆，日據時期的新文學傳統至此又遭逢另一次斷裂。本地作家之所以會在戰後 20 年的時光中變成無聲的一代，完全是拜語言政策之賜。

陳芳明在第9章又引述張我軍與張冬芳的話，說「禁用日文政策」使老作家如「斷臂將軍，英雄無用武之地」；又說，台灣作家都變成了「文盲」，「想要表達而無從表達」。

綜結這裡的陳述，我們應該分三點來談：

一、 禁用日語，老作家被迫封筆。

二、 因此，台灣新文學傳統遭逢斷裂。

三、 因此，戰後 20 年中，台灣作家變成無聲的一代。

我們先談第二點。我們都知道，50 年代開始，國民黨禁絕 49 年之前一切「附匪」、「陷匪」的現代作家的作品，所以，2、30 年代文學傳統在台灣「不絕如縷」。原因很簡單，「附匪」者，左傾作家，「陷匪」者，不願跟國民黨到台灣來，他們不是積極反對、就是消極不合作，所以國民黨一概禁絕。台灣作家呢？楊逵明顯左傾，又發表「和平宣言」反對內戰，在「四六事件」時被捕。呂赫若光復一年後已可用中文寫小說，日有進步，卻因參加共黨地下組織於逃亡中死於毒蛇之禍。朱點人、簡國賢因相同原因被槍決。賴和原來被當作抗日文人而進忠烈祠，後來有人密告他左傾而被遷出。台灣新文學傳統「斷絕」，主要原因不在於老作家「停筆」，而在於不敢講、不敢讀，「思想箝制」，就像國民黨對付二、三十年代文藝一般。把這一切主要歸罪於語言政策是蓄意誇大。

再談到第三點。五、六十年代之交，當現代詩運動初起時，林亨泰是紀弦現代詩社的要角，透過日文資料提供理論資源，並寫作引人注目的〈風景〉詩。年輕的一代，白萩因〈雁〉、〈一株絲杉〉等詩作而嶄露頭角。在小說方面，也是在 60 年代，陳映真、王禎和、黃春明均已完全成熟。在他之前，鍾肇政、鍾理和、廖清秀早已用中文寫小說。「戰後 20 年的時光中變成無聲的一代」，這一段話，即使衡之於陳芳明在第九、十兩章的敘述，也是站不住腳的。如果說，當時台灣作家還不能講「台灣主體性」一類的話，那倒是真的，因為那時台灣作家還不曾這樣想過（這是七十年代以後的事，有興趣的人可以仔細追溯葉石濤、鍾肇政這兩位大老數十年的言、行）。

關於第一點，即老作家「封筆」的事，陳芳明等人也是有意歪曲了事實。老作家中最「頑強」的莫如吳濁流，始終在寫，有時用中文、有時用日文（日文居多）。一直封筆的張文環與龍瑛宗，進入70年代以後又重新「出山」，一個用日文、一個努力改用中文。根本的問題不在於「語言」，而在於「心死」、「心懷恐懼」（據張良澤轉述張文環的話，張文環曾說：「自從『二·二八』之後，我已發誓折筆不寫東西，也絕口不談文學，因為我的所有文學朋友都在那事件時慘遭殺害。」〔見張良澤《45自述—我的文學生涯》242頁，前衛，1989〕。按，這裡的「二·二八」疑應作「白色恐怖」，因張文環的「文學朋友」如呂赫若、王白淵等是在此之後才或死或關。）又，張文環的兒子孝宗曾說：「語言轉換的問題，大概不是根本的原因，因為家父也能用中文書寫，不過晚年重新提筆創作時還是堅持用日文，最根本的原因恐怕是政治因素。」（見《台中縣文學發展史田野調查報告書》216頁，台中縣文化中心，1993。）以上兩則可以證明，張文環的停筆主要是政治因素，而不是語言。龍瑛宗的情況應也類此。他一生極崇拜杜甫，晚年身體不好還由兒子陪著遊大陸，並由兒子背上大雁塔（或小雁塔？）。我們必須承認，國民黨的語言政策太過霸道，完全不替「習日語」的一代設想，然而，更惡劣的是它的恐怖統治與思想箝制。我相信，只要張文環與龍瑛宗的作品能夠全部整理出版、全面的研究能夠深入，這一點就可以看得更清楚。

關於葉石濤以下較年輕的一代，即所謂「跨越語言的一代」，我曾作過簡略的研究，摘述如下：據葉石濤回憶，他在四八年已能用中文創作。不過，五一年牽連到白色恐怖被捕，至六五年才又重新執筆，中間14年的中斷，主要應屬政治原因。張彥勳跟葉石濤同年（1925年生），在日據時代就讀台中一中時和同學共創銀鈴會。光復初期仍用日文寫詩，五〇年因白色恐怖兩度被捕，但判決無罪，五八年始以中文寫作。他停筆時間也很長，應和葉石濤一樣，和白色恐怖的陰影有關（他的父親判刑 15 年）。除這兩人較特殊外，其他戰後第一代小說家從學習到發表（或創作）中文作品的時間，按其久暫，列於下面：

林鍾隆，3 年；廖清秀，4 年；鍾肇政，5 年，文心，6 年；鄭煥，10 年。

這只是按其自學校畢業至發表（或寫作）第一篇中文作品的時間來計算，所以平均應不至於超過 5 年。當然，「會用中文創作」跟「能把中文寫得精妙」是兩回事（以上是本人所撰〈葉石濤和戰後台灣文學的「斷層」與「跨越」〉一文的部份摘述。此文見鄭炯明編《點亮台灣文學的火炬》，春暉出版社，1999）。我們必須承認，葉石濤、鍾肇政這一代在語言轉換的過程中受到某種程度的犧牲，但情況絕不如台獨派一再陳述的那麼嚴重。

關於學習中文的事情，前述林莊生的書有頗具體的回顧，謹摘述於下。據林莊生說，他學了 3 年英語一無所得，因此對於自己學中文極感悲觀。「不過，經過二、三個月之學習，發覺學中文比學英文容易得多了」，因為「國文中的文法可用台語來代替，不像英文作文，一定要了解文法才能寫文章」，所以，可以「把漢字按台語之順序排列，中間如有寫不出來的字，只好空一格，讓老師猜就是了。」接著他又引述台籍學者洪炎秋推行國語的經驗談如下：

> 日本統制台灣，自始至終，即以摧毀我國的語文，而代以日本的語文為一個主要的方針……推行非常徹底……光復當初的台灣的國語運動，在提倡語言的標準化以前，所以要先來一個中國語文的恢復運動，尤其是固有「母語」的恢復運動，也就是閩南話和客家話的恢復運動，是針對現實的需要而來的。因為母語的恢復，比國語的學習，容易得多。母語恢復了後，再進而利用它為跳板，來學習同一

> 語系的標準國語，可以收到事半功倍的效果。（前引書，52-3 頁）

這一段話會讓台獨派和曾經實行「學國語、禁講方言」的國民黨官員同感「瞠目結舌」。原來，日本的強制統治已到了台灣知識份子不會講自己母語（閩、客方言，也是中國語文的一部份）的地步，原來恢復母語和學國語可以相輔相成（同屬一語系），這樣，學「中國語文」不但不是「再殖民」，反而是「回歸」自己的語文，這樣的議論台獨派哪能不「深感意外」。同樣的，按此邏輯而言，如果自己的閩、客母語學不好，作為漢語標準語的國語也就學不好（這當然包括「寫」）。國民黨禁方言的結果是，方言不行，國語也不行，真是「兩失之」了。

這種「議論」有沒有道理呢？當然有。譬如，我把大家耳熟能詳的一首閩南語歌謠的首段用漢字書寫如下：

> 透早就出門，天色漸漸光。甘苦無人問，走到田中央。走到田中央，為著顧三頓。顧三頓，不驚田水冷霜霜。

所有會講閩南話而又識漢字的人，一定可以把歌詞按閩南話唸出。相反的，所有識漢字而不會講閩南話的人，一定可以讀漢字而知其意（必須說明，這裡舉的是特例，國語和閩南語未必每一次都可以如此貼合，但對應性仍然極高。）這就可以證明，閩南語和漢語標準語是關係密切的同一語系。其他如客家話、廣東話、蘇州話（吳語）等等無不如此。反過來講，所有漢語方言都可以用來唸漢語古籍（古文詩詞），如果不會，那是失傳了，譬如，台灣的閩、客讀法即因「日據」而幾乎斷絕，其實是不難恢復的。

這樣，經過不到兩代的時間，「中國語文」（包括閩、客方言）在台灣知識界全面恢復了，而台灣也出現了優秀的小說家如陳映真、王禎和、黃春明等，優秀的詩人如吳晟、白萩、楊牧等，絕不遜色於外省籍作家。回顧一下，這距離賴和那一代半生不熟的標準語白話文有多久呢？這些都只是強制性、脅迫性的「再殖民教育」造成的嗎？誰能相信呢？

說起來，台獨派深恨國民黨的語言政策不是沒有道理的。不管強制性有多大，他們學習的速度也夠快的了。而且，誰能寫出比陳芳明更漂亮的論戰文章（純就作文章論，我承認不如他）。台獨派提倡、研究、嘗試「台灣話文」（精確講是「閩南話文」）也有十多年了，目的是要擺脫「中國白話文」，以求語言的「獨立」（他們有些人不承認閩南語跟國語的「同根」關係），能行嗎？「中國文化」用標準語寫文章（以漢字做媒介）而又講方言（即所謂「言殊方」），這傳統至少兩千多年了，誰也擺脫不了。我以前曾寫文章說，把漢語方言加以文字化，違背中國傳統，絕對寫不了大篇幅的議論文（〈台灣文學的語言問題〉，收入《戰後台灣文學經驗》，新地出版社，1993。），被清華大學的一個台獨派學生在公告欄貼大字報痛罵，至今，我仍然敢堅持這個看法。「在實踐上」，台獨派學者對這一點應該心知肚明。你可以不承認自己是「中國人」，但事已至此，你已無法擺脫「中國文化」的語文系統與書寫系統，因為你根本就「先天上」活在這系統之中，如何擺脫得了呢？因此，「再殖民論」又如何可以成立呢？

《殖民地的傷痕》（人間, 2002）150-160 頁

附錄二

三十年代「台灣話文」運動平議(節錄)

呂正惠

近年來台灣意識高漲，台灣文學「主體性」的提法得到許多回響。在有關這個問題的討論中「台灣話文」的提倡無疑是較有爭議、較引人注目的一項。因為有了這個背景，六十多年前發生在日據時代的、一場有關台灣話文的運動與論戰，也重新引發了人們的注意。

台灣文學論者在發掘過去這一段歷史時，不免會受到現在的立場的影響，「以今律古」，在詮釋方面多多少少扭曲了歷史的真相。譬如，最早提到台灣文學「主體性」、並努力為「台灣文學」正名的葉石濤，對於日據時代的「台灣話文」運動就說出了下列的論斷：

> 在這主要活動的過程中，我們也可以看得出除受大陸白話文運動的影響外，台灣本身逐漸產生和建立自主性文學的意念。（《台灣文學史綱》，文學界雜誌社，1987，28頁。）

這就可以看出，葉石濤是把「台灣話文」運動和相關的「鄉土文學」運動，當做台灣文學在中國文學之外追求「自主性」的開始。

葉石濤雖然有這樣的想法，不過，在《台灣文學史綱》中，他仍然不趨於極端，儘可能把有關這一運動的各個方面加以交待。但，後來的有關論著裡，有一些乾脆就認為，這一運動證明了，30 年代的台灣文學已經具有了不同於中國文學的「主體性」。

本文作者並不認為，30 年代「台灣話文」的提倡者，在意識形態上已經和 80 年代的台灣文學論者一樣，目的是要建立台灣文學的「自主性」。本文想要從「回歸歷史」的立場，綜合現在所能看到的原始史料，分析當時論戰雙方所面對的問題，從而追索這一運動在當時所以發生的歷史因素。當然，本文作者也有自己的立場，在詮釋歷史時難免會受到這種立場的影響。本人希望自己在這一方面有充分的自覺，在分析時儘可能的客觀。

一、

台灣話文問題的根源，在台灣新文學運動初起時就已露出端倪。提倡新文學的台灣文學家，受到大陸新文學運動的影響，主張以白話文來取代文言文。當時反對這種主張的人，有一種意見是很值得注意的。譬如，鄭軍我在反駁力主白話文學的張我軍時，說道：

> 足下希望通行之所謂白話文者，其實乃北京語耳……倘必拘泥官音，強易我等為我們，最好為很好，是多費一番週折，捨近圖遠，直畫蛇添足耳。（〈致張我軍一郎書〉，轉引自廖毓文，〈台灣文字改革運動史略〉以下簡稱〈史略〉，見李南衡編，《日據下台灣新文學 5．文獻資料選

集》以下簡稱《文獻資料集》，明潭出版社，1978，408頁。）

鄭軍我提出了在台灣推行白話文的根本困難：張我軍等人所提倡的白話文是以北京話為基礎的官話，而大部份台灣人日常所講的卻是「台灣話」（即閩南語），他們不會講官話。這樣，所謂的「白話文」又何從提倡，何從應用呢？陳福全更進一步的指出，台灣三百餘萬的人口，懂得官話的萬人難求其一，他說：

> 如台灣之為白話者……觀之不能成文，讀之不能成聲，其故云何？蓋以鄉談土音而雜以官話……苟欲白話文之適用於台灣者，非統一語言未由也。（〈白話文適用於台灣否〉，轉引自〈史略〉，見《文獻資料集》，469頁。）

陳福全「統一語言」的觀念從現在看來當然有問題，但他無疑提出了一個關鍵問題，即：提倡白話文的基礎是，大家要會講官話。

如果我們對照大陸白話文學運動的反對者的意見，就可以看出，鄭軍我和陳福全的看法是很「特殊」的。其實，在大陸白話文的爭論中，不論正、反兩方，有許多人也都有「鄉談土音」，譬如胡適、陳獨秀都是安徽人，他們的安徽話並不同於官話。但是，他們並沒有意識到方言和官話的差異問題，而反對者也不拿這一點來攻擊白話文之不可行，其情況迥異於陳福全、鄭軍我之「充分自覺」，這一點是很值得我們思索的。

造成這種差異的主要原因在於：大陸的知識份子比台灣的知識份子更熟悉官話，他們講官話也許帶著濃厚的「鄉音」，但基本上他們都會講官話。而且，明、清以來，以官話為基礎的的白話文學（特別是小說），作品源源不絕，大陸知識份子對於這一傳統的熟悉程度，無疑也要高於台灣知識份子。更重要的是，在清朝末年的革命熱潮中，為了宣傳的便利，白話報已經相當普遍，五四一代的知識份子基本上是在這種氣氛之下長大的。對於大陸知識份子來說，官話白話文已經不是問題，但對台灣知識份子來說，應用起來還是具有重大困難度的問題。

因為這個緣故，台灣新文學運動初期，知識份子所寫的「白話文」不夠道地，出現不少問題，也就不足為奇了。對於這種現象，當時在上海留學的施文杞和林唯耕都注意到了。施文杞批評說：

> 我在《台灣民報》上，讀著有些台灣人做的白話文，時常有不懂的地方，不單是文法弄錯，也有時用到全沒有意思的語句。（〈對於台灣人做的白話文的我見〉，見《文獻資料集》，52 頁。）

林唯耕（筆名「逸民」）則希望：

> 在台灣熱心提倡白話文的諸位先生，在台灣多設幾處研究國語（中國國語）的機關，應時勢的要求，補其不足，把已萌芽的白話文推廣一步。（〈對在台灣研究白話文的我見〉，轉引自〈史略〉，見《文獻資料集》，466 頁。）

從這裡就可以側面看出，對日據時代的知識份子來說，官話白話文的使用，確實是一個問題。

這個問題的首要責任，當然不在於台灣的知識份子。就漢文化的拓展而言，台灣無疑是較邊遠而「落後」的地區，台灣知識份子對漢文的使用能力，一般而言，無法與漢文化的中心區相比，這是可以理解。但如果台灣一直由中國治理，隨著文化交流的進展，台灣知識份子在這方面的能力也會與日俱增。所以，造成台灣知識份子對官話及白話文陌生的最根本原因，還在於甲午戰敗割台，以及其後日本在台灣的語文教育政策。

日本人統治台灣，當然不希望台灣人繼續學漢文。為了消除台灣人對中國的民族、文化的認同感，他們當然要設立種種限制，讓台灣人不容易學習漢文。並且強迫或鼓勵台灣人學日文，以達到同化的目的（關於日本殖民政府大力推廣日語、壓抑漢語的情況，請參閱廖祺正，〈30年代台灣鄉土話文運〉，成功大學史語所碩士論文，1990。）。在這種情形下，會使用漢文的台灣知識份子，恐怕對於從古書學來的文言還比較熟悉；對於以北京話為基礎的官話白話文之力不從心，也就不足為奇了。這也就是鄭軍我和陳福全據此以反對白話文的原因。

我們還可以從另一個方向論證官話白話文和教育之間的密切關係。事實上在大陸，一般沒有過教育的民衆，基本上也只會講他們的地方話，而不會講官話，其情形正如台灣民衆一般。大陸白話文運動的成功，使得北洋政府也不得不下令各級中、小學開始學習白話文。在現代義務教育的推導下，以前以官場使用為主的「官話」，現在逐漸成為中國各方言區互溝通的「普通話」（或稱「國語」）。白話文運動再加上現代的義務教育，才使得白話文學在全中國普及起來，也才使得高級知識份子之外的廣大的中國民衆，可以有了相互溝通的「語言橋樑」。

然而，這一切在台灣都不可能進行。日本人不但不會允許在台灣施行官話白文教育——這將促成台灣和大陸的一體感——而且還要加以阻撓。在這種情形下，連知識份子使用起官話及白話文都有困難，更不要説一般民衆了。

在這種情形下，我們就可以想像日據時代台灣人的困境了。他們對漢文愈來愈不熟悉，甚至連學習一般中國人所講的「普通話」的機會都没有（除非到大陸去「留學」）；另一方面，他們所常講的閩南話或客家話（原住民的情況當然要另外討論了），又有許多有聲無字，寫不出來（這是就整體而論）。各級學堂，在日本人有意識的推動下，又都以應用日文為主。長期下來，台灣人豈不變成要以「外國文」來表達感情、思想了嗎？為了保持自己的族群特色，為了不和漢文化完全斷絕關係，提倡「台灣話文」不就變成唯一可行的道路了嗎？

二、

如果就記錄台灣（閩南話）的立場來說，「台灣話文」恐怕還不是最簡便的途徑。假如想要「就音以求字」，要找出那一個台灣話應該以那個字（甚至那個古字）來表現，就要像連橫的《台語考釋》一樣，花很多功夫去考證。假如找不到字，又必須「造字」。而且，更重要的，當我們要以漢字來表現台語時，這樣的「漢文系統」勢必要和表現官話的「漢文系統」產生混淆作用，增加閱讀的難度。純粹就記錄台語來說，「台灣話文」並不是最簡便的選擇。

就記音的立場來說，最方便的莫過於「台語羅馬字」。這種記音系統，早在十九世紀中期，就已經由在福建閩南地區傳教的基督教長老會教士創立了。這種系統，後來又由長老會帶到台灣來，並且行之有年。

在「台灣文化協會」成立之前，後來成為協會主要領導人之一的蔡培火，就已經開始推廣「台語羅馬字」。協會成立之後，蔡培火再度提出普及羅馬字的建議，但協會其他幹部多傾向於普及漢文。後來，協會也決定開始推廣羅馬字，但效果始終不彰。（關於羅馬字運動的經過，請參閱廖毓文，〈史略〉第3節，《文獻資料集》，470-482頁。）

日本人對推行羅馬字的行動，基本上也是心存疑慮，加以種種限制。但是，這並不是這一運動不成功的唯一原因。葉石濤在談到蔡培火的努力時，這樣說：

> 以蔡培火為首的基督教徒是主張用羅馬字去書寫台灣口語的（1927年1月）。可惜，這違背了民眾的民族意識，只在一部份台灣新教徒中流行，未能成為普及化的工具。（《台灣文學史綱》，26頁。）

另外，廖祺正對蔡培火的工作的挫折，除了提到總督府的壓迫、阻撓外，也下了這樣的結論：

> 蓋當時從事文化運動的知識份子，均懷有強烈的民族思想，對於非我族類的文字心生排斥。（《三十年代台灣鄉土話文運動》，38頁。）

相對於「台灣話文」運動來講，「台語羅馬字」運動明顯較受忽視，這可以間接證明，「台灣話文」運動無論如何還是有：在日本人統治之下保存漢文化的用意。

在大陸，也有與「台語羅馬字」平行的「國語羅馬字」的運動。其動機是：漢字難記難學，不如羅馬字記音簡便。但經過語言學家的試驗以後，他發現：以羅馬字寫「國語」，雖然方便得多，但閱讀起來，困難度卻大增。這是因為漢語基本上以單音詞及雙音詞為主，同音詞太多，辨識上有很大的困難。所以，後來就放棄了。（語言學家趙元任曾提及，他以羅馬字試寫日記，速度比寫漢字快得多。但自己經過一段時間再去閱讀，卻發現困難重重（出處待查）。）

台語（「閩南話」）既是漢語方言的一支，以羅馬字來記台語，也有類似的困難。但是，在「台語羅馬字」運動中，似乎還未看到對這一困難的討論。這也證明，「台語羅馬字」運動的進行，其深度還不及「國語羅馬字」。這也就是說，日據時代關於台灣話的文字表現問題，其重點還是放在「漢字」——台灣知識份子想放棄漢字的想法，其程度遠不及當時的大陸知識份子。

如果我們進一步分析「台灣話文」論者的看法，就可以了解到他們更深一層的用意。譬如，提倡台灣話文最積極的黃石輝就這樣說：

> 台灣話雖然只通行於台灣，其實和中國全國是有連帶關係的，如我們以口說的話，他省人固不懂，但寫成文字，他省人是不會不懂的。（轉引自《三十年代台灣鄉土話文運動》，58 頁，廖祺正則引自松永正義，〈關於鄉土文學論爭（1930-1932）〉，《台灣學術研究會誌》第 4 月期，1989 年 12 月。）

黃石輝想像，既然是以「漢字」書寫，「聽」不懂台灣話的「他省人」就可以「看」得懂。證之以當代提倡台灣話文的人的實驗，黃石輝不免過於樂觀。但追究其用心，以「漢字」來「溝通」不同方音的人的企圖是明顯可見的。在黃石輝之後發表〈建設「台灣話文」一提案〉的郭秋生也說：

> 於是，台灣語盡可有直接記號的文字。而且這記號的文字，又純然不出漢字一步，雖然超出文言文體系的方言的位置，但卻不失為漢字體系的較鮮明一點方言的地方色彩而已的文字。（轉引自〈史略〉，見《文獻資料》，491 頁。）

相較於黃石輝來講，郭秋生更清楚的意識到「台灣話文」的地方色彩，但他仍然強調，這還是「漢字體系」的一環。

我個人覺得，對於這個問題，見解最獨到而深刻的當數莊垂勝（筆名「負人」），他在〈台灣話文雜駁〉一文裡說：

> 如果台灣話有一半是中國話，台灣話文又不能離開中國話文，那麼台灣話文當然給中國人看得懂，中國話文給台灣大眾豈不是也懂得看了嗎？如果台灣話是中國的方言，台灣話文又當真能夠發達下去的話，還能夠有一些文學的台灣話，可以拿去貢獻於中國國語文的大成，略盡其「方言的使命」。如果中國話文給台灣大眾也看得懂，幼稚的台灣話便不能不盡量吸收中國話以充實其內容，而承其「歷史的任務」。這樣一來，台灣話文和中國話文豈不是要漸漸融化起來。（〈台灣話文雜駁㈢〉，《南音》1卷3號，7頁（東方文化書局影印本）。）

莊垂勝這段文字的深刻之處我們在下一節還要加以分析，這裡所要指出的是，他仍然像黃石輝和郭秋生一樣，雖然贊成台灣話文，但一直意識著它和官話白話文的關係，一直擺在中國文化的脈絡來談這個問題。

台灣知識份子在日據時不得不提倡台灣話文的「苦境」，郭秋生的另一段話透露得更為明白。他說：

> 我極愛中國的白話文，其實我何嘗一日離卻中國的白話文，但是我不能滿足中國白話文，也其實是時代不許滿足的中國話文使我用啦！既言文一致為白話文的理，自然是不拒絕地方文學的方言的特色。那末台灣文學在中國白話文體系的位置，在理論上應是和中國一個地方的位置同

> 等，然而實質上現在的台灣想要同中國一地方，做同樣白話文體系的方言位置，做得成嗎？（〈建設「台灣話文」一提案〉，《台灣新聞》380號，1931年7月7日，11頁（東方文化書局影印本）。）

時代不允許台灣知識份子去學習、去應用純熟的中國話文，環境也不能讓台灣跟中國各地一樣，可以得到一個白話體系的方言位置；這不很明白的說出，在日本人的統治之下，台灣人不得不選擇「台灣話文」的用心嗎？

所以，總結來講，日據時代「台灣話文」運動是台灣知識份子面對特殊歷史背景所提出的問題，其目的不是要和中國切斷關係；相反的，是想在客觀的困難條件下保存漢文化的一點命脈。把這個運動詮釋為台灣文學想在中國文學之外尋求「自主性」，實在是違反了歷史的面目；把被動的「不得不」的行為，說成是主動的、有意識的行動了，這不能不說是把歷史加以扭曲了。（這當然不否認，少數人似有強調台灣「主體性」的言論，如黃石輝就說：「台灣是一個別有天地，在政治關係上，不能用中國話來支配，在民族的關係上，不能用日本的普通話來支配，所以主張適應台灣的實際生活，建設台灣獨立的文化。」（轉引自〈史略〉，見《文獻資料集》，495頁。）不過，在這裡，黃石輝把「政治」和「民族」對待來談，又說「適應台灣的實際生活」，所以他所謂「建設獨立的文」恐怕還要活看。特別還要注意，他也講過，用漢字來寫台灣話，中國人也看得懂（上文已引過）。

《殖民地的傷痕》（人間, 2002）1-10頁

附錄三

台灣「皇民文學」的總清算
——從台灣文學的尊嚴出發

曾健民

張良澤先生（以下簡稱為張氏）在2月10日的聯合報副刊，5月10日的民衆日報副刊，以及6月7日的台灣日報副刊上，連續以〈台灣皇民文學作品拾遺〉為名，輯譯刊出了17篇所謂的「台灣皇民文學作品」以及3篇表達他對「台灣皇民文學」觀點的文章。暫且不論其對台灣皇民文學觀點的3篇文章，單以他所輯譯的17篇「台灣皇民文學作品」的內容來看，雖然其中有幾篇尚可稱得上「皇民文學作品」，但其他則不是一般的中小學生作文，就是在戰爭體制下酬應時局的文章，實無從歸類為「文學作品」。倒是在頌揚日本的「大東亞聖戰」、高倡「皇國精神」或哲言「為天皇赤子、一心報國」的主題或內容上，這17篇「作品」有著高度的一致性，將之視為日本侵略戰爭時局下的「皇民文宣」，當更為切題。

身為第一所台灣文學系系主任的張氏，應該不會不懂得「文學作品」的基本條件。然而，他卻「精心」選譯了這樣的內容與主題的文章，全冠之以「皇民文學作品」之名，在日報副刊上大大刊載；其著意，似乎不盡在「文學」的一面，而有「文宣」的一面；在偏向的所謂「台灣意識」當道的時潮下，它就不僅僅是一般文學史料的輯譯了，它突出了打造「意識形態」的現實作用的另一面。這不是筆者個人的臆測，在他同時刊出的三篇關於「台灣皇民文學」的觀點文章中，已清清楚楚地表達了。對張氏的台灣皇文學觀的謬誤的問題，筆者將另文批判。但無論如何，張氏如此處理「台灣皇民文學」的作為本身，已對台灣文學造成了嚴重的淆惑與傷害的後果。針對這一點，首先必須提出來討論與批判。

一、對台灣文學造成了淆惑與傷害

由於日文的障礙以及對台灣的日據歷史知識的不足，一般人（包括文學研究者）對日據末期的台灣文學狀況的認識幾乎是一片空白，更遑論對皇民文學的認識了。在這樣的土壤上，張氏所輯譯的17篇所謂「皇民文學」作品在報紙上大幅刊載，再加上他強調「日據時代的台灣作家們，或多或少都寫過所謂皇民文學的歷史事實」，這樣的內容在大報章上的出現，對社會造成了極為不良的後果。它誤導了一般讀者，以為日據末期的台灣文學的內容都與張氏輯譯的皇民文宣一樣，充滿了歌頌日本大東亞聖戰、皇國精神的作品；且誤認當時的台灣作家全都屈服在日本的殖民與軍國體制下，積極配合日本當局的皇民文學政策，曲志節而阿權力地寫了像那樣的「台灣皇民文學」。結果，使一般人錯以為在日據末期，台灣文學就等於皇民文學；甚至認為，台灣皇民文學就是當時的台灣文學的全部。

這不但對日據末期的台灣文學造成了甚大的淆惑和傷害，同時對於當時處於日本軍國法西斯高壓的文學環境下，憑著民族與文學的良知，以各種方式抗拒台灣文學淪為皇民文學的台灣前輩作家來說，毋寧是再度的羞辱。

二、為皇民文學的復辟舖路

另一方面，張氏的作為與謬說使當年原本以打壓台灣文學而樹立起來的台灣皇民文學，再度輕易地僭替台灣文學的地位；從而掩蓋了推動皇民文學的日本殖民與軍國當局和在台日本人御用文臣的罪行，最終是替當時積極地站在日本當局和日本御用文臣陣營的台灣皇民作家們塗脂抹粉，僭取他們在台灣學史上的正當性。張氏的作為，與葉石濤先生最近發表在民衆日報的一篇文章——〈皇民文學的另類思考〉（參閱 1998 年 4 月 15 日的民眾日報。）有異曲同工之妙；葉文說：「周金波（按即皇民文學代表之一〈志願兵〉的作者）在「日治」時代是日本人，他這樣寫是善盡做為一個日本國民的責任，何罪之有？」

如果說張氏如此輯譯台灣「皇民文學」作品，其居心，是想把所有的台灣前輩作家都貼上皇民文學作家的標籤，來壯大皇民文學聲勢，使所謂的台灣皇民文學正當化的話；那麼葉文的「思考」，就是為台灣人皇民文學作家脱罪。顯然，兩者都是與當年以打壓台灣文學來推動皇民文學的主體者——日本軍國殖民當局和在台日人御用文臣——的立場一致的；都是以當年的「台灣文學奉公會」的意識型態，來淆惑台灣文學，試圖為台灣皇民文學在台灣文學史的復辟舖路。

本文認為，如果想要批判張皇民文學觀的謬誤和澄清張氏所造成的對台灣文學的淆惑，揭穿其為皇民文學的復辟舖路的意圖，首要之處，不是在觀念的打轉，而是回到史實本身，須揭開日據末期，日本的殖民與軍國體制及其扈從者如何打壓台灣文學以建立皇民文學的歷史真相，以及在這壓力下台灣作家所表現的抗拒與屈從的歷史真貌；據此，才能辯識到到底誰才是台灣皇民文學的主體，從而認識到台灣皇民文學的性格，以及重新認識在這樣的歷史中台灣前輩作家可貴的抗拒，進而確認台灣文學的尊嚴。

必須在此說明的是，本文所指的「台灣皇民文學」，實際上包括三個組成部份；其一是作為日本軍國當局思想戰一環的「皇民文學政策」，其次是日本右翼文人的皇民文學思想與作品，其三是對前二者積極扈從的台灣皇民作家的思想與作品；三者也可稱為「真性皇民文學」。至於如張氏所輯譯的那些東西，實際上大都是在嚴酷的殖民軍國高壓下無自覺的作文或是自覺性的酬應、陽奉陰違之作，因此像那類性質的文章只可稱之為「假性皇民文學」，本來就不應將之歸類為所謂的「台灣皇民文學作品」之列。該批判的應是真性皇民文學，而不是後者。

下面，將依據歷史材料，來探討所謂的「台灣皇民文學」是在怎樣的時代背景下產生的？推動皇民文學的主體是誰？這主體又是如何透過打壓台灣文學來建立皇民文學的支配的？而在這過程中，台灣前輩作家又是如何抗拒皇民文學的支配來維繫台灣文學的氣脈？同時，我們還要分析皇民文學的性格，並指出皇民文學到底是為誰的文學——是為台灣人民？還是為日本殖民軍國體制的「文學」？

三、世界法西斯主義對思想、文藝的支配與台灣皇民文學

在第二次世界大戰中，德、日、意的法西斯陣營，都把對文化、思想、教育的控制，當作推進法西斯戰爭的重要手段。文學與音樂、戲劇、美術、電影一樣，作為文化的主要部份，曾遭受

到各國法西斯政權的全面的摧殘；取而代之的是，充滿宣揚和鼓動法西斯思想和感情的文學、藝術支配一切。譬如在德國，就有「德國文化總會」，統制全德的思想、精神活動，使所有的文化活動都符合德國法西斯主義（納粹主義）；並且有計劃地迫害、驅逐所謂「製造和傳播非德意志精神」的文化人、科學家；超過五千名以上的科學、文化工作者被迫流亡，其中包括著名的愛因斯坦、托馬斯曼、布萊希特等人。其他留在德國的人則拒絕寫作或寫作而不發表，採取內心流亡的抵抗態度（參閱朱庭光編著《法西斯體制研究》上海人民出版社。）。

在日本，1930 年前後軍國主義崛起，原來在 20 年代蓬勃發展的左翼勢力全面潰滅。1937 年日本發動全面侵華戰爭後，原日本左翼作家被迫紛紛拋棄信仰，或轉入內向的純文學世界，或順應軍國主義的「國策」，因而形成了所謂的「轉向文學」。1940 年，日本成立直屬內閣總理的「情報局」，並以此為中心，日本法西斯推動對日本文化界的全面統制。日本發動「太平洋戰爭」後的 1942 年 6 月，在情報局的指導下，成立了「日本文學報國會」，其章程規定：「本會的目的在於……，確立並發揚皇國傳統與理想的日本文學，協助宣揚皇道文化。」同年，又成立「大日本言論報國會」，宣稱：「不受外來文化的毒害，確立日本主義的世界觀，闡明並完成建設大東亞新秩序的原理，積極挺身於皇國內外的思想戰。」（參照朱庭光編著《法西斯體制研究》上海人民出版社。）日本軍國法西斯的思想的核心為：攻擊西方啟蒙時期以降的理性主義、人文主義、唯物主義等，主張發揚以「皇國精神」「國體精神」為實質內容的日本主義，以及高倡「建設國防國家」，建設「大東亞秩序」，實現「八紘一宇」等等口號的對亞洲的侵略主義。依此，日本軍國法西斯對文學的要求就是：以這些法西斯思想為指導，在作品中反映這些思想，並以作品的思想性高於文學性，作為評價文學藝術的指標，視文學為強化國民的軍國法西斯意識的手段。這種「國策文學」構成日本侵略戰爭中的思想戰的一環，不但施行於日本本國，而且普遍地強制施行於朝鮮台灣殖民地以及「滿州」半殖民地和所有的佔領地區。它就是台灣「皇民文學」的時代和思想根源，同時也是構成台灣皇民文學的性格的主要部份。

四、產生台灣皇民文學的時代背景及推動台灣皇民文學的主體

1940 年，歐戰全面爆發，日本為了從泥沼化的中國戰場脱身，以及為了乘隙奪取西歐列強在東南亞的殖民地資源，開始採取「武力南進」政策。以「驅逐歐美勢力解放東亞」的大義名分，用「建設大東亞秩序」的口號，發動對東南亞的侵略戰爭。在這種局勢下，殖民地台灣的角色，由原來的日本的「米倉糖庫」一變而為「日本南方的玄關子」（小林總督用語，就是指日本南進基地之意）。於是，日本殖民當局進一步強化在台灣的戰爭總動員體制；以「皇民奉公會」為皇民化運動的核心組織，徹底動員台灣的財富、人力和人命供其侵略戰爭的消耗。1942 年 1 月，也就是太平洋戰爭爆發的次月，在台皇民文學運動的頭號御用總管西川滿，在他主持的《文藝台灣》扉頁上，用黑體大字表明了他用文學向日本軍國主義國家交心的決意，其大要謂：

為了建設大東亞的國家的心
我們文學創作的心，只有呼應這「國家的心」才能躍動。
新的國家文學的理想，並非達到抽象的美的理想；而是應具體實現現實上的「國家的理想」，以作為國民生活的指

標。(1942 年號的《文藝台灣》。)

同年,台灣總督府開始對台灣的電影、戲劇、演藝進行了統制。在這前後,西川滿領導的「台灣文藝家協會」和機關誌《文藝台灣》以及「日本文學報國會」台灣支部,共同積極地扮演了以文學協助推動日本大東亞戰爭的角色,並培養符合「呼應國家的心」的文學觀的作家,於是所謂的台灣皇民文學開始登上舞台。台灣人皇民作家周金波的〈志願兵〉的出現,就是一個典型例子。

1943 年,日本在東亞的侵略戰爭開始呈露敗象,從東南亞戰場節節敗退,台灣處於日本的絶對國防圈內,因而進入所謂的「決戰期」。同時,第一批台灣人陸軍志願兵被送往南洋戰場,台灣開始成為日帝的兵源供應地。此時,台灣的文學和電影、戲劇一樣,成為強化台灣人決戰意識的宣傳和鼓動工具。1943 年 4 月底,在「皇民奉公會」指導下由西川滿等主導,將「台灣文藝家協會」改組為「台灣文學奉公會」。此後「台灣文學奉公會」與「日本文學報國會」台灣支部、在台日人御用文臣的雜誌報刊、以及其背後的總督府保安課、情報課、州廳警察高等課、日本台灣軍憲兵隊等在台軍國殖民主義勢力,共同構成了推動台灣皇民文學的主體。

這個日本法西斯文學機關用各種方式打壓台灣人民的文學,開始將台灣文學轉變成受日本軍國殖民當局統御的文學和思想部隊,千方百計,以高壓企圖將台灣文學皇民文學化。

五、對台灣文學的打壓，以及台灣作家的屈從與抗拒

實際上，日本軍國殖民當局對台灣文學的打壓，早於日本發動全面侵華戰爭的1937年就已開始。彼時，日本殖民當局逐步對全台灣社會進行戰時統制；為了改造台灣人的漢民族意識，以及為了清除抗日思想，日本殖民當局展開如火如荼的皇民化運動。皇民化運動的重要一步，便是禁止報刊雜誌用漢文（中國白話文）。這對向來以中國白話文為文學表現工具而成長起來的台灣文學界而言，不啻是致命的打擊。當時，台灣文學的兩大園地——《台灣文藝》和《台灣新文學》被迫在那前後相繼停刊。台灣文學的開拓者賴和、楊守愚、陳虛谷等人，為了抗拒以殖民者的語言寫作，轉而寄情舊漢詩文；有些失去文學園地的作家，離開故鄉遠赴大陸、南洋；而吳漫沙等人則繼續刊行無關時局的白話文雜誌《風月報》、《南方》，到1943年為止。直到1941年5月，才由張文環、王井泉、黃得時等人創辦了《台灣文學》季刊，與日本御用文人西川滿主持的《文藝台灣》分庭抗禮。

如前所述，1943年，台灣進入了日帝的決戰期，於此前後，在軍國殖民當局和日人御用文臣加緊對台灣文學進行皇民文學化的環境下，出現了一批年紀較輕、同時在皇民化運動中正逢思想形成期的所謂「戰中派」作家，他們積極創作了呼應日帝國策的作品，產生了所謂的「台灣皇民文學」。但是，絕大部份經歷過20年代到30年代台灣的民族運動、社會運動和新文學運動的作家們，以及繼承了台灣文學精神的年輕作家，他們即使無力正面反抗，在生活表面上與日本軍國殖民當局虛與委蛇，但是，在實

際的創作上卻仍然秉持文學與民族的良知，堅持台灣文學的現實主義傳統繼續創作，頂住來自當局與御用文臣皇民政治的壓力。

六、「狗屎現實主義」論爭

對於台灣作家不屈從於文學皇民化的態度，日人御用文臣們早就極為不滿。這種不滿的爆發，出現在「台灣文學奉公會」成立的前後；西川滿在1943年5月1日出刊的《文藝台灣》上寫了〈文藝時評〉，對主要以《台灣文學》為園地的台灣文學，展開了猛烈的攻擊。他批評台灣文學的主流是「狗屎（日本原文為「糞」）現實主義」，是拾歐美文學的牙慧，不重視日本精神，無視台灣的「勤行報國隊」、「台灣志願兵」的熱烈現實，只會寫些虐待繼子或傳統台灣家族糾葛的舊習俗等等。

對此，呂赫若在5月7日的日記上如此寫道：

> 西川滿的〈文藝時評〉所表現的低能格調，突然間引起了各方的非難。總之，西川氏是因為無法以文學的實力壓倒別人，所以就用那樣的手段陷人於奸計，真是一個文學的陰謀策動家。記得金關博士曾經說過這樣的至理名言：「妨害台灣文學成長的東西就是文學家也。」

針對西川滿對台灣文學的攻擊，有一位以「世外民」為筆名的台灣作家，在5月10日的興南新聞上也寫了一篇〈狗屎現實主義與假浪漫主義〉，予以反駁，他認為西川氏文章，在醜陋的惡罵方面令人驚訝；如果本島人作家的作品是「狗屎現實主義」的話，那麼，自稱為浪漫主義者（指西川滿）的作品，也無法免於被指責為「假浪漫主義」。隔週，年少的葉石濤站在為西川滿辯護的立場，寫了一篇〈給世氏的公開書〉（昭和 18 年，1943 年，5 月 17 日《興南新聞》學藝版。）；批評世外民為狗屎現實主義的信奉者辯護，不懂得日本文學的傳統，是受外國文學不良影響的自由主義者；葉石濤寫道，「以無限幸福、光輝和至正的建國理想建設起來的當今日本文學，正是清算明治以降來自外國的狗屎現實主義，回歸古典雄渾的時代的絶好機會。」葉石濤接著寫道：「對於裝出一幅不識時代潮流的嘴臉，得意地吶喊著什麼『台灣的反省』啦！『深刻的家庭爭議』啦！抬出讓人想起十年前的無產階級文學的大題目而沾沾自喜的那伙人來說，給予當頭棒喝，也不為過。」

葉石濤還舉張文環的作品〈夜猿〉、〈閹鷄〉和呂赫若的作品〈合家平安〉、〈廟庭〉為例，洶洶然地質疑道：

「到底在張氏或呂氏作品中的什麼地方，有（類如西川滿作品中的——作者）皇民意識呢？」

在那樣的時代空氣中，被公然指為沒有皇民意識，可說是等於被戴上了不小的政治帽子，被指為「非國民」一樣嚴重。受到葉石濤公然質疑的呂赫若，在同年 5 月 17 日的日記中如此記道：

「在興南新聞的學藝欄，有葉石濤者，以張氏和我為例子，斷定本島人作家沒有皇民意識。他的文章不管在論脈或頭腦上都屬低格調，不足為論；但在人身攻擊上，則令人憤怒。」

對於西川滿的攻擊，楊逵也以「伊東亮」的化名在 7 月 31 日出刊的《台灣文學》秋季號上，寫了一篇〈擁護狗屎現實主義〉予以反擊。他說：「即使浪漫主義者（實際上，不是什麼浪漫主義者，而是現實逃避主義者）掩面摀鼻不想看，但現實還是現實存在的，被掩蔽隱藏的不是現實，而只是人的眼、鼻而已。……然而，到西方淨土遊玩、耽溺於與媽祖的戀愛故事，那到底是什麼？只不過是痴人之夢罷了！（作者按：指西川氏作品）……浪漫主義決非是與現實主義相對立的，就只有站在現實主義的立場，才會綻放出浪漫主義的花。非排擊現實主義就無法存在的浪漫主義，那只是空想，荒唐無稽的東西。只是不搭飛機而搭解斗雲的痴人之夢，只不過是類若媽祖的戀愛故事那樣的東西而已。」説理深刻，氣魄懍然，今日讀之，猶肅然禮敬！

七、在「決戰文學會議」上，皇民文學勢力對台灣文學的制壓

皇民文學勢力與台灣文學作家之間的矛盾和鬥爭，以及皇民文學勢力挾其背後的日本軍國殖民當局的威赫對台灣文學的打壓，隨著日本戰局的頹敗，而日愈為緊迫。在 1943 年 11 月 13 日，由台灣文學奉公會主辦，台灣皇民奉公會、日本文學報國會、總督府情報課協辦召開了「台灣決戰文學會議」。在這會議席上，以西川滿為代表的皇民文學勢力，藉著決戰態勢的壓力，逼迫《台灣文學》廢刊，因而爆發了雙方面對面的鬥爭，在現在殘存的決戰文學會議記錄中，關於這部份的記載，大要如下：（刊載於昭和 19 年，1944 年，1 月 1 日出刊的《文藝台灣》也是它的終刊號。）

首先是西川滿的發言：他表示對台灣作家只在表面上裝出「總親和」的態度十分不滿，接著，他以獻出他所主導的《文藝台灣》雜誌給日本決戰體制為手段，要求其他文藝雜誌也一齊跟

著進入「戰鬥配置」，逼使不積極配合決戰態勢的文學雜誌廢刊（作者按：實際上是針對以台灣作家與非法西斯的日人作家所組成的《台灣文學》）。對西川的提議，在會議當場引發了一場針鋒相對的、敢的鬥爭：

> 黃得時起身反駁道：「沒有必要進行對文學雜誌的管制，就像廣告一樣，愈多愈有人看，雜誌也一樣愈多愈好。」
>
> 濱田隼雄警告黃得時說：「不要把對物質的經濟管制和對文化的指導統制混為一談。」楊逵贊成黃得時的意見，說道：「抽象的皇民文學理論與雜誌的統合管制問題，完全是兩回事。」
>
> 神川清憤慨地批評楊逵的發言道：「理念與具體實踐是不可分離的。」並提醒楊逵道：「假若在政策上兩者分離的話，國家將會滅亡。」
>
> （會後，神川清另外寫了題名為〈刎頸斷腸之言〉的文章，批判楊逵的發言，他認為：這是本次會議中最不幸的事（作者按：指楊逵的發言），也許是由於楊逵不努力而生的無知；但是，以這樣的態度從事文學的人，居然仍然可以在台灣安居築巢，真是太遺憾了！）
>
> 黃得時再起身說：「我並不反對西川滿將《文藝台灣》獻出來。如果真想把《文藝台灣》獻出的話，這是他個人的自由；但是其他的雜誌並沒有跟著配合的義務。」

接著，西川滿又提出了要求日本軍國殖民當局撤消文學結社，把作家全部納入「台灣文學奉公會」，進行文學管制的動議：甚至贊同在台灣文學奉公會下另設「思想參謀本部」，對作家進行思想控制。充分暴露了西川滿在唯美主義的外表下，毫不保留的文學法西斯本質。

會議在總督府保安課長的講話中結束。他說：「對決戰態勢無益的都不可要；文學作品也一樣，只有對決戰態勢有助益的才可發表。」這等於宣告了皇民文學取代了台灣文學，日本軍國殖民體制完全支配了台灣文學。

會後，河野慶彥寫了一篇決戰文學會議的感言——〈朝向思想戰的集合〉，文中對於台灣作家「陽奉陰違」的態度（張恆豪先生語），如此批評道：

> 「從會場的空氣中感覺到，（台灣作家們）只是把頭探出來，說些諸如皇民文學、戰鬥文學的漂亮話，但雙腳卻依然原地不動。……使人嗅到台灣文學的『體臭』，感覺到泥巴和口水到處亂噴……我們非克服這些內含的矛盾不可。……台灣文學已到了非「脫皮」不可的時刻了，不要只在表面上裝出總親和的樣子，而是要真正成為一隻受統御的思想部隊。」

河野以台灣人的「體味」、「泥巴」、「口沫」為言，毫不客氣地表現了他對台灣人的種族主義歧視和憎惡，躍然紙上。由這些記錄中我們認識到，以西川滿為首的在台御用文臣和皇民文學勢力，如何試圖以逼迫《台灣文學》廢刊、撤消文學結社、利用台灣文學奉公會對作家進行統制、甚至提議設立思想參謀本部等來對台灣文學進行法西斯控制，推進皇民文學，其目標就是要消除仍散發著台灣人民主體的「體臭」、「泥巴味」與「口水」的台灣文學，使台灣文學「脫皮」成受統御的法西斯思想部隊——皇民文學。因此，所謂「皇民文學」，其本質是台灣文學的對立物，是扼殺台灣文學精神的。

八、台灣文學的烙痕

呂赫若在 1943 年 12 月 13 日的日記上如此寫道：「今天當局下達《台灣文學》廢刊的命令，真叫人感慨無量……。」自此，台灣文學完全被置於台灣文學奉公會的一元控制下，在軍國主義的高壓下虛與委蛇，等待黑暗時代結束。

1944 年，盟軍攻陷塞班島，開始對日本總反攻，日本本土和台灣處於盟軍軍機猛烈的轟炸之下，台灣進入「要塞化」時期。日本在台軍國殖民當局對台灣文學的至上指令由「決戰文學」進入「敵前文學」。台灣文學奉公會的機關雜誌——《台灣文藝》六月號，刊出了名為〈台灣文學界總蹶起〉的專題，其中，呂赫若寫了一篇題為〈寧為一個協和音〉的文章，他表示在決死戰爭的大交響樂中，寧願扮演一個小小的協和音——而不是主調。實際上在小說創作上，他避開了皇民文學喧囂狂亂的戰爭和大和主義的主題，致力寫趨頹敗的台灣封建家族以及陽奉陰違的增產文學作品。同專集中，在極嚴酷的高壓下不得不交待的楊逵，也寫了短短的近似自白書的〈解消首陽之記〉，其強忍錐心泣血之痛又不得不委協的內容，令人憶起賴和在 1941 年未太平洋戰爭爆發前夜被捕後，在獄中所寫的〈獄中日記〉；在日本軍國法西斯瀕死的狂暴脅迫下，寫下的屈辱的文字，是台灣文學的最深、最為難忘的傷痕。

九、對台灣皇民文學勢力的歷史總結算

從上述的產生台灣皇民文學的歷史過程和發生於 1943 年

「狗屎現實主義論戰」和「決戰文學會議」席上的鬥爭、以及1944年台灣進入「要塞化」時期的〈台灣文學界總蹶起〉的專題中，我們可以看出下列歷史事實：

1.皇民文學勢力對台灣文學的鎮壓。

2.在「決戰」局勢下，台灣前輩作家仍然憑著文學的良知，抗拒台灣文學的皇民文學化。但是進入了「要塞化」時期，台灣作家已經不得不委屈求全虛與委蛇，不過那已經是距日帝敗亡不足一年的時候了。

3.皇民文學勢力，實際上包括台灣皇民作家，日人御用文臣以及其背後的日本軍國殖民體制，構成三位一體，用「文攻武嚇」來推進台灣文學的皇民化。

4.因此，西川滿代表著這三位一體的皇民文學勢力，對台灣文學發出總攻擊，逼迫台灣文學就範於皇民文學體制。

5.從少年葉石濤和西川氏攻擊台灣文學的內容來看，它的文學思想特徵包括：排斥西方文學、反對現實主義文學、無產階級（普羅）文學和自由主義，甚至反對反映台灣社會風土的本土主義；主張回歸復古的日本主義和宏揚日本的建國理想，以及強調描寫勤行報國隊、志願兵熱等，強化台灣人決戰意識的文學。這不單是台灣的皇民文學勢力的文學思想特徵，同時也與當時的日本軍國主義在其本國、在偽滿州國、在朝鮮、在中國淪陷區普遍推行的文藝政策，有著共同的特徵；它們的思想總根源就是日本的軍國法西斯主義。

6.台灣皇民文學體制（包括台灣文學奉公會等），是日本殖民主義、軍國主義在台灣施行的戰爭總動員體制的一環，是通過打壓台灣文學而樹立起來的。它與當時如火如荼地在台灣推行的軍需工業化、強制儲蓄運動、皇民化運動、軍伕、志願兵運動是一物的兩面。

十、台灣皇民文學的性格

台灣皇民文學的性格主要決定於它的產生過程，和推動主體的指令。歸納起來，包括下述的三方面：

㈠皇民文學的戰爭文宣性格

在 1943 年底舉行的「台灣決戰文學會議」席上，台灣文學奉公會會長山本真平如此說道：「後方戰士的責任，是在擴大生產以及昂揚決戰意識：亦即與武力戰結為有機一體的生產戰、思想戰……在思想戰方面，諸位文學者正是承擔著增強國民戰力的任務。」

而關於所謂「皇民文學」，他說：

> 「文學家既蒙皇國庇佑而生活，當然應當與國家的意志結成一體……。今天的文學不能像過去一樣，只在反芻個人感情，而應該是呼應國家的至上命令的創作活動，當然，文學也一定要貫徹強韌有力、純粹無雜的日本精神來創作皇民文學。以文學的力量，激勵本島青年朝向士兵之道邁進，以文學為武器，激昂大東亞戰爭必勝的信念。」

在這裡，山本清楚地說明了皇民文學的性格，它是：日本軍國主義武力戰一環的思想戰，是呼應日本軍事國家至上命令的創作活動；它的任務是：以文學力量激勵本島青年邁向兵士之道、激昂大東亞戰爭的必勝信念。由此可知，所謂台灣皇民文學，只是日本法西斯的思想隊伍，是依至上命令的創作，本來就不含有什麼文學要素，甚至是反文學的，充其量只可說是戰爭文宣而已。

㈡皇民文學的日本法西斯思想性格

當時，推動台灣皇民文學的主體，除了像台灣文學奉公會這樣的組織之外，最重要的就是有一批狂熱的在台日人法西斯文臣；他們除了積極創作一些表現日本法西斯思想的文學作品之外，還積極地發表一些具攻擊性的日本法西斯文學言論，與當局的皇民文學施策共同形成了濃厚的法西斯文學環境，對台灣作家造成極大的威脅。

譬如，以台灣代表之一的身分，參加過 1942 年 11 月在東京召開的「第一次大東亞文學者會議」的濱田隼雄，和自命為「皇民文學理論家」的神川清，就是典型的代表人物；他們也與西川滿同伙，是皇民文學勢力的中心人物。只要概括他們幾篇文章的思想內容，就可以清楚地理解到，所謂台灣皇民文學中的日本法西斯思想特徵。

■在文化思想上：

排斥啟蒙哲學以降的西歐近代文化；反對文化至上主義；認為主知主義、理性主義和唯物主義是「敵性文化」的土壤。高舉復古的日本主義，強調皇國精神與直觀精神混合的盲目愛國主義，並且高倡所謂「八紘一字」的侵略主義。這種思想與當時的世界法西斯思想有共通的部份，也是日本法西斯思想的精粹。這種思想使千萬以上的亞洲人民人頭落地，生靈塗炭。

■在文學思想上：

它極端攻擊文學的獨自性，把文學當做體現上述日本法西斯思想的工具。現在不妨擷取他們文章中的一些句子看看他們的觀點：

「即使文章的技巧有多好，但是如果忘了忠於天皇之道，如果把作為文人的自覺擺在作為日本人的自覺之上的話，我認為他除了是國賊或不忠者之外，什麼都不是。」

「文學批評的基準就在日本精神」。

「在皇國體的自覺中發現文學的始源，要求貫徹皇國體思想，把作品與國體結合在一起。」

「在終極時的精神燃燒——天皇陛下萬歲，是一個文學者的描寫可能達到的最高境界。」

「在決戰下，我們思想決戰陣營的戰士們，務必要撲滅『非皇民文學』，要揚棄『非決戰文學』。」

■在文學實踐上：

就如當時西川滿所主持的「皇民文學塾」的同人訓所揭示的頭二句：「我等為皇國的文臣、文臣之道在用筆劍擊倒敵人而後已。」是把文學視為實踐皇國之道的武器和工具，把文學家當作遂行大東亞聖戰的思想部隊。

㈢皇民文學的皇民化性格

前面說過，當時的台灣作家是處於日本軍國主義與殖民主義的雙重壓迫之下的；因此，台灣皇民文學的性格並非單只是上述日本法西斯文學思想的簡單翻版；它還具有日本殖民主義的現實的另一面。亦即，它除了表現日本軍國主義的文學要求的一面外，還必須擔負反映日本殖民者對殖民地台灣人民進行皇民化的文學要求的另一面，這又構成了台灣皇民文學的另一特異性格。

以處女作〈道〉而讓西川滿感動得「熱淚盈眶」，被濱田隼雄讚譽為最傑出的皇民文學的陳火泉，在決戰文學會議上發表了〈談皇民文學〉一文，他如此說道：

「現在，本島的六百萬島民正處於皇民鍊成的道路上；我認為，描寫在這皇民鍊成過程中的本島人的心理乃至言行，進而促進皇民鍊成的腳步，也是文學者的使命。」這句話要約地指出了〈道〉和周金波的〈志願兵〉以及王昶雄的〈奔流〉等皇民文學的代表作的共通性格。這些作品的主題，大致都在表現殖民地台灣的知識份子如何積極地自我鍛煉成標準皇民的心理與言行；所謂「皇民鍊成」，簡單地說就是戰爭期間的皇民化運動，也就是在文學上表現如何拋棄台灣人的漢民族語言、習俗、價值觀，徹底地成為與「內地人」有同樣神經感覺的日本人，這樣的主題。然而，這裡所指的「日本人」的內涵並非一般意義的日本人，而是在這特殊的歷史時期，日本軍國法西斯體制所要求的標準日本人「樣板」；它有著熱烈的日本法西斯思想，有狂熱的為皇國殉身為大東亞聖戰奉公的決心，是具有這樣的成份的所謂「日本精神」的日本人。這與德國法西斯所要求的，具有德意志精神的標準日耳曼人一樣，都是法西斯體制下的樣板人。

既然台灣皇民文學的重要主題之一，就在表現台灣人皇民化的問題，因此，皇民化性格是其重要的部份。

十一、總結算

由上可知，所謂台灣皇民文學，是日本軍國殖民者對台灣文學的壓迫與支配的產物；首先它扼殺了文學精神，因此是一切文學藝術的對立物；它更扼殺了台灣文學的精神，是台灣文學的對立物。它也是日本軍國殖民體制在台灣施行的戰爭總動員體制的一環，以文學的假面，宣揚日本的軍國殖民法西斯理念，來動員台灣人民的決戰意識，為日本侵略戰爭獻身的東西，所以更是台灣人民的對立物，同時，也是全世界反法西斯人民的對立物。這是所謂台灣皇民文學的本質，必須先認清楚。

同時，我們也要看到；在日本軍國殖民體制高壓下，雖然有些台灣人作家積極地向日本戰爭體制靠攏，站在皇民文學的陣營為體制效勞；但絕大部份的台灣前輩作家，有人拒絕寫作，有人憑良知抵抗，有人陽奉陰違虛與委蛇，總之，都以各種方式表現了維繫台灣文學氣脈的可貴精神。對於前者的奴隸、機會主義者，和後者的以艱難的抵抗維護了人的尊嚴捍衛了台灣文學尊嚴的作家，兩者之間，必須辯識清楚，不容淆惑。

以上是對所謂台灣皇民文學的總結算書；自命真正愛台灣、疼惜這塊土地的人，是應該宣揚皇民文學理念呢？還是應該彰顯台灣文學威武不屈的精神呢？不要吞吞吐吐遮遮掩掩，是應該把話說清楚的時候了！

面對張氏如此淆惑或與傷害台灣文學的尊嚴的作為，平日開口「台灣文學的尊嚴」，閉口「台灣文學的主體性」的所謂「台灣文學意識文學」論者，怎麼都鴉雀無聲了呢？是不是所謂的尊嚴或主體性只對中國有效，而對日本軍國殖民者或其扈從者無效呢？

1998 年 6 月 15 日

《清理與批判》《人間思想創作與叢刊》1998 冬季號

附錄四

台灣殖民歷史的「瘡疤」
——怎樣看葉石濤最近在日本的發言

曾健民

最近，日本的《新潮》月刊9月號上，刊出了台灣年長作家葉石濤於今年6月15日在日本東京大學演講的全文——〈我的台灣文學60年〉；同時，另外一份日本雜誌《找到了！》（Eureka古希臘語）九月號，也刊出了同6月15日由日本學者山口守訪問葉石濤的文章——〈訪問葉石濤〉。這兩篇文章的內容，再度呈現了近年葉石濤以「台灣主體」為名，實際上用選擇性的、機會主義的歷史回憶和搖擺不定的觀點的論述特點。葉石濤的這種特點是大家都已熟知的，本不足為奇。然而，這次發言卻有在性質上與他往常的言論極大變異的部份；對於這個部份，他自己也在文中得意地形容「將在台灣引起文化大革命」、「像地震一樣」；那個「將引起文化大革命」的觀點概括而言就是：他認為如果以「台灣主體」，去評斷台灣的前輩作家，則楊逵和龍瑛宗都「不合格」，因為他們都是「大中國主義者」，「必須重新檢討他們在台灣文學上的地位」！

一、有良知的人怎麼可以不說話？

這個「大中國主義者」的意思，就像所有的「大××主義者」一樣，就是指對方有霸權、壓迫性、強迫性的意識形態，是一個基於對抗的心態具敵意的惡涉詞；它是所有的民族分離主義者或反華勢力慣用的政治宣傳語，這是很清楚的。楊逵一生站在台灣勞苦大衆立場，在日據期獻身反日反殖民的社會解放、民族解放事業，光復後，又力行省內外作家團結合作的文化事業，國共內戰中提出「和平宣言」而長期入國民黨黑牢；對於這樣的台灣前輩作家，葉石濤竟然指他是一個「大中國主義者」，這種作法與其說是文學的評論，倒不如說是政治的指控，有良知的人怎麼可以不說話？至於他據以評斷的所謂「台灣主體」又指的是什麼呢？其實9月5日的《中國時報》藝文版，也曾以極大的標題刊出了有關葉石濤這次發言的報導。報導寫道：「葉石濤說，如果「台灣獨立建國」，他相信楊逵的地位會被徹底改變，又譬如張我軍的成就也會被重新看待」；報導中，雖然没有提及葉石濤說楊逵是「大中國主義者」這句話（實際上，至今台灣仍極少人知道他說過這句話）；但是，葉石濤又進一步把日據期台灣新文學的開創者張我軍也拉下了水。由此可知，葉石濤在日本人面前所說的「台灣主體」，其實，就是指「台灣獨立建國」，這在文學上，簡單地說就是「台獨文學論」；它是以「台灣獨立建國」的政治標準來評價文學價值的文學觀；葉石濤認為依據這種文學標準，楊逵、龍瑛宗以及他在台灣記者採訪中再加進去的張我軍，都是「不合格」的，因為他們都是「大中國主義者」。

可以說，葉石濤已經開始用「台獨」的政治標準來對台灣新文學的前輩作家進行思想檢查，清算、歸類和排除。然而，如果連楊逵、龍瑛宗、張我軍等也都要被歸類為「不合格」的「大中國主義」者的話，那麼，台灣新文學的前輩作家中，極少數不是「大中國主義」者的，甚至，恐怕連葉石濤自己的大半生都是百分之一百二十的「大中國主義」者哩！（關於這個部份，後面將會舉證討論）；如果依照葉石濤這個標準去排除的話，所謂「台灣主體」的文學將會空無一物，而成為空洞主體的文學論。

葉石濤的這番發言，果然如《中國時報》所形容的，「在文學界扔出一顆炸彈」；它雖比不上李登輝最近暴言：「釣魚台是日本的領土」的「喪心」程度，但已差可比擬。雖然一則是文學上的發言，另一則是有關中國領土的發言，但兩者都是政治性的，都顯示了當今台灣的一個令人憂心的動向，那就是：台獨的政治勢力正「處心積慮」地在社會各領域推動去中國化的「一邊一國論」，而且是「得寸進尺」地推動。只不過，這兩人都是高齡長者，都在青少年期受了日本皇民化運動的深刻影響，因此，「皇民化意識」便成了他們的台獨論的最重要的思想和感情基礎。

二、「皇民意識」的幽靈

從葉石濤這兩篇文章的內容來看，可以清楚知道，他以「台灣主體」為名的「台獨文學論」，其底流實際上就是「皇民意識」。

雖然他的演講題目定為〈我的台灣文學60年〉，但絕大部份的內容都在細述他20歲以前，也就是他在日據末的皇民化運動時期的文學經驗，好像這短短的四、五年的青少年的文學入門期，就是他60年的文學活動的全部一樣；而關於台灣光復以後，他在台灣文壇上最活躍，創作和發表作品最多，成為一個真正的作家的時期，卻隻字不提，避而不談。為什麼避而不談呢？或許是因為他在這期間，不論在評論、小說或生活方面，都是不折不扣的、像他自己在這兩篇文章中指責楊逵的「大中國主義」者吧！（關於這一點後面會詳述），在日本人面前說這些，不但不光彩還有自打耳光的味道。也或許是，面對這麼多的日本人聽衆，而情不自禁地回到了他自己曾說過的「日本是我心靈的故鄉」的心態，而忙著傾訴自己「20歲以前也是日本人」的文學經驗吧！

在演講的起頭，他便忙著先說明：「20歲以前我是作為一個日本人長大的；並非我想成為日本人，而是一出生便是日本人」。這句話，和李登輝在七、八年前跟日本作家司馬遼太郎的對話時說「自己在22歲以前是日本人」，如出一轍；這就像一個印度人說他在英國殖民時期是英國人，或一個印尼人說自己在荷蘭殖民時期是荷蘭人一樣，是令人臉紅又可笑的「表態」；更何況這話是出於一個開口閉口「台灣主體」論的領導人和台灣文學界的「大御所」（泰斗？）之口，更令全體台灣人尊嚴掃地。在日本人面前，怎麼所謂的「台灣主體」統統不見了，馬上轉化為「日本主體」去了呢？原來所謂的「台灣主體」只是對付自己兄弟的態度。這也顯示了台灣的後殖民問題的嚴重性和複雜性，五十多年前的日本殖民者的意識型態居然仍深刻地支配著一些台灣人的心靈。

也許有人會認為筆者這種說法是「民族主義」作祟；實際上與民族感情完全無關，這種說法完全是從客觀的歷史事實和世界史的常識出發的。誰都知道世界的殖民歷史中，從未有殖民宗主國把殖民地人當做自國國民的，否則它就不叫做「殖民」了！所謂的「殖民主義」，便是表現在宗主國國民與殖民地人民的在法律、政治、經濟、文化地位上的絶對不平等，這已是普通的常識。譬如，在法國殖民統治下的越南人只是「法國的殖民地人」，絶對不會是「法國人」；在英國殖民下的泰戈爾是印度的詩人，絕對不是英國詩人，如果說他是英國的詩人，那是莫大的差辱。再回到日本殖民統治下的台灣史實；如果從法政層次來看，當時，日本帝國憲法或法律所涵蓋的所保護的日本國民（日本人）和只適用殖民地異地法的日本殖民地人（台灣還有朝鮮人……等）的地位，是絕對不同和不平等；因此，日本殖民統治下的台灣人民只可說是「日本的殖民地人」，而絕對不是什麼「日本人」。說自己在日本的殖民統治下「20歲以前是日本人」的說法和想法，不是在知識上對自己的歷史命運認識不清，便是在精神上，殖民者的意識型態已「內化」為自己的主體意識，而喪失了真正的主體，即成了後殖民主義常說的「移入主體」。

五十多年前，日本的法西斯主義、殖民主義早已被世界歷史前進的力量所埋葬了，可悲的是，它的幽靈卻內化為一些台灣人的主體識意，仍在台灣的現實中作怪！

三、「三腳仔」再現

認同殖民者身份的另一面，當然就是否定自己的身份。自認為自己在日本殖民統治下是「日本人」的葉石濤，至今仍站在日本殖民者的觀點，去看待當時絕大多數台灣人民過的傳統漢民族生活。在他的這兩篇文章中，就提到他出生中小地主家庭，父母親雖會說、寫日語，但在家中絕不說日語，堅持過著傳統漢民族的生活；對於這種生活態度，葉石濤批評道：「我認為父母親有民族的尊傲，然而它卻是錯誤的尊傲」；顯然，他否定了一般台灣人在日本殖民統治下，表面妥協內裡卻是抗拒日本殖民的傳統漢民族精神；而這種精神也正是日本殖民者在台灣施行的皇民化運動想消滅的對象。

事實上，葉石濤今天的說法完全背離了他20年前的說法。他在 1983 年出版的《文學回憶錄》，其中有一篇〈日據時期文壇瑣憶〉，文中曾提到他今天譏為「錯誤的尊傲」的台南老家庭，當時他以這樣的充滿民族意識的筆調寫道：

> 「為什麼在日本殖民地的軍國主義教育下成長的我，尚能保有明銳的批判精神，這應該歸功於我的「民族意識」呢……我的台南老家一向過著我國傳統家族制度的生活……所以我很少被日本生活方式污染……我們這一群台南府城的老居民既不是四腳仔派，也不是三腳仔派，是道地的兩腳站立的頂天立地的傳統派」。

就像葉石濤在這篇文章所寫的：當時的台灣人民身受日本殖民的壓迫，對自己漢民族的身份認同是毫不含糊、清清楚楚的，因此自認為自己是兩腳站立的漢「人」，而蔑稱在台灣的日本殖民者為「四腳仔」的「狗」，更卑稱受日本御用的台灣人或裝著是日本人的台灣人為「三腳仔」。而五十多年前，歷史正義的力量已經使在台灣的「四腳仔」倒台，「四腳仔」又回復到一般日本「人」的身份而在台灣絕跡了；然而，也許是歷史的嘲弄，從 20 年起，本來隨著日本「四腳仔」絕跡的台灣「三腳仔」，卻在台灣再現，並逐漸群聚為一股不可忽視的政治力量。

四、沒血沒淚的「『皇民化』就是『現代化』」論

一個自認為「20 歲以前是日本人」、完全站在日本殖民者觀點的人，當然也會為日本殖民者在侵華戰爭末期，也就是日據末期在台灣推動的「皇民化運動」辯護。

葉石濤在這次的演講中居然明言：「皇民化」就是想使台灣

人「日本人化」;「皇民化」就是使台灣「現代化」、「近代化」。葉石濤還自信滿滿地說:

「只要檢證一下台灣總督府發佈的這個「皇民化」中的每個條項就知道!」

那麼就讓我們先拿出當年日本殖民者的台灣總督府的〈皇民奉公運動規約〉,檢證檢證「皇民化」到底是什麼東西吧!

它的第一條說:「本運動是台灣全島民的『臣道實踐』運動」。

第二條又說:「本運動是基於『國體本義』,全力貫徹『皇國精神』……以確立『國防國家』的態勢,朝向建設『東亞新秩序』為目標」

大家都知道所謂「臣道實踐運動」,就是要台灣的殖民地人臣服為日本天皇的「赤子」、奴才,為日本天皇國家犧牲;而所謂「國體本義」、「皇國精神」,就是要台灣殖民地人盲目地崇拜日本的天皇和信仰日本的神道,因而狂熱地為日本帝國主義獻身,並以此(皇民化運動)來建設日本的「國防國家」(軍國主義國家);而所謂「建設東亞新秩序」,其實就是以「大東亞共榮」為號召的,日本對亞洲的侵略主義的美稱。簡單地說,所謂的「皇民化運動」,就是當年日本的法西斯主義、軍國主義、侵略主義的思想和國策在殖民地台灣的翻版。

當年,「皇民化」運動在台灣的具體措施包括:⑴改姓名(拋棄漢姓名改日本式姓名)。⑵廢止台灣人拜廟宇拜祖先的傳統信仰,改拜日本神道。⑶禁止漢語和台灣方言,改說日本話。⑷在台灣募徵兵源。其實,「皇民化」運動就是企圖禁絕台灣人傳統的漢姓名、宗教、習俗、價值,從根本消滅台灣人的漢民族意識,改造台灣人成為日本軍國主義所要求的、具有狂熱「皇國精神」的「法西斯式日本人」，為日本的侵略戰爭交出財富、物資、人力，為日本帝國主義犧牲，為日本的大東亞「聖戰」殉死。事實上，在維持政治經濟的殖民統治的同時，要台灣人在精神上「皇民化」，亦即要台灣人在精神上更加效忠。台灣人在政治、經濟上仍舊處於殖民地人的地位沒有絲毫改變，只不過在精神上被改造為有「皇國精神」的日本人；也就是，身體仍是殖民地人而頭腦卻成了所謂的「日本人」，「身首異處」的狀況。

簡言之，「皇民化運動」的本質，就是日本帝國主義為了在殖民地台灣榨取更多的物力、人力供其侵略戰爭當砲灰，而實施的精神動員運動。是整個日本殖民者在台灣的戰爭總動員體制（包括經濟、產業、金融、社會、軍事）的一環。

事實擺在眼前，這樣的「皇民化」，絕不是如葉石濤所讚美的「現代化」，而是要把台灣「戰場化」；不但是反現代化，摧毀「現代化」，更要使台灣人在精神上成為「法西斯式日本人」，為日本「皇國」「賣命」，絕不是如葉石濤所稱美的要把台灣人變成「日本人」。

歷史證明，這樣的「皇民化」，搾光了殖民地台灣人民的物資、財富、人力和人命，在日本的侵略戰場上化為煙硝；有二十多萬的台灣青年被送往戰場，其中三萬名成為日本侵略戰場上不歸的亡魂。日本戰敗後，留下一個經濟崩潰、資源枯竭和精神深層殘留皇民意識的台灣社會，復歸中國，跛躓地走上戰後的歷史。

請問！有血有淚的人會說這是「現代化」嗎？有自尊的台灣人會認為這是「日本人化」嗎？「皇民化」是企圖使台灣人「鬼畜化」呀！是要毀滅台灣人呀！開口閉口說「台灣主體」！「台灣主體」！原來它只是以日本殖民者的皇民意識為底流的「台灣主體」。

五、都是站在「當道者」那邊的文學論

文中，葉石濤把楊逵、龍瑛宗打為「大中國主義者」，並認定他們在台灣文學的地位上「不合格」之後，卻把呂赫若、張文環評定為台灣文學的「代表作家」，因為他認為他們是「台灣主體主義者」。然而，葉石濤先生！您似乎忘了，或者不知您有沒有讀過呂赫若在台灣光復初用白話文寫的兩篇小説——〈改姓名〉和〈月光光〉，這兩篇小説正是痛切地批判了「皇民化」的小説。如果呂赫若是所謂的「台灣主體主義者」的話，也是「反皇民化」的，它與葉石濤讚美「皇民化」的「台灣主體」是剛好相反的，有天壤之別的。何況，二二八事件以後，呂赫若更投身台灣的地下黨，獻身於紅色祖國的民族民主解放事業，有鮮紅的中國意識，絶對不是如葉石濤一般滿腦子只有「去中國化」的「台灣主體主義者」。葉石濤先生！您也似乎忘了，在日據末的皇民文學時期，您為了護主曾寫了一篇〈給世外民的一封信〉，文中便曾責備過張文環、呂赫若，説他們沒有「皇民意識」（在「皇民化」時期指別人沒有「皇民意識」，是一種政治羅織——筆者按），如果你指責的是事實，那麼呂赫若就是沒有「皇民意識」的台灣作家囉！可是依據你今天讚美皇民化的台灣主體論的標準，怎麼又把呂赫若評為台灣文學的代表呢？

如此看來，在台獨文學論當道的今天，指責楊逵、龍瑛宗是「大中國主義者」，真像極了六十年前「皇民化」期指責呂赫若、張文環「沒有皇民意識」的作為，都有政治羅織的味道。然而，葉石濤的故事還在異變呢，也就在皇民化時期的當事人都已物故的60年後的今年，葉石濤居然又出面否認説〈給世外民的一封信〉不是他寫的，他沒有指責呂赫若，而是「西川滿用葉石濤

之名寫的」（參閱《文學台灣》第 42 期，2002 年 4 月）。這使我們記起龍瑛宗在台灣光復初寫的一篇短文——〈文學〉，文中龍瑛宗自省自勵地說：「有謊言的地方就沒有文學」，力言謊言與文學不能並存。如此看來，今日的台灣是不是又變成「沒有文學」的地方了呢？特別是被捧為台灣文學界泰斗的「葉老」，到底那一個葉石濤是真；那一個是假的呢？

六、與當年國府入罪楊逵有何不同？

葉石濤是在兩篇文中的「訪問記」，指責楊逵、龍瑛宗是「大中國主義者」的；指責的標準是什麼？依文脈可知他是以所謂的「台灣主體」為準；而所謂的「台灣主體」的具體內容是什麼？也沒有說明；就像，所有站在「當道者」立場的「指責」都是不需要說明的一樣，只要是一頂「大帽子」，大家都知道。

即便如此，我們還是從再溫習大家已熟知的楊逵的文學活動和文學精神的特點，來逆推論葉石濤據以指責楊逵是「大中國主義者」的「台灣主體」文學論是什麼的東西吧！

大家都知道，楊逵在日據期是反日、反殖、反壓迫的社會運動和民族運動的實踐者，這反映在他隨創作上就是他的文學精神；這種實踐與精神，在當時的日本殖民者眼中，當然是「非皇民的」、在文學上也是「不合格」的、要排除的；同樣地，今天自稱「在 20 歲以前是日本人」、讚美「皇民化」就是「現代化」，可以說實質上就是以「皇民意識」為主體的所謂「台灣主體」文學論，當然會視楊逵在文學上是「不合格」的，因此把它冠上今天台灣當道者慣用的「大中國主義者」，是最方便的。

更何況，楊逵在台灣光復初期，在日漸深化的省籍矛盾中，曾大力呼籲並力行省內省外作家的交流、團結和合作，既主張台灣文學是中國文學的一環，也強調台灣文學的特殊性；並批判托管派、日本派、美國派的文學是「奴才文學」；在國共內戰日漸進展到台灣海峽的1949年，他勇敢地提出《和平宣言》，呼籲國共與兩岸的中國人和平相處、要求台灣自治，並言明反對台獨；直到他逝世的前二年，他仍然不斷主張「中國與台灣要『統一』，但不要『一統』（〈追求一個沒有壓迫、沒有剝削的社會〉，《前進廣場》雜誌第十五期，1983年11月）。像楊逵這樣的務實的、理性的看待兩岸關係的主張和精神，在今日分離主義基本教義派眼中，仍然是不夠「純血」的，在台灣文學上是「不合格」的「大中國主義者」。這和當年國民黨政府入罪楊逵的這種主張和精神，把他打入黑牢的作法有什麼不同？

由上可知，葉石濤在這兩篇文章中的「台灣主體」文學論，它的實質就是「皇民意識」和「民族分離意識」的混成物。他就是依據這種文學論來臧貶台灣作家的。

七、恰好指責了60歲以前的他自己

然而，「葉老」似乎有嚴重的健忘毛病，因為他似乎都忘了，至少在他60歲以前（當然要和扣除自稱為「日本人」的前20年）所寫下的白紙黑字，大多是以今天他指責的大中國主義的「中國民族意識」為基調的。如果以他今天指責楊逵為「大中國主義」者的標準來看，這個評定的標準，恰好也適用於他自己吧！

讓我們抄錄幾段他60歲以前的文章來「溫故而知新」！

在1977年10月22日到27日，由《聯合報》副刊所主辦的一次「光復前台灣座談會上，葉石濤的書面發言是這麼寫的：

「光復前的新文學運動是屬於抗日民族新文學運動中的重要一環……那便是推翻日本人的殖民統治，獲得解放和自由，重歸祖國的懷抱。因此，台灣新文學運動始終是中國文學不可分離的一支流……」。

該文後面還有一句比他今天所指責的「大中國主義」還要「大中國主義」；他竟然說：「光復前的台灣新文學是實踐三民主義的文學」哩！這完全是當時國民黨政府當道的、肉麻的「大中國主義」論。

也許葉石濤會不平的辯白說，那是國民黨政府正在恐嚇鄉土文學派的氣氛下不得已的「表態」。那麼請問，當時有那個鄉土文學派作家這樣表態了？當時，總還有保持「沈默」不說話的權利吧！

那麼，讓我們再看看他在 1983 年出版的一本叫《文學回憶錄》的書，其中有一篇文章《「文藝台灣」及其周圍》；這篇文章有一部份談到在「皇民文學」時期他寫了一篇〈給世外民的一封信〉，指責了台灣文學的現實主義是「狗屎現實主義」的問題，文中他深深地自我反省道：

「這種見解的錯誤，來自我的意識型態的不明確，那時我還未確立堅定的世界觀，我的思想裡充滿著日本軍國主義教育的遺毒。一直要到台灣社會發生巨變，即台灣光復，回歸祖國懷抱，擺脫殖民地的枷鎖，接受來自大陸的各種思想形態，讀破了五四文學運動以後豐富的文學作品以後才扭轉過來」。

這段話正恰如其分地批判了今日的「葉老」。請問「葉老」！你說這段話時，沒有國民黨政府的恐嚇吧！應該不會不是

「由衷」之言吧！

把時間拉大來看，這段話也似乎印證了葉石濤在回答前述《中國時報》記者採訪時，自圓其說的文學觀，他說：

> 「文學歷史的觀點，是隨政治環境的空間與時間改變的，我認為，我自己的文學定位也是需要檢討的」

原來葉石濤的文學觀是隨著政治「當道」的變化而變化的；換句話說，原來他的文學觀就是「政治正確」的文學觀。結果，所謂「台灣主體」文學論又有了另一個面貌，那就是，它只不過是「當道者主體」的文學觀。不知道他會不會擔心，這種文學論將淪落為一個沒有主體或虛假主體的文學論。

八、「哀矜勿喜」的真意

這是台灣百年來殖民歷史的「瘡疤」，也是中國百年來在列強欺凌下民族自求解放的掙扎歷史中遺留的「傷痕」；只不過，這個「瘡疤」和「傷痕」在當今新的歷史條件中，在新的國際形勢下再度發作，隱隱作痛，牽扯著全民族的健康發展。

然而我相信，不管它是瘡疤也好，是傷痕也好，都是我們身上的一塊肉，是我們身體上生病的肉，只要我們身體自立自強，它總會好起來的。我們只有用科學的方法去認識它，「辨症論治」，而且一定要用最大的愛心和寬容、最堅強的耐心去呵護它、調理它。同時，更要講究整個身心的健康發展，才是調理身上疾病的根本之方，這是「不可或忘」的道理。

有批評才有進步，但「哀矜勿喜」卻是筆者內心的真意。

《左翼》27 期，2002 年 9 月

台灣新文學史論叢刊 6

台獨派的台灣文學論批判

作　　者／趙遐秋、曾慶瑞
發 行 人／陳映眞
出 版 者／人間出版社
社　　長／陳映和
地　　址／台北市潮州街九一之九號五樓
電　　話／02-23222357
郵撥帳號／11746473　人間出版社
排　　版／龍虎電腦排版股份有限公司
印　　刷／漢大印刷有限公司
總 經 銷／聯經出版事業股份有限公司
地　　址／汐止鎮大同路一段三六七號三樓
訂書專線／02-26418661
登 記 證／局版台業字第三六八五號
初版一刷／二〇〇三年七月
定　　價／三二〇元

國家圖書館出版品預行編目資料

台獨派的台灣文學論批判／趙遐秋、曾慶瑞合著.
-- 初版. -- 臺北市：人間，2003[民 92]
面； 公分. --（臺灣新文學史論叢刊；
6）

ISBN 957-8660-81-2（平裝）

1. 臺灣文學 - 評論

820.7 92012509